LES LIENS DU PASSÉ

ELIZABETH ADLER

LES LIENS DU PASSÉ

Traduit de l'anglais
par Michèle Leroy

LE GRAND LIVRE DU MOIS

Titre original :
NOW OR NEVER
publié par Delacorte Press, Bantam
Doubleday Dell Publishing Group,
Inc., New York.

Si c'est à présent, ce n'est plus à venir ; si ce n'est pas pour plus tard, c'est pour à présent ; si ce n'est pas pour à présent, c'est pour plus tard ; le tout est de se tenir prêt.

Shakespeare, *Hamlet*, acte V, scène II
(TRADUCTION D'ANDRÉ GIDE,
BIBLIOTHÈQUE DE LA PLÉIADE, ÉDITIONS GALLIMARD, 1959)

1

La nuit était fraîche, sombre et sans lune. Une brise légère faisait bouffer les longs cheveux châtains de la jeune fille. Elle traversait lentement l'aire du parking, devant l'université, pour rejoindre sa petite Miata rouge décapotable. L'homme l'épiait avec des jumelles à infrarouges. Il était tard, bien après minuit, des ombres peuplaient le parking désert ; elle marchait pourtant d'un pas traînant, trop fatiguée pour se soucier du danger.

L'inconnu adorait ça... cette innocence à vous couper le souffle avec laquelle elle venait à sa rencontre, sans se douter de rien.

Il savait tout d'elle. Depuis des semaines il la traquait en prévision de cette nuit. Il avait repéré l'appartement qu'elle partageait en dehors du campus avec deux autres étudiantes. Il s'y était glissé en leur absence. Dans sa chambre en désordre, étendu sur le lit, il avait respiré la douce odeur de son jeune corps épanoui sur les draps froissés. Pour en garder le souvenir, et déclencher le désir qui allait culminer cette nuit, il avait dérobé deux petites culottes sur la pile de linge sale à même le sol, y enfouissant son visage dans un spasme de passion tremblante qui l'avait mis au supplice.

Il avait réussi à se dominer, repoussant à plus tard l'heure de jouissance sauvage et douloureuse. Le fouillis de l'étudiante l'écœurait : cendriers débordant de mégots, boîtes de Coke vides, cartons de pizzas, CD éparpillés, bougies à demi consumées, et vêtements bon marché abandonnés n'importe où. Comment pouvait-elle vivre ainsi ? s'était-il demandé avec dégoût, avant de repartir tranquillement par la porte-fenêtre, le patio et l'allée. Les petites culottes de coton gonflaient sa poche.

Il connaissait par cœur l'emploi du temps de l'étudiante en première année de médecine. Il savait son nom, qu'elle était sortie major de sa promotion au lycée de Baltimore, et aussi qu'elle portait des sous-vêtements Calvin Klein, des T-shirts Gap et des Converse rouges montantes. Il avait découvert l'endroit où elle achetait son café et le muffin aux myrtilles qu'elle trempait dedans chaque matin, les discothèques où elle s'amusait le soir et l'heure à laquelle elle se couchait.

La jeune fille n'avait pas de petit ami attitré et sortait rarement avec un garçon. Elle se consacrait à ses études en prévision des examens. Voilà la raison pour laquelle elle traînait les pieds en traversant le parking dans sa direction. Elle était épuisée.

Pour la circonstance, l'homme avait revêtu son « uniforme » : pull noir à col roulé de bonne qualité, cagoule de ski noire intégrale avec seulement deux fentes pour les yeux, survêtement et baskets noirs. Tapi à l'arrière de la Miata, il sentait son cœur s'emballer tandis qu'elle approchait. L'excitation lui fouettait le sang.

Les yeux collés aux jumelles, il ne ratait pas un détail. Ses seins se mouvaient sous le corsage blanc. Un caleçon noir moulait ses cuisses et dessinait son entrejambe. Son joli visage aux traits tirés se crispa quand elle inhala une bouffée de la Marlboro qu'elle jeta ensuite par terre.

La cigarette continua de se consumer. Tant d'inconscience et de négligence le rendait furieux. La fille lança un regard prudent vers son break à lui, une Volvo gris métallisé, bien entretenue et luisant doucement à côté de la Miata. À l'expression de son visage, il vit qu'elle cataloguait le véhicule : banlieue chic, famille bostonienne, respectabilité et sécurité.

Sa sacoche de livres serrée contre la poitrine, elle cherchait ses clefs pour ouvrir la portière. Il s'arrêta de respirer et se recroquevilla encore davantage. Allait-elle inspecter la banquette arrière ? De toute manière, il se tenait prêt.

L'étudiante balança sa lourde sacoche sur le siège du passager avec un ouf de soulagement. Après avoir mis la clef de contact, elle saisit fébrilement une autre cigarette.

L'homme jubilait à l'idée qu'elle ne saurait jamais ce qui l'avait frappée. Le coup rapide et habile qu'il lui porta à la carotide bloqua l'arrivée du sang au cerveau. Le paquet de Marlboro glissa de sa main tandis qu'elle s'effondrait en avant, inconsciente, la tête sur le volant.

Il la tira en arrière par ses longs cheveux châtains. La vue de la meurtrissure qui violaçait déjà la peau de son front lui fit pousser un juron. Ses filles, il les aimait intactes, sans marque. Il s'extirpa avec difficulté de la Miata, pestant en silence contre l'exiguïté du véhicule. Il ouvrit la portière avant et souleva la fille dans ses bras. L'espace d'un instant, il demeura figé, subjugué par ce jeune corps inerte, doux et léger comme une plume, par les odeurs confondues de son parfum et de son rouge à lèvres. Puis il la tassa sur le sol de la Volvo, scella sa bouche et lia ses poignets avec du chatterton, avant de la dissimuler sous un plaid sombre.

Le mégot luisait encore faiblement dans la nuit. L'homme alla l'écraser, le ramasser et le jeter dans une poubelle toute proche.

Il claqua la portière arrière et, une fois installé au volant, verrouilla le break. Il ôta sa cagoule de ski noire, noua sur son col roulé une écharpe de cachemire aux motifs discrets, et enfila une veste de tweed coûteuse, usagée et confortable. Il passa rapidement ses mains dans ses cheveux, jeta un nouveau coup d'œil derrière lui, tourna la clef de contact et enfonça le bouton du lecteur de CD. Une exquise cantate de Bach emplit la voiture ; il tourna à gauche à la sortie du parking.

Le trajet dura un bon moment, plus d'une heure de bien-être. En mélomane averti, il appréciait le phrasé géométrique de la musique, balançait la tête en mesure, grisé à l'idée que *sa fille* « dormait » à l'arrière, l'attendait. Il avait retiré les culottes Calvin Klein de sa poche. Il les respirait de temps à autre ; l'âcreté féminine l'ensorcelait et lui donnait un avant-goût des plaisirs à venir.

Après avoir longé la côte en direction du Nord, il traversa Gloucester, puis Rockport. Dans la grand-rue déserte d'une petite agglomération, il ralentit, bifurqua, sept à huit cents mètres plus loin, dans une allée qui conduisait à la plage. Le break se rangea enfin à l'abri d'un petit embarcadère de bois.

La houle régulière de la marée montante léchait les coques des trois ou quatre barques amarrées. Seules les étoiles, et une douce phosphorescence planant au-dessus de la mer, éclairaient les lieux.

Il enleva sa veste et son foulard avant de descendre de voiture et d'ouvrir la portière arrière. Au cadran lumineux de sa montre, il lut deux heures et demie.

La jeune fille était restée couchée dans la position où il l'avait laissée, les yeux fermés, ravissante et pâle sous sa chevelure sombre en désordre. Des cheveux très doux, songea-t-il en faisant glisser entre ses phalanges les mèches brillantes. Une crinière magnifique, *odieusement* longue.

Il la tira sans ménagement de la voiture et la prit de nouveau dans ses bras. Il posa une main sur son visage. Ses doigts touchèrent la peau jeune et tendre. Elle gémissait, ses paupières frémirent. Et, soudain, son regard rencontra le sien.

La dilatation des pupilles rendait ses yeux bleus presque noirs. Encore étourdie, la jeune fille devait avoir une vision imprécise. Il se reprocha rageusement de n'avoir pas gardé sa cagoule de skieur. En toute hâte il rabattit un coin de la couverture sur le visage juvénile avant de la transporter en bas sur la plage.

Il la déposa contre la jetée de bois et lui assena un autre coup sec du tranchant de la main sur la carotide. Sa tête s'affaissa ; elle sombra dans l'inconscience. Il lui détacha les mains et se mit à cogner comme un forcené, encore et encore, bourrant de coups de poing sa tête, son visage, sa poitrine. À bout de souffle, il dut s'octroyer une pause. Puis, fébrilement, il déboutonna le corsage de sa victime.

Assis sur les talons, il admira les deux petites sphères parfaites aux pointes roses. Déjà enlaidies par d'ignobles hématomes bleus et rouges. Un cri angoissé lui échappa, il se jeta sur elle, suça et mordit ses seins avec une férocité démente.

Au bout d'un instant, il s'écarta d'elle, le temps de sortir de sa poche un petit couteau d'une propreté immaculée. Il le retira du fourreau de plastique, qu'il rempocha. La lame qu'il effleura du doigt était bien effilée. Satisfait, il empoigna la tête de la jeune fille, la tordit en arrière, et taillada méticuleusement sa longue chevelure brune. Il prenait son temps. C'était parfois le moment le plus exaltant. Trois ou quatre minutes de pure délectation. La voir ainsi, allongée, à demi nue, le crâne grossièrement tondu, le faisait ricaner de joie. Elle était à sa merci.

D'un geste vif, il la dépouilla de son caleçon noir. Brûlant de désir, il ne pouvait plus attendre. Il lui arracha son slip, identique à ceux qu'il avait dérobés dans sa chambre. Devant le buisson de poils sombres et emmêlés, il frissonna à l'idée de ce qu'elle allait ressentir. Il ne portait rien sous son survêtement noir, et il l'enfourcha aussitôt. Il la pénétra, maudissant son étroitesse. Il s'enivrait de son odeur, il la haïssait.

Il la pénétra encore et encore. C'était presque insupportable ; au-dedans de lui palpitait le cri primitif dès qu'il s'arrêtait pendant une fraction de seconde.

Le mince couteau serré dans son poing, il lui retourna les mains, paumes en l'air, puis d'un coup rapide et efficace il coupa ses poignets, le droit puis le gauche. Le sang jaillit, somptueux, au rythme de son terrifiant orgasme.

Encore tout agité de soubresauts, il se cambra en arrière. Nulle autre sensation au monde ne valait cet exaltant sentiment de suprême puissance.

Soudain dégrisé par des voix d'hommes et la lueur d'une torche électrique, il tourna rapidement la tête et se dégagea d'un bond.

Alerté par le bruit, l'un des deux pêcheurs qui marchaient le long du rivage leva sa lampe de poche. Le rayon lumineux emprisonna fugitivement le visage de l'homme, les yeux écarquillés et fixes comme ceux d'un chevreuil dans le faisceau des phares d'un véhicule.

Il se détourna et s'enfuit à toutes jambes. Sur le tapis de sol de sa voiture ouverte à la volée, il jeta le couteau ensanglanté. Il tournait déjà la clef de contact. Tous feux éteints, il fit demi-tour et démarra en trombe dans l'allée.

« Bizarre, Frank, ce type qui décampe, fit Jess Douglas à son ami.

— Comme s'il avait le diable aux trousses, renchérit Frank Mitchell. On a dû interrompre une belle séance de pelotage. »

La rumeur des vagues couvrait leur rire égrillard. Chargés de leur attirail de pêche, ils atteignirent la jetée où était amarré leur bateau.

Le rayon de la torche que tenait Jess buta sur le corps nu de la jeune fille, bras et jambes écartés. Comme dans un film d'horreur en noir et blanc, il y avait des taches sombres sur le sable autour de ses mains. Le sang continuait à couler de ses poignets.

« Dieu du ciel, dit Frank d'une voix tremblante. Regarde-moi ça. »

Jess lâcha sa canne à pêche pour tâter la gorge de la malheureuse. Le pouls battait faiblement.

« Elle est encore vivante, marmonna-t-il. Le salaud lui a tranché les poignets. Passe-moi ton foulard, vite. »

Frank ôta de son cou le foulard en coton à pois rouges et le lui tendit.

« Grâces soient rendues aux Scouts », murmura Jess. Il serrait un garrot de fortune autour du poignet gauche. Frank pressait les doigts bien fort contre la veine de l'autre bras, ainsi qu'il le lui avait ordonné. C'était mieux que rien.

« Eh bien, murmura-t-il, le front mouillé de sueur froide. Pas étonnant que ce salaud ait filé comme un dard. Il était en train de la tuer. Faut aller chercher de l'aide, Frank. Continue d'appuyer pendant que je cours à la cabine téléphonique.

— Et s'il revient ? hasarda Frank dont l'œil fouillait les ténèbres avec inquiétude.

— T'as peur ? demanda Jess en se redressant péniblement.

— Et comment !

— Moi aussi », dit Jess qui s'éloignait déjà d'un pas lourd sur la plage. Il cria sans se détourner : « Ne le rate pas s'il revient ! Ce sera lui ou toi, c'est sûr. Surtout garde tes doigts pressés sur la veine. Jusqu'à l'arrivée des secours. »

2

Le chien, un imposant malamute d'Alaska, au pelage argent et blanc et aux yeux bleus étonnamment pâles, émergea en rampant de sous le lit. Il s'assit sur son arrière-train. Les oreilles dressées, la langue pendante, il fixait les chiffres verts du radioréveil qui défilaient : 4.57, 4.58, 4.59, 5.00.

D'un coup de patte, il enfonça le bouton dès la première sonnerie.

L'inspecteur Harry Jordan, attaché à la brigade criminelle de Boston, se retourna sur le dos, les paupières encore lourdement fermées. Plein d'espoir, le chien guettait son prochain mouvement. Comme rien ne se produisait, il bondit sur le lit et s'allongea, la tête sur le torse de Harry.

Dix minutes plus tard, la sonnerie retentit de nouveau. Cette fois l'animal ne broncha pas.

Les yeux gris foncé de Harry s'ouvrirent brusquement et rencontrèrent ceux du malamute. La bête agitait la queue sans lever la tête.

Harry grogna : il s'attendait à d'autres yeux, ceux qu'il avait contemplés dans son rêve.

« O.K., je me lève », dit-il en ébouriffant l'épaisse fourrure de l'encolure du chien.

Il sortit du lit et s'étira avec délices. Pieds nus sur le parquet ciré, il traversa la pièce et s'arrêta devant la fenêtre. L'aube avait la couleur de l'étain.

Harry Jordan était nu. Il avait un corps d'athlète, une silhouette harmonieuse. Quarante ans, un mètre quatre-vingt-huit, quatre-vingt-deux kilos de muscles, et pas un gramme de graisse malgré les repas pris chez Ruby, une brasserie proche du commissariat. Il avait des cheveux noirs rebelles, des yeux gris calmes, et arborait en général une barbe de plus d'un jour.

Ses collègues l'appelaient « Prof », parce qu'il était diplômé de Harvard, mais ils l'admiraient surtout pour ses exploits sportifs dans l'équipe universitaire du Michigan. Le record qu'il avait battu, marquant un essai après une percée de quatre-vingt-seize mètres, avait immortalisé son nom dans les annales du football américain. De sa fortune, en revanche, personne ne savait rien. C'était un point qu'il gardait pour lui, et auquel il n'attachait plus grande importance.

Son grand-père lui avait légué un compte en banque bien garni, en plus d'une magnifique maison en pierre de taille à Beacon Hill, le quartier le plus huppé de Boston. Certes, Harry avait dû attendre son trente-cinquième anniversaire pour entrer en possession de ce pactole, mais en somme le vieil homme avait agi sagement. Si son petit-fils en avait disposé à vingt ans, tout aurait été dilapidé en voitures de course et en femmes faciles. Harry pouvait ainsi se targuer de s'être fait tout seul.

Il n'oublierait jamais le sermon de son père quand il avait failli rater sa première année de droit.

« Pourquoi mettre toute ta cervelle dans ta queue au lieu de t'en servir pour étudier ? avait-il hurlé avec fureur. Tu vas me faire le plaisir de fermer ta braguette, de me rendre les clefs de la Porsche, et d'aller user ton fond de pantalon sur les bancs de la bibliothèque. Mets-toi au travail, bon Dieu. »

Au bout du compte, Harry s'était rangé. Son diplôme universitaire en poche, il avait été embauché par le cabinet juridique familial, jusqu'au jour où il avait craqué et démissionné pour entrer comme simple flic dans la police de Boston.

Ses raisons, il les avait exposées dans les mêmes termes à son père et à l'officier recruteur : « La justice, les avocats s'en balancent. Ils s'escriment à trouver des astuces qui font libérer des coupables. Grâce à des artifices de procédure, ils empochent d'énormes honoraires. Au moins, dans la police, j'aurai la satisfaction de mettre les criminels sous les verrous. »

Et c'est ce qu'il avait fait. Harry était un bon flic. Il avait gravi les échelons : voiture de patrouille, équipe de renfort, service des fraudes, puis brigade des stupéfiants et des mœurs. Il était aujourd'hui inspecteur principal de la police criminelle. Il s'était marié à vingt-huit ans avec une fille qui en avait vingt. Elle n'avait pas digéré de se retrouver l'épouse d'un flic après avoir été celle d'un avocat. À son grand désespoir, elle l'avait quitté. Il avait tenté de la retenir, il l'avait prise dans ses bras et embrassée, mais c'était trop tard. Pour elle, l'amour s'en était allé.

Harry avait transformé la maison de Beacon Hill en appartements, et mis en location les trois étages. Il occupait le rez-de-jardin avec Squeeze, son chien. L'aspect sauvage de son compagnon lui plaisait, il aurait volontiers adopté un animal encore plus proche de l'état de nature s'il en avait déniché un. Le malamute l'accompagnait comme son ombre.

Il ouvrit la porte qui donnait sur l'arrière de la maison, un assez grand jardin fermé de murs. Avec un grondement joyeux, le chien sortit en trombe, s'arrêta un moment, humant l'air frais du matin, et entama son habituelle promenade autour des friches.

Sur le chemin de la salle de bains, Harry éternua bruyamment. « Il faut que je tonde l'herbe », se promit-il comme il le faisait chaque matin. Son seul problème était le temps, ou plutôt le manque de temps. Pourtant, il aimait son jardin. Sa salle de bains également.

C'était une pièce immense, carrée, aménagée à l'ancienne, avec un sol d'origine carrelé en noir et blanc, et une cheminée à foyer de fonte. Les parois de la gigantesque baignoire étaient revêtues d'acajou ; le W-C de style victorien possédait une cuvette en porcelaine à fleurettes bleues et une chasse d'eau à chaîne. Le vieux lavabo de marbre était assez vaste pour qu'un homme s'y plonge à mi-corps. Tant pis s'il n'y avait rien de prévu pour poser ses affaires de toilette. Harry aimait l'endroit tel qu'il était.

Il quitta la salle de bains et remonta le couloir. Un banc de musculation Nautilus trônait bizarrement à côté d'un piano à queue en ébène, dans ce qui avait été au siècle dernier l'élégant salon d'une riche lady. Il comptait s'entraîner sur le Nautilus, mais seulement après son café.

Dans la cuisine de granit noir et d'acier poli, tout était neuf. Cependant son métier l'empêchait de cuisiner ou de recevoir des amis. Il ne se servait que de la cafetière électrique. L'appareil gargouilla et toussota ; le minuteur digital rouge clignotait : le café était passé. Harry songea avec agacement que sa vie était programmée par les chiffres ; l'affichage numérique de sa montre le rappelait continuellement à l'ordre.

Il emplit un grand bol blanc et y jeta deux morceaux de sucre. Il se dirigeait vers le Nautilus lorsque le téléphone sonna.

Harry haussa les sourcils avec résignation en décrochant. À cinq heures dix du matin, ça ne pouvait être que grave.

« Que se passe-t-il, Prof ? Squeeze aurait-il négligé d'arrêter le réveille-matin ? »

Harry avala une gorgée de café chaud. C'était Carlo Rossetti, son coéquipier et ami.

« Il ne m'a pas laissé cinq minutes de plus. Il avait sans doute envie de sortir.

— Désolé de t'appeler si tôt, mais je me suis dit que tu voudrais être mis au courant tout de suite. Il y en a eu une autre. Une jeune femme violée et poignardée. Seulement celle-ci n'est pas morte. Du moins, pas encore. Elle est en réanimation à l'hosto du Mass. Elle n'en a sans doute plus pour longtemps. »

Harry jeta un coup d'œil à sa montre dont il venait d'évoquer la tyrannie.

« Je te rejoins. Dis au chef qu'on est en route. Elle est consciente ? Elle a dit quelque chose ?

— Pas que je sache. Je viens d'arriver. Le type de garde a mis du temps à réagir quand l'appel est parvenu vers trois heures du matin. Deux pêcheurs l'ont trouvée sur la plage près de Rockport. Les secours d'urgence l'ont ramenée en hélicoptère. Officier de service McMahan. Lui et Gavel sont là-bas en ce moment, mais c'est un dossier à nous, Harry. Je savais que tu voudrais t'en occuper. »

Harry songea aux jeunes corps affreusement mutilés des deux précédentes victimes.

« Donne-moi dix minutes », dit-il.

Pas le temps de prendre une douche ni même de se brosser les dents. À peine celui de s'éclabousser le visage d'eau froide et de se rincer la bouche avec du Listerine. Il enfila un jean, une chemise de toile et un vieux blouson de cuir noir. Puis il siffla le chien. Il ferma la porte trois minutes après l'appel de Carlo.

Harry n'avait pas renoncé à sa passion pour les bolides. Sa Jaguar 1969 au moteur trafiqué portait encore la peinture verte des voitures de course britanniques. Elle était garée à l'endroit habituel, de l'autre côté de la rue. Le chien s'étendit de tout son long sur le cuir tanné de la banquette arrière. La Jag quitta la place Louisburg sur les chapeaux de roue.

3

L'hôpital général du Massachusetts est un bâtiment massif de pierre à chaux construit un peu en retrait sur une avenue bruyante. Une grande agitation régnait tout autour et l'air matinal retentissait d'un vacarme assourdissant. Aux hurlements de sirènes des ambulances et des voitures de pompiers s'ajoutait le bruit des hélicoptères qui atterrissaient et décollaient sur le toit en un ballet incessant.

Harry se gara sur une place prioritaire et laissa les vitres arrière légèrement baissées pour le chien. Aux urgences, il heurta un médecin en blouse blanche.

« Oh ! Oh ! Vous m'avez l'air bien pressé ce matin, inspecteur », s'exclama le médecin, rajustant ses lunettes d'écaille.

Sans interrompre sa course, Harry lui lança un regard confus par-dessus son épaule :

« Pardon. Oh ! C'est vous, docteur Blake. Excusez-moi, je suis à la bourre. »

Le médecin hochait la tête avec indulgence.

« Comme d'habitude… Puis-je faire quelque chose pour vous ? »

Harry agita la main négativement. Il accélérait déjà dans le virage du couloir.

« C'est pas dans votre service, doc. Pas encore. »

Il se rembrunit en mesurant le cynisme de sa remarque. Chef du service de médecine générale, le Dr Blake était aussi le médecin légiste de la police de Boston.

À l'accueil, la sœur connaissait Harry elle aussi.

« Premier étage, traumatologie, dernière porte à droite, déclara-t-elle. On lui a transfusé quinze flacons de sang. Elle est dans le coma, état critique. Je ne sais pas si elle va s'en tirer. »

Harry l'écoutait anxieusement.

« Seigneur », murmura-t-il.

La sœur se signa rapidement.

« Croyez-moi. Elle a besoin de Lui. »

Mais Harry contournait déjà le personnel soignant qui encombrait la porte de l'ascenseur, et grimpait l'escalier quatre à quatre. À l'étage, il s'arrêta pour reprendre haleine, ferma brièvement les yeux et se passa les mains dans les cheveux. Il n'avait pas eu le temps de les brosser.

L'odeur de l'hôpital continuait de lui soulever le cœur. La seule fois où il y avait été admis comme patient, c'était à l'âge de cinq ans pour l'ablation des amygdales et des végétations. La crème glacée dont on l'avait nourri pendant une semaine avait atténué le traumatisme, mais les effluves d'antiseptiques réveillaient les angoisses de son enfance.

Il poussa la porte coupe-feu qui se referma sans bruit derrière lui.

Rossetti était appuyé contre le mur, jambes croisées ; ses cheveux noirs et brillants étaient soigneusement plaqués sur son crâne. Il se limait les ongles en sifflant l'air de *Nessun dorma* entre ses dents parfaitement alignées. Avec sa chemise blanche immaculée et son pantalon foncé au pli impeccable, on aurait dit John Travolta en plus jeune et en tenue de soirée. Rien d'un policier de Boston en service commandé à cinq heures vingt-cinq du matin pour une affaire de meurtre.

Les circonstances ne s'y prêtaient guère, mais Harry ne put réprimer un sourire. Carlo Rossetti, trente-deux ans, le menton décidé, les yeux sombres, avait tout d'un homme à femmes. Sans doute s'était-il arraché des bras d'une maîtresse même s'il donnait l'impression de sortir tout droit de chez sa brave maman italienne : tiré à quatre épingles, bien nourri et prêt à l'action.

« Elle ne va pas s'en tirer, dit Rossetti de but en blanc.

— Comment tu le sais ?

— Je l'ai vue. Elle ne paraît déjà plus de ce monde. Tu jugeras par toi-même. »

Un flic en uniforme montait la garde devant la porte. Il salua et s'écarta afin de le laisser passer.

Harry parcourut la scène d'un seul regard. L'infirmière affairée autour des appareils, les écrans scintillant dans un coin et la jeune femme inerte sur le lit étroit, les bras reliés à des flacons par des tuyaux, ses poignets bandés sagement posés devant elle sur le drap, son visage juvénile et d'une pâleur de mort sous le halo de ses cheveux cisaillés.

L'infirmière lui dit doucement :

« Toujours inconsciente. Peut-être qu'elle s'en sortira. »

De toutes ses forces Harry voulait la croire, elle plutôt que Rossetti.

« Y a-t-il une chance pour qu'elle reprenne connaissance et soit en mesure de parler ?

— Si elle se réveille, je doute qu'elle ait envie de *vous* parler.

— On a besoin d'elle. C'est notre seul espoir d'attraper l'assassin. Il se peut qu'elle ait vu son visage. Qu'elle le connaisse. »

L'infirmière poussa un soupir. Elle n'ignorait pas les mutilations subies par les autres jeunes victimes.

« Il n'a pas coupé le bout des seins cette fois-ci. »

Devant la jeune femme sous perfusion, les poignets pansés et le visage exsangue, Harry se sentait impuissant. Cette vision allait le hanter sans fin, en tout cas jusqu'au moment où il arrêterait le meurtrier. Il tourna les talons et sortit de la chambre.

Rossetti avait rangé sa lime à ongles et sirotait un café noir dans un gobelet de carton. Il tenait un autre café qu'il offrit à Harry.

« Alors ? Qu'en penses-tu ?

— Il ne nous reste plus qu'à prier. »

Ils burent leur café en silence.

« Que peut-on tirer des pêcheurs ? finit par demander Harry.

— Pas grand-chose, répliqua Rossetti en haussant les épaules. La police locale a faxé leur déposition au patron. Ils n'ont rien vu de précis, seulement entendu une voiture démarrer dans la nuit. Puis ils ont trouvé le corps, pardon : *la victime*. Ils ont failli le prendre sur le fait. Pas de veine pour elle.

— On connaît son nom ?

— Elle n'avait aucun papier, pas de porte-monnaie, pas de clef. Rien. »

Harry hochait la tête ; il y avait des milliers de jeunes femmes à Boston. Les deux autres victimes étaient des étudiantes, et ce devait être aussi le cas de celle-ci. L'enquête en serait facilitée. Découvrir son identité était l'affaire de quelques heures.

Il vida son gobelet et chercha autour de lui le distributeur automatique de boissons.

« J'en prendrais bien un autre. Je vais rester dans les parages un moment, au cas où nous… où *elle* aurait de la chance. Va donc faire un tour au bureau pour voir où ils en sont dans l'identification et s'il y a du nouveau.

— O.K. », répondit Rossetti en s'écartant du mur.

Il fixa Harry dans les yeux et ajouta :

« Ne prends pas ça trop à cœur, Harry. Tu fais ton boulot de flic, un point c'est tout. Je t'aurais jamais cru aussi sentimental. Réserve-toi pour les femmes. Elles adorent les grands sentiments. *Sur la route de Madison* et Clint Eastwood, si tu vois ce que je veux dire. »

Il lui donna une tape amicale sur l'épaule avant de s'éloigner dans le couloir blanc aux relents d'antiseptiques.

« Comment sais-tu tout ça, Roméo ? rétorqua Harry.

— Casanova plutôt, trop vieux pour Roméo. »

Son rire résonna dans le corridor où rôdait la mort, tandis qu'il s'éloignait à grandes enjambées.

Au bout d'une heure passée à arpenter inlassablement le couloir, Harry descendit à la cafétéria où il avala un sandwich au bacon et aux œufs. De retour à l'étage, il attendit de nouveau. À midi, il sortit promener son chien, s'arrêta au coin de la rue et acheta un sandwich. Il lui en donna la moitié, ainsi qu'un bol d'eau, avant de le ramener à la voiture.

Le malamute reprit sa place sur le siège arrière, la tête sur les pattes, et leva vers Harry un regard plein de reproches.

« C'est ça la vie d'un flic, Squeeze, déclara Harry en refermant la portière. Je t'avais prévenu quand tu m'as adopté. »

C'était exactement les paroles qu'il avait dites à sa femme dix ans plus tôt, sans parvenir à sauver leur couple.

Le flic en faction à la porte de la chambre n'était plus le même.

« Bonjour, m'sieur. Sergent Rafferty. Je reste là jusqu'à huit heures. Le Dr Waxman est au chevet de la victime. »

Le médecin étudiait les graphiques. Il jeta un coup d'œil derrière lui en entendant la porte s'ouvrir.

« Comment ça va, Harry ? »

Ils se sourirent. Simple réflexe. Tous deux étaient de vieilles connaissances, avec un lourd passé en commun : dix ans d'agressions.

« Plutôt en forme. Et elle ?

— Elle a repris connaissance un court instant, il y a environ dix minutes. À ce stade, j'ai tendance à croire que c'est un triomphe de l'esprit sur la matière. Son état est stationnaire pour le moment. N'importe quoi peut arriver. »

Harry l'observa intensément, comme pour l'exhorter à se réveiller encore une fois. Il passa les mains dans ses cheveux en désordre.

« Si elle revient à elle, sera-t-elle en état de s'exprimer ?

— Je l'ignore, mais je vous déconseille d'essayer de la faire parler. »

Leurs regards se croisèrent.

« Ce pourrait être notre unique chance de le coincer, plaida Harry. Peut-être qu'elle le connaît. Si elle parle, ça permettra d'en sauver d'autres. »

Le Dr Waxman rangeait les graphiques dans leur enveloppe de plastique.

« J'aviserai, le moment venu. On m'attend en bas aux Urgences. Avez-vous l'intention de jouer les vigiles ? »

Harry hocha la tête.

« À tout à l'heure, alors. »

Harry s'assit sur la chaise à dossier rigide devant le lit, regarda la jeune fille endormie, puis détourna les yeux, mal à l'aise. Il se faisait l'effet d'être un voyeur. Sauf qu'elle ne dormait pas vraiment. Ça ressemblait davantage à une veillée mortuaire.

Il contempla le plafond, et suivit les lignes en dents de scie qu'affichaient les écrans dans l'angle de la pièce. Il était un bon flic, il en avait vu de toutes les couleurs, mais cette jeune femme sans défense l'émouvait.

On frappa à la porte et Rossetti apparut dans l'entrebâillement.

« Je pensais bien te trouver encore ici, dit-il en tirant une feuille de sa poche intérieure. Elle s'appelle Summer Young. Vingt et un ans. Première année de médecine à l'université de Boston. Domicile familial : Baltimore. Ses camarades de chambre l'ont cherchée partout ; elles se sont inquiétées quand elles ont découvert sa vieille Miata sur le parking de la bibliothèque. Les portières étaient déverrouillées, la clef au contact, et la sacoche de livres sur le siège. Elles ont appelé la police. »

Toujours le même scénario. Harry s'y attendait.

« Les parents sont en route, ajouta Rossetti. Ils arriveront dans deux heures. »

Ils se regardèrent sans dire un mot : tous deux espéraient qu'il ne serait pas déjà trop tard.

« Latchell attend dehors. Au cas où... »

Latchell était le spécialiste des portraits-robots. Un véritable artiste, capable de reconstituer un visage à partir de la description la plus vague, comme si l'inspiration lui venait du ciel : *« lèvres plus fines – non, la bouche tombante... un peu comme ça ; des sourcils en broussaille – non, moins épais... des yeux noirs... bon, peut-être pas noirs, foncés, un peu ombrageux...* » Son extraordinaire compétence avait permis d'arrêter de nombreux criminels.

Rossetti jeta un coup d'œil gêné à la jeune fille.

« Je ferais mieux de retourner au bureau. Voir ce que ces pêcheurs ont à dire. »

Harry acquiesça. Il désirait ardemment que les parents arrivent ; qu'ils prennent leur fille dans leurs bras, qu'ils l'assurent que tout irait bien, qu'elle allait se rétablir, qu'elle surmonterait tout ça. Mais il n'y croyait pas.

Quelques minutes plus tard, quand elle ouvrit les yeux et le regarda, il en fut bouleversé.

« Bonjour, dit-il d'une voix douce. Je suis l'inspecteur Harry Jordan. Vous avez été agressée, mais vous êtes en sécurité maintenant. Vos parents sont en route. Tout ira bien. »

Sa bouche se tordit alors qu'elle essayait de formuler un mot.

« *Salaud*, murmura-t-elle.

— Dites-moi, Summer, le connaissez-vous ? »

Elle tenta de secouer la tête et tressaillit sous la douleur qui se propageait dans son corps. Ses lèvres formèrent un non silencieux.

Harry s'en voulait de la bousculer, mais il le fallait.

« L'avez-vous vu ? Vous pouvez vous souvenir ? »

Elle parut se concentrer.

« Douces. Les mains. »

L'infirmière pressa le bouton du biper pour prévenir le Dr Waxman. Un doigt posé sur la gorge de la jeune fille, elle comptait les pulsations, le front soucieux.

« Ça suffit », dit-elle à voix basse.

Harry comprenait qu'il n'avait pas le droit d'insister. Il jeta à Summer un dernier regard. Elle paraissait accomplir un immense effort pour parler et il se pencha au-dessus d'elle.

« Les yeux, chuchota-t-elle d'une voix mourante, noirs... perçants... »

Il attendait, mais ses paupières se refermèrent et elle se tint immobile. Une larme glissait le long de sa joue pâle.

« Brave petite, chuchota-t-il. Brave Summer. Vous allez vous rétablir. »

Au moment où il s'apprêtait à se retirer, le Dr Waxman entra.

« Ça suffit, inspecteur, dit-il avec brusquerie. Les parents arrivent en hélicoptère. C'est leur fille. C'est leur tour à présent. »

Harry hocha la tête.

« Prévenez-moi s'il se passe quelque chose. Je retourne au bureau. »

Latchell discutait avec le sergent Rafferty du match de basket entre les Celtics et les Knicks. Il lança un coup d'œil interrogateur à Harry lorsque celui-ci ouvrit la porte.

« On y va ?

— Des yeux noirs et perçants, c'est tout ce qu'on a, répondit Harry.

— C'est un début.

— On n'aura peut-être rien d'autre. Merci, Latchell. Pardon de t'avoir fait perdre du temps.

— C'est le travail qui veut ça », répliqua Latchell avant de s'éloigner, son matériel en bandoulière.

Le téléphone portable de Harry sonna. C'était Rossetti. Encore des mauvaises nouvelles. Les pêcheurs n'étaient d'aucune utilité. Des souvenirs brumeux, plus préoccupés par la fille que par l'homme.

Harry annonça au factionnaire qu'on pourrait le joindre au bureau. Il retourna à sa voiture. Squeeze l'avait entendu venir. Il passait son museau par l'ouverture de la vitre et grattait la banquette en cuir. Harry lui mit la laisse et l'emmena faire une longue promenade.

Le chien s'arrêtait au coin des rues et reniflait les réverbères. Il jappait d'excitation, mais Harry n'y prêtait aucune attention. Deux jeunes femmes mortes, une autre dans le coma. Et, depuis un an, pas le moindre indice pour pister le meurtrier.

Il retourna à la voiture, déposa Squeeze à la maison sans oublier de remplir sa gamelle, puis se rendit au bureau. La nuit allait être longue.

Cinq heures plus tard, la nouvelle tombait. Summer Young était morte sans avoir repris connaissance.

4

L'inspecteur Rossetti conduisait trop vite sa BMW vieille de cinq ans, sur la route sans éclairage du front de mer. Ses pneus crissèrent en virant lorsqu'il pénétra sur le terrain vague qui servait de parking au Moonlightin'Club. Il était une heure trente du matin.

Il ouvrit la portière à la volée et se dirigea vers le club aux fenêtres illuminées. En poussant la porte, il eut l'impression de se heurter à un mur de sons.

Du rap, hurlé par d'énormes haut-parleurs, rebondissait contre les parois, cognait les chevrons et se répercutait dans toute la salle. Le jeune Noir responsable du snack-bar lui adressa un large sourire de bienvenue, et d'autres personnes le hélèrent joyeusement au passage. Il attrapa une tasse de café et pénétra dans la salle de gymnastique, pleine à craquer malgré l'heure tardive.

Le local du Moonlightin'Club avait été anonymement donné à la ville dans le dessein louable d'enlever les jeunes à la rue et au crack. Rossetti et Harry, ainsi que beaucoup d'autres flics, l'animaient pendant leur temps libre. Le club avait quatre règles : pas de discrimination, pas de drogue, pas d'arme, pas de gang. Les gosses, quelles que soient leurs activités par ailleurs, étaient considérés comme inoffensifs dès qu'ils entraient au Moonlightin'Club et dans la salle de sport.

Malgré les multiples entorses faites au règlement intérieur de l'établissement, le club tenait le coup. Parfois Rossetti se disait qu'ils étaient en passe de gagner la bataille, comme ce soir, où une cinquantaine de jeunes durs se dépensaient en exercices physiques et jouaient au basket-ball, au lieu de se tirer les uns sur les autres. L'équipe de basket pouvait même se targuer de posséder deux champions en puissance ; des fortes têtes chez qui le désir de gagner l'avait emporté sur les tentations qu'offre la rue. Tout est bon à prendre.

Il aperçut Harry, adossé au mur, l'air taciturne. L'inspecteur principal observait les joueurs qui couraient en tous sens. Son épaisse crinière noire était tout ébouriffée à force d'y passer les doigts chaque fois que quelque chose l'énervait. Ses vêtements donnaient à penser qu'il avait dormi dedans. La fatigue et une barbe de plusieurs jours ombraient son visage maigre.

À coup sûr, il était resté au bureau pour passer au crible et revoir dans les moindres détails les trois meurtres. La colère l'avait rivé à sa table de travail, et à présent encore, seule une rage folle le maintenait debout. Sans doute n'était-il pas plus avancé que tout à l'heure, quand Summer Young avait rendu le dernier soupir. Il y avait à peine six heures.

Carlo Rossetti s'avança d'un pas nonchalant.

« Je pensais bien te trouver ici. »

Harry se retourna. Rossetti tenait le sempiternel gobelet de café qui lui servait d'accessoire. Sa veste italienne en lin de couleur vive, son pantalon sombre et sa chemise blanche impeccables rappelèrent brusquement à Harry qu'il ne s'était ni douché ni changé ce jour-là. Il portait toujours le jean et la chemise qu'il avait enfilés la veille, à cinq heures du matin.

« Je me sens répugnant, dit-il avec mauvaise humeur.

— Tu l'es, Prof ! Mais le chien me paraît en forme. Comment ça va, Squeeze ? T'as pas un secret à me confier sur ton maître ? On a besoin de tuyau, mon gars. T'es dans le secret de sa vie privée ? Qu'est-ce qu'il fait quand il ne travaille pas ? Les femmes ? L'alcool ? Quoi ?

— Quand est-ce que je ne travaille pas, Rossetti ? s'esclaffa Harry. Tu peux me le dire ?

— Rarement, c'est bien ça l'ennui. Prends exemple sur moi. Je quitte mon service à huit heures trente, je trinque avec les gars, un rendez-vous amoureux à neuf heures trente, un bon repas, une petite séance de baise. Ça fait une différence dans la vie d'un mec. Alors ? Et toi, qu'est-ce que tu fais ? Non, ne me dis rien, s'empressa-t-il d'ajouter en levant la main. Tu avales une bière et un hamburger chez Ruby, et tu retournes au bureau essayer de démêler à toi tout seul la psychologie du tueur en série. Tu perds ton temps, Prof, tu perds ton temps. Il faut s'amuser un peu dans la vie pour se stimuler les méninges. T'as besoin d'une bonne nuit de sommeil. »

Harry poussa un soupir désabusé.

« T'as raison, bien entendu. Je n'ai rien résolu de ces meurtres. En plus, je n'arrive pas à m'ôter de la tête les dernières paroles de Summer. *Salaud*, elle a dit. C'est à moi qu'elle l'a dit. »

Il se redressa, secoua la tête pour chasser ces pensées.

« Ah, et puis merde ! Ne parlons pas de dormir. Si on allait au Salsa Annie ? Je te paierai un bourbon, tu me raconteras ta vie, et la musique nous fera du bien. »

Il tendit sa paume et Rossetti y laissa tomber la sienne. C'était le club préféré de Harry, et Carlo pensa qu'un peu de danse lascive offrirait un bon dérivatif à la colère de son coéquipier.

« En route, déclara-t-il, se dirigeant déjà vers la porte. De toute façon, le spectacle de ces exercices physiques à deux heures du matin me donne le tournis. »

Deux heures plus tard, lorsqu'ils quittèrent en titubant le club d'Annie, Harry vit l'aube se lever à l'horizon pour la seconde fois en vingt-quatre heures. La tête pleine d'un air qu'il continuait à chantonner, il traversa la rue d'un pas dansant pour atteindre le parking.

« On dirait Gloria Estefan, ironisa Rossetti, allumant une cigarette.

— Merci du compliment, et de m'avoir tenu compagnie. Bonne nuit, Rossetti.

— Bonne nuit, Prof. »

Rossetti grimpa dans sa BMW, mit le contact et se recoiffa en se regardant dans le rétroviseur ; il y voyait aussi Harry, assis dans la Jag, les mains sur le volant, les yeux dans le vide, le chien à côté de lui. Soudain son coéquipier ressortit de sa voiture.

« Rossetti ! hurla-t-il. Hé, Rossetti ! »

Il passa sa tête par la vitre : « Ouais ?

— Magne-toi le cul, mon vieux. On va à Rockport. »

Rossetti bâilla bruyamment.

« Rockport ? dans le Massachusetts ?

— Pas dans l'Illinois, crétin. Allez, sors de là ! On va cuisiner ces pêcheurs. Et, pendant que je conduirai, tu brancheras la radio et tu demanderas qu'on fasse venir Latchell tout de suite. Ces types l'ont *vu*, Rossetti. Eux seuls l'ont vu, à part la morte. Ils doivent bien se souvenir de quelque chose sur lui, sur sa voiture. À nous de leur rafraîchir la mémoire. »

5

Dans la limousine qui l'emmenait à l'aéroport Kennedy, Mallory Malone lisait le court article consacré au viol et au meurtre de Summer Young, au moment même où Harry et Rossetti prenaient la route pour aller interroger les pêcheurs qui avaient découvert la victime.

Elle le relut soigneusement. La police établissait un lien entre ce crime et les meurtres non élucidés de deux autres jeunes femmes, dans le Massachusetts, au cours des dix-huit derniers mois.

Elle découpa grossièrement l'article à la main, le plia et le rangea dans son Filofax en cuir vert, déjà bourré de notes et de cartes de visite, de noms, d'adresses, de numéros de téléphone, et de toutes sortes de renseignements importants.

Son sac Bogetta Veneta de couleur sable était plein à craquer. Outre son passeport et ses billets, son programme de voyage et ses *traveller's checks*, il contenait un épais dossier qu'elle avait l'intention de lire à bord du Concorde durant son vol pour Londres, deux paires de lunettes identiques aux verres teintés et finement cerclées d'or, plusieurs paquets de Kleenex de poche, et l'inséparable fourre-tout où s'entassaient ses produits de beauté.

Il y avait encore un stylo-bille Mont Blanc, deux boucles d'oreilles dépareillées, quelques talons de billets de son dernier voyage et des pièces de monnaie étrangère. Le tout sous un chandail en cachemire qu'elle pourrait utiliser de jour comme de nuit en cas de nécessité, et des sous-vêtements propres.

Elle avait appris à ses dépens qu'il fallait parer à toute éventualité ; ainsi, durant les trois jours d'un long week-end à Rome, privée de sa valise égarée, alors que tous les magasins de la Ville Sainte étaient fermés.

Mal souriait en évoquant le vieux dicton : on peut deviner à quoi ressemble une femme d'après le contenu de son sac à main. Une personne non avertie aurait pu la prendre pour une voyageuse angoissée, une pessimiste s'attendant à tout, une souillon débraillée à la vie de famille chaotique, le genre de femme dont la voiture déborde de déchets accumulés tout au long de la semaine : gobelets de café et cartons de nourriture, vêtements divers destinés à la teinturerie au cas où elle trouverait le temps de les y déposer.

En fait, rien n'était plus éloigné de la vérité.

À trente-sept ans, grande et svelte, elle avait des cheveux blonds coupés court comme il sied à une animatrice, ou à une réalisatrice d'émissions télévisées. Elle portait un tailleur beige, sobre mais coûteux. Il n'y avait pas une maille filée au collant qui gainait ses longues jambes, et pas la moindre éraflure sur ses escarpins de daim clair. Son maquillage était discret et soigneusement appliqué ; un rouge à lèvres moka rehaussait sa bouche douce et pleine ; un fin trait de crayon brun soulignait ses grands yeux bleu saphir. Elle était perpétuellement nimbée des effluves de *Nocturnes*, le parfum de *Caron.*

On surnommait Mal Malone « la détective de la télé ». Son émission, diffusée à une heure de grande écoute, traitait de faits divers, de crimes horribles, de malversations commises en haut lieu, de scandales sexuels à Washington ou du trafic de drogue organisé par la mafia à Miami.

Elle s'était rendue célèbre en rappelant à la mémoire du public les victimes de crimes oubliés, alors que l'indignation générale avait fini par s'user et que la presse s'était tournée vers de nouvelles affaires tout aussi dramatiques. Avec l'aide de procureurs, elle reconstituait le crime à la télévision, ranimait les souvenirs d'éventuels témoins qui pouvaient d'un seul coup se remémorer tel ou tel élément capital.

Les téléspectateurs l'adoraient. Elle avait le doigt sur le pouls de la nation. Elle savait ce qui angoissait les gens et leur montrait pourquoi.

Mallory Malone était-elle une beauté ? Ce point prêtait à discussion. Parfois son allure éblouissait ; une autre fois, elle passait inaperçue. Cela dépendait de son humeur.

Quand elle s'investissait dans une cause, des vagues d'énergie faisaient rayonner son visage comme une ampoule de mille watts. Sa peau prenait alors un teint d'or et ses yeux lumineux brillaient de passion. Dans les dîners mondains ou les cérémonies de remise de prix aux professionnels de la télévision, elle arborait des robes du soir de grands couturiers, dont la couleur discrète, la ligne épurée et le décolleté audacieux mettaient en valeur ses épaules et ses seins charmants.

En d'autres occasions, de moins en moins fréquentes il est vrai, Mal Malone, la célébrité de la télévision, semblait se fondre dans le décor. Elle pouvait remonter la Cinquième Avenue sans qu'une tête se tourne sur son passage. Ces jours-là, ses cheveux dorés étaient brossés en arrière, ternes et sans vie. La luxueuse veste qu'elle portait avait l'air de sortir d'un rayon de soldes. Et l'éclat de vitalité, de curiosité, d'intelligence, qui l'avait propulsée sous les feux de la rampe, s'estompait comme un écran de télévision se réduit à un point lumineux avant de s'éteindre.

Personne, hormis Mal elle-même, ne comprenait ce phénomène, et elle préférait ne pas s'en expliquer. Elle était femme à garder ses secrets, mais cet autre aspect de sa personnalité l'obsédait.

Cependant, le plus souvent, Mallory Malone se sentait au sommet de sa forme. Ce matin-là, elle était en route pour Londres. Elle allait interviewer une jeune et voluptueuse actrice américaine qui venait de se fiancer à un homme quatre fois plus vieux qu'elle : un milliardaire au passé douteux, doué d'un appétit de vivre que son grand âge ne lui permettrait jamais de satisfaire.

Sachant l'actrice avide de publicité, Mal avait fait du charme à l'heureux couple pour qu'il accepte de participer à son émission. Mal avait prévenu la jeune femme qu'elle risquait d'évoquer des sujets de nature intime.

« Oh, je vois ce que vous voulez dire, s'était exclamée l'actrice ravie. Par exemple, est-ce que je l'épouse pour son argent ? Voyez-vous, je peux répondre franchement, Mal. *En toute sincérité*. Je suis amoureuse. C'est aussi simple que ça. Et si vous le connaissiez, vous comprendriez pourquoi. »

Mal n'avait pas l'intention de poser une question aussi banale. Non, elle voulait l'interroger sur ce qui intriguait tout le monde. La ravissante jeune femme de vingt-trois ans avait-elle des relations sexuelles avec cet octogénaire peu attrayant ? Et si oui, que ressentait-elle ? S'il n'avait pas été milliardaire, aurait-elle jamais envisagé d'avoir des rapports de ce genre avec lui, de vivre en compagnie d'un vieillard qui avait quasiment un pied dans la tombe ?

Mal se proposait d'interviewer le milliardaire à part, d'obtenir qu'il lui fasse visiter son immense domaine à la campagne, et son palais londonien. Elle l'interrogerait sur son jet privé, sur les appartements qu'il louait à l'année dans les palaces du monde entier, sur son yacht mouillé en rade de Monte-Carlo, le repaire suisse où il résidait presque tout le temps.

Elle comptait le faire parler de ses succès, et il se confierait à elle, car le vieil homme sans pitié ne s'intéressait qu'à lui-même. Et puis, avec beaucoup de gentillesse, elle aborderait le drame vécu par sa première femme, cette jeune fille d'une banlieue pauvre de Londres qui avait trimé à ses côtés au tout début, quand ils tenaient un café fréquenté par des ouvriers dans le quartier Est de Londres, avant qu'ils bâtissent leur empire de restauration et d'hôtellerie.

« Qu'est-il advenu de cette jeune femme ? » demanderait-elle, même si bien sûr elle le savait déjà. Et une fois qu'il aurait débité ses mensonges, elle le mettrait au pied du mur. Sa puissance et ses richesses ne lui avaient-elles pas tourné la tête ? D'un seul coup son épouse n'avait plus été jugée digne de lui. Mal Malone tenait à apprendre à ses millions de téléspectateurs qu'il l'avait abandonnée, et laissée sans ressources après un divorce cruel. Elle les informerait aussi de cet « accident » survenu dans sa belle maison de campagne, le jour où son ancienne femme était venue supplier le richissime roi de l'hôtellerie de lui apporter une aide pécuniaire, quelques miettes de son gâteau.

L'accident en question l'avait laissée mentalement handicapée, et elle avait passé plus de trente ans dans un asile. Seule, sans jamais une visite, ni le moindre luxe pour apaiser sa douleur.

« Au sujet de cet accident, lui dirait Mallory Malone avec le sourire, il semble qu'il y ait eu deux témoins de la *chute* faite par votre femme, dans ce superbe escalier de chêne qui date de Jacques Ier. Comment se fait-il qu'ils n'aient jamais pris l'initiative de raconter ce qu'ils avaient vu ? »

Elle imaginait déjà son visage congestionné alors qu'il chercherait avec arrogance à détourner la conversation. Sans se démonter, elle annoncerait son scoop : « Voyez-vous, ils sont là aujourd'hui. Prêts à témoigner et à avouer que vous leur avez versé de grosses sommes pour les empêcher de parler. De dire que *vous l'avez jetée au bas des marches*. Aujourd'hui ils ont changé d'avis. »

On verrait bien alors ce que la petite Miss Vénale aurait à déclarer sur son milliardaire *chéri*, songeait-elle lugubrement. Si *viril* et *charmant* et *généreux*. Et tellement *adorable*.

Au fond, ils ne valaient pas plus cher l'un que l'autre. Il s'était offert l'actrice comme on achète une valeur à la Bourse, non pas pour remplir ses coffres, mais pour flatter son amour-propre. Et elle avait vendu sa jeunesse ainsi que sa très réelle beauté pour un peu d'éphémère publicité, pour le plaisir d'être l'épouse d'un homme riche, et pour les millions qu'elle espérait récolter en divorçant dans un an ou deux. À moins qu'il ne meure fort opportunément entre-temps, lui léguant toute sa fortune. Mal en doutait fort.

Elle jeta un coup d'œil par la vitre de la limousine. La circulation était embouteillée sur la bretelle de l'autoroute. Elle pensait au viol et au meurtre de Summer Young. L'étudiante avait quasiment le même âge que la jeune actrice. Elle avait eu, elle aussi, la vie devant elle. Jusqu'à ce qu'un salaud y mette fin.

Summer Young. Joli nom. Mal se demandait à quoi elle ressemblait, quelles avaient été ses ambitions. Elle s'interrogeait sur sa famille, ses amis. Peut-être avait-elle été une créature solitaire, se consacrant exclusivement à ses études, bien déterminée à faire son chemin dans le vaste monde. Son horrible destin la fit frissonner.

Sur son téléphone portable, elle composa le numéro de son bureau.

« Beth Hardy, répondit son assistante à la première sonnerie.

— Beth, c'est moi. Je suis en route pour l'aéroport JFK. Tu as lu l'article sur le viol et le meurtre d'une étudiante de l'université de Boston ?

— Et comment ! C'est mon université, tu sais. Mon Dieu, Mal, où va le monde ? Si seulement elle avait demandé à un étudiant de la raccompagner ! Je connais ce parking, à cinq minutes à peine de la bibliothèque. Elle devait croire qu'il n'y avait pas le moindre danger. Pauvre gosse !

— La police associe ce crime à deux autres commis au cours des dix-huit mois précédents. Mets quelqu'un sur l'affaire, Beth. Regarde ce qu'on peut en tirer.

— Ça veut dire une émission plus tard ? »

Mal regarda tristement devant elle. Les abords de l'aéroport étaient en vue. À cause de la tour de contrôle, il y avait de la friture sur la ligne.

« Peut-être. C'est une idée. Voyons d'abord si en fouinant un peu on arrive à dénicher quelque chose que la police ne veut pas divulguer. Un tueur en série dans la nature ? Ce genre de truc. Bon, il faut que je te laisse. Je t'appellerai de Londres.

— Bon voyage, cria Beth. Et bonne interview ! »

Dix minutes plus tard, Mallory Malone pénétrait dans la salle d'embarquement réservée aux VIP du Concorde et montait aussitôt à bord.

Au bout d'un quart d'heure, l'avion décolla. Ayant refusé une coupe de champagne et un jus d'orange, elle buvait à petites gorgées une tasse de thé bien chaud. L'homme assis à côté d'elle avait tenté d'engager la conversation, mais elle l'avait découragé.

Pour chasser Summer Young de son esprit, elle se plongea dans la mise au point de sa prochaine interview.

Elle parvint à destination sans presque s'en rendre compte. Elle avait à peine eu le temps d'aller aux toilettes, de poudrer son ravissant nez légèrement bombé, de rafraîchir le rouge à lèvres moka de sa bouche. Ses cheveux avaient besoin d'un bon coup de brosse. Par égard pour ses compagnons de voyage, elle n'aspergea pas de *Nocturnes* ses poignets ni le creux entre ses seins.

Pendant qu'elle se refaisait une beauté, l'avion tressautait sous ses pieds. C'était bien elle, là, dans le miroir, la petite Mary Mallory Malone venue d'un bled perdu de l'Oregon, une fille comme tout le monde, qui volait maintenant plus vite que le son et s'apprêtait à rencontrer un des plus riches scélérats de la terre. Elle sourit. Elle avait parfois du mal à y croire.

Un peu plus tard, après avoir franchi la douane, elle se retrouva dans une Rolls envoyée par le Lanesborought Hotel, où l'attendait une suite grandiose et un valet de chambre attaché à sa personne.

« Oh, Mary Mallory, se dit-elle, émerveillée, tu en as fait du chemin depuis les voyages de nuit en autocar ou dans la vieille Chevy turquoise aux ailerons chromés. »

6

« Ton obstination mérite une médaille, Prof », déclara Rossetti six heures plus tard, alors qu'ils rentraient sur Boston. Ils s'étaient arrêtés dans un café au bord de la route pour le petit déjeuner ou le déjeuner – impossible de savoir, Harry avait perdu toute notion du temps.

« Merci. Ce n'est pas formidable, mais au moins ils nous ont fourni quelques éléments. »

Harry fixait le portrait-robot du meurtrier : race blanche, visage étroit, grande bouche mais lèvres fines, front haut, cheveux noirs. Et des yeux au regard perçant qui avaient continué à luire dans la mémoire de la victime.

Il leur avait fallu quatre heures d'efforts intenses pour faire sortir de l'esprit des deux pêcheurs traumatisés le vague souvenir de l'homme entr'aperçu pendant deux secondes. Ils avaient commencé par dire qu'ils ne se rappelaient rien du tout. Il faisait trop sombre, la scène avait été trop rapide, et le suspect s'était enfui tout de suite. Mais Harry les avait travaillés au corps, les obligeant à revivre ce qui s'était passé avant qu'ils voient la jeune fille, ces secondes cruciales au cours desquelles leurs cerveaux avaient photographié l'assassin en un éclair.

Il leur avait répété ce qu'avait dit la victime à propos des yeux de son agresseur ; que ce soient là ses dernières paroles les avait beaucoup frappés. Les types étaient honnêtes et pleins de bonne volonté. Puis Latchell s'était mis au travail, et ils disposaient désormais d'une description acceptable.

« Taille moyenne, trapu, lut Harry, visage fin, rasé de près. Yeux proéminents sous des sourcils épais. Cheveux noirs et drus, du genre broussailleux et plein d'épis. Vêtements noirs. Petite camionnette ou break de couleur sombre.

« Ça paraîtra à la une du *Herald* et du *Globe*, et dans les quotidiens populaires du matin, peut-être même dans la presse nationale. »

Rossetti, qui n'escomptait pas grand-chose de cette publication, haussa les épaules.

« On va encore ratisser tous les cinglés qui rêvent de se faire mousser et de s'offrir un moment de gloire. Et toutes les petites vieilles persuadées qu'il était caché chez elles dans un placard la nuit dernière. »

Il vida son gobelet à grand bruit, sous le regard désapprobateur de Harry.

« Tu devrais arrêter ce truc-là. Ton estomac doit être tapissé de caféine.

— Ça ne serait pas beau à voir si Doc Blake me découpait au scalpel.

— Il en aurait des frissons. Tu as du café dans les veines, pas du sang. À propos, il doit commencer l'autopsie de Summer Young à six heures.

— T'as l'intention d'y assister ? »

Harry opina du chef.

« Ne compte pas sur moi, mon vieux. Je ne supporte pas cette boucherie, quand il sonde les reins et le cœur. Ça me dégoûte. Dis-moi, Prof, qu'est-ce qui peut bien pousser quelqu'un à devenir médecin légiste ?

— C'est une science. Sans elle, on ne saurait sans doute jamais ce qui s'est vraiment passé. Un boulot de détective, en somme, sauf que Blake opère sur des cadavres.

— Ouais, je vois. Moi je préfère rester du côté des vivants, merci, dit Rossetti en frémissant.

— Pas pour longtemps si tu continues à boire autant de café, lui répliqua Harry en éclatant de rire.

— Et après ? À propos de santé, quand as-tu pris ton dernier vrai repas ? Pas chez Ruby, je veux dire.

— Il y a trois semaines, répondit Harry après une courte réflexion. Au Marais, en compagnie d'une femme délicieuse. Comme tu ne la connais pas, inutile de te dire son nom. Quelqu'un à qui j'avais promis de téléphoner, ajouta-t-il, pris de remords.

— Un beau gars comme toi, Prof. Avec ton instruction et cet appartement fantastique. Les femmes doivent brûler d'envie de monter dans ton lit. »

Harry rit de nouveau. Il se redressa et lui envoya une tape amicale sur l'épaule.

« Merci pour le compliment. Mais il faut du temps pour nouer des liens. Je téléphone, elle retéléphone ; on prend un verre ensemble, un soir ici, une ou deux heures là. Ça ne suffit pas. »

Il régla l'addition et ajouta cinq dollars de pourboire. Harry avait un faible pour les serveuses qui travaillent dur et dont le salaire dépend de la générosité des clients.

En encaissant, la jeune femme lui lança un sourire de gratitude.

« Merci beaucoup, dit-elle. Bonne journée. »

Rossetti se retourna pour lui adresser un clin d'œil, et elle se mit à rire.

« Tu as vu, dit-il à Harry. Un seul mot de ta part et tu aurais eu un rencart. »

Harry soupira.

« Rossetti, Rossetti, c'est toi le vrai Casanova, pas moi. C'est à toi qu'elle a souri. De plus, elle a probablement un mari et trois gosses.

— Depuis quand c'est un inconvénient ? rétorqua Rossetti.

— Honte à toi, brave Italien catholique. Si ta mamma t'entendait ? Et ton confesseur ?

— Crois-moi, il est au courant de tout. Y compris de ce que j'éprouve pour les violeurs et les assassins, et comment je voudrais leur arracher les couilles. »

Squeeze attendait dehors, attaché à un poteau, près d'une gamelle qui avait contenu des croquettes. Harry empoigna la laisse.

« On se retrouve à la voiture, dit-il à Rossetti. Pardon, mon vieux, susurra-t-il au chien qui le tirait sur la route. Mais on a eu deux rudes journées. On se rattrapera plus tard avec une vraie grande promenade. »

Squeeze, qui frétillait d'aise, renifla l'herbe et fit ses besoins ; quelles que soient les circonstances, il paraissait toujours satisfait.

Dans la voiture, en retournant à Boston, Harry pensa à la femme qu'il avait emmenée dîner trois semaines plus tôt. Séduisante, charmante, cultivée et très sûre d'elle. D'un milieu aisé ; leurs familles se connaissaient.

« C'est un complot, avait-elle dit dans le message qu'elle lui avait laissé sur son répondeur. Je viens de passer deux ans à Paris, pour mon travail, et mes parents pensent que je suis hors-circuit. Votre mère semble avoir abandonné tout espoir de vous caser. C'est peut-être notre dernière chance de leur point de vue. Pourquoi ne pas leur faire plaisir ? Accepteriez-vous de dîner avec moi un soir de la semaine prochaine ? »

Ce message l'avait charmé, et le charme avait duré quand il l'avait vue : grande et mince, très bien faite, de longs cheveux noirs tirés en arrière, à la mode espagnole, et rassemblés en chignon sur son cou crémeux ; des yeux marron, aussi pétillants que son esprit. Il s'était bien amusé pendant le dîner, et aussi en prenant un verre chez elle deux soirs plus tard. Mais le hasard avait voulu qu'il soit de service de huit heures du soir à quatre heures du matin, de sorte qu'il avait dû la laisser en plan. En partant, il avait lu des regrets dans ses yeux, et il y en avait dans sa propre voix.

Sa mère avait téléphoné l'autre soir pour lui annoncer que la jeune femme sortait maintenant avec un vieil ami de l'université, et qu'ils paraissaient faits pour s'entendre.

Harry avait pris la nouvelle avec philosophie. Telle était la vie d'un flic, surtout d'un flic consciencieux.

Il jeta un coup d'œil à l'horloge de la Jaguar, sur le tableau de bord en noyer laqué. À condition de se dépêcher, il aurait le temps de se doucher et de se changer avant de retourner à l'hôpital. Il devait assister à l'autopsie.

7

Quelques jours plus tard, à sept heures et demie du matin, dans la salle de police, les mains croisées derrière la tête, les pieds posés sur le bureau, les yeux fermés, Harry pensait à Summer Young.

Lui et Rossetti sortaient d'une réunion épuisante avec leur chef hors de lui. Le maire commençait à s'énerver, ses administrés le harcelaient de questions. Y avait-il dans la ville un tueur en série ? Si oui, que faisait la police ?

« Qu'est-ce qu'il croit ? Qu'on reste assis les bras croisés ? Qu'on se la coule douce ? » demanda Rossetti avec indignation.

Harry était dans le même état d'esprit. Sous pression.

« On fait tout ce qu'on peut, avait-il dit au chef. On s'escrime à coincer ce salaud. »

Il n'oublierait jamais que Summer avait traité son assassin de « salaud » juste avant de mourir.

« Ouais, avait rétorqué le chef, furieux. Eh bien, Harry, il va falloir vous remuer davantage. Et sans tarder. La mairie exige qu'on mette le tueur sous les verrous. Boston est célèbre pour ses universités et le maire doit veiller à leur réputation. Il n'a pas envie de voir les étudiantes violées, découpées en morceaux, et mises à mort.

Il a une fille inscrite à Northeastern. En d'autres termes, il se sent personnellement concerné. Il veut des résultats. Tout de suite. »

Harry ôta vivement les pieds de son bureau et alluma son PC pour consulter la liste des indices.

Les policiers chargés de ratisser le lieu du crime avaient bien travaillé. Ils avaient trouvé des empreintes de genoux dans le sable, là où le meurtrier avait enfourché sa victime. Il s'agissait d'un homme petit et trapu. Vraisemblablement pas plus d'un mètre soixante-cinq.

Ils avaient aussi photographié les traces de dérapage à l'endroit où l'assassin avait démarré en trombe pour s'enfuir, mais impossible d'identifier les pneus dans ce terrain sablonneux. Le laboratoire analysait les particules de caoutchouc raclées sur la route, sans beaucoup d'espoir. Au parking proche du collège, on avait détecté un mélange de poussières provenant de pneus divers, rien de concluant.

La voiture de Summer s'était révélée plus bavarde. Elle leur avait appris que l'assassin s'était caché à l'arrière de la Miata. Il avait assommé sa victime sans méfiance d'un coup de karaté, comme le prouvaient, selon le médecin légiste, les hématomes bleuâtres sur son cou, à hauteur de la carotide, et ceux du front, parce qu'elle s'était affaissée en avant, la tête sur le volant.

L'expertise médico-légale ne néglige aucun détail. Cette science se fonde sur l'idée qu'un criminel laisse *toujours* quelque chose sur le lieu du crime. Et qu'il emporte *toujours* quelque chose sur ses vêtements ou sur son corps : des particules de peau ou de poussière, un fil, un cheveu, une écaille de peinture. Les experts passent au peigne fin n'importe quel endroit, même les plus invraisemblables.

On avait cherché une empreinte de pied dans la Miata, grâce à un appareil électronique. Les types du labo avaient placé une feuille d'aluminium entre deux plaques noires d'acétate, à travers lesquelles ils avaient diffusé un faible courant électrique afin d'attirer les particules de poussière à la surface et de faire ressortir le dessin de la semelle. Pas de chance : rien – ils avaient tout de même conservé la poussière pour l'analyser.

On avait également découvert une minuscule fibre de tissu noir sur la banquette arrière de la Miata, et sur les vêtements de la victime deux cheveux qui n'étaient pas de la couleur des siens. Si une pellicule de peau, même infime, était restée attachée à leur racine, ce qu'on saurait d'un moment à l'autre, le laboratoire procéderait à des tests d'ADN. Certes, ces menus indices ne constitueraient pas une preuve suffisante, mais Harry avait appris à les apprécier à leur juste valeur. La science médico-légale est l'équivalent moderne de Sherlock Holmes. Si le majordome était coupable, elle pourrait en fournir la preuve.

On étudiait aussi la salive prélevée sur les morsures que présentaient les seins de la victime, et un orthodontiste de la police s'employait à reconstituer la denture de l'assassin, y compris les soins dentaires qu'il avait pu subir.

Mais l'élément capital était le sperme trouvé sur la malheureuse. Les tests d'ADN indiqueraient si ce dernier crime était lié aux deux autres. L'analyse génétique apporte une preuve aussi irréfutable qu'une empreinte digitale. C'était ce qui permettrait de mettre le tueur derrière les barreaux jusqu'à la fin de ses jours.

Une semaine s'était écoulée depuis que Harry et Latchell avaient tracé le portrait-robot. Les chaînes de télévision locales le diffusaient à toutes les informations, et les quotidiens de la région, du matin et du soir, l'avaient publié en première page. Les standards de la police avaient reçu d'innombrables appels téléphoniques : les mauvais plaisants habituels, mais aussi des personnes sincères et soucieuses qui pensaient avoir vu l'assassin. On avait suivi toutes les pistes possibles. En vain.

Harry commençait à douter de l'exactitude du portrait. À force d'insister auprès des pêcheurs, peut-être leur avait-il mis des idées dans la tête.

Yeux noirs perçants... mains douces. Ces paroles que Summer avait prononcées avant de mourir l'obsédaient. Elle avait été la seule à savoir à quoi ressemblait le tueur.

Le Dr Blake lui-même, après l'autopsie, s'était montré sceptique.

« Vous êtes sûr que c'est ressemblant ? avait-il demandé. Comment pouvez-vous en être certain ? Seule la fille aurait pu le dire, et elle n'a malheureusement pas vécu assez longtemps. »

Blake avait raison, pensait Harry avec lassitude, passant les mains dans sa tignasse noire. Soit le portrait-robot n'était pas fidèle, soit le meurtrier n'était pas dans le coin. Il devenait urgent d'alerter toute l'Amérique si on voulait éviter d'autres crimes aussi horribles. Il fallait donner à leur auteur une publicité nationale.

« Celle qu'il nous faudrait vraiment, dit-il à Rossetti, c'est Mallory Malone. »

Rossetti leva ses sourcils sombres. Son coéquipier parlait-il sérieusement ?

« Comment ça ? Pour qu'elle nous présente à la télé comme des flics bornés ! Pour l'entendre débiter à l'écran que, si on était intelligents et si on faisait notre métier convenablement, il y a belle lurette qu'on aurait arrêté ce détraqué ? En d'autres termes, mon pote, toi et moi on se ferait publiquement ridiculiser. Les journalistes nous boufferaient avec la voracité des piranhas. Réfléchis-y à deux fois, Prof. C'est mon avis.

— Mais imagine qu'elle diffuse le portrait-robot pendant son émission ? Peut-être qu'elle tombera sur la seule personne qui sait quelque chose sur ce malade ? En Californie peut-être ? Ou en Floride ou au Texas ou dans le Montana ? Bon Dieu, Rossetti, on a besoin d'aide, et tout de suite. Avant que la piste refroidisse.

— Quelle piste ? s'exclama Rossetti. Pourquoi aller au-devant des ennuis ? Tu trouves qu'on n'en a pas suffisamment comme ça ? Avec le chef sur notre dos, sans parler du maire et des recteurs d'université... plus tout le Massachusetts réuni... Alors pourquoi pas Mallory Malone pendant qu'on y est ? Autant former un parti politique. »

Ses yeux sombres fixaient ceux de Harry avec colère, mais finalement il détourna son regard et ses épaules s'affaissèrent.

« Merde, c'est toi qui as raison. Après tout, que vaut la carrière d'un homme s'il est incapable de mener à bien la tâche qu'on lui confie ? Appelle Malone s'il le faut, mais laisse-moi en dehors de tout ce cirque. Je vais chez Ruby faire pénitence et me taper des œufs et des crêpes avec son sirop d'érable "spécial", 100 % artificiel. Tu t'amènes ?

— Va creuser ta tombe tout seul chez Ruby, ricana Harry. Je vais prendre une autre tasse de ce poison noir qu'on ose ici nommer "café". »

Harry joua des coudes pour atteindre le distributeur au bout du couloir. Ça sentait la sueur, les cigarettes et la pizza rassie. Malgré l'heure matinale, la grande salle bourdonnait. L'équipe de nuit, qu'on appelait par dérision les croque-morts, n'avait pas connu de répit. Une dispute conjugale s'était terminée par un coup de couteau ; pas encore de décès à déplorer heureusement, mais on craignait une issue fatale. Il y avait aussi eu une histoire de drogue : coups de feu et poursuite en voiture. Les cellules du commissariat étaient bourrées d'ivrognes, d'individus coupables de violences envers leur famille ou de troubles du voisinage. Les flics exténués rédigeaient leurs rapports, continuellement dérangés par le téléphone. Pas une sinécure, ce service de nuit. Pour la énième fois, Harry se posa la question : pourquoi l'être humain ne comprend-il pas que la violence ne mène nulle part ? Personne n'en sort gagnant.

Habitué à ce tohu-bohu depuis des années, il réussit à s'isoler mentalement, s'assit à son bureau et réfléchit à Mallory Malone.

À la télévision, c'était une bête de proie. Par deux fois elle avait obtenu des renseignements qui avaient permis de tracer des portraits-robots. Elle les avait diffusés pendant son émission, et les coupables avaient été arrêtés.

Malone s'arrangeait pour tout savoir à propos des gens sur lesquels elle enquêtait, et ses collaborateurs semblaient avoir un don de double vue. Elle avait des contacts dans les milieux haut placés et parvenait à découvrir les secrets de famille les mieux gardés. Les gens riaient nerveusement en assurant qu'on avait intérêt à avoir un casier judiciaire aussi vierge qu'au jour de sa naissance si Malone s'en prenait à vous. Les flics la traitaient de dure à cuire. Elle plantait ses dents dans le corps de ses victimes, disait-on, à la manière d'un rottweiler. Impossible de lui faire lâcher prise.

Et tout ça sans se départir de son air angélique, ses yeux bleus pleins d'innocence légèrement surpris, comme si elle s'étonnait de ce qu'elle faisait. Dans ses ensembles Donna Karan, elle donnait l'image d'une Américaine moyenne, nourrie au maïs, qui vient de décrocher le gros lot. Sous une apparence ingénue et rayonnante se cachait une ambition obstinée, une femme d'acier.

Le public l'adorait, mais ses relations avec la police oscillaient constamment entre amour et haine. Quand elle aidait à l'arrestation d'assassins, de vendeurs de crack et autres trafiquants de drogue, les flics applaudissaient, sauf quand elle laissait entendre qu'elle se débrouillait mieux qu'eux. Il y avait de quoi les exaspérer au plus haut point.

Harry eut un haussement d'épaules résigné. De toute façon, il se trouvait entre le marteau et l'enclume. Il décrocha le téléphone et composa le numéro des Productions Malmar.

« Ici l'inspecteur Harry Jordan, de la brigade criminelle de Boston. J'aimerais parler à Mme Malone, annonça-t-il à la femme qui répondit.

— Un instant, monsieur. Je vais vous passer son assistante. »

Au bout de quelques minutes d'attente en compagnie d'un morceau de piano étonnamment doux, une autre voix dit :

« Ici Beth Hardy. En quoi puis-je vous être utile, inspecteur Jordan ?

— Je suis sur une affaire dont j'aimerais discuter avec Mme Malone. Celle de la jeune étudiante assassinée il y a deux semaines.

— Oh ! la jeune fille de l'université de Boston ?

— Vous avez lu les journaux.

— Bien sûr, et ça me touche personnellement. C'est mon université, et je ne suis pas beaucoup plus âgée que la victime. Je n'arrête pas d'y penser, de me dire que ça aurait pu être moi. Pauvre fille.

— C'est la raison pour laquelle nous voudrions le concours de Mme Malone.

— Dommage, inspecteur Jordan, déplora Beth d'une voix désolée. Mais vous téléphonez trop tard. Elle est rentrée de Londres hier, et pour une fois elle prend un peu de repos. De toute manière, les programmes sont bouclés pour les six prochaines semaines. »

Elle hésita, au souvenir du coup de téléphone de Mal. Mais entre-temps les enquêteurs avaient probablement déterré des renseignements.

« Vous savez quoi, ajouta-t-elle. Je vais lui passer un coup de fil. Peut-être qu'elle sera intéressée… ou peut-être pas. »

Harry se dit que Rossetti avait raison. Il se faisait déjà l'effet d'un idiot d'avoir appelé ; Malone n'était qu'une arrogante star de la télévision.

« Merci infiniment, madame Hardy, conclut-il. Je ne compte pas trop sur son appel. »

Beth éclata d'un rire moqueur.

« Ne le prenez pas mal, inspecteur. Je ne promets rien, je vais voir ce que je peux faire. »

8

Mal s'était juré de ne pas décrocher le téléphone. Lorsque Beth appela, elle était étendue sur un canapé rebondi, dans le séjour de son élégant appartement de la Cinquième Avenue. Elle contemplait d'un œil rêveur les gros nuages gris qui s'amoncelaient au-dessus de Central Park.

Cette interview à Londres avait épuisé ses forces nerveuses. Le milliardaire s'était révélé plus coriace qu'elle ne s'y attendait. Elle avait néanmoins réussi à le démasquer, et l'émission programmée ce soir allait faire du bruit.

Le plus beau, c'était que ce vieux dépravé ne pouvait pas la poursuivre en justice, comme il l'en avait menacée. Avant de partir, elle avait pris toutes les précautions nécessaires et veillé à chaque détail avec ses conseillers juridiques. Non, il n'avait aucun recours contre elle. Tout était vrai. L'affaire appartenait désormais à la police. La fiancée, quant à elle, semblait persister dans ses intentions matrimoniales.

Mal n'en revenait pas. Quelle belle démonstration de la séduction qu'exerce l'argent ! L'actrice se réjouissait d'avoir mis le grappin sur un homme richissime. Elle n'imaginait pas un seul instant qu'elle risquait à son tour de « tomber » dans les escaliers le jour où il se fatiguerait d'elle. Le vieux filou n'avait aucunement l'intention de lui laisser un centime. Il préférerait emporter son magot dans la tombe, ou tout investir dans un monument consacré à sa gloire, une sorte de centre artistique, un musée qui porterait son nom, afin que, après sa disparition, on parle encore de lui. Une façon comme une autre de survivre à la mort.

Mal était épuisée. Le Concorde ne supprimait pas complètement les effets du décalage horaire. Elle regrettait de n'avoir pas pris le temps de visiter un peu Londres, mais à part sa propre équipe de production elle n'y connaissait vraiment personne. Bien entendu, elle avait reçu des tas d'invitations à des dîners, des vernissages, des fêtes de bienfaisance car la « saison » anglaise battait son plein. Mais ce genre de choses ne l'amusait pas. Elle n'entretenait d'ailleurs aucune illusion. Vu sa notoriété, une cohorte d'inconnus étaient avides d'être aperçus à ses côtés. Pôle d'attraction de la soirée, elle devait rendre sourires et politesses, se montrer spirituelle. C'était un des aspects les plus astreignants de son métier. Elle avait donc refusé toutes les invitations.

Le soir, après un repas pris en solitaire à l'hôtel, dans sa luxueuse suite abondamment fleurie, elle avait eu des remords. Ne venait-elle pas de rater l'occasion de faire la rencontre de sa vie ? Un homme capable de discerner *qui* elle était et non *ce* qu'elle était ? Quelqu'un qui aurait peut-être su la faire rire, quelqu'un avec qui elle se serait amusée ? Avec qui elle se serait sentie de connivence ?

Les nuages voilaient le soleil. Pelotonnée dans sa douillette robe de chambre crème, elle ramena ses pieds nus sur le chintz à fleurs du canapé.

Les visiteurs étaient toujours déconcertés par l'appartement de Mal. Ils s'attendaient à un décor aussi dépouillé que ses tenues vestimentaires simples et monochromes. Or elle vivait entourée de photos de famille, dans un cadre rustique et désuet. Personne n'aurait imaginé qu'elle entretenait un jardin sur sa terrasse.

La maison de Mal était pleine de meubles anglais anciens et de canapés confortables recouverts de tissus fleuris aux tons passés. Les tables croulaient sous les photographies dans des cadres argentés. Dans sa bibliothèque, les livres rares et anciens côtoyaient des biographies contemporaines, des best-sellers et des romans policiers. Des tableaux figuratifs parfaitement éclairés étaient accrochés aux murs tapissés d'une coûteuse soie pâle : portraits d'ancêtres, scènes de chevaux et de chiens, aquarelles de villas en Toscane, et de doux paysages anglais. Les livres d'art s'empilaient sur l'imposante table basse en chêne, en regard de la cheminée en pierre de style français. Même par un temps étouffant comme ce soir-là, un feu crépitait dans le foyer (sa chaleur neutralisée par la climatisation) parce qu'elle en aimait le spectacle.

Elle adorait aussi être entourée de fleurs, d'énormes bouquets rustiques : épis bleus de delphinium et giroflées blanches, gueules-de-loup et marguerites immenses, énormes roses odorantes ployant sous leur poids, semblables à l'œuvre qu'elle possédait d'un maître hollandais du XVIIe siècle. Mais ce qu'elle préférait c'était la romantique odeur des lilas, et elle en disposait partout quand venait leur courte saison.

Peu de gens le savaient : dans l'intimité de sa maison, Mallory Malone toujours si froide, si réservée et si dépourvue de chichis en public, se laissait aller à la fantaisie, son péché mignon.

Sur sa terrasse-jardin, deux fontaines jumelles de pierre ruisselaient harmonieusement. Elle n'hésitait pas à enfoncer ses doigts manucurés dans la terre afin d'arracher une touffe égarée de mouron, ou pincer entre ses ongles les têtes fanées des azalées.

Elle aimait respirer l'odeur sauvage du romarin qu'elle froissait au creux de sa paume.

Mal avait quitté son canapé moelleux pour s'asseoir sur le banc en bois sculpté de la terrasse, face aux tours de Manhattan. Elle avait fermé les paupières et tenait sous ses narines le brin de romarin qu'elle venait de cueillir : « À condition de garder les yeux fermés, dit-elle à voix haute, je pourrais me croire en Provence, bercée par le chant des cigales et des oiseaux, le chuchotement du vent dans les oliviers, loin du bruit de la circulation et de la sonnerie du téléphone. »

Soudain mal à l'aise, elle ouvrit les yeux. Elle n'avait pas l'habitude de se reposer. Aujourd'hui où elle avait du temps devant elle, elle n'était pas sûre de savoir quoi en faire.

Mal arpenta la terrasse, cueillant au passage une fleur morte. Le plafond nuageux s'était encore obscurci et les premières grosses gouttes de pluie tombèrent, aussitôt suivies d'éclairs et de coups de tonnerre. Quelques secondes plus tard, c'était le déluge. Emmitouflée dans sa robe de chambre, elle alla se mettre à l'abri.

Le téléphone sonnait toujours. Sans réfléchir, elle se précipita dans son bureau : le répondeur venait de se déclencher. Non, elle devait s'interdire de prendre les appels téléphoniques si elle voulait se reposer un peu.

Elle hésita, l'œil fixé sur l'appareil. Il n'y avait pas de mal à voir qui avait appelé, au moins pour être sûre que tout le monde ne l'avait pas oubliée.

Au bout d'une douzaine de messages plus ennuyeux les uns que les autres, la voix de Beth Hardy se fit entendre :

« Pardonne-moi de troubler ta paix et ta tranquillité, mais j'ai l'impression que c'est urgent. Tu te souviens de l'étudiante de Boston ? Celle qui a été violée et assassinée. Tu m'avais demandé de mettre les enquêteurs sur l'affaire au cas où on trouverait quelque chose d'intéressant. Eh bien, un certain inspecteur Harry Jordan a appelé de Boston ce matin. Il veut que tu t'occupes de l'affaire. Je lui ai dit que ton programme était bouclé et que tu étais en vacances. Il a paru très déçu d'apprendre que tu n'étais pas disponible, j'ai pensé que tu voudrais être mise au courant. En tout cas, j'espère que tu t'amuses ou au moins que tu te détends. J'ai le numéro de son bureau et de son domicile aussi. Il est sur liste rouge. C'est marrant, non, pour un flic ? Je crois que tu aimerais les avoir. Les voici, au cas où... »

Beth avait raccroché en riant.

Mal se laissa tomber sur le fauteuil en face du bureau. Elle n'avait pas oublié la jeune fille qui avait été sauvagement violée et tuée.

« Summer Young », dit-elle à voix haute. Quel nom magique ! Ses parents devaient l'aimer pour lui avoir choisi un prénom aussi délicieux ! Elle posa ses pieds nus sur le fauteuil ; songeuse, elle noua les bras autour de ses genoux. Il fallait qu'elle appelle cet inspecteur Jordan.

La sonnerie de son bureau résonna dix fois avant l'intervention du répondeur. « Pas étonnant que vous ayez besoin d'aide, inspecteur. J'ai failli ne pas laisser de message tellement votre fichu répondeur est long à la détente. Faites-moi le plaisir de le reprogrammer, qu'à l'avenir il démarre à la troisième sonnerie. Ça m'épargnera du temps et de l'énervement. Vous savez où me joindre. Au fait, c'est Mallory Malone. »

Agacée, elle raccrocha et alla dans la cuisine emplir une bouilloire. Elle pianotait d'impatience sur le plan de travail en pierre polie. Elle jeta un sachet Zinger aux fraises des bois dans un mug à petites fleurs roses dès que l'eau frissonna. Il ne lui restait plus qu'à remuer le breuvage jusqu'à ce qu'il prenne une teinte rougeâtre. Au moment de retourner dans le salon, elle attrapa comme un automate une tranche de gâteau au citron basses calories.

Le gâteau fut englouti. Épouvantée par ce qu'elle venait d'ingurgiter, elle s'exclama à voix haute : « C'est à cause de vous, inspecteur Harry Jordan », ce qui la fit rire. « Au diable ! Ce qu'il me faut, c'est un vrai dîner. Je n'arrive pas à me souvenir de la dernière fois où j'ai mangé sans être toute seule et sous pression, ni si c'était agréable. »

Poussée par l'ennui, elle décrocha le téléphone posé sur la table basse et appela Jordan à son domicile.

Harry rentrait chez lui. Il portait un short et un T-shirt molletonné gris, des baskets éculées, et tenait par le guidon un VTT Nishiki à douze vitesses. Il avait un casque sur la tête. Squeeze atteignit le téléphone avant lui, mais à part l'arrêt du réveille-matin, il n'avait aucune compétence technique. Il se borna à aboyer joyeusement devant l'appareil.

« Pousse-toi, Squeeze. C'est une affaire d'homme, dit Harry avant de s'effondrer dans le fauteuil et de décrocher. Ouais, Jordan à l'appareil, reprit-il, à bout de souffle.

— Mallory Malone, inspecteur Jordan.

— Mallory Malone ? répéta-t-il, éberlué, car c'était la dernière personne dont il attendait des nouvelles.

— J'espère que votre essoufflement ne signifie pas que je vous interromps au cours d'un acte répréhensible. »

Ce ton irrité fit sourciller Harry.

« Madame Malone, j'espère que vous ne m'interromprez jamais pendant ce genre d'acte. Par ailleurs il est fort possible que nos vues divergent quant au caractère répréhensible dudit acte.

— Vous avez certainement raison », répliqua-t-elle d'une voix brusque, presque acerbe.

Décidément, elle avait du mordant, songea Harry qui ne pouvait s'empêcher de sourire.

« Merci de me rappeler. Pure curiosité, dites-moi comment vous avez obtenu mon numéro personnel.

— Ne sous-estimez jamais les capacités d'une bonne équipe.

— En d'autres termes, ce qui compte, ce n'est pas ce que vous savez, mais qui vous connaissez.

— Possible. Et maintenant, pourquoi ne me parlez-vous pas de vos ennuis ?

— Plus précisément de mes trois ennuis, madame Malone. Trois assassinats, des étudiantes de Nouvelle-Angleterre. Le scénario est identique. Enlevées dans un parking ou dans une rue calme, en pleine nuit, emmenées dans un endroit isolé, les cheveux cisaillés, violées, les poignets coupés nettement et proprement, comme avec un scalpel de chirurgien. On les laisse se vider de leur sang. La première dans une ferme abandonnée en pleine campagne, la deuxième dans un hangar à bateaux désaffecté au bord du fleuve, et la dernière sur une plage déserte. Dans les deux premiers cas, les femmes ont été portées disparues et leurs corps retrouvés par hasard plusieurs semaines après leur mort.

« La dernière victime, Summer Young, sortait tardivement de la bibliothèque de l'université. Elle est allée au parking reprendre son auto. Elle a été enlevée et emmenée en voiture sur une plage. Mais l'endroit n'était pas aussi désert que l'espérait le meurtrier.

« L'agresseur a pris la fuite, mais deux pêcheurs ont eu le temps d'apercevoir son visage dans le rayon de leur torche. D'après l'impression fugitive qu'ils en ont eue, on a établi un portrait-robot.

— Vous avez un portrait de lui ? dit-elle avec étonnement.

— C'est exact, madame.

— Mademoiselle, rétorqua-t-elle, et il décela une pointe d'irritation dans sa voix. Le “madame” me donne l'impression d'avoir cent ans.

— Personne ne voudra jamais croire que vous avez plus de trente-cinq ans, mademoiselle Malone, railla-t-il.

— Merci bien, inspecteur, rétorqua-t-elle sur un ton glacial. Je présume que de votre côté vous êtes également soumis aux lois du temps et de la pesanteur. Revenons à Summer Young. J'étais à Londres la semaine dernière. Je n'ai pas été informée du fait que vous disposiez d'un portrait-robot. Je veux le voir et discuter plus avant de cette affaire. J'aurais besoin de connaître tous les éléments dont vous disposez. Sans aucune réserve.

— Alors vous acceptez de nous aider ? demanda Harry sans plus plaisanter.

— J'accepte d'aider d'innocentes victimes et d'empêcher d'autres assassinats, inspecteur. Non pas d'aider la police à faire son métier. »

Harry encaissa le coup sans broncher.

« Bon. Puisque nos objectifs sont les mêmes, je suis certain que nous pourrons collaborer… amicalement.

— Êtes-vous libre demain soir ?

— Je peux me libérer. Votre heure et le lieu choisi par vous seront les miens. J'irai à New York, s'entendit-il déclarer.

— Ce n'est pas nécessaire. Je peux venir vous voir, répliqua-t-elle en enchaînant aussitôt : je prendrai la navette de sept heures à l'aéroport de La Guardia. Y a-t-il un restaurant où nous puissions nous retrouver ?

— Oui. Juste au coin de la rue, à côté du poste de police. Chez Ruby, Miller Street.

— J'y serai à huit heures trente, inspecteur.

— Je suis impatient de faire votre connaissance, mademoiselle Malone. »

Le téléphone cliqueta et la ligne fut coupée. « Et merde », marmonna Harry, en passant les mains dans son épaisse chevelure noire.

Squeeze pencha la tête sur le côté, la langue pendante, les yeux en alerte. « Ils ont raison, Squeeze, la mère Malone est une dure à cuire. » Et il ébouriffa affectueusement la fourrure d'argent de son chien.

9

La pluie ricochait sur le trottoir luisant lorsque Harry partit au pas de course chez Ruby. L'eau plaquait ses cheveux noirs contre son crâne et coulait dans le col de son vieux blouson d'aviateur en cuir noir.

Le chien trottait sur ses talons, lançant des regards exaspérés au ciel parcouru d'éclairs, se contractant chaque fois qu'il tonnait. Harry espérait que Mallory Malone avait réussi à passer à travers la tourmente qui s'était abattue sur toute la région depuis le début de la journée, mais il ne pourrait pas lui reprocher d'annuler leur rendez-vous : c'était une soirée d'enfer.

La clochette accrochée à la porte vitrée de Ruby tinta quand il entra. Le petit café était bourré de monde. Il n'y avait pas un seul box, pas une seule table de libre. Il vit deux flics et plusieurs habitués de connaissance ; les autres clients devaient être des brebis égarées. La buée qui opacifiait les vitres, au-dessus des rideaux de vichy rouge, empêchait de voir l'horrible nuit. L'odeur du café chaud, de la friture et de la sauce de poulet, flottait dans la pièce, comme le brouillard au-dessus de Los Angeles. Deux serveuses très dignes, avec leurs tabliers rouge et blanc et leurs coiffes, manœuvraient leurs plateaux lourdement chargés entre les banquettes de vinyle rouge éraflé. La fumée bleue des cigarettes montait vers le plafond jauni par la nicotine.

Squeeze s'ébroua, aspergeant le jean usé de Harry, avant de s'asseoir sur son arrière-train et de renifler l'air avec avidité.

Harry épongeait son visage et l'intérieur de son col avec une serviette en papier. Il essayait d'attirer l'attention de la serveuse.

« Hé, Doris ! lança-t-il au moment où elle se précipitait derrière le comptoir. Combien de temps pour un box ?

— Dix minutes, pt'être quinze, dit-elle avec un haussement d'épaules.

— Vous me le promettez ? »

Il l'avait interceptée au passage. C'était une quinquagénaire grassouillette et surmenée qui autrefois n'hésitait pas à flirter un peu avec les clients. Harry, qui la connaissait depuis des années, l'aimait bien.

« Ne me dites pas que vous avez un rencart ici ce soir, espèce de voyou ? s'exclama-t-elle, haussant un sourcil.

— Professionnel, Doris, purement professionnel. Mais c'est une femme et je ne veux pas la faire attendre.

— J'ai toujours apprécié les types qui ont de l'éducation, assura-t-elle avec un large sourire. Comptez sur moi pour libérer le box du fond, même si je dois virer les clients à coups de pied. » Elle renifla, puis baissa les yeux sur le chien mouillé.

« On se croirait dans une cour de ferme », ajouta-t-elle avant de s'éloigner.

Deux minutes plus tard, elle posait un plat de viande par terre. Squeeze la gratifia d'une petite danse fébrile de l'arrière-train.

« N'importe quel chien mérite un bon steak une fois de temps en temps. Même un clebs puant comme toi.

— Vous le gâtez, Doris. J'ajoute qu'il a déjà dîné. Il va devenir obèse.

— Ouais. J'ai toujours aimé les hommes gras et les gros chiens. Ce qui vous met hors du coup, inspecteur. Tout en muscles et rien à pincer. »

Sa propre plaisanterie la mit en joie, et elle s'avança d'un pas ferme vers le box du fond, son plateau à bout de bras. Harry l'entendit dire d'une voix forte :

« Hé vous autres, vous avez l'intention de rester ici toute la nuit ou quoi ? Il y a des clients qui attendent cette table. »

Harry éclata de rire, au moment même où son téléphone cellulaire sonnait. Tournant le dos au tintamarre de la salle, il pressa l'écouteur contre son oreille.

« Jordan.

— Inspecteur, où diable se trouve votre Ruby ? proféra la voix furieuse de Mallory Malone. Le chauffeur n'en a jamais entendu parler. »

Il grimaça un sourire.

« Tous les vrais Bostoniens savent où est Ruby, mademoiselle Malone. Donnez-lui le téléphone et je vais lui indiquer la route. »

Sans rire, ni lui dire « au revoir » ou « à tout à l'heure », ni quoi que ce soit d'un peu aimable, elle lui passa le chauffeur, à qui Harry communiqua ses instructions. Doris avait obtenu que les clients du box paient leur addition et, debout devant leur table, les bras croisés, elle les surveillait. Deux minutes plus tard, ils se frayaient un chemin vers la porte. Doris nettoyait déjà la table.

Harry n'osait pas penser à ce qui serait arrivé s'il avait dû faire attendre la « star ». Il se glissa sur la banquette, le dos contre le mur afin de la voir entrer. Squeeze se faufila sous la table, hors de vue. Sa grosse tête enfouie entre ses pattes il se prépara à piquer un somme.

Harry réfléchit à ce qu'il savait de Mallory Malone. Très peu de chose, malgré sa notoriété. Seulement qu'elle était originaire de l'Oregon et avait fait des études de journalisme à l'université de l'État de Washington. Après divers boulots pour des stations de radio et de télévision locales, dans de petites villes, elle avait présenté la météo à Seattle. Une chaîne nationale l'avait remarquée et engagée pour ses actualités. Après quoi on lui avait confié le journal du matin ; elle produisait maintenant sa propre émission aux heures de grande écoute.

Il avait eu vent d'un mariage avec un riche agent de change de Wall Street. Ça n'avait pas duré longtemps. Leurs horaires ne coïncidaient pas. Son mari lui reprochait de se laisser dévorer par le travail.

« Mallory voue sa vie à la télévision, avait-il déclaré à la presse avec amertume. J'espère que ça lui tient chaud au lit la nuit. » Ils n'avaient pas eu d'enfant.

La porte s'ouvrit en grand et Mallory Malone entra. Elle jeta un regard autour d'elle, les sourcils levés, comme pour se demander si elle se trouvait bien au bon endroit.

Harry sortit vivement du box et se précipita à sa rencontre. « Mademoiselle Malone. »

Elle tourna aussitôt la tête et leurs regards se croisèrent. Il n'avait pas remarqué, à l'écran, le bleu intense de ses yeux et la longueur de ses cils. Baissant la tête vers sa main tendue, elle prit soudain un air timide. Elle était d'une élégance irréprochable : chandail et jupe de cachemire gris avec un blazer rouge. Dans ses cheveux dorés perlaient des gouttes de pluie scintillantes. Elle était aussi déplacée chez Ruby qu'une fleur tropicale en Alaska. Elle avait les mains glacées.

Tandis qu'ils se saluaient, Mal se reprocha de détonner dans sa tenue en cachemire : Jordan paraissait dans son élément avec son jean délavé et son blouson usé. Plus jeune qu'elle ne s'y attendait et, ma foi, séduisant en diable : des cheveux noirs plaqués par la pluie, des yeux gris au regard pénétrant, une bouche ferme et sensuelle. Il avait une barbe d'au moins vingt-quatre heures et beaucoup trop d'assurance. Déconcertée, elle retira sa main de la sienne.

« Inspecteur Jordan, dit-elle froidement, il a fallu une demi-heure à mon chauffeur pour trouver ce trou.

— Vous m'en voyez désolé, ce n'est pourtant pas si difficile. »

Plutôt hostile comme entrée en matière. Elle jaugeait d'un œil hautain le comptoir, la vitrine pleine de tartes et de gâteaux au chocolat, la petite cuisine embuée, les banquettes en vinyle rouge craquelé, et les serveuses qui débitaient à la ronde steaks hachés, œufs sur le plat, hamburgers et cholestérol.

« On s'encanaille, inspecteur Jordan ? »

Harry serra les dents. À quoi s'attendait-elle donc, Maxim's ?

« Pardon si ça ne correspond pas à vos habitudes. Mais c'est près du commissariat, et je suis de service. En outre, les flics n'ont pas le choix, avec ce qu'ils gagnent. Tous les gars dînent ici. »

Les yeux bleus se plissèrent.

« Certes, Jordan. Mais pas les flics riches. »

Harry comprit que la partie était mal engagée. Elle détestait l'endroit, elle détestait les flics, et elle détestait encore plus les flics riches. Comment l'avait-elle appris ? Sans doute par le même moyen qui lui avait permis de se procurer son numéro de téléphone sur liste rouge. Après tout, c'était son métier de tout savoir sur les gens qu'elle interviewait, devant une caméra de télévision ou ailleurs.

Il la conduisit au fond de la salle, les gens la reconnurent et se retournèrent à son passage. Mallory Malone fit mine de ne rien voir, comme s'il n'y avait personne dans le restaurant. En s'installant en face de lui, son pied rencontra une masse molle. Interloquée, elle piqua du nez sous la table et un sourire éclaira brusquement son visage.

Harry en resta ébahi. On aurait cru que quelqu'un venait de lui rendre la vie.

« Dis bonjour à la dame, Squeeze », ordonna-t-il, et le chien se faufila entre leurs genoux. Assis devant Mallory, il leva poliment sa patte droite.

« Oh, qu'il est gentil », s'exclama-t-elle. « Mon Dieu ! » disait son regard à Harry. Elle prit la patte tendue et caressa l'animal en le comblant de mots doux.

« Couché, Squeeze », dit Harry, et le chien retourna sous la table.

La tête posée sur les minables Paraboots en cuir de Harry, il attendit patiemment que son maître lui commande quelque chose d'autre.

Leurs regards se croisèrent par-dessus la table en Formica couverte de brûlures de cigarette.

« Squeeze, quel curieux nom pour un chien ? Ne devrait-il pas s'appeler Rover, ou Fido, ou… ?

— On l'a appelé Squeeze[1], parce qu'il sait se faufiler n'importe où. Et ça, depuis sa naissance. Il se glisse partout, pour peu qu'on le lui ordonne. Sous une barrière, par la fenêtre d'une voiture, hors de ma chambre la nuit. Je voulais le prénommer Houdini, mais c'est un nom trop bizarre, Squeeze, c'est mieux. »

Mal l'approuva d'un signe de tête. Ses cheveux blonds en chrysanthème pailletés de pluie voltigèrent tels des pétales au-dessus de ses délicates arcades sourcilières.

Harry s'obligea à regarder ailleurs. Pour donner le change, il lui passa un menu en plastique taché de gras.

« Que prendrez-vous ? Je vous recommande le steak et les frites maison.

— Une bière, ça suffira. Une Bud allégée, s'il vous plaît. » Elle venait de jeter un regard rapide aux assiettes archi-chargées qui passaient au-dessus du comptoir.

Une bière. Curieux, pour une femme de son style. Il aurait cru qu'elle prendrait un café noir et sans sucre, mais il songea qu'elle devait savoir affecter des airs de grande fille toute simple.

Il commanda deux bières à Doris, bouche bée devant sa compagne.

« Deux bières ? demanda-t-elle, abasourdie. Vous devriez lui payer du champagne, au moins ! Entre femmes, il faut se tenir les coudes. » Et le clin d'œil qu'elle décocha à Mallory Malone fit rire cette dernière. Doris, de retour avec les bières, lui tendit avec enthousiasme son carnet de commandes :

« Pourriez-vous me donner un autographe, Mal ? Sinon mes gosses ne voudront pas me croire quand je leur dirai qui est venu chez Ruby ce soir. Et puis zut, de toute façon ils ne me croiront pas. Ils vont penser que j'ai imité votre signature, dit-elle d'un air résigné tandis que Mal signait.

— Vous et moi savons que ce n'est pas le cas, lui répondit Mal en souriant.

---

1. *To squeeze* : serrer. *(N.d.T.)*

— Ouais. Et c'est ce qui compte. Merci Mal, je vous en suis reconnaissante. Et, pendant que vous y êtes, ne laissez pas ce beau mec vous tourner la tête. J'arrête pas de lui dire qu'il a tout dans les muscles et rien dans la tête. »

Les yeux bleus de Mal pétillaient d'amusement lorsqu'elle goûta la Bud allégée. Elle ôta son blazer rouge et regarda Harry au fond des yeux.

« Alors, Jordan, vous avez la parole, déclara-t-elle brusquement, redevenue professionnelle.

— J'ai l'impression de passer une audition, dit-il mal à l'aise.

— C'est peut-être le cas. Alors allez-y. »

Il lui raconta les circonstances des meurtres. Il pouvait affirmer qu'il n'y avait aucune relation entre les trois jeunes femmes ; elles ne venaient pas de la même ville, ni du même État. Elles ne se connaissaient pas. Elles n'avaient pas vécu en voisinage. Elles n'étudiaient pas dans la même université.

« Ce ne sont pourtant pas des meurtres improvisés. Ce type est un maniaque. Un assassin bien organisé. Il sait exactement ce qu'il fait. Selon moi, il s'est forcément renseigné sur ses victimes : domicile, emploi du temps, horaires de travail, et les moments où elles se trouvaient seules. »

Les yeux de Mal s'agrandirent. Elle sentit un frisson glacé parcourir son épine dorsale.

« Vous voulez dire qu'il les a *traquées* ?

— Effectivement, c'est ce que je crois.

— C'est affreux ! Un maniaque en liberté parmi toutes ces étudiantes. Il n'a que l'embarras du choix. Avez-vous le moindre fil conducteur ?

— Le laboratoire d'expertise médico-légale analyse les indices trouvés sur place, les fibres textiles, les cheveux et le sperme. Son empreinte génétique sera connue dans deux semaines, ça devrait nous permettre d'établir avec certitude un lien entre les trois agressions. Toutes les étudiantes sont informées du danger. On les a averties de ne pas se promener seules sur le campus pendant la nuit. Les établissements ont mis sur pied des services d'escorte pour les accompagner à leurs chambres. Ça sera utile un moment.

— Vous pensez qu'il va frapper encore ?

— J'en suis certain. Le département d'études comportementales du FBI a dressé son portrait psychologique. D'après eux, le type que nous cherchons est un psychopathe en proie à une haine obsessionnelle des femmes. Il les dépouille de leur féminité en leur coupant les cheveux. Le viol lui procure la sensation d'exercer un pouvoir sur elles. Quand il leur incise les veines des poignets, il connaît probablement un orgasme qu'il est incapable d'obtenir autrement. C'est vraisemblablement l'apogée de son sentiment de puissance. Ses victimes souffrent et meurent tandis que lui se sent vivre.

— Oh, mon Dieu, fit-elle d'un air terrorisé.

— Vous comprendrez pourquoi nous devons le coincer avant qu'il récidive. Son comportement m'incite à supposer qu'il prendra son temps, peut-être deux mois. Il doit d'abord explorer les lieux, choisir sa proie, la filer, et même pénétrer chez elle, chercher à s'imprégner d'elle, à sentir son odeur. Comme un animal à l'affût. Il a de la méthode. C'est la raison pour laquelle il réussit si bien son coup.

— Pourquoi les hommes font-ils ce genre de choses ? »

Harry haussa les épaules.

« Des études montrent que tous les meurtriers de ce type viennent de foyers perturbés où sévissent la toxicomanie, l'alcoolisme, la délinquance... à vous de choisir. Il existe souvent une maladie mentale héréditaire, et les sujets ont probablement subi dans leur enfance de mauvais traitements, tant sur le plan émotionnel que physique. En général ils ont été avilis et émasculés par une mère dominatrice. Ils deviennent à leur tour des adultes anormaux sur le plan sexuel, incapables de nouer des liens affectifs avec autrui.

— Selon vous, c'est ce qui est arrivé à ce meurtrier ?

— Je paierais cher pour le savoir. »

Harry passa les mains dans ses cheveux encore humides, un peu hirsutes. Mal songea qu'il semblait sortir de la douche.

« Le public croit toujours qu'un meurtrier a un aspect monstrueux, reprit-il. Mais en fait, rien ne le distingue des autres dans la rue. D'après les psychologues du FBI, notre tueur mène sans doute une vie "normale". Malgré la gravité de sa psychose, il réussit à se faire passer pour quelqu'un d'ordinaire. Il vit seul, et dans une maison plutôt que dans un appartement afin de ne pas attirer l'attention sur ses allées et venues. Dans la vie quotidienne, il soigne son apparence et mène une existence rangée, avec une profession honnête, dans un bureau plutôt qu'à l'usine. Il se pourrait même qu'il soit d'un milieu social élevé. Il excelle dans son métier et n'a pas d'amis. C'est un maniaque de l'ordre.

— Nous ne courons donc pas après un individu asocial, un marginal qui vagabonde dans les rues. Nous recherchons un type banal, un homme que ses voisins et ses collègues considèrent comme absolument normal. Pas différent d'eux ou de n'importe qui à Boston, résuma-t-elle.

— Une aiguille dans une botte de foin.

— Par chance, vous avez un portrait-robot. »

Harry fit glisser la photo de l'enveloppe en papier kraft.

« Encore une chose. La dernière victime, Summer Young, a réussi à nous donner deux détails avant de mourir : qu'il avait des yeux noirs au regard perçant, et des mains douces.

— Donc pas un travailleur manuel.

— Peu probable.

— A-t-elle dit autre chose ?

— Oui. Elle l'a traité de salaud. Ce sont ses dernières paroles. »

Bouleversée, Mal détourna les yeux. Elle absorba une gorgée de bière.

Pendant qu'elle étudiait le portrait-robot, Harry en profita pour la détailler. Il aimait la façon dont le bout de ses cils s'ourlait.

« Ce portrait correspond à la description des deux pêcheurs ? demanda-t-elle au bout d'un long moment.

— Oui. Ils l'ont aperçu une seconde à la lumière de leur torche avant qu'il déguerpisse. L'artiste de la police a accentué le regard en fonction de ce qu'a dit Summer. »

La voix de Mal tomba, plus froide que la bière.

« Je crains que ce ne soit pas suffisant comme point de départ, inspecteur Jordan. Ce n'est pas précis. Et il n'y a vraiment pas matière à toute une émission de télévision sur une chaîne nationale. J'en suis navrée, mais je ne peux rien pour vous. »

Elle avait déjà ramassé sa veste et son sac, et s'apprêtait à quitter la banquette.

Harry n'y comprenait plus rien. Une minute plus tôt, elle paraissait toute prête à produire une émission pour épargner un destin atroce à d'autres jeunes femmes. Et voilà qu'elle lui opposait une fin de non-recevoir.

« Eh ! Attendez une minute ! » s'exclama-t-il d'une voix dure. Sous la table, Squeeze dressa la tête et grogna un peu.

Harry se leva d'un bond et la saisit par l'épaule.

« Qu'est-ce qui vous prend ?

— Que voulez-vous dire ? »

Il la lâcha, et elle enfila sa veste en toute hâte, en évitant son regard.

« Tout à l'heure vous étiez enthousiasmée par le sujet, et maintenant vous y renoncez. J'aimerais savoir pourquoi.

— Je vous ai laissé raconter votre histoire, inspecteur. Je vous ai écouté. J'ai pris ma décision. C'est comme ça que je procède. Essuyer un refus n'a rien d'agréable, Harry Jordan, je le comprends. N'y voyez rien de personnel. »

Toujours sans le regarder, son sac sur l'épaule, elle passa d'un pas vif devant les boxes de vinyle rouge craquelé, sortit de la salle et s'engouffra dans la limousine avec chauffeur qui l'attendait.

10

Pendant le trajet en voiture, Mal s'obstina à regarder défiler le paysage, pour se changer les idées. Durant le vol de retour à La Guardia, elle lut quatre longs articles dans le dernier *Vanity Fair*. Mais, si on le lui avait demandé, elle aurait été bien incapable d'en parler.

La vue de sa porte d'entrée ne lui avait jamais paru aussi agréable. Elle la referma derrière elle et s'y adossa, le cœur battant la chamade comme si elle venait de courir un mille mètres.

Sa femme de ménage avait laissé les lampes allumées, et son appartement paisible la rassura. Elle envoya promener ses chaussures, avant de traverser le hall d'entrée et d'aller dans sa chambre à coucher.

Les draps de coton amidonné étaient déjà ouverts et l'immense lit ancien, de style français, lui offrait ses oreillers rembourrés et sa moelleuse couverture de cachemire. Elle avait hâte de s'y glisser.

Mal dégrafa sa jupe grise et l'enjamba. Elle ôta à la volée son chandail qui atterrit sur la moquette claire. Son collant et ses sous-vêtements jalonnèrent le chemin vers la salle de bains de marbre rose.

Avant d'ouvrir les robinets, elle alluma les bougies parfumées au lilas disposées parmi les fougères et les plantes vertes qui entouraient la baignoire. Appuyée sur le marbre frais du lavabo, face au miroir, elle s'étonnait de se trouver si normale. Elle conservait l'apparence de Mallory Malone, la star du journalisme, la célèbre productrice de sa propre émission télévisée. Rassérénée, elle se coula dans la baignoire emplie d'eau chaude et ferma les yeux. L'odeur familière du lilas allait la transporter dans un passé qu'elle continuait à chérir, lui ferait revivre le seul moment de bonheur parfait dont elle se souvenait. Mais, ce jour-là, la magie n'opéra pas.

Elle sortit du bain à regret et, enroulée dans une serviette-éponge blanche et mousseuse, elle interrogea une fois encore le miroir.

Ses yeux la fixaient, assombris par la peur. Elle avait oublié de se démaquiller. Elle accomplit rapidement sa toilette rituelle du soir : lait démaquillant, lotion tonique, crème hydratante, une touche d'antiride sous les yeux. Elle était passée en pilotage automatique.

La jeune femme se brossa les cheveux ; elle mourait de froid, elle était nue. Ouvrant la vaste penderie, elle enfila un survêtement gris et une paire de socquettes blanches. Là aussi un miroir en pied lui renvoyait son image. On aurait dit que toute lumière l'avait quittée. De nouveau, elle était Mademoiselle Personne.

La tête basse, elle se traîna jusqu'à la cuisine. Il lui fallait attendre que l'eau frémisse pour préparer sa tisane préférée aux fraises des bois, et cette fois elle n'avait pas envie de gâteau au citron.

Le gobelet avait réchauffé ses mains glacées lorsqu'elle le posa sur le plateau d'argent qui protégeait la table de chevet. Elle put enfin se glisser entre les draps. Adossée aux oreillers blancs, elle alluma le téléviseur et aussitôt neutralisa le volume sonore.

Les gros titres de l'actualité internationale défilèrent silencieusement sur l'écran, tandis qu'elle buvait la tisane et avalait deux comprimés d'Advil pour calmer sa migraine naissante.

Elle ne tarda pas à éteindre les lumières. Toute frissonnante, elle se mit en chien de fusil et attendit le sommeil qui effacerait ses souvenirs.

Le lit confortable parut l'aspirer vers le bas. Les doux oreillers l'étouffaient. Elle tombait en chute libre dans un puits sombre et sans fond…

Avec un cri de terreur elle se redressa en rejetant les couvertures. Toute tremblante, la gorge sèche et le corps agité de spasmes nerveux, elle murmura : « Oh, mon Dieu. Oh, mon Dieu, non. »

Il y avait longtemps qu'elle n'avait pas fait ce cauchemar, au point de le croire définitivement évanoui, enfoui avec les mauvais souvenirs au fin fond de son esprit, dans la chambre secrète où elle l'avait relégué. Mais il était encore là. *Il était encore là.*

D'un geste brusque, elle ralluma la lampe de chevet, puis le plafonnier, les lumières de la salle de bains et de la penderie. Bientôt son appartement se retrouva aussi illuminé que la vitrine d'un grand magasin au moment de Noël. Elle avait branché tous les éclairages et poussé à fond les variateurs de tension. Elle tremblait de tout son corps. Son regard angoissé explorait le moindre recoin. Non, il n'y avait pas un seul endroit où un fantôme aurait pu se cacher. Elle maîtrisait de nouveau la situation.

De retour dans sa chambre, elle sortit une valise du placard. En quelques minutes, elle y entassa des vêtements de sport, des lainages et des baskets.

Le réveil de sa table de nuit indiquait deux heures et demie. Elle avait l'intention d'envoyer un fax à l'établissement thermal de Tucson pour prévenir de son arrivée. Il lui restait trois heures et demie à tuer avant de pouvoir contacter la compagnie aérienne et réserver une place sur le premier vol. Trois heures et demie avant de pouvoir fuir son passé, et fuir Harry Jordan.

Pendant ce temps, Harry se défoulait dans la salle de gymnastique du Moonlightin'Club. Après avoir participé à un interminable match de basket, il s'était entraîné pendant quarante-cinq minutes. Il souleva une dernière fois au-dessus de sa tête la barre du Nautilus lestée de quatre-vingts kilos, et la reposa peu après en douceur sur son socle. Il était satisfait d'avoir réussi à la maintenir un court instant en l'air. La sueur ruisselait sur son cou et mouillait la toison sombre de sa poitrine.

Rossetti qui assistait à cet exercice physique se plaignit :

« Dire que j'ai quitté un lit accueillant et la chaleur d'une femme pour venir te retrouver ! Qu'est-ce qui t'arrive ? On dirait que le dîner avec Mallory Malone te dispense de répondre au téléphone ? Tu te crois trop bien pour nous autres, pauvres flics ordinaires, ou quoi ? »

Harry s'essuyait avec une serviette-éponge.

« J'avais plein de choses en tête.

— Moi aussi, tu sais. Tu as mis ma carrière en jeu ce soir avec Mme Malone. Après quoi, tu fais le mort... »

Rossetti le suivit jusqu'aux douches.

« Tu crois que c'est une excuse ? poursuivit-il. Plein de choses en tête. Et moi alors ? Moi qui nous croyais comme deux mousquetaires, lancés à la poursuite d'un assassin. Faut-il dire trois mousquetaires maintenant que Malone prend les choses en main ? »

Harry s'attardait sous le jet, la tête rejetée en arrière et les paupières fermées. Il secoua l'eau de ses yeux et fit face à son coéquipier furieux.

« Faux, dit-il. Mallory Malone refuse de s'en mêler. »

La longue mâchoire de Rossetti s'affaissa.

« Vraiment ?

— Vraiment, confirma Harry en se séchant avec vigueur. D'après elle, les éléments sont trop minces pour monter une émission. À son avis, le portrait-robot n'est pas suffisamment précis.

— Bon sang ! Comment peut-elle le savoir ?

— Peut-être qu'elle a un don de double vue ? Tout ce que je sais, c'est qu'elle avait vraiment envie de nous aider et que tout d'un coup elle a changé d'avis. » Il passait son Levi's sur un caleçon court bleu nuit. Rossetti lui lança un regard méfiant : « Tu lui as fait du gringue ou quoi ? »

Harry éclata de rire.

« Absolument pas. C'est un vrai glaçon. Presque tout le temps.

— Et le reste du temps ? »

Il réfléchit en boutonnant sa chemise : « Le reste du temps plutôt cassante, mais charmante.

— *Charmante ?*

— Ouais, tu sais, une fille pleine de charme. Une femme », corrigea-t-il, bien qu'à la réflexion il lui trouvât quelque chose d'enfantin derrière la façade assurée. Peut-être à cause de ses cils ? « Elle aimait bien Squeeze.

— Bonne manière de toucher le cœur d'un mec, ça marche tout le temps. Pour m'aimer, il faut aimer mon chien.

— Ça n'est pas du tout allé aussi loin. De toute manière, elle m'a si salement rembarré que j'ai dû venir ici me défouler. Sinon, j'aurais fini par taper sur quelqu'un.

— La frustration, hein ? »

Harry posa la main sur l'épaule de Rossetti pendant qu'ils traversaient la salle de gymnastique. Une foule de gens se bousculaient dans le club ; la cafétéria, dans le hall d'entrée, était saturée. Ils se servirent un café, saluèrent quelques connaissances, puis sortirent par les lourdes portes à tambour. Pendant un moment, ils demeurèrent debout en haut des marches, à contempler la nuit pluvieuse.

« Maintenant tu sais tout, Rossetti », conclut Harry.

Il était trois heures du matin et la ville dormait. Les essuie-glaces balayaient la pluie sur le pare-brise de la Jaguar. Harry rentrait à Louisburg Square. Malgré sa fatigue, il savait qu'il n'arriverait pas à dormir.

Squeeze, alerté par le bruit familier du moteur de la voiture et le claquement de la portière, l'attendait dans l'entrée, agitait la queue, les yeux vifs.

Harry attacha sa laisse et l'emmena affronter la pluie. Il marchait tête baissée et évitait les flaques.

« Juste un petit tour vite fait mon vieux, marmonna-t-il. Pardon de t'avoir abandonné ce soir, mais j'avais besoin d'être seul. »

Il sourit à l'idée qu'il venait de présenter des excuses à son chien comme s'il s'agissait d'une épouse négligée.

« Et puis merde, Squeeze, j'ai besoin d'un verre. Et toi d'un os. » En tirant sur la laisse, il obligea le chien récalcitrant à remonter la rue et à rentrer au logis, à l'abri de l'averse.

Dans la cuisine, il lui lança un os et sortit du placard une bouteille de Jim Beam. Les glaçons tintèrent dans son verre de bourbon lorsqu'il fit le tour du salon pour allumer les lampes et régler les variateurs en éclairage tamisé. Puis il mit un disque de Neil Young et s'installa dans son vieux fauteuil de cuir, aussi usé que son blouson d'aviateur.

La tête en arrière, il savourait chaque gorgée de bourbon et se laissait bercer par la musique. C'était maintenant « Unborn Legend ». Cette chanson lui rappelait toujours son ex-femme, Jilly. Mais elle décrivait surtout ce qu'il avait ressenti pour elle lorsqu'il l'avait rencontrée. Même s'il se disait que c'était fini, enfui, que rien de tout ça n'avait jamais vraiment existé, cet air avait encore le pouvoir de lui faire mal.

Squeeze avait déposé l'os aux pieds de Harry, sur le Boukhara, une merveille en soie du XVIIIe siècle. Accroupi, il mâchonnait sa friandise de bon cœur. Ce tapis avait appartenu à sa grand-mère. Qu'importe... se dit Harry, fataliste. Antiquité ou pas, ce n'était après tout qu'un tapis.

Il revint en pensée à Mal Malone et repassa dans sa tête le film de leur rencontre, depuis le début, à partir du moment où elle lui avait lancé ce premier regard provocant. L'affaire l'avait intéressée. Il revoyait son expression horrifiée lorsqu'il lui avait raconté les atrocités commises par l'assassin. Mais sa réaction devant le portrait-robot le laissait perplexe.

Pas le moindre battement de cils quand elle avait regardé le visage du meurtrier. Pas de dégoût, pas d'horreur, pas même de l'intérêt... mon Dieu !

C'était là que le bât blessait. Mallory Malone avait d'abord été captivée. Vraiment. Il l'avait vu. Mais, devant le portrait du sadique, son visage s'était figé.

Pourtant, lorsqu'elle lui avait rendu le document, ses yeux exprimaient quelque chose. Pas de la peur, rien d'aussi précis. Pendant un instant, fugitivement, Mallory Malone avait paru *hantée*.

Tout songeur, il finit le bourbon. Mallory Malone cachait sans doute quelque chose, mais quoi ? Y avait-il un rapport avec le rituel des crimes ? L'identité des jeunes victimes ? Elle avait parfaitement su déguiser ses réactions, en bonne actrice, en femme habituée au public. À la réflexion, elle représentait tout ce qu'il abhorrait : un être hargneux et dur, le type même de la carriériste aux dents longues.

Mais il se rappelait aussi le sourire qui avait illuminé son visage quand elle avait vu Squeeze. Il se souvenait des gouttes de pluie qui scintillaient comme des paillettes dans ses cheveux, et du bleu intense de ses yeux. Peut-être la jugeait-il mal ?

Il poussa un soupir : « Mlle Malone a des secrets, annonça-t-il au chien. Elle en sait plus long qu'elle ne veut bien le dire. J'y mettrai le temps qu'il faudra, mais je découvrirai la vérité. »

Squeeze leva les yeux vers lui. Il remua la queue et retourna à son os.

« Pour m'aimer, il faut aimer mon chien », répéta Harry en souriant. Après avoir jeté un coup d'œil à sa montre, il décida de téléphoner à Mallory Malone dans la matinée. C'est-à-dire dans une heure ou deux.

11

L'homme manœuvrait prudemment la Volvo gris métallisé. Il n'aimait pas rentrer chez lui aussi tard, mais impossible de faire autrement. Il y avait eu un ennui.

La rue bordée d'arbres était agréable, avec des demeures spacieuses et avenantes au milieu du velours vert des larges pelouses, et des automobiles de luxe garées dans les allées privées. Les jardiniers consciencieux avaient arraché les bulbes de printemps fanés et planté des fleurs d'été précoces.

Au bout de la rue, en face d'un terrain vague, un épais écran de cyprès cachait sa maison aux regards du voisinage. Cette haie de conifères n'était pas aussi belle qu'il l'aurait souhaité, mais sa croissance rapide et sa densité avaient prévalu sur les considérations esthétiques. Le reste de son jardin offrait un spectacle éblouissant qui faisait sa joie et sa fierté.

La Volvo s'engagea dans l'allée et disparut dans le garage. Après avoir arrêté le moteur et appuyé sur la télécommande, le conducteur attendit que la porte soit complètement refermée et sortit du véhicule, un dossier rouge sous le bras. Il claqua la portière et la verrouilla.

Des serrures coûteuses protégeaient la porte arrière de sa demeure. Son trousseau de clefs en main, il les débloqua, puis se retourna pour tout refermer à double tour. Il barricada encore la porte à l'aide de deux énormes barres qui s'enfonçaient dans le sol et dans le mur.

En traversant la buanderie, carrelée de blanc et impeccablement rangée, il lança autour de lui des regards scrutateurs. Ses yeux noirs observaient chaque détail. Tout était exactement tel qu'il l'avait laissé.

Il alla d'un pas pressé dans le hall où la porte d'entrée était équipée du même dispositif de sécurité. Tout était en place.

Satisfait, il gagna le bureau aux murs lambrissés de bois et déposa le dossier sur la table de travail. Avant de s'éloigner, il prit soin d'aligner la pile de livres en attente d'être lus. Il réordonna aussi les stylos dans leurs pots d'étain : les rouges avec les rouges, puis les bleus et les noirs. Impossible de travailler si tout n'était pas dans un ordre parfait et précis, « rangé comme sur un bateau », disait son marin de père.

Un officier de marine. C'était du moins en ces termes que l'homme parlait de son géniteur. Et il y avait une part de vérité là-dedans. Mais l'alcoolisme avait gâché la carrière du tout jeune lieutenant de vaisseau. Il y avait eu des « incidents » : querelles d'ivrognes, bagarres dans des ports étrangers, ébriété en service. On l'avait mis en garde. Une dernière incartade – il avait battu une femme, une prostituée de San Diego, sauvée de justesse – lui avait valu une dégradation infamante.

Lui avait six ans à l'époque. Sa mère lui avait raconté cette triste histoire plus tard, sans jamais, bien entendu, rien en dire à leurs voisins. Elle avait jalousement gardé ce honteux secret de famille. Depuis lors, son mari passait d'un employeur à un autre, comme simple représentant de commerce, éternellement sur la route et éternellement dans les bars.

Ce n'était pas le seul secret familial.

Le gamin dormait dans le lit de sa mère depuis son plus jeune âge. Cette grosse femme le dégoûtait, avec ses énormes seins flasques qu'elle continuait de lui offrir à téter chaque soir, longtemps après qu'il avait été sevré et alors qu'il n'avait plus du tout envie de son lait. Mais elle persista jusqu'à l'adolescence.

« Vas-y, fais-le, réclamait-elle en fourrant ses tétons géants et bruns dans sa bouche écœurée. Soulage-moi de tout ce lait que je traîne comme un poids. C'est ta faute, c'est toi qui me fais gonfler. C'est à cause de toi que ton père ne veut plus de moi. »

Son odeur musquée de femelle le prenait à la gorge et il la voyait farfouiller sous sa chemise de nuit. Elle grognait et tremblait.

« Qu'est-ce que tu fais ? » lui demandait-il, terrorisé, détachant sa bouche de ses seins, mais elle lui maintenait la tête pressée contre sa forte poitrine.

« Fais-le, vas-y ! » ordonnait-elle. Et quand il tentait de s'écarter, elle le giflait méchamment. « Fais ce que je te dis si tu veux pas que je te batte comme plâtre », sifflait-elle entre ses dents, toute frissonnante d'excitation lorsqu'il obéissait. Et alors elle le touchait, lui aussi.

Mais il ne voulait pas penser à ça.

Sa chambre à coucher était d'une propreté aussi méticuleuse que le reste de la maison. Une moquette beige unie, une tête de lit en bois brut, ainsi que les tables de chevet aux plateaux préservés par des plaques de verre, un lit étroit d'une personne. L'idée de dormir près de quelqu'un lui donnait la nausée. Cette pièce était à lui seul.

Il s'était déshabillé. Il avait soigneusement pendu sa veste de tweed et son pantalon sur un cintre dans l'armoire. Sa chemise et son caleçon avaient rejoint le linge sale dans le panier. Il s'attarda longuement sous la douche.

Après s'être séché, l'homme se planta, nu, devant le miroir. Il était court de jambes et trapu, avec des épaules musclées. Un physique d'haltérophile, grâce à l'entraînement qu'il avait suivi dans sa jeunesse. Contrairement à son épaisse chevelure, teinte chaque mois en brun foncé par un bon coiffeur de Boston, les poils de sa poitrine étaient gris. Quand il ne se rasait pas, sa barbe poussait poivre et sel. Le jour où il avait commencé à grisonner, à vingt-six ans, il avait trouvé ça très séduisant. *Distingué* même. Mais, à la réflexion, le blanchissement prématuré de son système pileux le vieillissait avant l'âge. Depuis lors, il se faisait teindre.

Il ne ressemblait pas du tout au portrait-robot. Ironie du sort ! Un sourire cynique se dessina sur ses lèvres. Non, il ne lui ressemblait pas du tout, excepté les yeux bien sûr. Et encore : il portait toujours des lentilles de contact quand il partait « en chasse ».

Le nez chaussé d'épaisses lunettes, il traça à coups de brosse une raie bien nette sur la gauche de son crâne. Naturellement, lorsqu'il avait retiré sa cagoule de skieur, ses cheveux drus et courts s'étaient dressés sur sa tête, comme on le voyait sur le portrait-robot, non plus souples et lisses, tels qu'il les coiffait d'ordinaire, disciplinés par une touche de brillantine démodée qui les faisait briller.

Les autres traits du dessin ne permettaient pas davantage de l'identifier, même s'il avait effectivement un visage étroit et des sourcils épais. La bouche ne ressemblait absolument pas à la sienne, ni la mâchoire. Cela le mit en joie. Il était tellement plus malin que les flics. Non : la police ne l'attraperait jamais.

Il préférait le verbe « chasser » au « traquer » qu'employait la police. Tel un chasseur, il voulait débusquer un gibier de prix. Il prenait tout son temps pour choisir sa proie, et cette quête l'amusait. Il savait exactement ce qu'il cherchait. Puis venait la « poursuite », d'autant plus excitante que sa future victime ne se rendait compte de rien. Elle ne soupçonnait pas qu'il la connaissait presque aussi intimement qu'elle se connaissait elle-même. À ce stade arrivait le moment de frapper. Le moment idéal.

Il avait mis un pantalon de survêtement en coton noir, une chemise polo blanche et des baskets. De retour dans l'entrée, il s'arrêta à quelques pas de la porte barricadée. Non, il n'avait pas l'intention d'aller là-bas ce soir. C'était inutile.

Dans la cuisine, il ouvrit le réfrigérateur. Il avait déjà dîné dans un de ses bistrots favoris en ville. C'était un habitué, il y allait souvent et personne ne s'étonnait de le voir toujours seul, jamais accompagné. Il buvait toujours un verre de vin rouge, commandait de la purée de pommes de terre, et laissait un pourboire généreux afin de se ménager un accueil aimable la fois suivante.

Le réfrigérateur contenait une grosse bouteille de Smirnoff, deux litres d'eau gazeuse, trois citrons, et un petit couteau en acier à lame étroite, dans sa pochette de plastique.

Il se versa un grand verre de Smirnoff et coupa une tranche de citron pour agrémenter la vodka. Le verre à la main, il retourna dans son bureau.

Assis à sa table de travail, il prit dans le tiroir du haut une photographie encadrée et la posa en face de lui. Sous le verre brisé on apercevait le visage bouffi et sévère d'une femme. Il leva son verre à sa santé :

« À la mère. Grâce à qui tout cela est possible. » Il avala la vodka cul sec.

Le dossier qu'il ouvrit recelait les coupures de presse relatives au viol et à l'assassinat de Summer Young. Il les lut avec avidité, s'attardant un long moment sur les articles qui racontaient en détail la découverte du corps. Le dérisoire portrait-robot provoqua une fois encore son hilarité.

Le moment de choisir la fille suivante était arrivé. Il tira d'un tiroir fermé à clef une douzaine de photos Polaroïd qu'il étala sur le bureau. Mais avant, il avait besoin de se stimuler. Il alla remplir son verre à la cuisine.

De retour à son bureau, il examina les photographies. Rien que des jeunes femmes. Il jeta un bref regard au portrait de sa mère, dont il sentait les yeux posés sur lui. Il le plaqua à l'envers sur le bureau, et un éclat de verre se ficha dans son pouce. Avec fureur, il rangea l'image de sa mère dans le tiroir. Puis il porta son pouce ensanglanté à sa bouche et le suça.

Les clichés Polaroïd avaient été pris à partir de la voiture, les jeunes filles ne se sachant pas photographiées. Sur certaines photos, elles avançaient vers lui dans la rue. Sur d'autres, elles s'éloignaient.

Il les souleva l'une après l'autre pour mieux les étudier et les comparer. Finalement, il traça un X au feutre rouge sur la fille élue.

Il ne lui restait plus qu'à ranger les Polaroïds dans le tiroir qu'il ferma à double tour. Quant au dossier, une place lui revenait à côté de deux autres classeurs identiques, au fond du placard en bois, dans le coin de la pièce. *Avec les dossiers de celles qui avaient déjà disparu.*

Il sifflota en allant chercher un sécateur au garage et en sortant dans le jardin. Les plates-bandes étaient tirées au cordeau, les plantes à égale distance les unes des autres, dans un ordre parfait, comme tout le reste de la demeure. Pas une herbe folle, tout était soigneusement entretenu. Courbé sur ses roses, il coupait d'un coup sec une tige ici et là.

Semblable à n'importe quel banlieusard sans histoire, il jardinait par une belle soirée de début mai. Mais il y avait une pièce close dans son logis. Et la légère bosse que faisait la petite culotte de Summer Young dans sa poche. De temps à autre, il s'accordait une pause et y portait la main. Juste la toucher et s'en souvenir. Pour l'instant, ça suffisait.

12

Les bureaux des Productions Malmar, dans Madison Avenue, bourdonnaient d'activité à huit heures trente, le lundi matin suivant, lorsque Mal y pénétra en coup de vent, en short noir de cycliste et sweat-shirt blanc au logo de Tucson, coiffée d'une casquette noire de base-ball.

Beth Hardy était au téléphone. Elle fit pivoter son fauteuil et détailla Mal de la tête aux pieds, les sourcils levés.

« Qu'est-ce qui t'arrive ? Tu as l'air radieuse.

— Douze cents calories par jour, répondit Mal en riant. Six kilomètres de marche tous les matins à six heures. Des abdominaux et des exercices pour raffermir les seins et les cuisses à neuf heures. Aérobic en musique à onze heures. Un peu de yoga à midi. À ce régime-là, ajouta-t-elle en prenant une pose d'athlète, tu aurais le même air. »

Beth soupira d'envie. Elle était petite et potelée, avec de longs cheveux noirs et une ample poitrine.

« Même le jeûne et dix kilomètres de course à pied ne viendraient pas à bout de ces nichons, dit-elle sur un ton découragé. J'en ai marre de les avoir. Je voudrais seulement pouvoir être jolie quand je suis habillée.

— La plupart des femmes cherchent à être jolies quand elles sont déshabillées.

— Pas moi. Ah, si je pouvais ressembler à une de ces créatures de *Vogue*.

— Ton mari ne te le pardonnerait pas, dit Mal avec malice.

— Les maris ! s'exclama Beth en roulant des yeux. Faut croire qu'on a ce que Dieu nous donne. À nous d'en tirer le meilleur parti.

— En tout cas, tu es très élégante. J'adore ton tailleur. »

Beth portait un ensemble crème ajusté qui mettait ses formes en valeur.

« Calvin. Les soldes de Bloomie l'année dernière. C'est notre anniversaire de mariage. Rob me sort ce soir : dîner au champagne, ambiance romantique. »

Elle éclata de rire et Mal l'envia. Au fond, Beth respirait le bonheur.

« Ça fait combien d'années maintenant ?

— Sept en tout. On s'est mariés à la fin de l'université. On est partis pour battre tous les records.

— Tu as de la chance, murmura Mal tranquillement, et elle le pensait vraiment.

— J'ai convoqué l'équipe pour une réunion à neuf heures, annonça Beth. Mais je vais prendre mes dossiers et te mettre d'abord au courant du programme de mardi prochain. Si quelque chose te gêne, on pourra régler ça pendant la conférence. Comme tu sais, les six prochains programmes sont déjà arrêtés. On peut les passer en revue et le service des enquêtes t'informera de ce qui a été fait.

— D'accord, dit Mal qui lui avait déjà tourné le dos et s'apprêtait à ouvrir la porte de son bureau.

— Au fait, l'inspecteur Harry Jordan a téléphoné. Plusieurs fois. Il n'a pas paru me croire quand je lui ai dit que tu étais absente. Comme si dans son esprit tu n'avais pas le droit de partir en vacances. Je lui ai dit que tu serais de retour aujourd'hui. J'ai aussi demandé qu'on se renseigne sur son passé, le rapport est dans ton ordinateur. »

Mal s'arrêta, la main posée sur la poignée de la porte.

« Il a dit ce qu'il voulait ?

— Oui. Ton numéro de téléphone personnel, rétorqua Beth d'un air intrigué. Alors ? Est-ce que tu vas me dire comment s'est déroulé le rendez-vous à Boston ? »

Mal haussa les épaules et pirouetta sur elle-même.

« Chou blanc. C'est tout. L'inspecteur Jordan se monte la tête.

— Je vois, dit Beth, pensive. C'est donc une affaire personnelle. Rien qu'entre toi et lui, hein ?

— Bien sûr que non ! s'écria Mal d'un ton indigné. Je n'ai absolument rien à dire à ce type. »

Dans son bureau vaste et lumineux, de hautes baies vitrées offraient une vue plongeante sur la circulation de Madison Avenue. Aucun papier ne traînait sur la table de travail en acier et palissandre fabriquée en Italie, mais ça allait changer lorsque ses collaborateurs arriveraient pour la réunion de production à neuf heures. Des chaises étaient disposées autour de la table de conférence ovale, elle aussi en palissandre, au bout de la pièce. Des jus de fruits, du café et une assiette de brownies basses calories reposaient sur la console en acier.

Mal s'assit. Elle ôta sa casquette de base-ball et fit bouffer ses cheveux du bout des doigts. Elle pensait à Harry Jordan, consciente de s'être conduite sottement. Il avait dû trouver bizarre qu'elle le quitte comme ça. Elle se versa un verre de jus de fruits. Jordan l'avait prise à rebrousse-poil, voilà tout.

Comme le personnel commençait d'arriver petit à petit à la réunion, elle décida d'oublier l'incident et Harry Jordan. De toute manière, elle ne le reverrait plus jamais.

Une journée chargée l'attendait. Pendant la conférence, elle révisa le script de l'émission du lendemain. Elle avait l'habitude d'étudier point par point les différentes séquences. Elle apporta plusieurs changements, notamment un ultime épisode concernant le milliardaire à qui elle avait consacré son émission de la semaine dernière dont la presse s'était fait l'écho. Mal disposait maintenant d'un nouveau film sur sa superbe maison de campagne et le tragique escalier de style Jacques Ier. Des clichés pris par des paparazzi montraient le vieil homme en train de plonger, tout nu, du haut de son yacht, dans la Méditerranée, en compagnie de trois jeunes femmes, elles aussi en tenue d'Ève.

Ces clichés avaient inspiré à Beth un commentaire qui réjouissait Mal : « Heureusement qu'il a de l'argent, parce que ses autres attributs ne doivent pas lui servir à grand-chose. »

Après la réunion, Mal, vêtue d'un ensemble pantalon gris clair, déjeuna avec le président de la chaîne au restaurant des Quatre Saisons. Ils devaient discuter de ses projets futurs. « Tout ce qui est bon pour vous est bon pour nous », lui dit-il, enthousiasmé par les résultats de l'audimat, en particulier ceux de l'émission précédente.

Elle assista ensuite, au studio, à une autre réunion de production plus longue qu'elle ne l'escomptait, mais qui lui laissa néanmoins le temps d'aller faire une heure de gymnastique.

À six heures, elle était de retour au bureau. Il n'y avait plus personne dans les locaux à part Beth. Elle rafraîchissait son rouge à lèvres et se parfumait. Elle brossa sa jupe et demanda en souriant à Mal :

« De quoi ai-je l'air ?

— Formidable. Tu es charmante. Rob a de la chance.

— Je n'arrête pas de le lui dire chaque matin au réveil.

— Est-ce qu'il te le dit chaque soir avant de dormir ?

— Et bien d'autres choses aussi, répondit-elle avec un clin d'œil rieur. Bon, je m'en vais. Tu as besoin de quelque chose avant que je parte ? »

Mal fit non de la tête, mais elle paraissait préoccupée. Beth hésita.

« Quels sont tes projets ?

— Je viens de rentrer. Je crois que je vais me coucher tôt pour rattraper mon sommeil en retard. »

Elles tournèrent la tête ensemble en entendant le téléphone. Mal fixa l'appareil.

« Va-t'en, dit-elle à Beth. Tu es déjà partie, non ?

— Je ne résiste jamais à la sonnerie. Ça pourrait être vraiment important, capital, une question de vie ou de mort. Malmar Productions, annonça-t-elle en décrochant le combiné.

— Salut, Beth », dit Harry Jordan.

Les sourcils relevés en signe d'interrogation, elle forma avec sa bouche les mots « Harry Jordan » à l'intention de Mal qui secoua la tête.

« Vous méritez une bonne note pour votre persévérance, inspecteur, répondit Beth en souriant.

— Merci... j'aimerais vraiment parler à Mme Malone.

— Hum, elle est..., elle est occupée, bredouilla-t-elle après avoir jeté un coup d'œil à Mal dont les lèvres formaient un "non" silencieux. Je pense », ajouta-t-elle d'une voix peu convaincante.

Mal entendit Harry Jordan éclater de rire au téléphone.

« Je suis ravi qu'elle soit de retour. Dites-lui qu'elle me manque.

— Il dit que tu lui manques », répéta Beth en couvrant le récepteur d'une main.

Mal roula les yeux d'un air excédé et poussa un soupir.

« Voudriez-vous aussi lui préciser que je suis en bas dans le hall, et que j'aimerais la voir sans faute. »

Mal secoua de nouveau la tête.

« Pourquoi pas ? » murmura Beth. Mal, le front soucieux, passa un doigt sur sa gorge afin de montrer qu'elle en avait assez ; Beth enleva sa main du micro et annonça d'un ton ferme : « Désolée, inspecteur, elle est trop fatiguée. Premier jour de reprise du travail, vous comprenez.

— J'attendrai », répliqua-t-il d'un ton résolu.

Beth raccrocha et se tourna vers Mal.

« Pourquoi ? Je veux dire, il ne fait que son boulot. Pourquoi ne pas lui consacrer le peu de temps qui te reste aujourd'hui, lui donner une chance de s'expliquer ? En tout cas, il a une belle voix, si tu veux mon avis. »

Mal se laissa tomber dans le fauteuil et posa ses pieds sur le bureau. Elle décocha un regard furieux à sa collaboratrice.

« Il est vieux, décrépit et laid. Et toi tu vas être en retard, conclut-elle fermement. Va-t'en, ne fais pas attendre ton homme. »

Beth soupira. Elle trouvait que pour une vedette du petit écran Mal avait l'air terriblement seule.

Elle pivota sur elle-même lorsque l'ascenseur s'ouvrit, et contempla l'homme qui en sortit. Grand, mince, les cheveux noirs et une barbe de vingt-quatre heures, il portait un vieux blouson de cuir noir et un Levi's usé dans lequel il semblait avoir dormi. Il respirait la confiance en soi. Très attirant, sans aucun doute.

« Inspecteur Jordan ? hasarda-t-elle.

— Beth Hardy ! Ravi de faire votre connaissance. Enfin ! »

Ils se serrèrent la main.

« Comment avez-vous fait pour entrer ici ?

— Une plaque de policier ouvre les portes les mieux gardées, madame Hardy. »

La voix glaciale de Mal les interrompit.

« Je suis étonnée que vous n'ayez pas amené votre chien. »

Harry lui lança un regard nonchalant et remarqua au passage ses longues jambes bronzées par le soleil de l'Arizona, la casquette de base-ball et les baskets. Dans cette tenue négligée et sans maquillage, elle était adorable.

« Squeeze n'aime pas beaucoup prendre l'avion. Et je ne pense pas que New York lui convienne.

— Et qu'est-ce qui vous fait croire que ça vous convient à vous, inspecteur ? »

Le regard de Beth allait de l'un à l'autre.

« Je suis partie, lança-t-elle en ramassant son sac à main. Ravie de vous avoir rencontré, inspecteur. »

Derrière son dos, elle décocha à Mal un clin d'œil accompagné d'une grimace enthousiaste qui signifiait : « Il est super ! »

Elle riait encore en attendant l'ascenseur.

Mal ne proposa pas à Harry de prendre un siège, et il s'appuya nonchalamment contre le mur, les mains dans les poches.

« Décidément vous faites du zèle, pour un policier riche, lâcha-t-elle sur un ton glacial. Vous devriez savoir quand un “non” est une fin de non-recevoir. En particulier de la part d’une dame.

— Je ne baisse pas les bras facilement, mademoiselle Malone ! En réalité, je suis venu vous inviter à dîner. Une invitation personnelle. Rien à voir avec mon travail. »

Elle lui lança un regard sceptique.

« Mes yeux bleus vous ont séduit, c’est ça ?

— C’est vous qui le dites, et puis vous aimez mon chien.

— Donc vous me proposez une nouvelle sortie chez Ruby ? »

Les yeux de Harry étaient profonds et d’un superbe gris d’étain, tout mouchetés de paillettes sombres. Elle baissa les cils, incapable de soutenir plus longtemps son regard.

« Je connais un petit restaurant français à Greenwich Village. Je crois que ça plaira à Madame. Je vous en prie, acceptez ! »

Peut-être à cause de ce « je vous en prie », elle s’entendit soudain dire oui. Aussi à cause de la douceur de ses yeux gris. Ou peut-être parce qu’elle se sentait seule et qu’il la faisait sourire. Mais elle y mit une condition : « Pas un mot sur le travail.

— Promis. »

Il leva la main droite, d’un air qui inspirait confiance. Elle accepta de le rejoindre au Bistro d’Arlette à huit heures et demie.

13

Par égard pour le vieux blouson de Harry, Mal s'était contentée d'un pantalon noir et d'un chandail.

Elle comprit son erreur en entrant chez Arlette. L'endroit, petit et très chic, avait d'étroites fenêtres en ogive, un décor sobre et des tableaux sophistiqués aux murs. Harry Jordan s'était mis sur son trente et un.

Il l'attendait près du bar et ressemblait à un mélange de Harrison Ford et de John Kennedy, en blazer Armani, pantalon de lin gris-brun et chemise blanche. Il portait même une cravate.

« Je suis heureux que vous soyez venue, dit-il d'un ton qui paraissait sincère. J'avais peur que vous ne changiez d'avis.

— Manifestement, nous ne sommes pas sur la même longueur d'onde, répliqua-t-elle, agacée d'être prise en défaut. Si j'avais su, je me serais habillée.

— Je croyais que vous connaissiez Arlette. C'est le nouvel endroit à la mode.

— Bien sûr. Comme Ruby. »

Il lui lança un sourire malicieux pendant qu'on les accompagnait à la table qu'il avait réservée près d'une fenêtre.

« Peut-être que la prochaine fois nous nous entendrons mieux. Sur le plan vestimentaire.

— La prochaine fois ? demanda-t-elle en prenant un siège. N'est-il pas un peu prématuré d'y penser ?

— Je crois fermement aux vertus de la planification à long terme. »

Mal rit de bon cœur, radoucie par l'étincelle de malice qu'elle apercevait dans ses yeux et par son sourire en coin.

Assis en face d'elle, Harry songeait qu'elle était la femme la plus attirante qu'il ait jamais vue, malgré une bosse – oh ! insignifiante – sur l'arête du nez, ses yeux bleu foncé légèrement trop écartés, et son menton un peu trop rond. Mais sa bouche aux lèvres pleines était généreuse, voire vulnérable. Il émanait d'elle comme un halo de lumière dorée. Il aimait son énergie calme et l'intelligence de son regard. Et son agressivité. Il l'aimait totalement. Même ses oreilles. Pourtant il se targuait d'être difficile en matière d'oreilles. Celles de Mal étaient adorables, petites, en harmonie avec son visage.

Quel dommage qu'elle se soit montrée si réticente à propos du portrait-robot. Sinon, il aurait pu mieux profiter de la soirée.

Il appela le serveur et commanda du champagne sans la consulter. Devant son air étonné, il se sentit obligé d'ajouter : « Si vous détestez ça, je vais demander autre chose. Je voulais seulement vous faire essayer ce cru. C'est une petite marque que j'ai découverte en France, et il se trouve que c'est une des meilleures.

— Et si je préfère le Martini ?

— Vos désirs sont des ordres.

— Je vois. Vous êtes du genre à prendre l'initiative. »

Accoudé à la table, le menton dans les mains, il se pencha en avant pour la regarder au fond des yeux.

« Seulement quand j'ai la certitude que c'est ce qu'on attend de moi. »

Mal soutint son regard. Des cercles sombres rehaussaient le gris d'étain de ses iris. Elle le jugeait très attirant. Quel dommage qu'il soit tellement sûr de lui. En outre, elle était certaine qu'il pensait toujours au tueur en série. Elle ne voulait pas en entendre parler. Sans ce sinistre fait divers, elle aurait pu avoir le béguin.

« Alors, inspecteur, dites-moi quelle est la raison pour laquelle vous m'avez invitée, questionna-t-elle pour le provoquer.

— J'ai pensé que ce serait une bonne occasion de faire connaissance. »

Elle eut un petit sourire qui ressemblait à celui du chat dans *Alice au pays des merveilles*.

« Faites attention. J'en sais peut-être plus long sur vous que vous ne le croyez. Mais, puisque vous aimez jouer au maître, pourquoi ne pas commander le dîner pour nous deux ?

— Quelle confiance ! s'exclama-t-il.

— Ce mot n'existe pas dans mon vocabulaire, inspecteur. »

Il lui lança un regard sceptique, mais elle se contenta de sourire. Il fit signe au serveur et, après avoir passé commande, reprit le fil de la conversation.

« *Inspecteur* est un titre un peu trop officiel pour des personnes qui vont partager une expérience culinaire, dit-il. Et puis je déteste l'idée qu'on puisse me croire en service commandé. Appelez-moi Harry. »

Le serveur servit le champagne, et elle en but une gorgée.

« Vous vous y connaissez en vin, il n'y a pas de doute.

— Entre autres choses, admit-il.

— Hum, pas vraiment modeste, inspecteur.

— Pas quand je suis sûr de mon fait. Et mon nom est Harry, ne l'oubliez pas. »

Elle inclina la tête d'un air pensif.

« Je ne sais pas si je vais m'habituer à vous appeler Harry. D'autant plus que ce sera notre seule et unique expérience culinaire partagée, comme vous l'avez dit si élégamment.

— Cette idée me fend le cœur, madame Malone.

— Madame Malone ?

— Vous ne m'avez pas encore proposé de vous appeler Mallory... »

Elle leva son verre, les yeux pétillants de malice.

« À votre santé, Harald Peascott Jordan, troisième du nom, rejeton d'une richissime famille d'éminents juristes, membres de la haute société. Fils d'un des avocats pénalistes les plus brillants de sa génération. Un spécialiste des contre-interrogatoires à la barre. Réputé pour son habileté à détecter la faille juridique susceptible de sauver son client. Même lorsque l'intéressé est mouillé jusqu'au cou et que tout le monde le sait. Ainsi que pour son adresse à négocier au nom de ceux qu'il ne pouvait espérer sortir d'un mauvais pas.

— Vous n'allez tout de même pas exposer au grand jour tous mes secrets de famille, grommela Harry.

— Mais vous, Harry, troisième du nom, poursuivit-elle avec un sourire mauvais, vous avez failli à la tradition familiale. À l'université d'État du Michigan vous êtes devenu un as du football américain. Un parcours de champion universitaire sans la moindre faute, avec d'excellents résultats dans toutes les matières du programme. Vous étiez donc une recrue de choix pour n'importe quelle équipe professionnelle de football. Mais vous avez décliné toute offre de cet ordre. Pourquoi Harry ? Que s'est-il passé ? » demanda-t-elle avec curiosité.

Il haussa les épaules et vida sa coupe de champagne.

« Vous voulez dire que vous ne savez pas ?

— Même moi, je n'ai pas le pouvoir de connaître les pensées

intimes d'un homme, ses mobiles. Mais je peux essayer de deviner. Votre père ?

— Il vieillissait, dit Harry en hochant la tête. Il s'était marié à plus de quarante ans. Lorsque je suis entré à l'université, il était déjà sexagénaire. Il voulait être sûr que tout continuerait exactement comme par le passé, même après sa disparition. Il a donc fait ce qu'il savait faire le mieux : il a conclu une transaction avec moi, sans hésiter à jouer sur la fibre sentimentale et sur mon complexe de culpabilité.

« "*Je vieillis, Harry*, m'a-t-il dit. *À mon âge, on ne sait jamais combien de temps on a devant soi. Et il faudra que tu t'occupes de ta mère quand je ne serai plus là, que tu lui assures le même train de vie. Je veux être sûr que le cabinet restera entre tes mains, dans la famille, et qu'il ne sera pas repris par des pilleurs de tombes*". Il parlait de ses associés, commenta Harry avec un petit sourire. Il a toujours pensé qu'ils attendaient le moment de prendre sa place, et je suppose qu'il avait raison. En tout cas il m'a demandé d'achever mon droit. Pour le football, on verrait plus tard.

« "*Ne crois pas que je ne sois pas fier de toi, mon fils*, a-t-il ajouté. *Quel père ne serait pas fier de voir son fils marquer ce but décisif contre l'équipe de Notre-Dame ? Non, je t'ai encouragé par mes acclamations frénétiques comme tout le monde. Mais voyons les choses en face. Je ne suis plus jeune. Assume tes responsabilités, Harry. Pense à ta mère.*"

— Alors vous vous êtes conduit en bon fils et vous êtes allé faire votre droit à Harvard, pourtant, vous avez failli vous faire virer dès la première année. Probablement pour donner à votre père du fil à retordre.

— N'a-t-on pas droit au secret de la vie privée, Malone ?

— Bien sûr que si. Mais pas quand les faits sont de notoriété publique. Vous avez consacré plus de temps aux étudiantes de Brown qu'à vos études. Vous avez démoli votre Porsche deux fois, vous étiez un pilier de bar. Vos résultats étaient si minables qu'on vous a exclu temporairement. »

De désespoir, Harry leva les bras au ciel.

« Ce n'est pas exactement ce que souhaite un gars lors d'un premier rendez-vous, qu'on énumère toutes ses erreurs de jeunesse. Seriez-vous délibérément en train de me saper le moral ? »

Il y avait plus que de la simple curiosité dans le regard de Mal. De la sympathie et de la chaleur, exactement comme au cours de ses interviews à la télévision, quand ses interlocuteurs avaient brusquement le sentiment qu'elle s'intéressait vraiment à eux et lui ouvraient leur cœur.

« D'accord, Harry. Vous pouvez tout me dire, ajouta-t-elle gentiment. Je promets que ça restera entre vous et moi. »

Il se laissa convaincre.

« J'aurais voulu faire marche arrière, mais c'était trop tard ; j'avais brûlé mes vaisseaux. Dans le monde du football, j'aurais été un revenant. Il y avait déjà une nouvelle fournée d'athlètes plus jeunes, plus acharnés, mieux formés. Meilleurs que moi. Mon père a déclaré qu'il était désolé, mais que la famille passait avant tout, et qu'il n'avait jamais été homme à esquiver ses responsabilités. Il s'attendait à ce que son fils en fasse autant. »

Harry éclata de rire en répétant à Mal les mots de son père sur la nécessité de fermer sa braguette.

« Vous êtes donc retourné à la fac de droit.

— Je savais qu'il avait raison. La chance ne se présente qu'une seule fois dans la courte et agréable vie d'un sportif professionnel. C'est à prendre ou à laisser. Quand elle se présente, il faut la saisir si on ne veut pas brusquement se retrouver un ou deux ans plus tard, déjà trop vieux, surclassé par de nouvelles recrues. J'ai bouclé mon doctorat et je suis allé travailler avec mon père. »

Le serveur arrivait. Les yeux de Mal s'arrondirent de plaisir à la vue du tartare de saumon présenté sur de minuscules galettes de pommes de terre bien croquantes. Elle avait l'air d'une petite fille devant un gâteau d'anniversaire.

« Goûtons ça, l'encouragea-t-il. Voyons si c'est aussi bon que ça en a l'air.

— Mmm. Meilleur encore, admit-elle, la bouche pleine.

— Je suis rassuré de constater qu'au fond vous êtes humaine. Je commençais à craindre que votre vraie nature soit celle de la Mal Malone qu'on voit à la télévision.

— Peut-être bien. » Elle n'avait pas l'intention de s'expliquer devant l'inspecteur Harry Jordan. Aussi le reprit-elle pour cible.

« Donc, vous avez tenu le coup pendant deux ans auprès de votre père. Puis vous l'avez quitté pour devenir flic. Pourquoi ? »

Il avait l'impression que ses yeux le sondaient jusqu'au fond de l'âme. Et, en dépit de la voix et des manières douces, il savait que son esprit était clair et tranchant comme un rasoir. Sans doute était-ce cette combinaison qui lui avait valu tant de succès.

« Puisque vous en savez si long, je présume que vous en devinez déjà la raison.

— Et votre femme ? L'aimiez-vous ? demanda-t-elle après avoir marqué un temps d'arrêt.

— Enfin, Malone, bien sûr que je l'aimais. Et si vous voulez tout savoir, ça m'a fait un mal de chien quand elle est partie. Et pourquoi, je vous le demande, souhaitez-vous le savoir ?

— Seulement pour vérifier que les flics riches ont eux aussi des sentiments.

— Comme vous, Malone ? rétorqua-t-il.

— *Touchée*, inspecteur. Parlez-moi du Moonlightin'Club. »

Il ne put s'empêcher d'éclater de rire avant de lui lancer sur un ton admiratif :

« Comment diable avez-vous découvert ça ? C'est censé être un secret. »

Harry avait fait anonymement don du gymnase acheté sur ses propres deniers. Seuls quelques-uns de ses supérieurs étaient au courant.

« C'est mon métier de connaître des choses sur les gens. Je sais que vous êtes sur le point de monter un second gymnase dans un autre quartier, cette fois avec une piscine. Et que vous et d'autres flics sacrifiez une partie de votre temps libre pour donner un coup de main. Vous avez fait une chose merveilleuse, Harry. Des tas d'hommes auraient hésité à dépenser tant d'argent afin d'aider les gosses de la rue.

— Les autres ne les voient pas dans la rue tous les soirs comme moi, dit-il en haussant les épaules. Il faut les aider, et puisque je n'avais pas gagné moi-même tout cet argent, je pouvais bien en restituer une partie au milieu d'où il venait.

— Très généreux...

— Ben voyons. Ne suis-je pas saint Harry lui-même ! J'ai l'impression de passer dans votre émission, ajouta-t-il avec exaspération. À votre tour de parler.. Ou dois-je lire dans les lignes de votre main ? »

Il lui avait pris le poignet et lui retournait la paume pour l'étudier.

Mal le fixa, mal à l'aise. Elle savait mener des interviews mais ne valait rien quand il s'agissait de répondre aux questions.

« Il n'y a rien à dire. L'histoire classique. Une jeune fille quitte sa petite ville natale pour aller à l'université. Elle trouve un emploi dans une station de télévision régionale. Après avoir présenté la météo, elle est engagée par une grande chaîne. Le reste suit, dit-elle avec un haussement d'épaules.

— Eh ! Pas si vite ! *Quelle* petite ville ? Et votre famille ? Des frères et sœurs ? Des petits amis ? Et votre mariage ? Là je réclame le même temps d'antenne que pour moi. Allez, Malone, ce n'est pas juste. »

Les yeux de Mal croisèrent les siens : ils révélaient la même hantise que chez Ruby lorsqu'elle lui avait rendu le portrait-robot.

« Oublions tout ça, murmura-t-elle. Il n'y a rien à en dire. Je suis la femme la moins intéressante de la planète. »

Elle se montrait soudainement différente, perdue et triste. Harry secoua la tête. Il n'y comprenait rien.

Mais elle releva le menton et lui décocha ce sourire merveilleux qui illuminait son visage.

« C'était pour rire, Harry. Rien que pour rire. »

Ils se turent le temps que le serveur débarrasse leurs assiettes.

« Alors pourquoi me faire le coup du grand déballage psychologique ? demanda-t-il. Vous n'avez pas l'intention de me faire passer dans votre émission, quoique je ne comprenne pas pourquoi. Et je vous préviens, je continue à enquêter là-dessus. »

Ses doigts couraient de haut en bas sur son verre lorsqu'elle dit d'une voix douce :

« Peut-être étais-je curieuse de comprendre ce qui motive un homme comme vous. De connaître la vraie raison pour laquelle vous m'avez invitée à dîner.

— Et quels sont vos motifs pour avoir accepté mon invitation ? »

Ils se regardaient au fond des yeux.

« Je voulais seulement savoir qui vous étiez vraiment », admit-elle d'un air innocent.

Harry caressa machinalement la barbe qui commençait à bleuir sa mâchoire.

« Dois-je comprendre que c'était une simple idée abstraite, ou songez-vous vraiment à mieux me connaître, Malone ? »

Elle lui lança, cette fois-ci, un petit sourire froid.

« Je plaisante, inspecteur.

— Et moi qui espérais que c'était du harcèlement sexuel ! »

Il la vit dévorer son dîner avec un bel appétit. Étonnant, pour une fille qu'il imaginait plutôt se nourrir de fruits et d'eau.

« Vous mangez comme si vous n'aviez pas pris un vrai repas depuis une éternité, dit-il.

— C'est le cas. Je viens de suivre pendant une semaine un régime de douze cents calories. Et quand j'étais petite, je n'avais jamais rien de bon à manger. Il m'arrivait même de ne rien avoir à me mettre sous la dent. C'est sans doute la raison pour laquelle j'apprécie la nourriture aujourd'hui. »

Finalement elle avait livré quelque chose d'elle-même. Un tout petit défaut dans sa cuirasse.

« Vous me surprenez, dit-il. J'imaginais que vous veniez d'un de ces charmants foyers dont nous rêvons tous. Vous savez, avec une maman au fourneau qui mijote des petits plats, et un papa qui tond la pelouse, qui joue au basket avec ses fils, et qui emmène toute la famille à la pêche. Et je vous voyais, vous, en meneuse de jeu, en reine du patelin, pour qui tous les gars se battaient à seule fin de savoir lequel d'entre eux vous emmènerait au bal de fin d'année.

— C'est une belle image. » Adossée à son siège, elle avait pris une attitude défensive et croisé les bras. « Hélas, tout le monde n'est pas né comme vous avec une cuiller d'argent dans la bouche.

— Exact, mais quelles que soient ses origines, on n'est pas non plus obligé d'en avoir honte.

— Comment pouvez-vous dire ça ? demanda-t-elle avec un rire sceptique. Vous ne saviez probablement même pas comment c'était, de l'autre côté de la barrière, avant de devenir flic.

— C'est là que vous viviez ? Du mauvais côté de la barrière ?

— J'en parlais dans l'abstrait. C'est mon métier de savoir comment vit l'autre moitié de l'humanité.

— C'est le mien aussi.

— Alors dites-moi un peu ce qu'un type dans votre genre fait de ses soirées quand il n'est pas en service ?

— Vous savez tout de moi. À vous de me le dire.

— Vous menez une vie de bâton de chaise, pendant la nuit, dans ces petits clubs malfamés que vous semblez aimer. Vous êtes un bon danseur, vous vous y connaissez en vin. Vous aimez la bonne chère et les charmants petits restaurants élégants, et les femmes vous trouvent séduisant.

— Nous y revoilà. »

Une fois encore elle leva vers lui son regard innocent… puis reprit son expression glaciale. Une spécialiste de la douche écossaise.

« Curieux comme ça nous poursuit. Écoutez, inspecteur Harry, je ne voudrais pas rompre le charme, mais je suis obligée de vous faire le coup de Cendrillon. J'enregistre une émission à la première heure demain matin, et j'ai besoin de dormir un peu.

— Dommage. Je commençais à croire que j'allais mieux vous connaître.

— C'est *ça* que vous pensiez ? » Elle lui adressa un regard moqueur par-dessus son épaule pendant qu'elle se dirigeait vers les toilettes.

Il secouait la tête et la regardait naviguer gracieusement entre les tables. Non, ce n'était pas ce qu'il pensait. En vérité, il n'en savait pas beaucoup plus sur elle qu'avant d'entrer.

« Ne vous croyez pas obligé de me ramener chez moi, dit-elle un peu plus tard devant la porte du restaurant, en attendant un taxi.

— Je mets toujours un point d'honneur à raccompagner une femme jusqu'à sa porte.

— Les choses ont évolué depuis l'époque de votre mère, inspecteur. Les femmes sont indépendantes aujourd'hui. Elles prennent des taxis toutes seules.

— Vous aurez beau raconter tout ce que vous voudrez, on m'a appris les bonnes manières, rétorqua-t-il en lui lançant un regard furieux.

— Oh, je vois ? Le digne fils de sa maman ?

— Comme l'assassin. Vous vous en souvenez ?

— Vous aviez promis de ne pas parler de travail, lui rappela-t-elle d'une voix neutre.

— Je suis homme à respecter mes promesses. »

Le taxi arriva. Il tint la portière ouverte pour la laisser passer et s'assit à côté d'elle. Sans protester, elle donna l'adresse au chauffeur, puis resta tranquillement tournée vers la vitre. Elle se demandait quel effet ça ferait d'être aimée par un homme comme Harry Jordan. Un homme d'une galanterie passée de mode, un homme qui honorait ses promesses. Un homme dont les cuisses dures, tout près des siennes, la troublaient.

Harry sentait son parfum doux et fleuri. Ses yeux suivaient le mouvement de la pierre de lune, montée à l'ancienne, qu'elle portait en pendentif entre les courbes douces de ses seins. Il s'éclaircit la gorge pour rompre le silence.

« Merci pour cette délicieuse soirée, mademoiselle Malone. »

« Le plaisir était pour moi, inspecteur Jordan.

— On en revient donc aux politesses, constata-t-il tristement. Mais au fait, vous ne m'avez pas demandé de vous appeler Mallory.

— Non, en effet. »

Ses yeux bleus restaient candides.

Le taxi se rangea au bord du trottoir et Harry sortit pour lui ouvrir la portière.

« Il va falloir vous habituer à mes manières si nous sommes destinés à nous revoir », dit-il.

Elle lui jeta un regard étonné mais ne répondit pas pendant qu'ils gravissaient les marches de son porche.

« Pas de dernier verre, je suppose ? Puisque vous enregistrez cette émission tôt demain matin.

— Exact.

— Alors bonne nuit ?

— Bonne nuit, inspecteur Jordan. »

Harry croisa les bras et la regarda s'éloigner. Elle s'arrêta, sembla hésiter, et revint sur ses pas.

« Juste une chose, Harry. La fois où je vous ai appelé au téléphone. Pourquoi au juste étiez-vous essoufflé ? »

Il passa une main dans ses cheveux et sourit.

« Vous voulez la vérité ?

— Bien sûr.

— Dommage. J'avais toutes sortes de bonnes réponses à vous proposer. La vérité c'est que je venais de faire un tour en vélo. J'avais emmené le chien. Une bonne façon pour nous deux de prendre un peu d'exercice. »

Mal rejeta la tête en arrière et éclata de rire.

« Je voulais seulement savoir. Alors, bonne nuit, Harry. »

Elle reprit son ascension des marches.

« Vous savez quoi, Malone ? cria-t-il derrière elle.

— Quoi encore ?

— Si je vous demandais de penser à un mot qui me définirait, lequel choisiriez-vous ? »

Elle fronça les sourcils.

« C'est quoi ? Une épreuve ?

— Hum. Le jeu de la vérité. C'est vous qui avez commencé. »

Elle réfléchit.

« Crâneur, affirma-t-elle. Oui, crâneur. Ça vous définit parfaitement.

— OK. Maintenant à votre tour de me poser la même question. »

Les mains sur les hanches, elle hésitait.

« OK. Je vous le demande.

— Une énigme. C'est exactement ce que vous êtes, Malone. Une *énigme.* »

Cette réponse la laissa rêveuse.

« Je prends ça pour un compliment, Harry, déclara-t-elle en entrant dans le hall. Bonne nuit, et cette fois c'est pour de bon. »

Elle leva la main en geste d'adieu.

14

Le lendemain matin, Mal arriva au studio à sept heures. L'enregistrement ne commençait pas avant dix heures, mais elle prenait toujours un peu d'avance pour se trouver là en même temps que les techniciens. Elle tenait à s'assurer que tout était réglé selon ses souhaits.

« On a déjà fait ça une centaine de fois, se plaignit Beth. Au bout de trois ans, Mal, tu pourrais tout de même nous faire confiance.

— J'ai seulement besoin de me rassurer, c'est tout.

— D'accord. Si tu tiens à te lever à l'aube, ça ne regarde que toi. Que dirais-tu d'une tasse de café et d'un beignet ?

— Caféine et sucre ! s'écria Mal sur un ton scandalisé. Après mon régime de la semaine dernière, mon corps est tellement purifié que rien que leur vue me ferait tourner de l'œil. Bon, une demi tasse, alors. Du déca, ajouta-t-elle après avoir lancé un regard envieux à Beth.

— Une seule bouchée ? » demanda celle-ci, amusée.

Elle agitait le beignet à la confiture sous son nez. Mal ferma les yeux pour résister à la tentation.

« Éloigne-toi de moi, Satan », fit-elle avec un geste de refus.

Elle parcourut le script en buvant son café, puis alla vérifier les préparatifs du studio. Tout se déroulait comme prévu, elle descendit donc à la salle de maquillage.

« C'est moi, prête à revêtir mon autre visage », dit-elle à Helen Ross qui travaillait avec elle depuis sa première émission, trois ans plus tôt.

Helen pencha la tête de Mal sur le côté et étudia son visage sans maquillage.

« Tu dis toujours ça, mais tu sais, je ne te change pas tellement. Je souligne un peu tes traits pour les caméras, c'est tout.

— Ça me fait du bien de penser que je deviens quelqu'un d'autre, avoua Mal en se laissant tomber sur le fauteuil. C'est l'autre femme qu'ils voient sur leurs écrans, pas vraiment moi. »

Helen secoua la tête, sans comprendre. Elle commença par passer un coton imbibé de tonique sur la peau claire de Mal avant d'appliquer une crème hydratante.

« Helen ? »

Regard interrogateur dans le miroir en réponse.

« Est-ce que tu me trouves maniaque parce que je veux tout surveiller ?

— Non, la rassura Helen en riant. Mais j'en connais qui le pensent.

— Alors ça doit être vrai, admit-elle à contrecœur. Bon Dieu, c'est mon émission. Et si je ne veillais pas au grain, elle n'arriverait pas en tête.

— Sans doute », lâcha Helen avec tiédeur.

La séance de maquillage se poursuivit dans un silence amical, ce qui aurait dû permettre à Mal de relire tranquillement le script pendant que Helen lui séchait les cheveux. Mais elle ne parvenait pas à se concentrer.

Elle se demandait, pour la quatrième ou cinquième fois de la matinée, ce que Harry Jordan était en train de faire. Elle l'imaginait sur sa bicyclette, activant ses cuisses musclées qu'elle avait senties la veille si proches des siennes ; et le gros chien gris argent courant à côté. Elle le revoyait chez Ruby, indifférent à la fumée et au bruit, ingurgitant des œufs au plat et des frites sans se soucier de son tour de taille. C'est vrai qu'il n'a pas besoin de s'en préoccuper, songea-t-elle en évoquant sa silhouette en Levi's.

Harry avait pris une journée de congé afin de passer la soirée avec elle, et il était probablement de retour à son travail aujourd'hui. Elle le voyait dans la salle du commissariat, vêtu de son vieux blouson en cuir, la tignasse ébouriffée, plaisantant avec les autres.

Tout d'un coup, elle se trouva ridicule. Après tout, elle n'avait pas la moindre idée de la vie qu'il menait, mis à part les menus renseignements que l'équipe avait glanés sur son passé. Elle ne connaissait pas le vrai Harry Jordan. Avait-il aimé ce père qui l'avait obligé à sacrifier sa carrière de footballeur ? Et sa femme, comment l'avait-il rencontrée, est-ce qu'elle lui avait été chère ? Rien, et pas grand-chose sur son métier, sauf qu'il était un bon professionnel, qu'il se donnait à fond sans ménager son temps, qu'il était réputé pour sa pugnacité.

Il mettait une patience infinie à résoudre des enquêtes criminelles, comme l'affaire Summer Young.

Elle tournait les pages du script, bien décidée à retrouver sa concentration. Penser à Harry Jordan ne menait à rien, se disait-elle. Elle avait une émission à réaliser, c'était autrement important.

À la fin de sa longue journée, elle alla dîner dans un restaurant chinois, tout près du studio, avec l'équipe de production. Elle but du thé au jasmin et rit beaucoup en discutant de l'émission, ce qui permit à tout le monde de décompresser.

Il était neuf heures du soir lorsqu'elle rentra chez elle. Dès qu'elle ouvrit la porte, une odeur de lilas l'assaillit.

Elle ferma les yeux. Un rêve. Mais non. Il y avait dans le grand vase en cristal sur la console de l'entrée un bouquet de lilas blancs, de roses et de lis en boutons aux nuances crème.

La carte attendait sur la table, mais elle savait d'avance que le bouquet avait été envoyé par Harry Jordan. Avec un petit frisson d'appréhension, elle se demanda par quel mystère il avait deviné sa passion pour les lilas. Il avait dû obtenir de Beth le nom de ses fleurs préférées.

Il y avait aussi un petit paquet. Mal envoya promener ses chaussures comme de coutume. À pas légers, elle traversa la salle de séjour et se laissa choir dans le grand fauteuil. Un sourire éclaira son visage pendant qu'elle lisait le mot qu'il n'avait pas signé.

« *Énigme*. Personne au caractère impénétrable ou obscur. Déconcertant, mystérieux. Étymologie : du Grec *ainigma*, origine *ainissesthai* – parler par énigmes. *(Random House Dictionary).* »

« Très intelligent, Harry », dit-elle avec amusement.

Un papier à pères Noël et « Joyeux Noël » dorés emballait le paquet, une rosette rouge maladroitement collée au milieu. Sans doute le seul qu'il avait sous la main. Elle le déchira fébrilement, comme les enfants le matin de Noël.

Un CD : *Variations Enigma* d'Edward Elgar. Elle le mit aussitôt dans le lecteur. Le sourire n'avait pas quitté son visage.

Elle s'assit en tailleur sur la moquette, face à la cheminée, le regard fixé sur les flammes tandis que la musique romantique envahissait la pièce. Les lilas embaumaient et les bûches crépitaient. Sans bien savoir pourquoi, à cause de Harry Jordan, elle se sentait un peu moins seule.

Ce n'était pas si fréquent. Il lui arrivait encore souvent de n'être que Mary Mallory Malone, la fille dont tout le monde se détournait au lycée de Golden. Et la créature la plus esseulée du monde.

Mary Mallory n'était pas née à Golden. Elle et sa mère s'y étaient installées quand elle avait douze ans, après que son père les eut quittées. Elle ne l'avait plus jamais revu, mais aujourd'hui encore, elle se souvenait de lui, grand et maigre, de la sirène tatouée sur son bras noueux, et de la cicatrice profonde qui balafrait sa joue gauche. Quand il faisait saillir ses biceps, les seins de la sirène ondulaient légèrement, ce qui le rendait hilare, et il lançait alors à Mary Mallory et à sa mère un regard sournois en les voyant gênées.

Il était marin, si l'on pouvait dire. En réalité simple soutier sur les cargos qui partaient de Seattle pour l'Asie. Il ne voyait rien des vastes océans qu'il sillonnait sans cesse, sauf lors de brèves pauses quand il montait sur le pont pour échapper à la chaleur étouffante de la salle des machines. Il en profitait pour fumer une cigarette, contempler d'un air méfiant, avec ses petits yeux bruns, l'étendue infinie de l'océan. Il disparaissait rapidement dans les soutes, pressé de piquer un somme sur son bat-flanc, ou rappelé à l'ordre par ses camarades qui enfournaient le charbon dans les gigantesques chaudières.

À terre, dans les ports où il faisait escale, c'était différent. Mary Mallory l'avait entendu en parler avec sa mère, à travers la mince cloison qui séparait leurs chambres. Ou plus exactement, quand il se vantait de ses exploits sexuels, pour torturer sa femme.

Mary Mallory se bouchait les oreilles et enfouissait sa tête sous les couvertures. Elle ne voulait plus l'entendre parler des femmes qu'il s'était payées à Macao, à Formose ou à Honolulu. Mais sa mère, elle, était contrainte de subir le récit détaillé de ses ébats. Il lui reprochait de ne pas être à la hauteur de ses partenaires de hasard.

« Tu sais ce qu'elles font, disait-il d'une voix rauque et menaçante, enrouée par le tabac. Elles te serrent avec leurs muscles. Ouais, ceux-là. » Et de la main il pénétrait brutalement le sexe de la malheureuse qui étouffait ses cris de terreur dans les draps pour ne pas effrayer sa petite fille endormie dans la pièce voisine.

« T'es bonne à rien », rugissait-il férocement, et il meurtrissait vainement ses organes en l'accablant d'insultes, car il la rendait responsable de son impuissance. « T'es nulle, tu m'entends ? *Nulle.* Rien qu'une pauv'dingue. »

Mary Mallory entendait les coups qui s'abattaient sur la tendre chair maternelle. Elle entendait tout, y compris les longs gémissements plaintifs de sa mère. Elle avait beau se boucher les oreilles, elle les entendait quand même.

« Oh, mon Dieu, oh, mon Dieu, je vous en supplie, qu'il arrête de lui faire mal, priait-elle à genoux dans son lit. Qu'il arrête de la battre. Faites-le cesser. »

Sa prière était parfois exaucée. Le lit grinçait lorsque son père en sortait. Elle percevait le froissement de ses vêtements, le cliquetis du métal quand il bouclait sa ceinture, les ressorts du lit qui couinaient sous son poids lorsqu'il s'asseyait pour enfiler ses bottes, et enfin le bruit lourd de ses pas.

Ensuite il y avait un long silence. Elle savait qu'il restait là, à regarder sa mère. Mary Mallory croisait les doigts ; elle serrait bras et jambes, et fermait très fort les yeux : « Ne la frappe pas de nouveau, priait-elle. Non. »

Parfois il recommençait, parfois non. Après quoi résonnait son pas pesant dans les escaliers, et la porte d'entrée claquait si fort que la frêle maison de bois paraissait ébranlée jusque dans ses fondations.

Mary Mallory se figeait sur place, tendait l'oreille. Elle attendait que le moteur de la voiture pétarade avant de se détendre et de respirer normalement. Il ne reviendrait probablement pas de la nuit.

Les yeux fixés sur le mur, elle écoutait les sanglots étouffés de sa mère, partageant son désespoir, sans savoir quoi faire. Elle ne pouvait pas aller la retrouver. Elle ne pouvait pas jeter ses bras autour d'elle et la consoler. Ces choses-là ne se faisaient pas dans leur famille.

Personne n'exprimait jamais ses sentiments, et Mary Mallory avait fini par croire qu'on n'était pas censé en avoir. En fait, personne n'ouvrait vraiment la bouche à la maison, sauf pour des banalités du genre : « passe-moi le sel ».

Sa mère semblait prisonnière de son propre malheur. Elle errait dans la petite maison, sempiternellement enveloppée dans son peignoir en coton rose délavé, comme si elle se mouvait dans un rêve. Elle restait assise à la table de la cuisine des heures durant devant une tasse de café, le regard vague et vide, fumant cigarette sur cigarette.

Mary Mallory la laissait là le matin quand elle partait pour l'école, et souvent elle la retrouvait au même endroit à son retour dans l'après-midi. La même place, la même tasse de café, et la cigarette à la main.

« Maman, suggérait-elle timidement lorsque son père était au loin pendant un de ses longs voyages et que les choses allaient mieux. Si on allait au cinéma ? On m'a dit qu'il y a un bon film au Rialto. »

Les yeux ternes de sa mère se posaient sur elle une seconde. Les sourcils levés, presque surprise de la voir là. « Vas-y, toi. Prends l'argent dans mon porte-monnaie. »

Elle allait donc seule voir le film, s'évader dans l'univers fascinant de la dernière comédie musicale en Technicolor de Hollywood, se griser de musique, de rires, et de merveilleuses toilettes, jusqu'à s'imaginer elle-même sur l'écran parmi toutes ces créatures de rêve. Pour mieux retomber ensuite dans l'horrible réalité, où elle n'était plus que Mary Mallory Malone, quand défilait le générique et que revenait la lumière. Elle voyait tous les films qui passaient au Rialto, parfois même à deux ou trois reprises, elle se faufilait dans la salle par la sortie de secours, les samedis après-midi où elle n'avait pas d'argent, ce qui se produisait très souvent. Elle vivait par procuration et stockait les images dans sa tête afin de pouvoir en rêver plus tard, avant de s'endormir. Jusqu'à l'âge de douze ans, elle avait cru que la vie était vraiment comme dans les films. Que seule son existence était différente.

Pourtant, les histoires d'amour la rendaient perplexe. Elle n'arrivait pas à croire que des gens se regardaient vraiment, comme ça, en mettant tout leur cœur dans leurs yeux, ni qu'ils se serraient l'un contre l'autre en s'embrassant et se disant « je t'aime ». Elle savait que ses parents ne l'aimaient pas et se demandait s'ils la trouvaient laide. C'était une fillette effacée, grêle, avec des cheveux blonds trop fins, et des yeux bleus de myope cachés derrière les verres épais d'horribles lunettes en plastique. Elle avait beau fouiller dans ses souvenirs, elle ne se rappelait pas s'être jamais pelotonnée dans leurs bras, avoir été serrée contre eux, embrassée par aucun d'eux. Ils ne l'appelaient jamais par des diminutifs affectueux, ne lui donnaient jamais l'impression d'exister réellement et en personne.

Elle avait onze ans lorsque son père ne rentra pas à la fin d'un voyage. Une année passa, et un matin tout changea brusquement. De l'escalier, Mary Mallory avait vu sa mère assise dans la cuisine, fumant comme d'habitude, une lettre dans sa main. Elle la tenait proche de ses yeux bleus, la lisant et la relisant, les sourcils levés dans une expression de surprise angoissée.

« Mary Mallory, avait-elle dit d'une voix étrange et inconnue, on nous écrit qu'on n'a pas respecté les échéances de l'hypothèque. On nous écrit là, avait-elle lu en posant un doigt tremblant sur la ligne, que nous avons laissé toutes les lettres précédentes sans réponse, et qu'on doit évacuer les lieux avant samedi matin si on ne veut pas être expulsées par les huissiers. »

Elle leva les yeux et observa avec étonnement l'enfant pâlotte aux grosses lunettes qui était sa fille. Comme si elle venait brusquement de voir la lumière au bout du tunnel, l'issue heureuse qu'elle n'avait pas cessé d'attendre. Délivrée de sa léthargie, elle se dressa d'un seul coup sur ses jambes.

« Il faut que tu m'aides, avait-elle dit en jetant des regards mauvais à la petite cuisine crasseuse. On va tout emballer. Les assiettes et toutes nos affaires, et nos vêtements. » Elle réfléchit pendant une minute. « Tu sais ce que ça veut dire, hein ? » Ses yeux généralement ternes brillaient d'un éclat triomphant. « On ne va plus jamais être obligées de revoir ton père. »

Dommage qu'il eût fallu la saisie de la maison pour libérer sa mère d'un époux tyrannique et sadique ! Mary Mallory n'en avait pas tiré cette conclusion à l'époque. Elle n'éprouvait que du soulagement. C'est ensuite seulement qu'elle commença de s'inquiéter :

« De quoi allons-nous vivre, m'man ?

— Je travaillerai », avait répondu sa mère avec désinvolture. Elle avait ouvert un tiroir et jetait dans un sac en plastique un lot de couverts à bas prix et en mauvais état. « Caissière dans un supermarché, ou peut-être serveuse de bar. Quelque chose, en tout cas. »

Mary Mallory n'en pensait pas autant, mais une chose était certaine : elles ne pouvaient pas rester là. Elle alla donc chercher un carton et docilement elle y rangea la vaisselle bon marché.

Elle s'arrêta pour jeter un regard incrédule à sa mère qui fredonnait sans chanter aucun air en particulier. Mary Mallory se disait qu'elle ne l'avait jamais vue aussi enjouée. Elle ne posa qu'une seule question :

« M'man, où va-t-on aller ? »

Sa mère s'arrêta, toute songeuse.

« Tu sais quoi ? J'ai toujours eu envie de vivre au bord de la mer. Oui, on va y aller, dit-elle avec exaltation. Au bord de la mer. »

Elle riait, et ce rire bizarre cascadait dans la vieille maison triste, comme la brise marine et fraîche dont elle rêvait.

À cet instant, et pour la seule et unique fois, Mary Mallory entrevit la jolie jeune fille que sa mère avait dû être avant son mariage et sa chute dans la dépression.

Joyeuse comme sa mère, elle voulait croire que le bonheur leur tendait les bras, quelque part au bord de la mer, là où venait s'arrêter l'arc-en-ciel. Et elle se mit à rire aussi, jetant à grand bruit pots et casseroles dans un autre carton.

« On s'en va au bord de la mer ! » hurlait-elle de joie. Les yeux fermés, elle respirait à fond semblant sentir déjà les embruns salins et le vent dans ses cheveux, se donnant un avant-goût du bonheur qu'elle allait connaître dans leur nouvelle vie.

Deux heures plus tard, leurs maigres biens entassés dans l'antique Chevy turquoise aux ailerons chromés, la mère de Mary Mallory s'était installée au volant. Et Mary Mallory lui rappela qu'elle devait faire le plein d'essence puisqu'elles partaient pour un long voyage.

À la station-service, sa mère compta soigneusement son argent et lui acheta un Coke et une barre de Snickers. L'enfant n'oublierait jamais le clin d'œil que lui avait adressé sa mère à ce moment-là.

« Le déjeuner », avait-elle dit d'un air énigmatique en allumant une cigarette prélevée dans un paquet tout neuf de Marlboro avant de prendre la route.

En passant devant son école, brusquement ramenée à la triste réalité, Mary Mallory demanda : « M'man, et l'école ?

— Il y aura une autre école, répondit sa mère sans même lui lancer un regard.

— Est-ce qu'il ne faut pas prévenir, ou dire quelque chose ?

— Hum. Pas la peine. Crois-moi, ils ne remarqueront même pas ton absence. »

Mary Mallory regarda s'éloigner par la vitre arrière l'horrible école en briques rouges qu'elle fréquentait depuis quatre ans. Elle n'y avait pas d'amis ; les enseignants eux-mêmes l'ignoraient.

Elle se savait différente de ses condisciples. Elle avait vu les parents venir aux réunions ou aux spectacles de Noël. Des gens aimables, ordinaires et gais, qui riaient, parlaient entre eux, plaisantaient avec leurs enfants et les professeurs. Des couples qui se tenaient la main ou le bras en traversant la cour de l'école, affectueusement penchés l'un vers l'autre pour converser. Personne ne *parlait* jamais chez Mary Mallory.

Sa mère et son père n'étaient jamais venus à l'école, pas une seule fois pendant toute sa scolarité. Et les professeurs n'avaient pas posé de questions à leur sujet. Ils échangeaient des regards entendus quand ils voyaient Mary Mallory assister toute seule à un concert ou à une compétition sportive.

Les autres enfants ne la tenaient pas vraiment à l'écart. Ils paraissaient ne pas la voir du tout. Comme si Mary Mallory était la brebis galeuse que le troupeau tenait à l'écart. Qu'elle se débrouille pour vivre ou mourir, peu importait.

Sa mère avait donc raison, personne ne s'inquiéterait d'elle. Les choses seraient différentes dans sa nouvelle école au bord de la mer. Elle se le promettait.

Le paysage la distrayait. La campagne était agréable. Mary Mallory regardait par la vitre les vaches noir et blanc, les poules qui caquetaient dans les cours des fermes. Elle vit même un troupeau – ou était-ce une portée ? – de porcelets roses qui trottaient sur leurs petits sabots, dans le sillage d'une énorme truie à la démarche pesante.

Elle grignota sa barre de Snickers à minuscules bouchées, pour la faire durer deux heures, mais lorsqu'elles atteignirent la route côtière, la nuit tombait et elle mourait de faim.

« J'ai faim, maman, avait-elle dit. Qu'allons-nous faire pour le dîner ?

— Dieu du ciel, déjà si tard ? » s'était-elle exclamée après avoir jeté un coup d'œil à l'horloge du tableau de bord. Elle donna un coup de volant brutal sur la gauche et la voiture coupa la route à un semi-remorque chargé de gigantesques troncs d'arbres fraîchement abattus.

Le poids lourd freina à mort. « Foutues bonnes femmes ! hurla le conducteur, en essuyant la sueur sur son front. Et le clignotant ? Vous voulez vous suicider ou quoi ? Sacrées bonnes femmes. »

Morte de peur, Mary Mallory se mordit la lèvre mais sa mère paraissait n'avoir rien entendu. Elle formula un « pardon » muet à l'intention du conducteur qui continua de leur lancer des regards assassins.

« Viens donc », dit sa mère.

Elle était déjà sortie de la voiture et se dirigeait d'un pas décidé vers le snack-bar. Sa fille la rattrapa.

« Maman, tu crois pas qu'on devrait fermer la voiture à clef ?

— À clef ? Pourquoi faire ? »

Mary Mallory lui prit les clefs des mains et courut verrouiller les portières.

Le café-routier violemment éclairé au néon était enfumé et plein à craquer. L'odeur du bacon et des steaks grillés se mêlait à celle du café. Une musique tonitruante s'échappait du juke-box, rivalisant avec le brouhaha des conversations, les grésillements et les cliquetis qui provenaient de la petite cuisine.

Sans se préoccuper des autres clients, sa mère remonta à grandes enjambées la file d'attente. Mary Mallory, affolée par ce sans-gêne, resta en arrière, mais un regard maternel lui enjoignit de la suivre.

« Un steak haché, ça te va ? » demanda-t-elle. Sans attendre la réponse, elle commanda deux steaks hachés et deux limonades avec des glaçons.

Prenant son plateau, indifférente aux réflexions des camionneurs furieux, elle s'installa à une table proche de la devanture. Mary Mallory aurait voulu disparaître sous terre. Pourvu que personne ne vienne leur reprocher d'avoir resquillé.

En face de sa mère, elle mangea en silence son hamburger. Elle n'arrivait pas à se souvenir de leur dernier dîner dans un restaurant, et son optimisme reprit le dessus. Elle commençait à croire qu'elles allaient vraiment mener une vie nouvelle au bord de la mer. Sa mère paraissait différente, forte et déterminée, comme si – maintenant qu'elle était débarrassée de son mari – elle laissait derrière elle son horrible passé et la femme triste et apeurée qu'elle avait été. Mary Mallory se persuada qu'elle trouverait du travail. Qu'elles auraient une vraie maison, et des amis, et qu'elles allaient être heureuses.

De retour dans la voiture, elle s'endormit. Elle ne bougea pas jusqu'au moment où sa mère la secoua pour lui dire :

« Réveille-toi, Mary Mallory. J'ai trouvé le bord de la mer. »

La voiture était arrêtée en haut d'une falaise. Derrière elles une forêt semblait toucher le dôme clair du ciel nocturne. Devant s'étendait l'océan, sinistre et sombre, hormis la traînée d'argent qu'y traçait la pleine lune.

Mary Mallory avait baissé sa vitre et passé la tête dehors, respirant l'air pur et froid. Elle tira la langue pour goûter le vent chargé de sel. L'océan s'enflait inlassablement, grondait et sifflait chaque fois qu'il cinglait les rochers en contrebas, comme quelque gigantesque bête antédiluvienne.

« C'est bien le bord de la mer, m'man. »

Sa mère bâilla.

« Je propose qu'on passe le reste de la nuit ici », dit-elle en s'affalant sur son siège et en fermant les paupières.

Mary Mallory jeta un coup d'œil par-dessus son épaule. La banquette arrière était encombrée de cartons, de sacs en plastique, et des vêtements que sa mère y avait entassés à la dernière minute. Il n'y avait pas de place pour s'étendre. Elle releva la vitre et se cala sur son siège. Elle s'agita longtemps avant de trouver une position supportable.

L'odeur saline de la mer influença ses rêves, et lorsqu'elle s'éveilla, le soleil éclaboussait de taches dorées l'océan agité. Sa mère, profondément endormie, avait sa tête posée sur l'épaule de sa fille.

Elle ne se souvenait pas d'avoir jamais été aussi proche d'elle. Complètement immobile, de peur de rompre le contact, elle sentait la chaleur et la douceur de la joue maternelle contre son bras. Elle regarda les couleurs de la mer virer d'un vert-bleu limpide à un gris de plomb au fur et à mesure que le ciel s'obscurcissait de nuages noirs. Un couple d'écureuils fila devant la voiture tandis que les premières gouttes s'écrasaient sur le toit. La pluie se mit à tomber à torrents, la mer mugissait avec rage et fouettait la falaise.

Sa mère se redressa et se frotta les yeux.

« Mon Dieu, il pleut, dit-elle. On ferait mieux de repartir, Mary Mallory. Mais il faut que je fasse pipi. »

Elles remontèrent en marche arrière le chemin glissant à travers bois jusqu'à la grand-route. Les essuie-glaces balayaient en vain la pluie torrentielle et sa mère conduisait les yeux collés au pare-brise pour essayer de voir la route obscure au-delà du capot.

La pluie continuait de tomber à verse lorsqu'elles s'arrêtèrent dans une station, une demi-heure plus tard. Elles vidèrent deux sacs en plastique et les attachèrent sur leur tête, puis coururent aux toilettes, gloussant telles des écolières. Elles se lavèrent les mains et le visage, et comme elles n'avaient pas de brosse à dents, elles se contentèrent d'un paquet de chewing-gum à la menthe que leur délivra un distributeur automatique. Puis elles reprirent la route.

« Zut, s'exclama sa mère alors qu'elles s'engageaient sur l'autoroute. J'ai oublié de prendre de l'essence. »

Mary Mallory consulta l'aiguille de la jauge : le réservoir était encore à moitié plein. Elle voyait les cascades d'eau projetées sur leur véhicule par les camions qui les doublaient à toute vitesse comme si l'autoroute leur appartenait.

« Maman, j'ai faim, dit-elle une heure plus tard, contrainte d'élever la voix pour couvrir la musique stridente de la radio.

— Encore ? lui lança sa mère en allumant une autre cigarette. On dirait que t'as toujours faim ces temps-ci. Ça doit être l'air de la mer. » Un sourire flottait sur ses lèvres.

Mary Mallory, asphyxiée par les cigarettes que sa mère fumait depuis une heure, pensa qu'une bouffée d'air marin ne lui ferait pas de mal. Elle baissa la vitre et reçut en plein visage une rafale de vent glacé et une trombe d'eau.

« Ferme cette foutue fenêtre, Mary Mallory, si tu veux pas que j'attrape la mort », cria sa mère en frissonnant.

Mary Mallory releva la vitre et se pencha en arrière pour prendre un lainage vaporeux en mohair bleu.

« Tiens. »

Sa mère le posa avec indifférence sur ses épaules.

Elles continuèrent à rouler sous le déluge, pendant des heures, lui sembla-t-il. Jusqu'au moment où le moteur se mit à toussoter et à crachoter. Mary Mallory regarda sa mère d'un air inquiet. Le front plissé, elle enfonça l'accélérateur. À peine leur grosse voiture décatie fut-elle garée sur le bas-côté que le moteur poussif s'arrêta.

Sa mère étira les bras au-dessus de sa tête pour soulager son dos endolori par le long parcours.

« Voilà, cette fois ça y est, constata-t-elle dans un bâillement. On n'a plus d'essence. C'est le terminus, Mary Mallory. On est là et on y reste. »

Mary Mallory baissa la vitre, passa la tête dehors et lut la pancarte qui se trouvait juste devant :

VOUS ENTREZ DANS GOLDEN, OREGON, 906 HAB.

15

Harry avait eu une dure journée, et ce n'était pas fini. D'autres dossiers l'attendaient, outre celui de Summer Young, et il devait encore passer à l'hôpital général du Massachusetts avant de pouvoir rentrer chez lui. Il avait envie d'un bourbon, de prendre une longue douche, d'écouter un peu de musique. Il se demandait quelle avait été la réaction de Mallory Malone à la lecture de son mot « énigmatique ».

Il avait volontairement omis de signer la carte et songea que ce serait cocasse si elle ne soupçonnait pas qui lui avait envoyé les fleurs. « Impossible, se dit-il, elle aura deviné, forcément. Malone est une femme intelligente. » Il s'apprêtait à dire « une nana futée », mais il s'arrêta à temps. Mlle Malone n'aimerait pas qu'on la traite de « nana futée ».

Il gara la Jaguar devant l'hôpital, entre une Ford Explorer rouge et un break Volvo gris métallisé, dont il nota mentalement le numéro d'immatriculation. C'était une déformation professionnelle qui remontait à ses débuts dans la police, quand il patrouillait en voiture, l'œil toujours aux aguets pour repérer les véhicules volés ou les délinquants en fuite. Les chiffres gravés dans sa mémoire, il se dirigea vers l'entrée des Urgences.

Deux heures plus tôt, on l'avait appelé sur les lieux de ce qui, à première vue, paraissait être un accident de la circulation avec délit de fuite du chauffard, mais après investigation ressemblait davantage à un règlement de comptes entre bandes rivales. Sauf que la victime n'avait pas l'air pressée de rendre l'âme. Sans cadavre, la brigade criminelle ne pouvait pas faire grand-chose. Toutefois, Harry devait procéder aux vérifications de routine et voir si la situation n'avait pas évolué.

La salle d'attente sentait le désinfectant et le sang. Comme d'habitude, l'atmosphère y était tendue. Les blessés et les malades attendaient patiemment leur tour. Des bébés fiévreux pleuraient dans les bras de leurs parents affolés qui faisaient les cent pas. Des familles silencieuses se morfondaient, le visage livide, en espérant des nouvelles des êtres qui leur étaient chers.

« Bonsoir, Suzie, dit-il à la jeune infirmière réceptionniste. Ça barde, ce soir ? »

Suzie Walker le gratifia d'un sourire engageant. On voyait qu'elle ne se serait pas formalisée s'il lui avait demandé son numéro de téléphone. Mais il ne l'avait jamais fait, bien qu'elle l'eût déjà accueilli une bonne dizaine de fois à l'hôpital.

« Comme toujours. Je suppose que vous venez voir la victime du chauffard. Réanimation, troisième étage à gauche. L'inspecteur Rossetti vous a devancé.

— C'est ça, le drame de ma vie », dit Harry avec un sourire, et il attaqua les marches deux à deux, uniquement pour se prouver qu'il n'était pas vraiment fatigué. En haut de l'escalier, il longea le couloir où Rossetti rongeait son frein, un gobelet de café à la main.

« Il s'en sort ? » questionna Harry en allant prendre une boisson chaude au distributeur.

Rossetti enfourna la dernière bouchée de son sandwich au thon.

« Plutôt bien, marmonna-t-il la bouche pleine, pour un type qui a les deux jambes cassées et une fracture du crâne. Après un vol plané au-dessus du véhicule, il est retombé en plein sur la tête. Il a de la chance de ne pas s'être cassé le cou. Manque de bol, il prétend ne pas se rappeler grand-chose. Rien qu'une fourgonnette blanche. »

Harry revint sur ses pas, un café à la main.

« Inutile de nous attarder, alors.

— Gaylord et Franz s'en occupent, reprit Rossetti, vidant son gobelet et poussant un soupir de lassitude. Demain il fera jour, Prof. Je ne sais pas comment tu te sens, mais moi je suis vanné. J'ai l'intention de me coucher tôt. Mais peut-être que dix heures c'est un peu trop tôt, ajouta-t-il perplexe après avoir consulté sa montre.

— Seulement si tu dors seul. Ce qui, à t'en croire, n'arrive jamais. »

Rossetti était déjà allé se réapprovisionner en café, et ils déambulèrent dans le couloir en se dopant à la caféine.

« On n'a pas de veine ces derniers temps avec le signalement des véhicules. Un break noir dans l'affaire Summer Young, et une fourgonnette blanche avec ce chauffard. Le sort est-il contre nous ? À moins qu'on ne soit bouchés au point de négliger des indices qui crèvent les yeux ?

— Quels indices ? demanda Rossetti d'un air abattu. On sait seulement que le majordome n'y est pour rien.

— Oh, on a plein d'indices, Sherlock. D'après le laboratoire, les fibres prélevées dans la voiture de Summer sont en cachemire. Du cachemire noir. »

Rossetti émit un petit sifflement.

« On dirait que notre homme a un faible pour les lainages coûteux. Peut-être qu'il connaît une bonne adresse de dégriffés. À moins qu'il n'ait de l'argent. Tu as envoyé les gars faire le tour des boutiques ?

— Et aussi chez les fabricants et les importateurs, répondit Harry avec un hochement de tête. D'après le labo, ce n'est pas de la camelote à bas prix, mais une laine à longue fibre, de la meilleure qualité, prélevée sur le ventre de bêtes racées, peut-être mongoles. Le fabricant est probablement européen, vraisemblablement écossais. Ça limite nos recherches aux grossistes de luxe et aux boutiques chic.

— Quoi d'autre ? demanda Rossetti.

— Les cheveux noirs recueillis sur les vêtements de la victime sont ceux d'un Blanc. Et ils ont été teints. Leur vraie couleur est grise.

— Tu crois qu'il s'était volontairement déguisé ? Ou que c'est seulement un gars vieillissant qui cherche à paraître plus jeune ?

— Tout ce qu'on peut en déduire c'est qu'il est plus vieux qu'on ne le pensait. »

Ils passaient devant Suzie Walker, toujours à son poste.

Rossetti lui lança un regard admiratif. Elle était jeune et jolie, avait des cheveux roux flamboyants et de grands yeux verts. Il essayait depuis des mois d'obtenir un rendez-vous avec elle.

« Quand allez-vous vous décider à sortir avec moi, Suzie ?

— Le jour où vous serez adulte, inspecteur Rossetti », répliqua-t-elle sans quitter des yeux les notes qu'elle lisait.

Ils lui souhaitèrent bonne nuit.

« Quelle technique, Rossetti ! s'esclaffa Harry. Ça marche à tous les coups, hein ?

— Des fois oui, des fois non. C'est la loi des grands nombres. »

Dehors, ils s'arrêtèrent en haut des marches, face au parking.

« Encore une chose, déclara Harry. Ils ont trouvé des particules de nitrogène dans la poussière de la Miata. Probablement un engrais, comme ceux que vendent les pépiniéristes pour les rosiers.

— Ça veut dire qu'on va devoir surveiller tous les jardiniers professionnels ou amateurs de Boston ? s'enquit Rossetti d'un air découragé.

— Non, seulement ceux du Massachusetts. Et le pire, c'est l'idée que notre homme est sans doute un bon père de famille qui passe ses week-ends à jardiner.

— Quand il ne prend pas son pied à tuer des filles, tu veux dire.

— T'as tout compris, Rossetti. »

L'homme assis au volant du break Volvo métallisé les surveillait à la jumelle. Il savait qui ils étaient. S'il avait su lire sur les lèvres, il aurait compris ce qu'ils disaient, tellement l'image était précise. De toute façon, il aurait parié cent dollars qu'ils parlaient de lui.

Cela le réjouissait, tout comme le fait qu'ils ne le soupçonnaient absolument pas. Pas d'indication valable sur ce à quoi il ressemblait, pas la moindre piste. En outre, ils continuaient à travailler sur le passé, alors que lui se tournait déjà vers l'avenir.

Sa main caressait le Polaroïd posé à côté de lui. L'appareil était un peu comme un vieil ami. Le tour de garde de Suzie Walker se terminait dans quinze minutes, et il regardait avec anxiété les deux inspecteurs de police toujours en grande conversation sur les marches. S'ils tardaient à partir, ils allaient lui faire rater l'occasion de prendre une photo.

Cette fois, ça y était. Harry Jordan venait de donner une tape sur l'épaule de son ami. Les deux hommes se souhaitèrent bonne nuit.

Jordan arrivait à grandes enjambées. Les vitres de la Volvo étaient teintées, mais inutile de se faire remarquer par l'œil aux aguets du policier. L'homme se laissa glisser en bas du siège et tira le plaid sur lui.

Il resta étendu, aussi immobile que ses victimes. Sa respiration était calme et régulière. Il n'éprouvait aucune peur. Il se savait plus malin que les flics, comme il l'avait déjà prouvé à maintes reprises. La police continuait de se demander *combien* de fois exactement.

Les pas de l'inspecteur se rapprochèrent. Il ouvrait les portières de la Jaguar. Des aboiements féroces éclatèrent : un chien grattait frénétiquement la carrosserie de la Volvo. Les nerfs à fleur de peau, l'homme retint son souffle.

« Squeeze, qu'est-ce qui te prend ? » hurla Harry avec colère. Il retint le chien par le collier et tâta d'une main inquiète la peinture de la Volvo.

Squeeze se dressait sur ses pattes de derrière. Le museau collé à la fente de la vitre entrouverte, il reniflait et grognait.

Harry hésita. Squeeze n'avait pas l'habitude de se montrer aussi agressif. Il jeta un coup d'œil par la vitre de la Volvo, mais le verre teinté ne permettait pas de voir grand-chose. Il remarqua que le véhicule était fermé à clef et se posa des questions sur son système d'alarme. Il photographia encore une fois du regard la plaque d'immatriculation. La vignette avait été renouvelée récemment. L'auto n'avait ni bosse ni éraflure. Un véhicule parfaitement normal et bien entretenu. Il appartenait probablement à une famille de plusieurs enfants, propriétaire d'un ou deux chiens. C'était tout. Les chiens devaient voyager à l'arrière, là où la vitre laissait passer un filet d'air. Squeeze avait décelé leur odeur et ne l'aimait pas.

« Bougre d'idiot, bougonna Harry en le tirant en arrière. Tu as failli me coûter le prix d'une nouvelle couche de peinture. »

Le chien, sans cesser de gronder, sauta de mauvais gré à l'arrière de la Jaguar.

Il y eut un claquement de portière et enfin le bruit du moteur suivi par le crissement des pneus.

L'homme pouvait se détendre et même en rire. Certes, le chien de l'inspecteur Harry Jordan savait reconnaître un assassin à l'odeur. Squeeze était bien plus malin que son maître.

Mais le temps pressait. Il se redressa, l'appareil photo en position. Il s'apprêtait à faire de Mlle Suzie Walker une star.

Au volant de sa voiture, Harry prit conscience qu'il n'avait rien mangé depuis le petit pain aux myrtilles avalé chez Ruby à sept heures du matin. Il s'arrêta pour acheter une pizza aux pepperonis, dont il dévora une part tout en conduisant. Le chien salivait derrière sa nuque. Il en guignait un morceau. Harry éclata de rire.

« Pas question, mon gars. Je te donnerai un os à la maison. Passe encore que tu graisses mon beau tapis ancien, mais je ne veux pas que tu taches ma banquette. »

La lumière rouge du répondeur clignotait dans la cuisine. Néanmoins, il ouvrit d'abord une boîte pour le chien et mordit dans la pizza avant d'écouter les messages.

En arrière-fond s'égrenait une musique douce. Il pencha la tête et sourit en reconnaissant Elgar. Puis il entendit sa voix : « Merci, Harry », disait-elle avec douceur.

Le regard rivé sur le répondeur, il attendait la suite. Mais c'était tout. Il rembobina la bande et la fit passer de nouveau. Le laconisme de Malone l'amusait. Et quelle intonation quand elle prononçait son prénom : *Harry* !

Toujours souriant, il versa une rasade de Jim Beam sur quelques glaçons et emporta la boîte de pizza dans la salle de séjour. Oui, le magnétoscope avait bien fonctionné. Il rembobina la cassette vidéo.

Enfoncé dans son vieux fauteuil en cuir, il alluma le téléviseur. Le visage de Mallory Malone apparut sur l'écran. Elle adressait à des millions de téléspectateurs ce sourire éclatant et ensoleillé qu'elle lui avait offert la veille. Ses yeux luisaient comme des saphirs pendant qu'elle parlait avec émotion de l'épouse mentalement perturbée, abandonnée dans un asile d'aliénés par le milliardaire anglais. Elle montra des clichés du vieux bouc cabriolant tout nu en compagnie de trois jeunes beautés.

« Cet homme est capable d'oublier, assurait-elle d'une voix basse et douce. Mais nous, en avons-nous le droit ? Posez-vous la question ce soir quand vous chercherez le sommeil dans votre lit, tout comme je le ferai. Demandez-vous s'il ne devrait pas y avoir une justice en ce bas monde pour les femmes maltraitées comme elle. Et si ç'avait été vous ? »

Elle regarda droit dans la caméra pendant une seconde, avant de baisser ses cils délicieusement ourlés sur ses prunelles embrumées de larmes contenues. Elle venait de faire entrer les spectateurs dans son univers, de les convaincre de prendre le parti de l'épouse maltraitée.

Était-elle une magnifique actrice ou simplement sincère ? Il se souvint de ce court instant pendant leur dîner, où elle avait semblé abandonnée et perdue. « La femme la moins intéressante du monde », avait-elle dit d'elle-même. Sur le moment, il aurait juré qu'elle le pensait vraiment.

Mallory était bien plus qu'une simple énigme. Elle avait des secrets qu'elle s'était gardée de lui révéler.

Il décrocha le téléphone et composa son numéro personnel.

« Allô ? » fit-elle d'une voix endormie.

Il jeta un coup d'œil coupable à sa montre qui indiquait onze heures et demie.

« Mademoiselle Malone ? demanda-t-il, et il l'entendit soupirer.

— Appelez-moi Mallory.
— Mallory, répéta-t-il car il adorait dire son nom.
— Oui, Harry ?
— Je ne savais pas qu'il était si tard. Pardonnez-moi, dit-il tout en souriant et sans se sentir désolé le moins du monde.
— Non, il n'est pas tard. Je me suis mise au lit très tôt. »
Elle était maintenant tout à fait réveillée et calait ses oreillers derrière elle.
« J'ai eu votre message.
— Vraiment ? »
Il pouvait presque l'entendre respirer.
« Il n'était pas très long.
— Je croyais avoir tout dit, répondit-elle, ravie malgré elle d'entendre la voix de Harry.
— Plutôt succinct le message.
— Je suis comme ça.
— Qu'est-ce qu'on éprouve quand on est une énigme ? » Il devinait à son ton enjoué qu'elle souriait.
« Oh ! on se sent énigmatique, je suppose… » Et elle éclata de rire. « Les fleurs sont superbes. Comment savez-vous que j'ai un faible pour les lilas ?
— Pure intuition, mais j'en suis enchanté. J'ai seulement pensé qu'elles vous allaient bien. Fraîches et odorantes, à l'image du printemps.
— Deviendriez-vous poète, inspecteur ?
— Je m'appelle Harry, n'oubliez pas. Avez-vous déjà envisagé que vous pourriez transformer un homme en poète ?
— Ou en musicien. J'adore ce morceau d'Elgar.
— C'est romantique, excessif.
— Tout comme vous, Harry Jordan. »
Il grimaça un sourire et l'imagina étendue dans un grand lit, trop grand pour elle seule.
« Pourquoi ne pas me donner une chance de vous montrer à quel point je suis romantique ? Je pourrais me débrouiller pour me libérer demain soir. »
Elle hésita. Il avait l'impression de l'entendre réfléchir.
« Ça me ferait plaisir, Harry. C'est mon tour de vous inviter : chez moi, à huit heures.
— D'accord pour huit heures. Et merci.

— Ce sera un plaisir de vous revoir, avoua-t-elle prudemment.

— Pour moi aussi.

— Alors souhaitons-nous une bonne nuit.

— Oui, bonne nuit. Après tout, je suis à Boston et vous à New York.

— On n'y peut pas grand-chose, inspecteur, dit-elle en riant avant d'ajouter : À demain, Harry. »

Le sourire de Harry persista longtemps après qu'il eut raccroché le combiné. Il avait oublié qu'il était censé découvrir ce qu'elle savait de l'homme au portrait-robot. Il se sentait l'âme d'un jeune potache qui venait d'obtenir un rendez-vous avec la reine de la promotion.

Il siffla pour appeler le chien, lui mit sa laisse et l'emmena faire un tour. Il se demandait ce que Mallory Malone portait au lit.

Mal se renversa sur les oreillers. Elle songeait avec inquiétude qu'elle n'avait vraiment pas le droit de succomber au charme de Harry Jordan. Cet homme représentait une menace pour sa vie si bien ordonnée. Mais elle n'avait pas eu la force de l'éconduire. Après tout, une seule fois n'engage à rien. Elle allait devoir se tenir sur ses gardes, voilà tout. Elle se retourna sur le ventre et enfouit son visage dans l'oreiller. Le sommeil l'emporta presque instantanément.

16

Harry se sentait plus à son aise dans un confortable jean élimé. Néanmoins, en l'honneur de Mallory, il avait mis sa seule veste habillée, un pantalon de flanelle, une chemise de lin blanc, et une cravate de soie chatoyante achetée en solde. Il souriait en la nouant, face au miroir. C'était la deuxième fois qu'il se mettait sur son trente et un pour la jeune femme. Il espérait qu'elle apprécierait l'attention.

Il était descendu au Mark Hotel, sur Madison Avenue, et envisageait de rentrer à Boston le lendemain matin par la première navette aérienne. Il avait l'impression de faire l'école buissonnière, comme un gosse. Mais il n'allait pas revoir Mallory uniquement pour le plaisir. Il ramassa l'enveloppe en papier kraft qui contenait le portrait-robot du tueur et la glissa dans sa poche.

Le concierge le prévint par téléphone que sa commande de fleurs l'attendait. Planté devant le miroir, il redressa sa cravate et passa les mains dans sa chevelure trop bien peignée. L'heure de son rendez-vous approchait.

Le fleuriste avait bien fait les choses. L'immense panier d'osier regorgeait de violettes de Parme. Il le coinça sous son coude et monta dans un taxi.

« Vous iriez-t-y pas à un enterrement, mon gars ? demanda le chauffeur avec aigreur.

— J'espère que non, mais ces fleurs sentent sûrement meilleur que votre tacot. »

Dans le hall de l'immeuble qu'habitait Mallory Malone, il donna son nom au portier.

« Dernier étage, monsieur. Mme Malone vous attend. »

Dans l'ascenseur, Harry jeta un coup d'œil à sa montre Pile à l'heure. Comment serait-elle ? Que dirait-elle ? La perspective d'être seul avec elle l'enchantait.

L'ascenseur le déposa dans une entrée en marbre. De vieux miroirs vénitiens de grand prix paraient les murs, des tapis français aux nuances douces couvraient le sol, et une séduisante inconnue en robe de soie rouge l'accueillait en souriant. Ce n'était pas Mallory.

« Je crois que je me suis trompé d'étage », dit-il avec hésitation.

La femme avait de longs cheveux noirs, des yeux sombres rieurs et un sourire aguichant. Elle le détailla lentement et hocha la tête.

« Oh ! j'espère que non, dit-elle malicieusement. Chez qui allez-vous ?

— Mallory Malone. »

Elle se rapprocha de lui pour respirer les violettes. Il sentait son parfum couvrir celui des fleurs, un parfum fort et épicé.

« Alors j'ai l'honneur de vous faire savoir que vous êtes arrivé à bon port. »

Elle lui lança un autre petit sourire séducteur et le conduisit à la porte.

« Mal, cria-t-elle d'une voix forte qui couvrit le brouhaha des conversations. Le livreur est là. Viens voir. »

Mal apparut dans un fourreau moulant en dentelle noire doublée de satin doré. Le profond décolleté festonné se confondait avec ses seins. La jupe courte et les sandales en daim noir à hauts talons lui faisaient des jambes incroyablement longues et fuselées.

« Oh, c'est vous, Harry. »

Les doigts devant sa bouche, elle s'efforçait de dissimuler son rire devant la façon dont il serrait dans ses bras son gros panier de fleurs. C'était si drôle que Lara l'ait pris pour un livreur.

Le salon était plein de monde et des serveurs passaient les plateaux de canapés et de boissons. Les yeux de Harry croisèrent les siens.

« Vous n'aviez pas parlé de réception, reprocha-t-il sans chercher à masquer son étonnement.

— On vient d'apprendre que l'émission de la semaine dernière a battu tous les records d'écoute, alors j'ai décidé de donner une soirée pour fêter l'événement. »

L'inconnue en rouge les observait avec intérêt.

« Vous n'êtes donc pas le fleuriste ?

— C'est pour vous », dit Harry en tendant le panier à Mal.

Elle enfouit son nez dans les fleurs.

« Elles sont divines, comme les bois au printemps, s'exclama-t-elle avec un sourire vraiment radieux. Et il y en a tellement, Harry, vous avez dû dévaliser tous les fleuristes de Manhattan. Merci. »

Sans pouvoir s'expliquer pourquoi, il fondait dès qu'elle lui souriait de la sorte. Comme s'il lui apportait le monde sur un plateau d'argent au lieu d'un bouquet de violettes. Il était déçu de tomber en pleine réception, mais qu'y pouvait-il ? Il ne possédait aucun droit sur Mallory Malone, et elle n'en détenait pas davantage sur lui.

« Venez, Harry, intervint la femme en rouge en lui prenant le bras. Vous m'avez l'air d'un joyeux fêtard, et ça me plaît. Je suis Lara Havers. Et vous, qui êtes-vous exactement ? »

Elle s'était rapprochée de lui et il sentait la chaleur de son corps. Mal fit sèchement les présentations.

« C'est l'inspecteur Harry Jordan, de la brigade criminelle de Boston.

— Un flic ? Comme c'est excitant. Dites-moi, Harry, lui demanda Lara en l'entraînant dans la pièce bruyante, venez-vous ici en mission, ou uniquement pour le plaisir ? »

Mal, debout près de la porte avec le panier de violettes, leur lança un regard jaloux. Son cœur se serrait comme au temps de sa jeunesse, chaque fois qu'elle se trouvait dans la situation de celle qui n'est pas invitée à la fête, ou à qui l'on n'offre pas de rester pour la nuit, ou qui n'a pas été choisie pour faire équipe. Elle eut l'impression d'être redevenue, une fois encore, la Mary Mallory de jadis, seule et coupée des autres.

Elle chassa cette pensée. C'était *sa* réception, *sa* maison, *ses* invites. Tous ces gens fêtaient *sa* réussite. Quelle importance si Harry nouait une intrigue avec Lara Havers ? Il ne représentait rien à ses yeux, rien qu'un flirt. Un point c'est tout.

Dans ces conditions, pourquoi avait-elle songé à lui dès son réveil ce matin ? Pourquoi, devant sa garde-robe, pleine à craquer de magnifiques toilettes, s'était-elle persuadée qu'elle n'avait rien à se mettre ? Pourquoi avait-elle couru chez Dean & Deluca acheter toutes ces bonnes choses qu'elle se proposait de lui préparer pour le dîner de ce soir ? Elle était même passée chez le marchand de vin et avait déniché dans sa cave le champagne que Harry aimait.

Et pourquoi s'était-elle ruée chez Barney, dès la première heure, et avait-elle hésité comme une adolescente entre la robe de dentelle noire très sexy, et le chemisier de satin crème, plus modeste, avec un pantalon de cuir noir ? Bien décidée à ne pas se retrouver une fois de plus déplacée sur le plan vestimentaire, elle avait fait l'achat des deux tenues.

Et puis elle s'était dit qu'elle se conduisait comme une écervelée. Une bonne dizaine d'hommes se disputeraient le plaisir de sortir avec elle ce soir. Elle n'avait que faire de Harry Jordan et de son tueur en série, d'autant plus qu'il allait chercher à remettre le sujet sur le tapis, elle le savait bien.

Elle s'était sentie tout à fait soulagée lorsque, après la publication des résultats de l'audimat, le producteur avait proposé d'organiser une petite fête pour célébrer leur victoire.

« Faisons ça chez moi, s'était-elle écriée avec enthousiasme. Vous êtes tous invités, tout le monde. »

Beth avait téléphoné aux traiteurs. Mal avait battu le rappel des amis et, sans remords, avait rangé les petits plats de Dean & Deluca dans le réfrigérateur, et enfilé sa nouvelle robe en dentelle noire. La réception pouvait commencer.

Elle observa Harry, à l'autre bout de la pièce. Il était entouré de femmes empressées, parmi lesquelles Beth et Lara. Harry leur racontait une histoire, elles riaient et minaudaient. Il avait l'air de s'amuser comme un fou.

Elle se rendit dans sa chambre à coucher et posa le panier de violettes sur le guéridon sous la fenêtre. Assise dans un fauteuil, elle ne quittait pas les fleurs des yeux. Ce n'était pas seulement un merveilleux bouquet, mais un cadeau délicat et plein d'attention choisi spécialement pour elle. Au fond, Harry paraissait vraiment un être touchant sous ses dehors de flic endurci. Elle se leva et tira sur sa robe qui était remontée sur ses hanches au moment où elle s'était assise. Courage, il lui fallait rejoindre ses invités.

Onze heures avaient sonné lorsque les gens commencèrent enfin à s'en aller. Elle n'avait pas trouvé l'occasion de dire un mot à Harry, et il ne semblait pas avoir cherché à se rapprocher d'elle. Il avait été la vedette de la soirée avec ses histoires de meurtres et autres atrocités. Lara et Beth s'étaient amusées de sa démonstration des pas de la salsa, car *Si Señor* de Gloria Estefan faisait fureur. Il s'était même offert de leur montrer à l'occasion les exercices d'abdominaux les plus efficaces. Quant aux hommes, outre leurs discussions sur le basket-ball, ils s'étaient passionnés pour l'expérience sociale du Moonlightin'Club et la patinoire de hockey qu'il envisageait d'y construire. Il avait joué à l'ami de tout le monde, et elle à l'hôtesse débordée.

Sur le pas de la porte, à l'heure du départ, Mal vit chaque femme embrasser Harry sous prétexte de lui dire au revoir, et elle éclata de rire lorsque Lara murmura :

« Tu ne trouves pas que c'est le flic le plus sexy qu'on ait jamais vu, à part à la télé ? Et tellement plus accessible, chérie. Tu ne m'en voudras pas si je lui téléphone, hein ? Il m'a précisé qu'entre vous deux, c'était purement professionnel.

— Vas-y, répondit Mal avec désinvolture. Il n'y a absolument rien entre nous.

— Alors tu ne dois pas être dans ton état normal, ma chérie, s'étonna Lara. Mais tant mieux pour moi. »

Mal souhaita le bonsoir au directeur et à sa femme, au producteur, puis à Beth et Rob.

« Oh, un petit instant s'il vous plaît, dit-elle en courant dans sa chambre dont elle revint quelques secondes plus tard avec un paquet. Mon cadeau d'anniversaire, annonça-t-elle. Pardon, j'ai failli l'oublier. Le voyage à Londres m'a fait perdre la mémoire. »

Alors que Mal leur adressait un dernier geste d'adieu, elle s'aperçut que Harry ne la quittait pas des yeux. Il attendait, adossé à la cheminée, les mains dans les poches, les cheveux ébouriffés et la barbe naissante. Avec l'air d'un homme qui a envie d'enlever sa veste.

« Qu'est-ce qu'un type doit faire pour se procurer un peu de nourriture dans le coin ? demanda-t-il avec un sourire.

— Il y avait de quoi manger. Des tas de bonnes choses…

— Des amuse-gueule, tout au plus. Moi, j'avais été invité à dîner.

— Si vous n'aviez pas été si occupé à apprendre la salsa à mes amies, vous auriez remarqué qu'il y avait un délicieux buffet, fourni par un des meilleurs traiteurs. Presque tous les autres lui ont fait honneur.

— Me reprocheriez-vous d'avoir été galant avec ces dames ? Et un dîner, ça se mange à table. De préférence en face de la personne qui vous a invité.

— Qu'est-ce qui vous donne à penser que je vous ai invité à dîner, de toute façon ? demanda-t-elle, amusée. Je n'ai jamais prononcé le mot *dîner*. Votre mémoire de fin limier vous jouerait-elle des tours ?

— Effectivement. Tout comme la vôtre a flanché devant le portrait-robot. Au juste, que s'est-il passé avec ce portrait, Malone ? L'avez-vous reconnu ou quoi ?

— Ne soyez pas stupide ! Bien sûr que non. Pourquoi l'aurais-je reconnu ?

— D'abord parce que c'est votre métier d'identifier les assassins. Vous en avez rencontré des tas. Je pensais que vous auriez pu croiser celui-ci en passant. Ou peut-être est-ce votre frère ?

— Vous perdez la tête ?

— O.K., si ce n'est pas votre frère, alors qui est-ce, Malone ?

— Comment voulez-vous que je le sache ? »

Il y avait de l'animosité dans l'air, et Harry prit l'initiative de rompre le silence qu'ils observaient tous les deux.

« Serions-nous en train de nous faire une scène ? s'informa-t-il avec un sourire.

— C'est bon pour les gens qui se connaissent bien, ce qui – permettez-moi de vous le rappeler, inspecteur – n'est pas notre cas.

— Justement, n'était-ce pas dans l'intention de nous mieux connaître que vous m'aviez invité ce soir ?

— Sans vos violettes, rétorqua-t-elle en riant, j'imaginerais que vous êtes venu uniquement pour m'interroger sur l'assassin.

— Ce petit présent était destiné à plaire à la femme merveilleuse avec qui je devais dîner.

— Vous pensez vraiment que je suis merveilleuse ?

— La moitié de l'Amérique le croit.

— Et pas l'autre moitié, alors. »

Elle se mordit la lèvre, regrettant d'avoir prononcé ces paroles. Elle s'en voulait d'avoir baissé sa garde en face de lui.

Il la dévisagea avec de grands yeux ahuris.

« Qu'est-ce que ça peut vous faire, l'opinion des autres ? Vous savez pertinemment de quoi vous avez l'air. Vous êtes merveilleuse, vous avez un énorme succès. Est-il possible que vous vous sentiez à ce point angoissée, Malone ? »

Elle haussa encore une fois les épaules et évita son regard.

« Je voulais plaisanter.

— Non, vous ne plaisantiez pas, dit-il gentiment devant son expression préoccupée. Voulez-vous que nous en parlions ?

— Il n'y a rien à dire.

— Mais si, insista-t-il, et il lui releva le menton d'une main, la forçant à le regarder dans les yeux. Vous pouvez vous fier à moi, Mal. Je sais garder un secret.

— Oh, Harry, vous ne lâchez donc jamais prise. Vous êtes exactement comme moi.

— Parfois vous n'avez pas l'air d'être vous-même. Et c'est là que le bât blesse. »

Il avait posé sa main sur sa nuque, dans ses cheveux fins.

Mal sentait la caresse et la chaleur de ses doigts sur son cou. Un frisson de plaisir parcourut sa colonne vertébrale et elle se pencha en avant. Il la tint contre lui et lui massa la nuque jusqu'à ce qu'elle se détende.

« C'est bon ? murmura-t-il.

— Mmmm. Vous vous êtes trompé de métier, inspecteur. Masseur, voilà votre vraie vocation. »

Elle était en train de fondre et en avait conscience. Elle tourna son visage vers lui. Les yeux dans les yeux, ils échangèrent un long regard grave. Les lèvres de Harry effleurèrent les siennes, lui arrachant un soupir. Mais elle recouvra ses esprits et s'écarta de lui, ressentant subitement le besoin de rajuster les bretelles de sa robe en dentelle, de remettre de l'ordre dans sa coiffure.

« Je sais qu'au fond de vous-même vous êtes un type à l'ancienne mode, et que vous ne chercherez pas à profiter de moi », dit-elle sur le chemin de la cuisine.

Néanmoins, encouragé par ce regard qu'elle avait eu, Harry s'autorisa à enlever sa veste et alla s'adosser au chambranle de la porte, bras croisés.

« Encore une chose… Je ne sais pas si quelqu'un d'autre vous l'a jamais dit. »

Elle lui lança un regard plein d'espoir.

« Vos lèvres sont aussi veloutées que des pétales de violettes.

— Hum. Est-ce vrai, inspecteur ? demanda-t-elle en brandissant la bouteille de champagne. Votre marque préférée. Je ne l'ai pas oublié. »

Il déboucha la bouteille et remplit les flûtes qu'elle lui tendait.

« À cette joyeuse soirée, inspecteur Harry, déclara-t-elle avec un sourire moqueur.

— Voulez-vous dire que ce n'est pas encore terminé ?

— Voyons, je ne peux pas vous renvoyer chez vous le ventre creux. Il y a aussi de quoi manger dans ce réfrigérateur. »

Un homme bien élevé aurait dû la croire sur parole, mais le flic prit le dessus et il ouvrit la porte.

« On dirait que vous aviez tout prévu pour un dîner.

— En effet, mais je me suis dégonflée. »

Il sortit des cailles farcies.

« Vous aviez l'intention de préparer ça ? Pour moi ?

— Oui. Et les courgettes farcies. Et la semoule avec des poireaux, des épinards et du citron. »

Il leva les yeux au ciel.

« Et elle sait même faire la cuisine !

— Que diriez-vous plutôt d'un sandwich ? C'est plus rapide. Mayonnaise ou moutarde ? demanda-t-elle en brandissant les pots.

— Les deux. »

Il la regarda les préparer et les disposer sur des assiettes bleu et jaune éclatantes.

« Matisse aurait aimé peindre ce tableau, dit-il. *Nature morte aux deux sandwiches de dinde à Manhattan.*

— N'oubliez pas le champagne. »

Mal avait attrapé les verres et lui faisait signe de la suivre dans le salon où, après avoir posé le champagne sur la table basse et mis en marche le lecteur de CD, elle proposa : « Mettons-nous à l'aise. » Elle ôta ses sandales et s'assit sur le tapis face au feu. Les *Variations Enigma* d'Elgar flottaient dans la pièce.

Harry s'installa en tailleur devant elle.

« Expliquez-moi par quel phénomène un homme capable de comparer un sandwich de dinde à un Matisse peut finir dans la peau d'un policier ?

— Vous le savez déjà. On en a parlé lors de notre dernier rendez-vous.

— Notre dernier *rendez-vous* ?

— Comment voulez-vous l'appeler ? »

Elle mordait dans son sandwich, toute pensive.

« Une rencontre. C'est tout.

— Peut-être pour vous.

— *Des pétales veloutés de violettes*, ce n'est pas un langage de flic !

— Comment vous attendiez-vous à nous entendre parler ?

— Oh, vous savez bien. Le verbe rude, grossier, terre à terre. Tout en noir et blanc, sans nuances.

— Je suis réputé pour mes nuances.

— Je vois que vous appréciez le sandwich, s'écria-t-elle avec un petit rire joyeux.

— Ruby m'a manqué ce soir. Pourtant, tout bien considéré, le luxe du décor, la qualité extraordinaire du sandwich, les assiettes jaune et bleu à la Matisse, les lèvres veloutées, je préfère être ici. »

Il n'avait pas dit « avec vous », mais elle savait qu'il le pensait. Heureuse, elle ramena ses talons sous elle. Pendant que Harry finissait son sandwich, elle buvait le champagne à petites gorgées. Il explorait la pièce du regard.

« On dirait que vous avez toujours vécu ici. La maison familiale, les tableaux de vos ancêtres sur les murs, les photos de famille dans les cadres d'argent. »

Il ramassa une photographie sur la table basse. C'était celle d'un couple. L'homme, grand et solidement bâti, avait l'allure d'un individu habitué au grand air. Il passait un bras autour des épaules d'une jolie petite blonde au grand sourire. La photo avait été prise dans la véranda en bois d'une imposante maison surplombant un lac. L'homme et la femme semblaient heureux, bien assortis.

« Vos parents ?

— Est-ce que je leur ressemble ? » Sa manière de lever les épaules et sa moue exaspérée semblaient indiquer qu'elle souhaitait une réponse négative.

« Je trouve que oui, dit-il après avoir étudié la photo.

— C'est la raison pour laquelle je les ai choisis.

— Vous les avez choisis ?

— Bien sûr. Chez un brocanteur. J'ai choisi tous les gens que vous voyez ici, sur les photos et sur les tableaux. Quand j'ai réinventé mon passé. »

Harry reposa soigneusement la photographie dans son cadre d'argent.

« Souhaitez-vous m'en parler, Malone ?

— Non. Vous le savez bien. »

Sa bouche s'était brusquement serrée, et elle avait pris son air meurtri.

« Je ne suis pas vraiment sûr de savoir ce que vous avez à dire, fit-il. Mais je crois que vous avez besoin d'en parler à quelqu'un. Pourquoi pas à moi ? »

Il s'approcha d'elle et lui saisit la main.

« Oh, je n'en sais rien. C'est une histoire si ordinaire. J'ai fait tellement d'efforts pour tout laisser derrière moi et devenir quelqu'un d'autre. »

Comme il fronçait les sourcils, elle ajouta :

« La vérité, c'est que je n'ai pas vraiment existé avant le jour où je me suis inventée. »

Et, tout d'un coup, elle lui raconta son enfance. Elle lui parla de son père brutal, de sa mère dépressive, de la façon dont elles s'étaient enfuies au bord de la mer, et de Golden.

« Une saloperie de petite ville », avait dit la mère de Mary le jour où elles arrivèrent avec leurs affaires empilées dans la vieille Chevy. Et elle avait raison.

Les bâtisses grises en bois, détériorées par les intempéries, s'accrochaient avec une ténacité furieuse au rivage sous le vent. Il y avait une loge de Kiwanis[1] et un club des Élans pour les chasseurs, un monument aux morts, une supérette Midway, un restaurant affublé du nom de Lido, et une population de vieillards affairés à vieillir encore. C'était un petit coin minable où s'égaraient de rares vacanciers à la belle saison, quand le bourg cherchait à se donner des allures prospères et pimpantes sous de tristes banderoles. Mais les visiteurs ne faisaient qu'y passer. Ils s'en allaient à toute vitesse, en quête d'endroits plus gais et plus vivants.

Les habitants de Golden en étaient tous natifs ainsi que leurs pères et grands-pères. Il ne leur fallut pas longtemps pour cataloguer les Malone comme des « vagabonds » et les exclure de leur petite communauté. Mal ne trouvait pas les mots pour décrire son terrible isolement au cours de toutes ces années, la morne solitude s'étirant à l'infini derrière elle et devant elle. La seule personne proche d'elle était sa mère, mais uniquement parce qu'elles vivaient ensemble, et non parce que celle-ci s'occupait d'elle – en réalité elle ne s'occupait de rien. Parfois, lorsqu'elle cherchait le sommeil sur le canapé de vinyle orange, Mary Mallory se disait avec terreur que, s'il lui arrivait de mourir cette nuit-là, personne sur la terre du bon Dieu ne s'en soucierait. Elle aurait tout aussi bien pu ne pas exister.

Mal revoyait la vieille caravane exposée aux quatre vents, respirait encore l'odeur de la mer, des ordures qui pourrissaient, et la puanteur repoussante de la pauvreté. En cet instant, elle retrouvait tout, revivait tout, haïssait tout.

---

1. Association internationale fondée en 1915 à Detroit (Michigan), dont les membres sont des hommes d'affaires et divers acteurs de la vie économique. *(N.d.T.)*

La caravane qu'elles étaient censées louer pour l'été. Petite et laide, pire que miteuse. Tout y était usé et gris, à part le canapé de vinyle, mais lui aussi avait déteint, du rouge à une teinte orangée légèrement sanguinolente. Sa mère occupait l'unique chambre à coucher à l'arrière, dont la petite fenêtre refusait de s'ouvrir même par les journées les plus chaudes, bien que Mary Mallory se soit battue en vain contre elle armée d'un tournevis. Quand il faisait chaud, sa mère venait s'asseoir dans le salon, laissait la porte ouverte en grand, et le téléviseur restait allumé la nuit entière, ôtant à Mary Mallory tout espoir de dormir un brin.

Sa mère était une droguée de télévision. Elle regardait passivement n'importe quoi, toutes les émissions de nuit, et Mary Mallory aurait juré qu'elle n'en retenait rien. Les images lui montraient des gens, des lieux, des événements, pendant que la fumée des cigarettes qu'elle allumait les unes après les autres montait sans fin en guirlandes jusqu'au plafond. Non, sa mère ne vivait pas par procuration grâce à la télévision, comme Mary avec les films ; la télé lui rappelait seulement qu'elle était encore en vie. Elle ne changeait jamais de chaîne. Elle se contentait de ce qui se présentait au moment où elle allumait le poste.

Mary Mallory se plaçait devant l'écran et essayait de la convaincre d'aller au lit.

« Viens, m'man, disait-elle. Il est très tard et il faut que je dorme un peu. »

Sa mère lui lançait un regard vague et allumait une autre cigarette.

« Je regarde la télé », répondait-elle. À voir les yeux bleus et vides de sa mère, Mary Mallory savait qu'elle écoutait sa propre bande sonore continuellement en marche dans sa tête.

Sa mère ne trouva jamais de travail. Seule la charité publique leur permettait de survivre, et c'était Mary Mallory qui devait aller chercher, chaque lundi après l'école, les bons de nourriture.

« Encore toi », disait Mlle Aurora Peterson en la toisant. Elle commençait par remettre en place sa rangée de perles autour de son cou décharné, puis sortait le dossier Malone. Mary Mallory savait pertinemment qu'elle connaissait leur misère en détail et par cœur. Pourtant la fonctionnaire n'arrêtait pas de feuilleter les pièces de leur dossier avec ostentation. Elle levait les yeux de temps à autre pour dire : « Hum… hum… je vois… »

Quel dommage, songeait l'adolescente, que le bureau de l'aide sociale ne soit pas administré par des personnes qui ont besoin de secours, parce qu'elles se montreraient certainement plus aimables et charitables.

Mais Mlle Aurora Peterson habitait une ravissante maison blanche, ombragée par un vieux chêne, du bon côté de la rue de Golden, la maison où elle était née et que lui avait léguée son père. Elle portait des ensembles bleu clair, et trois fois par an elle se faisait permanenter au salon de coiffure de Jody, où on lui passait aussi sur les ongles une couche de vernis rose discret. Elle conduisait une Buick blanche quasiment neuve, et s'offrait deux semaines de vacances par an dans la même station de montagne. On la voyait chaque dimanche à l'église presbytérienne St. John de Golden, même si elle n'avait pas une goutte d'amour dans le cœur – pas même pour Jésus, se disait Mary Mallory – mais c'était pour elle l'occasion de porter ses chapeaux neufs.

Mary Mallory gardait les yeux baissés sur le linoléum usé et les chaussures éculées des autres nécessiteux faisant la queue, pendant que Mlle Peterson examinait son dossier aussi intensément que si elle déchiffrait un code secret. Au bout d'environ cinq minutes, l'odieuse femme levait la tête et disait avec lassitude : « Oh, vous les Malone ! Quand donc ta pauvre mère va-t-elle se procurer un travail, au lieu de compter sur nous les honnêtes contribuables pour prendre soin de vous deux ? »

Elle s'armait d'un gros tampon encreur et l'appliquait sur la page, avant de compter enfin les bons de nourriture et de les pousser sous le petit guichet vitré qui la séparait des pauvres aux manières grossières et frustes. Et pas une seule fois elle n'avait vraiment regardé Mary Mallory.

Rouge de honte, Mary Mallory allait au Supermart à l'autre bout de la ville. Avec son chariot, elle parcourait en toute hâte les allées, attrapait au passage des cornflakes, du lait, de la margarine, du fromage, de la sauce bolognaise et du pain en tranches. Elle prenait une boîte de haricots, une demi-livre de la viande hachée la moins chère, et n'importe quel café instantané en promotion. Au rayon des légumes, elle achetait deux grosses pommes de terre et, en guise d'extra, deux pommes vertes. Puis elle prenait rang dans la file d'attente à la caisse, et se préparait à subir la deuxième humiliation de la journée.

Les joues de nouveau en feu, elle attendait que le gérant compte ses bons de nourriture, effrayée à l'idée qu'elle avait peut-être trop dépensé et qu'elle devrait remettre quelque chose en place. Son sac de papier brun serré contre elle, elle remontait la rue jusqu'à la petite station d'essence, où le propriétaire, quoiqu'elle n'eût pas l'âge requis, la laissait acheter des cigarettes pour sa mère. C'était la seule gentillesse qu'on lui manifestait de toute la journée, même si cela répondait surtout au souci de ne pas rater une vente, et non à de la bienveillance à son égard. Cette attitude lui évitait cependant bien des ennuis, parce qu'au bout d'une première année pleine d'optimisme sa mère avait quasiment cessé de sortir de chez elle, et que sans ses cigarettes elle serait vraiment devenue folle.

Les seules fois où sa mère quittait la maison, c'était lorsque la dépression la plus noire s'abattait sur elle. Ces jours-là, en rentrant de l'école, elle la retrouvait en haut des falaises, les yeux perdus au large, ou en train de marcher lentement sur la plage, indifférente aux orages et au déferlement des vagues géantes mugissant comme des trains express et secouant la terre.

Elle acceptait finalement de rentrer. Elle séchait ses cheveux trempés de pluie, se préparait une tasse de café et allumait la télévision. On aurait dit que la violence de la tempête avait calmé tout ce qui la torturait.

Une fois, en rentrant des courses, Mary Mallory avait croisé des filles de son école juchées sur des bicyclettes rouges. Elles portaient d'élégants chandails neufs et leurs bouches étaient soulignées de ce nouveau rouge à la mode. Elles ne semblèrent pas la remarquer ou évitèrent de la regarder. Absorbées par leurs bavardages sur les garçons, elles pédalaient la tête haute dans l'épais nuage du parfum qu'elles venaient d'acheter au drugstore Bartlett dans la grand-rue.

Mary Mallory avait fait passer le sac d'épicerie sur son autre bras et redressé ses grosses lunettes à monture de plastique pour les suivre d'un regard d'envie. Elle avait parfois l'impression que les verres que lui imposait sa myopie, épais comme le fond d'une bouteille de Coca, la cachaient au reste du monde. Les jeunes filles ne l'avaient donc pas vue, sinon pourquoi ne lui auraient-elles pas au moins lancé un « hello » en passant ? Mais de fait, personne ne lui disait jamais bonjour.

Elle se souvenait de sa première journée à l'école. Horrible. La secrétaire qui l'avait accompagnée l'avait poussée devant la classe. Trente paires d'yeux cruels s'étaient braqués sur elle, remarquant aussitôt sa robe délavée et trop courte, ses baskets éculées et ses affreuses lunettes. Avec l'instinct aiguisé du groupe, on l'avait immédiatement cataloguée : une « paumée », une « bizarre » et « un laideron », se murmuraient les fillettes derrière leurs mains avec des rires étouffés.

« Dites bonjour à Mary Mallory, avait ordonné le professeur, lui jetant un regard exaspéré parce qu'elle se tenait toute triste face à la classe.

— Bonjour, Mary Mallory », répondirent les élèves en chœur avant de se mettre à glousser.

Mary Mallory avait marmonné un bref « hi », puis s'était précipitée à la place désignée par le professeur.

Elle avait redouté le moment de la récréation, mais elle n'aurait pas dû se faire de souci, parce que personne ne lui dit un mot. Personne ne lui proposa de visiter l'école, et encore moins une amitié. Personne ne prit même la peine de la regarder ou de se moquer d'elle. Pour sa classe du lycée de Golden, elle aurait pu aussi bien être invisible.

C'était le silence qui lui faisait le plus mal. Chez elle, sa mère ouvrait rarement la bouche, continuellement perdue dans son univers. À l'école, en dehors des rares questions que lui posait le professeur, personne ne s'adressait à elle. Timide de nature, elle devint très complexée. Elle se disait que c'était à cause de sa laideur, de sa pauvreté, à cause de sa mère « folle », à cause de la condescendance de Mlle Aurora Peterson, de l'humiliation qu'elle subissait en payant l'épicier de Golden avec des tickets d'alimentation. À cause de ses vêtements de seconde main, à cause du magazine *Glamour* et des boissons gazeuses qu'elle ne pouvait jamais s'offrir, des nouveaux rouges à lèvres et parfums qu'elle ne pouvait pas essayer chez Bartlett. Parce qu'elle n'était personne. Rien. La fille invisible du lycée de Golden.

De retour à la caravane, elle rangeait les provisions dans le placard. Une faible lueur éclairait furtivement les yeux vides de sa mère quand elle lui tendait les cigarettes. « Merci, Mary Mallory », disait celle-ci d'une voix devenue rauque. Ensuite, elle n'ouvrait plus la bouche de toute la soirée.

Mary Mallory enfilait un lainage et allait se promener sur les falaises. L'océan en perpétuel mouvement lui rappelait son émotion lorsqu'elle était arrivée à Golden, 906 habitants, pour vivre au bord de la mer. Elle aurait parié que personne n'avait changé le nombre en

908 habitants, depuis qu'elle et sa mère habitaient ici. Elles n'étaient pas de véritables citoyennes comme Mlle Aurora Peterson ; seulement de la racaille qui vivait au crochet des honnêtes contribuables.

En bas, sur la plage, elle voyait des garçons courir avec un chien. Ils s'amusaient comme des fous, lançaient des galets dans la mer, le chien courait à leurs trousses. Elle mourait d'envie de se joindre à eux. Elle aurait voulu crier : « Je suis là, vous ne me voyez pas ? Au fond de moi il y a une vraie personne qui désire être comme vous. Je veux rire et m'amuser et avoir des amis. »

Elle se demandait ce qu'ils diraient si elle leur criait cela. De toute manière, elle n'en était pas capable. Une timidité maladive la paralysait. Elle restait à l'écart et le resterait toujours.

Sauf dans ses rêves. Lorsque sa mère enfin se mettait au lit, elle restait étendue et tout éveillée rêvait de bonheur. Elle rêvait qu'elle habitait une maison blanche, pleine de beaux et solides meubles en chêne, comme celle de Mlle Aurora Peterson. Elle rêvait qu'elle conduisait une Cadillac blanche décapotable et non la vieille Chevy, la capote était baissée et la vitesse gonflait sa chevelure blonde ondulée – et non les cheveux trop fins et plats dont elle avait hérité. Il y avait du poulet rôti sur la table le dimanche et de la tourte aux pommes. Elle mettait du rouge à lèvres, sa mère un chapeau neuf, et elles allaient à l'église. Elles bavardaient après l'office avec leurs voisins. Peut-être même dégusteraient-elles une crème glacée au drugstore un peu plus tard.

Ses rêves grandirent avec elle. Elle voulait réussir. Il y avait d'autres endroits, d'autres mondes, où les gens ne vivaient pas comme elles, ni comme Mlle Aurora Peterson, et elle se promettait d'y avoir sa place. Alors elle s'achèterait une belle villa face à l'océan, là où sa mère le voudrait, n'importe où sauf à Golden. Elle lui offrirait de jolis vêtements et des boucles d'oreilles en diamants. Elle lui rendrait ce sourire de jeune fille qu'elle avait eu le jour où elle avait compris qu'elle ne serait plus jamais contrainte de revoir son époux sadique. Mary Mallory désirait la réalisation de tous ses rêves et de ceux de sa mère.

Mais le lendemain matin, à son réveil, elle était toujours la fille qui n'existait pas.

Mal s'efforçait de chasser ses douloureux souvenirs d'enfance. Elle leva la tête et rencontra le regard de Harry, attentif et plein de compassion.

« Je n'ai jamais raconté cela à quiconque, murmura-t-elle tristement. J'étais trop terrorisée pour consulter un psychiatre. Je me sentais absolument incapable de le formuler avec des mots, de le reconnaître. Je craignais, si je le faisais, de me retrouver dans la peau de Mary Mallory et de perdre tout ce que j'ai obtenu à la force du poignet, tout ce que je suis devenue. »

Harry prit ses mains dans les siennes. Elles étaient glacées ; son ravissant visage était fermé, et d'une pâleur effrayante. Il lui retourna les mains et couvrit ses paumes de baisers.

« Vous avez été courageuse, Mal. Vous avez gagné, dit-il avec admiration. Comment avez-vous pu ?

— Rien d'extraordinaire. J'étais intelligente, bûcheuse. J'ai réussi à décrocher une bourse d'études. Pendant des années, je n'ai fait que cela : travailler, conclut-elle en poussant un soupir au souvenir des longues et dures années de misère. J'ai décroché mon diplôme, et... vous connaissez la suite. »

Elle s'était levée et tirait sur sa robe, rajustant les bretelles sur ses épaules, brusquement effrayée à la pensée de l'avoir ennuyé.

« Je parie que vous êtes désolé de m'avoir interrogée, lâcha-t-elle avec un sourire contraint.

— Oh non, pas du tout. »

Elle était tellement consciente de sa présence à côté d'elle, qu'elle avait l'impression de boire l'air qu'il respirait.

« Ne partez pas, Harry », s'exclama-t-elle, et brusquement elle posa la tête contre son bras. « J'ai peur. »

Il l'attira vers lui, caressa doucement ses cheveux en arrière. Revivre sa longue épreuve semblait l'avoir brisée.

« Vous n'avez rien à craindre. C'est fini, pour toujours. C'est du passé. Quelquefois on regrette de l'avoir perdu. Et d'autres fois on rend grâce à Dieu de ne pas avoir à repasser par tout ça. Croyez-moi, je le sais. »

Elle le regarda avec étonnement. Alors il ajouta : « Mais je ne dois pas rester, Mal. C'est le mauvais moment, la mauvaise occasion. »

Elle s'accrocha à sa main. Non, elle ne supporterait pas de le voir partir.

« Je sais. Mais j'ai tellement peur d'être seule. »

Il frôlait du bout des doigts le contour de son visage.

« Il n'y a pas de quoi avoir peur, Mary Mallory, je vous le promets. »

Elle regarda au loin, une grosse larme roula sur sa joue.

Bouleversé, il la prit dans ses bras. La splendide femme d'acier de la télévision pleurait. Il essaya de la rassurer en lui affirmant que tout irait bien, que naturellement il allait rester. Il essuya ses larmes et lui prêta son mouchoir.

Les yeux gonflés, le nez rouge, elle le remercia d'un sourire tremblant. Sans doute n'aurait-il pas dû le faire, mais il l'embrassa. Sa bouche s'ouvrit sous la sienne et il se laissa aller. Il ne changeait pas d'avis : ses lèvres étaient douces comme du velours.

Il l'écarta doucement de lui.

« Je pense que je vais dormir sur le canapé.

— Il y a une chambre d'amis, mais je ne crois pas que le lit soit fait.

— Un oreiller et une couverture suffiront… »

Il lâcha sa main. Elle hésita un court instant avant de l'inviter à la suivre dans sa chambre.

« Hum… Quand je serai seul dans mon petit lit, je pourrai vous imaginer toute seule dans votre grand lit. »

Elle lui lança l'oreiller qu'il rattrapa au vol.

« Ne laissez pas votre imagination vous emporter, Jordan.

— Ça sera dur, mais je vais essayer, dit-il, l'oreiller serré contre sa poitrine comme s'il étreignait son corps à elle. Dormez bien, Mary Mallory Malone. Et promettez-moi de ne pas faire de mauvais rêves.

— Promis. »

D'un doigt elle traça un signe de croix sur son cœur, comme lorsqu'elle était petite.

« Bonne nuit, alors. »

Il déposa un petit baiser sur le bout de son nez.

« Bonne nuit, Harry. »

Une fois couché, il se demanda de nouveau ce que signifiait ce drôle de ronronnement dans sa voix quand elle prononçait son nom. Un peu plus tard, se tournant et retournant sans réussir à trouver le sommeil, il songeait qu'elle ne lui avait pas tout dit. Il y avait d'autres secrets qu'elle n'était pas encore prête à livrer.

Mal se réveilla en sursaut. Elle jeta un coup d'œil au réveil. Cinq heures du matin. Un bruit d'eau lui parvenait. Un sourire aux lèvres, elle s'adossa aux oreillers, le drap remonté sous son menton. L'inspecteur était un lève-tôt.

Elle descendit du lit, enfila un peignoir court en coton rose, et s'en fut sans bruit à la cuisine où Harry l'avait précédée, seulement vêtu d'un caleçon bleu marine. Son corps mince paraissait ferme, ses cheveux se dressaient sur sa tête en drôles de petites touffes ; il essayait de mettre en route la cafetière électrique.

« Vos cheveux sont tout ébouriffés », dit-elle.

Il se retourna et la regarda d'un air contrit.

« Pardon, je n'ai pas pensé à apporter un peigne. Ni une brosse à dents.

— Je peux vous fournir l'un et l'autre.

— Quelle efficacité à cinq heures du matin ! Désolé de vous avoir réveillée.

— Ça n'a aucune importance. Pour rien au monde je n'aurais voulu manquer de vous voir en caleçon. »

Ses yeux pétillaient de malice. Elle avait refoulé le passé et se sentait de nouveau dans la peau de Mal Malone, en pleine possession de ses moyens, et même heureuse. Elle lui prit le café des mains et le versa dans le filtre.

« J'aurais acheté des petits pains si j'avais su.

— Moi aussi, si j'avais su. »

Ils éclatèrent de rire. Harry avait placé ses bras autour de la taille de Mal.

« Est-ce le bon moment, mademoiselle Malone, pour vous demander un rendez-vous ? Un vrai rendez-vous cette fois. Sans rire. »

Cambrée, un doigt sur les lèvres, elle réfléchissait.

« Je crois que nous nous connaissons suffisamment... alors pourquoi pas ?

— Chez moi ou chez vous ?

— Chez vous, cette fois. À mon tour de découvrir le revers de votre médaille.

— Ce sera un plaisir de vous le montrer. Malheureusement, il faut d'abord que je consulte mon emploi du temps professionnel.

— Moi aussi.

— Je vous appellerai donc dans la journée. »

La cafetière gargouillait et hoquetait. Mal se dégagea de ses bras pour prendre les tasses, le lait et le sucre.

« Je n'ai que du lait écrémé, ça ne fait rien ? s'enquit-elle en versant le café.

— Je le bois noir.

— J'apprends du nouveau sur vous tout le temps.

— Juste. »

Il se rapprocha d'elle. Elle sentait l'odeur de sa peau au sortir de la douche, vit les poils bouclés sur sa poitrine. Décidément, Harry Jordan représentait une menace.

« Vous avez de la barbe », plaisanta-t-elle, et elle se détourna pour verser du lait dans son café.

Harry passa la main sur son menton râpeux.

« Je vous laisserai une image bien peu flatteuse de moi. Que va penser le portier ?

— Il peut penser tout ce qu'il voudra.

— Vous ne craignez pas qu'il aille vendre son histoire à un journal à sensation ? »

Elle haussa les épaules.

« Une femme moderne n'est pas censée faire vœu de chasteté.

— Il faut que je passe prendre mes affaires à l'hôtel, déclara-t-il en goûtant son café, et que j'attrape la navette de six heures à La Guardia.

— Vous avez intérêt à vous dépêcher.

— Juste, acquiesça-t-il, mais sans bouger. Mal, merci de m'avoir fait confiance hier soir.

— Vous allez rater votre avion. »

Elle n'avait pas envie de se rappeler ce qu'elle lui avait livré de sa vie privée.

Il retourna dans la chambre d'amis et s'habilla rapidement. Elle l'attendait quand il en ressortit.

« J'ai l'impression d'être l'autre homme, celui qui rase les murs en s'en allant au petit matin.

— Sauf que, grâce à Dieu, il n'y a pas de mari.

— J'en suis heureux. Je préfère les femmes libres et sans attaches.

— Pour le cas où ça serait sérieux, le taquina-t-elle.

— En effet », dit-il en l'enlaçant.

La fermeté de son corps contre le sien la bouleversait, cette vague odeur masculine la pénétrait de nouveau. Elle s'appuya contre lui, regrettant qu'il soit obligé de prendre cet avion. Il l'embrassa.

Le même baiser que la veille, long et sensuel.

Lorsqu'il entra dans l'ascenseur privé, elle déclara avec une pointe de jalousie :

« Lara Havers va vous téléphoner.

— Dommage que je ne sois pas dans l'annuaire. Je vous appelle. »

Dès qu'il disparut, elle retourna dans sa chambre. Il était temps qu'elle se prépare à affronter une longue journée de travail. À côté du panier de violettes posé sur la table, devant la fenêtre, il y avait une enveloppe de papier kraft un peu froissée qu'elle n'avait pas encore vue. Étonnée, elle l'ouvrit. Les yeux sombres et menaçants du tueur la fixaient.

« Oh, Harry, murmura-t-elle entre ses dents. Vous l'avez fait exprès. Espèce de misérable salaud. »

17

Des orages et des pluies torrentielles accompagnées de fortes bourrasques retardèrent le départ du vol pour Boston. Le journal télévisé annonçait une tornade tropicale. Harry traînassait dans le hall d'embarquement de La Guardia. L'aéroport servait gratuitement du café aux passagers malchanceux. Il pensait à Mal Malone. Même s'il la connaissait mieux, elle restait une énigme. Ce qu'il n'arrivait toujours pas à comprendre – et elle avait évité d'en parler –, c'était sa réaction devant le portrait-robot.

Entre-temps, elle avait dû trouver le double qu'il lui avait laissé pour réveiller sa mémoire. Comment avait-elle réagi ? Il espérait du moins qu'elle accepterait de libérer sa conscience et lui raconterait pourquoi l'image de cet homme l'avait affectée si profondément.

Pour la première fois de sa vie, il prit son service en retard. Il n'eut même pas le temps de courir chez lui. Squeeze devait s'ennuyer. Il l'avait confié aux tendres soins de Myra, qui promenait les chiens. C'était une sexagénaire à la silhouette imposante, avec des cheveux cuivrés mal soignés descendant au creux des reins, des jupes longues, des écharpes écossaises, et des perles de verre. En la voyant passer dans la rue comme chaque jour, on pensait à un setter roux à forme humaine.

« T'as évidemment choisi ton jour pour être en retard, déclara Rossetti qui commençait à s'inquiéter. Le chef nous avait convoqués à huit heures. Il a poussé une gueulante incroyable parce que tu n'étais pas là. Et c'est moi qui en ai pris plein la figure. *Comment voulez-vous me faire croire que vous allez mettre la main sur un chauffard en fuite ? et de surcroît sur un assassin ?* voilà sa conclusion. »

Harry fit la moue. Le chef connaissait fort bien ses états de service. Certes, des crimes restaient impunis, mais il obtenait de bons résultats et le chef savait qu'il était un flic consciencieux, dur à la tâche. Qu'il ne laissait jamais tomber une affaire de meurtre. Il décortiquait tout avec la même obstination que Squeeze lorsqu'il déterrait un os dans le jardin, minutieusement et systématiquement. Non, l'assassin de Summer Young ne resterait pas longtemps en liberté. Il y mettait un point d'honneur.

« Les vacances ont été bonnes ? » demanda Rossetti qui se balançait dans son fauteuil. Il avait les bras croisés, un sourire en coin, un sourcil noir et broussailleux relevé comme un point d'interrogation.

« Tu as vraiment l'esprit tordu, Rossetti. Une soirée de congé, on ne peut pas appeler ça des vacances !

— Dans ton cas, si. Elle doit être très spéciale pour avoir réussi à t'arracher à Boston. »

Harry le regarda droit dans ses yeux marron.

« Ouais, très spéciale.

— On peut savoir son nom ? »

Le fauteuil grinça sous le poids de Rossetti qui se balançait comme sur un rocking-chair.

« Toi non. Domaine privé.

— Et on en reste là, hein ?

— Ouais. »

Harry feuilleta rapidement les documents accumulés sur son bureau.

« Ça serait pas Malone, par le plus petit des hasards ? »

Rossetti s'était basculé trop fort. Dans un craquement épouvantable, il atterrit par terre, les quatre fers en l'air. Harry éclata de rire, tandis que Rossetti se redressait et se frottait le coude.

« Ces fauteuils ne valent pas ceux qu'on fabriquait dans mon enfance, grommela Rossetti.

— Ni les policiers. On a brisé le moule après toi, Rossetti. Au lieu de fouiner dans ma vie privée, tu ferais mieux de me raconter ce qu'a dit le chef. »

Rossetti obtempéra, et efficacement. Un moment plus tard, un appel téléphonique annonça un échange de coups de feu dans un magasin d'alimentation 7-Onze. Aussitôt, ce fut le branle-bas de combat. Ils se rendirent sur les lieux, sans plus penser à Mallory Malone.

Des « en-tenue » installaient un cordon autour de la devanture du 7-Onze lorsque les deux officiers de la brigade criminelle débarquèrent, dans un crissement de pneus, toutes sirènes hurlantes. Un hélicoptère de la police voltigeait au-dessus de leurs têtes.

L'ambulance des premiers secours s'immobilisa derrière eux et les auxiliaires médicaux les dépassèrent au pas de course avec leur matériel. Suivirent les reporters du *Herald* et ceux de la télévision locale qui filmèrent aussitôt. Rossetti alla parler aux flics de la patrouille arrivés les premiers, tandis que Harry écartait les badauds qui obstruaient l'accès du magasin.

« Inspecteur Jordan ! cria une reporter de la télé. Combien de victimes, inspecteur ? Que savez-vous sur l'assassin ? »

La main levée, il s'éloigna.

« Laissez-moi souffler un peu, voulez-vous, Lucia ? Je vous dirai ce qui s'est passé dès que je le saurai moi-même. »

Le technicien du son rabattit sa perche-micro sur Lucia qui, en professionnelle aguerrie, se tourna vers la caméra. « La nouvelle vient de tomber. Une fusillade a eu lieu dans un magasin d'alimentation. Nous ne connaissons pas encore le nombre exact des victimes, mais le bruit court qu'il pourrait y en avoir plusieurs. Quant au tireur, nous ne savons rien de lui pour l'instant. Tout ce que je peux vous dire, c'est qu'il s'agirait d'une tentative de hold-up et que plusieurs balles ont été tirées. Nous vous tiendrons informés de ce drame dès que de nouveaux éléments nous auront été communiqués. Ici... »

À l'intérieur du magasin, deux victimes gisaient à terre. Il était manifestement trop tard pour l'une d'elles ; le sommet de son crâne avait été emporté. Les auxiliaires médicaux se penchaient sur l'autre, un jeune Noir, lui plantaient une aiguille dans la veine du bras. Il n'y avait pas beaucoup de sang, seulement plusieurs trous ronds dans sa poitrine, mais lorsqu'ils le soulevèrent pour l'envelopper dans une couverture en aluminium, une mare de sang apparut sous son dos. Avec d'infinies précautions ils le posèrent sur un brancard roulant.

« L'autre type est pour vous, Prof », annoncèrent-ils en se dépêchant de conduire le jeune homme dans l'ambulance.

Rossetti rejoignit Harry qui regardait fixement le mort.

« Prof, t'as jamais pensé que tu t'es trompé de métier ? Que tu aurais dû t'en tenir au droit ? C'est plaisant, propre et simple. Ça paie mieux aussi. »

Le médecin légiste et les techniciens du labo s'affairaient. La routine.

À l'extérieur, la police interrogeait les témoins, on avait vu un homme armé d'un revolver surgir du magasin, puis sauter dans une fourgonnette qui avait démarré sur les chapeaux de roue. Le blessé était un employé du magasin ; le mort, plus âgé, devait être un client.

« Son destin l'a placé au mauvais endroit au mauvais moment », constata Harry avec amertume. Le médecin légiste achevait son examen, et les employés du labo marquaient à la craie l'emplacement du cadavre qu'ils enfermèrent ensuite dans un linceul de plastique. Les victimes d'un meurtre n'ont même plus droit à la dignité normale de la mort, songeait Harry.

« C'était une arme de guerre, affirma le médecin. Probablement un Uzi. La balistique vous dira exactement quel modèle. »

On possédait le signalement du véhicule qui avait aidé le tueur à s'enfuir. Une fourgonnette blanche. Harry soumit les deux témoins visuels à un interrogatoire serré. Une femme d'âge moyen déclara qu'elle s'apprêtait à entrer dans la boutique quand l'homme en sortait.

Elle était pâle et haletante, mais elle leur donna un bon signalement du fuyard.

« Ça aurait pu être moi, répétait-elle. Deux minutes plus tôt, c'était moi. »

L'autre témoin était un clochard, qui fouillait les poubelles des magasins d'alimentation et collectait les bouteilles consignées. Il glanait ainsi un peu d'argent, de quoi s'acheter de l'alcool bon marché qui lui permettait de tenir le coup. Comme à cette heure matinale il ne s'était pas fait encore assez de fric pour s'acheter à boire, il fut en mesure de raconter ce qu'il avait vu.

« Une fourgonnette Ford blanche, déclara-t-il sans hésitation. Vieille et délabrée. Plutôt rouillée. Un véhicule qui ne devrait pas circuler, inspecteur, on devrait interdire de rouler à ces engins de malheur.

— Vous avez raison, mon vieux », approuva Harry, qui lui donna deux dollars lorsque personne ne les regardait, faute de pouvoir l'arracher à la rue et mettre hors-circuit la fourgonnette déglinguée.

Sur la base de son témoignage, on lança un avis de recherche par radio, mais sans trop d'illusions. La fourgonnette, sans doute volée, devait être abandonnée quelque part loin d'ici, dans une décharge publique, Harry aurait parié sa chemise que c'était une affaire de drogue liée à l'histoire de chauffard quinze jours plus tôt. Au Moonlightin'Club, ce soir, il poserait discrètement quelques questions. Les gosses n'étaient certes pas des indicateurs, mais si l'un des leurs avait été descendu, quelqu'un pourrait avoir envie de lâcher le morceau.

L'équipe du laboratoire pliait bagage. Harry et Rossetti n'avaient plus aucune raison de s'attarder.

Un autre appel leur parvint sur le chemin du retour. Un Asiatique décapité découvert dans un vieil entrepôt d'Atlantic Avenue.
« Toujours la drogue, dit Harry.

— Ouais, drogue, sexe et fric, admit Rossetti. Les trois mobiles. On n'en sort pas. »

La journée fut interminable, pleine de violences et d'horreurs, à vous hanter, à vous endolorir l'esprit et l'âme, pareille à la mort de Summer Young.

L'unique éclaircie apparut bien plus tard, au commissariat, quand on lui téléphona les résultats des tests d'ADN réalisés à partir du sperme trouvé sur Summer Young. C'était bien le même que celui qu'on avait relevé sur les deux autres victimes. Le tueur en série n'était plus une hypothèse. Les chaînes de radio et de télévision nationales allaient coopérer avec la police et diffuser le portrait-robot. Harry n'était plus à la merci de Mallory Malone.

Le soir, les orages gagnèrent toute la Nouvelle-Angleterre et ébranlèrent la ville, l'illuminant comme les feux d'artifice du 4 juillet. L'électricité se trouva coupée, ce qui provoqua dans quelques banlieues des séries de carambolages sur les autoroutes devenues glissantes, voitures encastrées et même tête-à-queue de poids lourds. Dans la salle des urgences, à l'hôpital général du Massachusetts, c'était le chaos : les innombrables victimes amenées par les ambulances attendaient sur leurs brancards d'être examinées par les médecins.

Suzie Walker s'affairait comme les autres infirmières, aidait à calmer les patients, parait au plus pressé. Les médecins se hâtaient d'évaluer la gravité des blessures et dressaient la liste des interventions chirurgicales prioritaires.

Tout le monde était sur le pont. Le chef du département gynéco prêtait main-forte, tout comme le Dr Waxman. Le Dr Blake lui-même, qui venait de terminer son service, travaillait à côté des autres sans avoir eu le temps de remettre sa blouse blanche.

« Pourquoi n'ont-ils pas l'intelligence de conduire lentement, marmonnait-il en nettoyant avec soin le crâne ensanglanté d'une femme. Seigneur, c'est tellement insensé que des gens se fassent tuer sur des autoroutes mouillées. » La blessure de sa patiente l'inquiétait. La femme avait les yeux ouverts mais on n'en voyait que le blanc. Elle respirait difficilement avec un râle effrayant.

« Fracture du crâne, et c'est moche. Au scanner, vite ! Urgence, dit-il à son assistant. Préviens le chirurgien. »

Il se tourna vers le blessé suivant, un petit garçon d'à peine six ans qui le regardait avec de grands yeux noirs bouleversés. « Maman », murmura le gamin tandis qu'on emportait le brancard.

Le Dr Blake hocha la tête. Il se pouvait que ce gosse n'ait plus de mère le lendemain matin.

« Tout va bien, mon petit, dit Suzie d'une voix rassurante. Le docteur a pris soin de ta maman. Et maintenant il veut voir si toi aussi tu vas bien. Dis-lui où tu as mal. »

Le Dr Blake soupira en se remettant au travail. Des scènes comme celle-là lui confirmaient qu'il avait bien fait de devenir médecin légiste. Au moins le sort des gens qu'on lui amenait était scellé. Les enfants savaient déjà que leur mère était morte ; à lui de leur dire *comment* elle était morte.

Rossetti poussa la porte et s'arrêta, affolé. On aurait dit un champ de bataille. Le bilan était lourd : une quarantaine de voitures encastrées et un semi-remorque couché sur le toit de deux automobiles. On comptait également d'innombrables accidents de la route isolés, des véhicules écrasés par la chute d'un arbre, ou ayant dérapé jusqu'à rencontrer un mur.

« Comme si les automobilistes n'avaient jamais vu de pluie, s'étonna-t-il devant l'infirmière surmenée à l'accueil. À côté de ça, ma question va vous paraître futile : la fusillade du 7-Onze ? »

Elle tapota sur l'ordinateur, à la recherche du dossier.

« Traumatologie, comme d'habitude.

— Une chance qu'il s'en sorte ? »

Elle jeta un nouveau coup d'œil à son écran.

« On lui a extrait trois balles de la poitrine. Deux autres l'avaient transpercé. Non, inspecteur, je ne crois pas. »

Rossetti se contenta de hocher la tête. L'homme abattu était un Noir de vingt-cinq ans seulement, marié et père d'un petit garçon. Le cœur plein d'amertume, il évoqua sa grande famille italienne si pleine de vie. Son père exploitait une petite pizzeria dans le quartier nord. Les voleurs et les criminels s'attaquaient de préférence aux établissements de restauration rapide ou à emporter. Il n'aimait pas ça du tout. Il se sentait visé de trop près.

Dans la salle d'attente qu'il devait traverser avant d'atteindre l'escalier, au bout du couloir, tous les sièges étaient occupés par des parents hagards. La peur se lisait sur leurs visages blêmes aux traits crispés.

Rossetti croisa Suzie Walker dans sa blouse blanche tachée de sang. Elle paraissait exténuée et le salua d'un petit signe de tête, sans sourire. Pas question de badiner ce soir. Par une porte qu'elle ouvrit, il aperçut un gosse sur un brancard et le Dr Blake en vêtements de ville qui le soignait. « Quelle journée ! songea-t-il. Encore une de ces horribles nuits d'enfer qui secouent la ville à intervalles réguliers. »

Lorsqu'il redescendit une demi-heure plus tard, la salle d'attente s'était miraculeusement vidée.

« Une accalmie avant la tempête ? demanda-t-il à l'infirmière de garde.

— J'espère que ce sera tout. Certains membres de l'équipe soignante n'ont pas arrêté depuis ce matin. »

Rossetti jeta un coup d'œil à l'horloge murale. Il était plus de minuit.

« Bonne chance », lança-t-il en partant. Mais la chance avait déjà abandonné la victime du 7-Onze, et il allait devoir annoncer à la jeune épouse qu'elle était veuve. Une mission qu'il n'était pas pressé de remplir.

Harry venait d'arriver chez lui lorsque Rossetti lui téléphona la nouvelle. Il s'y attendait. Il regrettait de n'avoir pas de mot plus fort que *salaud* pour qualifier le tueur. Cette fois-ci, par bonheur, il échappait à la corvée de prévenir l'épouse.

Il laissa tomber son sac de voyage sur le sol et emmena Squeeze tout guilleret à l'idée d'aller gambader dans les flaques d'eau autour du pâté de maisons. Et tant pis si le chien rapportait de la boue dans la maison. Harry se sentait heureux de vivre.

Dommage qu'il soit trop tard pour appeler Mal. Il le ferait à la première heure demain matin. Une expression rêveuse flottait sur son visage pendant qu'il se déshabillait, car il l'imaginait endormie dans son luxueux lit français. Après une longue douche, il explora le réfrigérateur : un carton de lait dont la date limite de consommation était dépassée, une boîte de pizza vieille de trois jours, et deux canettes de Heineken. Il avait enfilé un pantalon de survêtement et un T-shirt blanc.

Harry réchauffa un morceau de pizza dans le four à micro-ondes. Il l'emporta dans le salon ainsi qu'une canette de bière. La bouchée de pizza que reçut le chien fut engloutie en un rien de temps. Autant donner des cachous à un éléphant !

Assis devant la télévision, il regarda les Actualités presque entièrement consacrées à la tempête – une tornade, disait le journaliste – et aux innombrables victimes des accidents qu'elle avait provoqués sur la côte atlantique. Il espérait que Mallory n'avait pas couru de danger. Enfoncé dans son vieux fauteuil, il dodelinait de la tête et ses yeux se fermaient. Il s'endormit presque aussitôt.

Squeeze attendit un moment. Comme Harry ne bougeait pas, il s'attaqua au reste de la pizza posée sur la table basse et fit tomber la canette. Des miettes et du fromage fondu se répandirent sur le tapis imbibé de bière. Repu et satisfait, le chien posa le museau sur les pieds de son maître et le suivit sans tarder dans son sommeil.

La Volvo grise stationnait au bout de la rue, à demi cachée par les branches basses d'un érable rouge.

L'homme se garait là presque toutes les nuits désormais. Il avait besoin de suivre les allées et venues de la jeune fille aussi précisément qu'un contrôleur aérien relève la position des vols prévus à l'atterrissage. Il repérait ses faits et gestes quotidiens ainsi que ses horaires de travail, les nuits où elle était de garde, et les moments où elle était seule.

Contrairement aux autres, elle menait une vie personnelle et professionnelle bien remplie. Il aurait préféré une étudiante, plus jeune et plus facile à piéger. Mais le risque était trop grand. Tout le corps universitaire se tenait sur le qui-vive.

Naturellement, il savait déjà qu'elle vivait seule au rez-de-chaussée d'une petite maison dont l'étage était inoccupé. C'était la raison pour laquelle il l'avait choisie. Il eût été trop dangereux d'escalader les fenêtres d'un premier étage ou d'entrer et sortir d'un immeuble très fréquenté. Quand trop de gens habitent les parages, on ne sait jamais qui peut vous remarquer. Certes, il avait l'allure d'un homme ordinaire et honorable, ce qui lui permettait de passer inaperçu, mais il devait se montrer prudent.

Il s'était activé toute la soirée dans la salle des urgences, et, dans la foule aux visages inquiets, rien n'avait permis de le distinguer des autres. Il y avait côtoyé Suzie Walker, les traits tendus, toujours en mouvement comme ses collègues. Rien de plus facile que de se glisser derrière son bureau au moment où un appel l'en éloignait. Quelques secondes lui avaient suffi pour subtiliser ses clefs, car il savait déjà qu'elle rangeait son sac dans le placard du bas.

Son adresse l'émerveillait. Doué comme il l'était, il aurait pu se tailler une belle carrière de rat d'hôtel, voler les bijoux des richissimes clientes des palaces ! Mais, à la réflexion, il n'avait pas la vocation. Ne les appelait-on pas, jadis, des monte-en-l'air ? Comme Cary Grant dans *La Main au collet* ? Non, il était sujet au vertige et c'était trop risqué. Il se serait fait prendre. Il sourit une nouvelle fois en songeant qu'il était invincible. Sûr et certain !

Il préleva un mouchoir dans la boîte de Kleenex posée sur le tableau de bord et essuya la buée de la vitre latérale. Impossible d'utiliser le système anti-buée sans mettre en marche le moteur, ce qui aurait pu attirer l'attention. Par la vitre entrouverte entrait un air froid et humide.

Des phares clignotèrent dans la pluie, il attrapa les jumelles à vision nocturne bleutée comme une lumière au néon.

La voiture de Suzie Walker se rangeait dans la courette de béton qui lui servait de parking, là où il y avait eu autrefois un jardinet jouxtant sa maisonnette en bardeaux. Elle soupira de soulagement et coupa le moteur. Il était une heure du matin et elle avait assuré son service depuis midi. Loin d'elle l'idée de s'en plaindre. Quand elle avait choisi ce métier, elle savait qu'une infirmière se devait de rester disponible en cas d'urgence. Mais elle était exténuée, elle ne tenait plus sur ses jambes. Elle mourait d'envie de retrouver son lit.

Elle venait de descendre de voiture et cherchait ses clefs dans son sac à main ; trop nombreuses et trop lourdes, elle ne les attachait pas au porte-clefs de la voiture. Une clef pour la porte de devant, une pour la porte de derrière, celle de son vestiaire au club de gymnastique, et celle du coffre à la banque qui abritait son seul bien de valeur : une montre en or que lui avaient donnée ses parents pour son vingt et unième anniversaire.

Généralement, elle mettait facilement la main sur son trousseau dans l'obscurité, il était assez gros pour ça, mais là, elle ne trouvait rien. Elle fronça les sourcils, impossible de voir les recoins de son sac en cuir noir qu'elle explorait de la main, mais le trousseau n'y était pas.

Suzie jeta un regard angoissé autour d'elle. Pas une âme en vue. Hormis le bruit de la pluie sur le trottoir, c'était le silence absolu. Aucune lumière ne brillait dans les maisons voisines. Que faire ? et où diable avait-elle pu perdre ses clefs ? Le vent agita les branches du vieil érable, au coin de la rue, et elle sursauta. Un frisson de peur courut le long de son échine. Elle regarda rapidement derrière elle, et le souvenir des récents meurtres lui donna la chair de poule. On ne sait jamais qui peut vous épier, vous guetter, à votre insu.

Les mains tremblantes, elle rouvrit la portière de la voiture et reprit le volant. Elle verrouilla les ouvertures et s'efforça de respirer calmement. Comme elle regrettait de ne pas s'être équipée d'un téléphone portable, ainsi que le lui avait conseillé son père ! Elle sortit en marche arrière et s'engagea sur la route humide et glissante. Elle roulait beaucoup trop vite entre les rangées de voitures à l'arrêt.

L'homme la regarda partir, le sourire aux lèvres. Il reposa ses jumelles et enfila son imperméable. Évidemment, il aurait pu s'emparer d'elle tout à l'heure. Elle était mûre pour être cueillie, comme un fruit en été. Mais ce n'était pas son style. Il avait besoin de mieux la connaître d'abord, afin d'en tirer le plaisir maximum.

C'était ce que le public ne comprendrait jamais, songeait-il en marchant rapidement sous la pluie avant de pénétrer chez elle par la grande porte. Le plaisir ne résidait pas uniquement dans l'acte ultime, mais dans l'échafaudage des plans, leur préparation minutieuse, l'intelligence qu'il devait déployer pour accéder à la maison de la fille, son intrusion furtive dans la vie qu'elle menait, dans ses affaires personnelles, dans son âme féminine et mesquine.

Le visage rayonnant, il pénétra dans la maison et s'immobilisa dans le noir. Pas un bruit.

Le rayon de sa torche balayait les lieux. Les yeux d'un chat rougeoyèrent en face de lui pendant une seconde. L'animal disparut sans faire de bruit, excepté un imperceptible déplacement de l'air.

Totalement à l'aise, il déboutonna son imperméable et enfila des gants de caoutchouc très fins. Il comptait prendre son temps, effectuer un travail sérieux. Demain, à la première heure, il ferait exécuter une copie des clefs. Il retournerait à l'hôpital et les abandonnerait sur le parking, à l'endroit où elle s'était garée la veille. Quelqu'un les trouverait et les rapporterait au bureau. Elle penserait les avoir perdues par mégarde. Il serait alors libre d'aller et de venir chez elle autant qu'il le voudrait. Jusqu'au jour où il déciderait que son heure était arrivée.

18

Après le départ de Harry et la découverte du portrait-robot, Mallory était allée faire de la gymnastique. Elle avait besoin d'un dérivatif. Les exercices physiques stimuleraient son hypophyse et mobiliseraient toutes les endorphines qui diffusent dans le corps et le cerveau une sensation de bien-être, à condition de se donner beaucoup de mal pour ça. Malgré ses efforts, elle n'y parvint pas. Pendant qu'elle gagnait son bureau à pied, elle fulminait encore.

Un parfum de café torréfié l'incita à ralentir le pas. Elle hésita. Frustrée comme elle était déjà, il lui fut impossible de résister à l'envie d'entrer dans la petite épicerie fine à l'atmosphère étouffante où elle commanda un petit pain au sésame, bien grillé, avec du saumon fumé et de la crème fraîche, ainsi qu'un grand café. Ses doigts pianotaient sur le comptoir ; elle se blâmait d'avoir confié à Harry ses souvenirs les plus intimes, ses angoisses les plus profondes.

Dès qu'on la servit, elle dévora son petit pain à belles dents sans la moindre culpabilité. Lorsqu'elle reprit le chemin de son bureau, c'était désormais à Harry qu'elle reprochait de lui avoir extorqué des confidences.

Toute la journée, son humeur oscilla entre la colère et la tristesse. Quitte à choisir, Mal préférait la colère. C'était du moins une réaction positive, même si ses collaborateurs en subissaient le contrecoup.

« Vous n'y êtes pour rien, leur répétait-elle sans arrêt en guise d'excuse. Je suis dans un de mes mauvais jours.

— Les petits matins qui déchantent, commenta Beth, un doigt plein de sous-entendus pointé sur elle. À quelle heure est-il rentré chez lui ? »

Dans son ensemble vert bouteille, en bottes noires à talons hauts, Mal pouvait paraître en grande forme si l'on faisait abstraction des cernes et de la tension que trahissait son comportement.

« Qui ça ? demanda-t-elle trop innocemment, de sorte que Beth éclata de rire.

— Quelle mauvaise actrice, pour une fois. Mais d'accord, si tu ne veux pas m'en parler, tu n'es pas obligée. Je peux attendre, dit-elle en rectifiant l'alignement de la pile de papiers posée sur le bureau. Mais ça ne peut pas continuer comme ça, mon chou. On a du pain sur la planche et je te prierais de ne plus penser à ce qui s'est passé ou ne s'est pas passé la nuit dernière. On s'attaque à l'enregistrement de mardi. O.K., tu es prête ? »

Mal acquiesça, mais elle ne put se retenir de dire avec envie.

« Tu as tellement de chance avec Rob. Vous êtes si bien assortis, si gentils l'un avec l'autre.

— Eh bien, si tu nous voyais quand on se dispute ! Par exemple pour savoir lequel des deux avait promis de faire des courses avant de rentrer, alors que ni l'un ni l'autre n'y avons pensé et que nous sommes tous les deux épuisés après une longue journée de travail. Surtout lorsqu'il n'y a rien à manger à la maison et que je n'ai même plus la force de me traîner dehors pour commander un plat médiocre dans un mauvais restaurant. Et je sais d'avance que quand on nous livrera finalement le dîner, notre appétit se sera envolé. C'est là qu'un mariage peut sombrer. Crois-moi.

— Heureusement que je n'assiste pas à ça, s'écria Mal en riant malgré elle.

— Tu as raison. Ce n'est pas joli à voir, affirma Beth qui la regardait avec curiosité et lui tapotait la main. Tu ne veux vraiment pas m'en parler ? Je sais que Harry était encore là quand on est partis, insista-t-elle devant les signes de dénégation de Mal. Rob et moi sommes partis à peu près les derniers.

— Il est effectivement resté, admit Mal.

— Wouah ! s'exclama Beth avec de grands yeux. Ça c'est donc si mal passé ?

— Mais non. Il n'y a rien eu. Je n'avais pas envie de rester seule, c'est tout. Et non, ça n'a pas mal tourné. Il m'avait apporté des violettes.

— Je les ai vues. De quoi remplir une boutique.

— Il ne regarde pas à la dépense.

— Bon point. Alors, où est le problème ? »

Mal haussa les épaules.

« Ce n'est pas *moi* qui l'intéresse, Beth, mais ce que je peux faire pour lui. S'il appelle aujourd'hui, voudrais-tu s'il te plaît lui dire que je suis absente ou dans l'incapacité de répondre au téléphone, n'importe quoi.

— Voyons, Mal, accorde-lui le bénéfice du doute. À mon avis, un homme qui vous offre tout un panier de violettes ne doit pas être si mauvais que ça.

— Et que dirais-tu s'il te laissait le portrait d'un tueur en série près des violettes, pour que tu le trouves après son départ ?

— Il a fait ça ? Le malheureux ! s'écria Beth avec un air de commisération. Il est vraiment bon à larguer. Pourtant, envoyer promener un homme aussi séduisant, c'est du gâchis ! »

Mal la fixa dans les yeux.

« Oh, pour l'amour de Dieu, il t'a appris à danser la salsa et tu t'es laissé embobiner, tout comme Lara et les autres. »

Beth se leva et rassembla ses papiers.

« Pour une femme qui ne veut plus jamais le revoir, je te trouve bien véhémente. Et c'est quoi cette lueur dans tes yeux ? »

Elle claqua la porte en sortant. Toute la journée Mal eut les nerfs à fleur de peau. À six heures, elle mit du rouge à lèvres et s'apprêta à partir. Beth n'avait plus fait aucune allusion à Harry. Mal s'arrêta devant son bureau :

« Pas de messages pour moi avant que je m'en aille ? lui demanda-t-elle d'un air trop désinvolte.

— Il n'a pas appelé, si c'est ce que tu veux savoir.

— Parfait, rétorqua-t-elle, désireuse de sauver la face.

— Il continue à t'obséder, hein ? Tu aurais peut-être intérêt à prendre son appel, après tout.

— Quel appel ? Je ne peux même pas lui faire confiance pour qu'il m'appelle ! »

Beth lui jeta un regard intrigué.

« C'est plutôt à toi que tu ne fais pas confiance. Quel est le problème, Mal ? Sérieusement, qu'est-ce que tu as ? »

Mal balançait nerveusement son petit sac à main noir au bout de la bandoulière.

« C'était si... si bien hier soir, tu sais, amical, charmant. Et voilà qu'après son départ je trouve le portrait-robot. Il n'avait pas dit qu'il l'avait apporté, ni qu'il était venu en discuter encore une fois. Il l'a seulement laissé là pour que je le trouve. Après coup.

— Et alors, qu'est-ce qu'il y a de mal à vouloir en discuter ? Tous ces crimes sont ignobles, et s'il est vrai qu'un tueur en série se balade dans la nature, peut-être que tu devrais essayer de l'aider.

— Mais ce foutu portrait-robot ne vaut rien.

— Dis-moi un peu, Mal, s'écria Beth tout étonnée. Comment sais-tu qu'il ne vaut rien ?

— Je... J'en sais rien. »

Elle s'assit, la tête enfouie dans ses bras. « Je ne peux évidemment pas savoir s'il est ressemblant, mais il a quelque chose qui me rend malade. L'expression des yeux. Trop affreuse, trop sinistre. Je ne me sens pas la force de m'embarquer dans une histoire aussi macabre, Beth.

— Ça me paraît compréhensible. Mais pourquoi diable ne pas le dire tout simplement à Harry ? Je suis certaine qu'il le comprendrait lui aussi. »

Mal en doutait :

« Chez Harry Jordan le flic passe avant l'homme. Il ne pense qu'à arrêter l'assassin. »

À l'idée que Harry pourrait essayer de la joindre, Mal avait mis un point d'honneur à s'absenter. Elle passa la soirée chez des amis, un journaliste de télévision, sa femme et leur nouveau-né.

Elle avait apporté des fleurs et un immense tigre en peluche pour le bébé sur lequel elle resta longuement penchée. Il était adorable, avec une touffe de cheveux bruns et des petits yeux noirs tout ronds, et pendant tout le dîner il se tint tranquille dans son berceau. Ses amis et elle vidèrent une bouteille de bon vin en évoquant leurs débuts difficiles récompensés par la célébrité et la fortune.

« J'ai parfois l'impression, déclara Josh tout songeur, que les premières années ont vraiment été les plus exaltantes.

— C'est ce qu'on se dit après coup, objecta Jane. C'est vrai qu'on s'amusait, mais c'est tout de même mieux quand on s'en sort enfin, non ? Tu dois en savoir quelque chose, Mal, c'est toi qui as le mieux réussi.

— Eh bien, ça n'a pas été drôle du tout d'y arriver, répondit Mal. En fait, c'était infernal. Vous savez comment c'est pour une femme : toujours en butte à la discrimination et au harcèlement », conclut-elle avec un rire gêné.

Jane bâillait à cause du manque de sommeil et des fatigues inhérentes à son nouveau mode de vie.

« Je suis contente d'être ce que je suis devenue, dit-elle. La maternité est un apprentissage permanent, mais je peux t'assurer, Mal, qu'il y a rien de meilleur. »

Mal partit en gardant un bon souvenir de cette soirée, une parenthèse pleine de réalité dans son univers irréel. Une vie d'épouse et de mère, un bébé sur qui veiller, la chaleur des rapports de couple. Leur appartement, d'une élégance froide et minimaliste dans le passé, s'était transformé en un vrai foyer, aussi encombré que la demeure de n'importe quel ménage de banlieue. Comparée à la vie qu'ils menaient, sa propre existence, si remplie par ses activités professionnelles, paraissait vide. Elle enviait leur bonheur et leur enfant.

De retour chez elle, elle écouta les messages de son répondeur. Uniquement des appels professionnels, rien d'amical. Harry n'avait pas téléphoné.

Le portrait-robot se trouvait toujours sur la table où elle l'avait lancé. Elle le ramassa et l'étudia une fois de plus, avant de le déchirer et de le jeter dans le feu. Des volutes de fumée noire s'échappèrent du papier, comme pour mettre fin à ce qui n'avait jamais commencé.

Pendant qu'elle se douchait, puis faisait sa toilette en T-shirt et short rose, les actualités télévisées débitaient à l'arrière-plan leur cortège d'horreurs quotidiennes sans qu'elle y prête attention.

Jusqu'au moment où le journaliste annonça : *La police de Boston est désormais sur le pied de guerre, lancée aux trousses d'un tueur en série dont elle détient les empreintes génétiques. Celles-ci ont été déterminées à partir des échantillons prélevés sur les corps de trois jeunes femmes assassinées.*

La photographie d'une ravissante jeune fille remplaça sur l'écran l'image du journaliste.

La dernière victime, Summer Young, avait vingt et un ans ; major de sa promotion au lycée de Philadelphie, elle venait d'entrer à l'université de Boston. Comme Mary Jane Latimer et Rachel Kleinfeld, elle a été enlevée et violée, avant d'être laissée pour morte sur une plage déserte.

La police de Boston a dressé un portrait-robot du meurtrier présumé. Si vous connaissez cet homme, ou si vous l'avez rencontré, appelez le numéro qui s'inscrit maintenant sur votre écran. Tous les appels seront traités de façon à garantir un anonymat total.

Le portrait-robot s'afficha sur l'écran pendant que le journaliste donnait des détails sur sa taille supposée, son allure et le véhicule qu'il conduisait.

Voici le visage de l'homme soupçonné d'avoir assassiné Summer Young, Mary Jane Latimer et Rachel Kleinfeld, conclut le présentateur. *Encore une fois, si vous le reconnaissez ou si vous avez des renseignements susceptibles d'aider à retrouver sa trace, appelez immédiatement la police de Boston. C'est votre devoir de citoyen.*

Mal comprenait pourquoi l'inspecteur Harry Jordan ne lui avait pas téléphoné. Il avait réussi à faire diffuser le portrait du psychopathe sur une chaîne de télévision nationale. Il n'avait plus besoin d'elle.

19

Le lendemain matin, à sept heures, Harry rentrait place Louisburg sur son VTT, avec Squeeze haletant à hauteur de la roue arrière. Ils venaient de faire un tour sur la Greenbelt Bikeway, cette piste cyclable longue d'une douzaine de kilomètres aménagée à Boston dans la verdure, et qui va des Commons jusqu'au parc zoologique Franklin. Il n'avait jamais eu le temps de la parcourir en entier, ce qu'il regrettait.

Avant d'appeler Mal, il déposa son vélo dans le couloir et emplit un bol d'eau pour le chien, qui s'empressa de le laper bruyamment. Sans doute savait-elle déjà que les chaînes de télévision s'étaient emparées de l'affaire, et il avait hâte d'en parler avec elle. Il fut d'autant plus déçu d'entendre le répondeur se mettre en marche.

« J'ai appelé, dit-il brièvement. J'essaierai de nouveau plus tard. »

Il fila sous la douche, passa un rasoir électrique sur ses joues, et siffla Squeeze. Il franchissait le seuil lorsqu'une arrière-pensée le fit revenir sur ses pas. De retour dans la salle de bains, il passa rapidement un peigne dans ses cheveux. Quelques secondes plus tard, il se retrouvait dehors.

Chez Ruby, l'atmosphère était encore saturée par la nicotine de la veille à laquelle commençait de s'ajouter la dose de la journée. Assis au comptoir, il commanda un café, deux œufs au plat, un steak de jambon, des frites et un petit pain grillé. Il se demandait quel volume de fumée de cigarettes il inhalait passivement dans cette brasserie où il prenait chaque jour son petit déjeuner, son sommaire repas de midi, plus quelques bières de temps à autre et parfois même son dîner. Finalement, il se dit que la question ne présentait aucun intérêt, puisqu'il n'avait pas l'intention de renoncer à ses habitudes. Il ne se souvenait pas d'avoir eu le loisir d'avaler quoi que ce soit la veille, et il était affamé.

Doris n'était pas de service ce matin, et le chien n'eut pas droit à un traitement de faveur. Couché dans l'espace étroit qui séparait le tabouret du comptoir, il dormait d'un œil.

Après avoir ingurgité deux cafés, Harry gagna la cabine téléphonique près de l'entrée. Il composa de nouveau le numéro de Mal et n'obtint encore une fois que le répondeur.

Il sourit. Elle donnait toujours l'impression d'attendre un coup de téléphone de quelqu'un – *je vous en prie, laissez-moi un message, même un tout petit.* Elle manquait terriblement d'assurance, mais on ne l'aurait pas dit en la regardant. C'était à cause de ce secret qu'elle avait partagé avec lui et avec personne d'autre. Elle tenait son passé sous clef.

« Il est sept heures et demie, madame lève-tôt. Je constate que je vous ai ratée. J'espère que vous avez survécu au mini-ouragan d'hier. Je vous joindrai au bureau un peu plus tard. »

Pendant qu'il dévorait les œufs et les frites, il se dit que, si elle acceptait seulement de partager ses autres secrets avec lui, elle pourrait être une femme bien plus heureuse, et qu'il serait lui aussi certainement un homme bien plus heureux.

La veille, il lui avait laissé plusieurs messages. À son bureau on lui avait répondu qu'elle était sortie et qu'on ne pouvait pas l'avertir. Le soir venu, il s'était encore heurté à ce répondeur infernal.

« Écoutez, avait-il annoncé sur un ton exaspéré, vous êtes tellement insaisissable que j'ai fini par épuiser toutes mes pièces de monnaie dans les cabines publiques. Je voulais vous parler de notre prochain rendez-vous. Vous savez, celui dont il était question ?

« Je sais que ça peut vous paraître un peu hâtif, mais vendredi c'est l'anniversaire de ma mère, et elle donne une réception. Je suis bien sûr obligé d'y aller, et je me demandais si vous aimeriez m'y accompagner. C'est un peu tôt pour vous imposer toute la famille, mais vous avez déjà fait la connaissance de mon chien, et je ne vois pas pourquoi je ne vous présenterais pas les autres, de sorte que vous saurez maintenant vraiment tout de moi.

« J'ai pensé qu'après la réception je pourrais peut-être vous emmener dans un petit club que j'aime bien, et dans un ou deux autres endroits. J'ai prévu de faire un tour le lendemain dans le Vermont. Je possède une cabane en pleine montagne. Que diriez-vous d'une petite randonnée au grand air avant d'y passer la nuit. *En tout bien tout honneur*, ajouta-t-il avec un sourire. Appelez-moi, Mallory

Malone, s'il vous plaît. *Je vous en prie.* Je serai chez moi après neuf heures, ce soir. Avec un peu de chance.

« Oh, au fait, avez-vous vu le portrait-robot à la télévision ? J'avais raison. Nous avons bien affaire à un tueur en série. Quel salaud ! »

Dans la journée Harry reçut d'autres nouvelles du laboratoire. Le chandail était de marque écossaise : Pringle. Vendu par Neiman-Marcus à Boston. Un col roulé noir à maille fine qui avait coûté 365 dollars. Trop de succès pour être soldé ou même faire l'objet d'une promotion. Malheureusement depuis deux ans le magasin n'en avait plus en rayon et ne conservait aucune indication sur les clients qui en avaient acheté.

« Notre homme est riche, incontestablement, Rossetti », constata Harry devant une bière au pub Sevens, dans Charles Street. Rossetti avait commandé un Martini-vodka bien mélangé dans un shaker, avec un oignon, pas une olive.

Harry lui jeta un regard narquois.

« Tu te prends pour James Bond ce soir, ou quoi ?

— Tu as un train de retard. Les Martini, c'est ce que boivent les branchés aujourd'hui. Les femmes aiment ça, tu sais. Elles trouvent que ça fait sexy.

— Plus de petit vin blanc, alors ? »

Rossetti éclata de rire.

« C'est bien ce que je dis. T'es plus dans le coup. T'en es même pas aux margaritas. Qu'est-ce que tu vas offrir à Malone si elle te prend au mot pour ce rendez-vous ?

— Du champagne. Ça nous va à tous les deux. »

Il se demandait si elle l'avait rappelé ou si le destin allait les empêcher de se joindre par téléphone, et même les empêcher de se parler à jamais. Il aurait voulu rentrer chez lui et se coucher tôt, mais Rossetti tenait à lui présenter sa nouvelle petite amie.

« Ma nouvelle femme, le corrigea Rossetti. Ah, la voici. »

Il redressa le nœud de sa cravate en soie jaune, aplatit en arrière ses cheveux des deux mains.

La femme qui venait d'entrer dans le bar était petite, brune, très jeune et très jolie. Rossetti l'attrapa par la main d'un air possessif et lui plaqua un baiser sur la bouche, puis, d'un bras passé autour de ses épaules, la serra contre lui.

« Vanessa, dit-il fièrement. J'aimerais te présenter mon coéquipier. Il s'appelle Harry et il est généralement accompagné d'un cabot répondant au nom de Squeeze, mais ici on ne laisse pas entrer les chiens. De toute manière Squeeze est trop bien pour ce bistrot.

— Et moi alors ? demanda-t-elle en riant.

— Toi, tu es trop bien pour n'importe quel endroit sauf le ciel, dit-il en la regardant au fond des yeux.

— Ravie de faire votre connaissance, Harry. Dommage pour Squeeze. »

Harry la trouvait aussi gentille que ravissante.

« Il a en effet une vie de chien », répondit-il.

Harry porta la main de la jeune femme à ses lèvres, et Rossetti laissa échapper un sifflement offusqué.

« Hé, hé, n'inverse pas les rôles s'il te plaît. C'est moi le *latin lover*. Alors, Vanessa, que veux-tu ?

— Un Perrier-citron, s'il te plaît. »

Rossetti leva un sourcil et regarda d'un air dubitatif le Martini.

« Pense un peu à ce qui arriverait à un flic si on le surprenait en train de faire boire de l'alcool à une mineure. »

Il se frappa le front d'une main.

« J'avais oublié ! Non, même pas. J'en savais rien. Depuis combien de temps sortons-nous ensemble ?

— Deux semaines.

— Quel âge as-tu au juste ?

— Vingt et un ans le mois prochain.

— Génial, dit-il soulagé. On organisera une fête. Et tu pourras inviter Harry. Il a besoin de se distraire. »

Vanessa s'était tournée vers Harry.

« Je présume que Harry est parfaitement capable de se distraire sans avoir besoin d'aide. Mais si on fait la fête, il sera le bienvenu. »

Harry avala sa bière.

« Merci pour le vote de confiance, Vanessa. Je vais vous laisser mettre au point les détails. J'ai été enchanté de faire votre connaissance. »

Il leur souhaita une bonne nuit et regagna la Jaguar. Squeeze fourra son nez avec espoir dans l'entrebâillement de la vitre. Harry l'emmena faire le tour du pâté de maisons. Il reconnut la Volvo métallisée et identifia la plaque minéralogique mémorisée sur le parking de l'hôpital. Boston est décidément une petite ville, songea-t-il, en notant dans un coin de son cerveau le nom du restaurant devant lequel le véhicule était garé. On se cogne aux mêmes personnes à chaque coin de rue.

Il s'arrêta AU BON PAIN pour acheter un sandwich, non sans évoquer avec nostalgie celui que Mal lui avait préparé l'autre soir. Puis il rentra chez lui et jeta tout de suite un coup d'œil à son répondeur. Il clignotait, et il appuya sur le bouton d'écoute avec impatience, prêt à entendre sa voix si émouvante.

« Merci pour l'invitation, inspecteur, disait-elle sur un ton aussi froid que le gel sur une vitre. Malheureusement, je crains d'être extrêmement occupée ce week-end. Une petite question à propos du portrait robot quc vous avez laissé chez moi : était-ce pour que je le diffuse dans mon émission ? Je suppose que la question n'a plus d'importance à présent, puisque vous avez déjà réussi à le faire passer sur toutes les chaînes. Beau travail, inspecteur. Ça montre à quel point il est payant de jouer sur tous les tableaux. »

Il s'interpella à voix haute. « Tu vois ce que t'as fait, Harry. » Il réécouta le message pour être sûr qu'il avait bien entendu. C'était encore pire que la première fois, une vraie fin de non-recevoir.

Harry se dirigea d'un pas lourd dans la cuisine. Il avait besoin d'un bourbon bien tassé. Son verre à la main, il fit les cent pas dans la pièce. Les glaçons tintaient dans le verre qu'il agitait machinalement, entre deux gorgées, réfléchissant à la situation. Comment sortir de cette impasse ?

« Qu'est-ce qui ne tourne pas rond chez elle, Squeeze ? » Le chien lui répondit par un regard inquiet.

« Elle est cinglée. Elle a perdu la tête. D'abord je lui demande de l'aide, elle me la refuse sans explication. Je lui propose un rendez-vous, et elle agit comme si j'étais un étranger assez impertinent pour oser seulement émettre le vœu de la voir. »

En colère, il décrocha le téléphone et composa le numéro de son domicile.

« Allô ? » fit Mal.

Habitué à parler au répondeur depuis deux jours, il en perdit la voix.

« Allô ? répéta-t-elle.

— Qu'est-ce qui vous prend de laisser des messages de ce genre ? s'écria Harry. Malheureusement vous prévoyez d'être extrêmement occupée ce week-end. Qu'est-ce que ça veut dire, Malone ? Que vous m'en voulez de vous avoir laissé le portrait-robot ? Dans ce cas, pourquoi ne pas le dire clairement ?

— Je vous le dis, rétorqua-t-elle. Voilà. Maintenant, je vous le dis.

— Pourquoi ne voulez-vous pas me confier ce qui vous tracasse à propos de ce foutu portrait ? Allez-y, soulagez-vous. »

Sa main se crispa sur le récepteur et elle marmonna :

« Ce n'est rien. Et en tout cas, ça n'a rien à voir avec vous. »

Il faisait les cent pas, le téléphone pressé contre son oreille.

« Alors tous ces chichis, c'est pour rien ? J'en ai assez de vos riens, Malone. Je vous ai demandé un rendez-vous et vous avez accepté. Je vous ai téléphoné, un peu tard, c'est vrai, à cause de circonstances malencontreuses. Mais je vous ai téléphoné. Et je vous ai invitée pour le week-end. Alors, vous avez l'intention de venir, oui ou non ? »

Mal était recroquevillée dans son fauteuil préféré en face de la cheminée. Elle fixait le foyer, de l'autre côté de la table basse, où Harry était assis l'autre soir, et elle se souvenait combien cela avait été délicieux.

« Oui, fit-elle à voix basse.

— Oui... quoi ? » grogna Harry en passant une main dans ses cheveux. Il ne comprenait pas si elle était en train d'accepter ou de refuser son invitation.

« Oui, avec plaisir, Harry. »

Du regard, il interrogea à tour de rôle Squeeze et le récepteur qu'il avait écarté de lui. Il n'en croyait pas ses oreilles. Cette fille était bel et bien cinglée.

« C'est sûr ? Vous viendrez vraiment vendredi ?

— Ça me ferait plaisir de venir, Harry, dit-elle d'une petite voix. Je sais que vous devez me croire folle, mais quelque chose me gênait dans ce portrait, et dans le fait qu'il s'agit d'un tueur en série. Je n'avais pas la force de m'en occuper. Vous n'avez plus besoin de moi pour ça, à présent, de toute façon.

— C'est donc ce que vous avez cru ? Que je voulais me servir de vous ?

— Ce n'était pas le cas ?

— Peut-être au tout début. Mais pas après. Et pas maintenant.

— Je vous crois », dit Mal.

Harry cessa d'arpenter la pièce. Il se laissa tomber dans le fauteuil et Squeeze s'affala à ses pieds. Il reprit la conversation d'une voix enjouée.

« Malone, pourquoi n'arrêtons-nous pas de nous quereller ?

— C'est votre faute. On dirait que vous me prenez toujours à rebrousse-poil.

— Bizarre, je croyais que c'était vous. »

Mal se renversa dans son fauteuil. La tension, à la base de sa nuque, commençait à se relâcher.

« Croyez-vous que nous allons nous disputer ce week-end ?

— Pas si je peux l'éviter. Vous êtes d'accord pour suivre mon programme ? »

Elle réfléchit pendant une minute.

« Une réception, des boîtes de nuit, une cabane dans les montagnes ? Ce sera sûrement mon week-end le plus aventureux depuis longtemps. »

Elle ramassa ses jambes nues sous elle et s'enfonça encore plus profondément dans le fauteuil.

« Ne vous montez pas la tête, dit-il. Les réceptions de ma mère sont très collet monté, rien que des vieilles momies de la Nouvelle-Angleterre, raides comme des balais. Quant aux boîtes de nuit, ce ne sont pas des endroits élégants, seulement sympa, pour les habitués. Et la cabane de montagnes n'est vraiment qu'une baraque en rondins. Pensez à apporter un pyjama bien chaud et de bonnes chaussures de marche.

— C'est noté. »

Harry hésita, sans savoir comment formuler ce qu'il tenait à dire. Il ne voulait pas qu'elle se sente engagée à faire quoi que ce soit uniquement parce qu'ils allaient passer le week-end ensemble. Il y avait ce côté mystérieux chez elle qu'il ne parvenait pas à comprendre, il ne voulait pas l'effrayer.

« Et quand je dis *en tout bien tout honneur*, Mal, je suis sincère. Ce n'est qu'un week-end entre amis.

— D'accord, acquiesça-t-elle, mais il aurait juré qu'elle riait. Au fait, à quelle heure la réception ?

— Huit heures, dîner à huit heures et demie. Comme ma mère me l'a répété, ça signifie huit heures précises, huit heures et demie tapant. Elle est très stricte sur la ponctualité.

— Une femme comme je les aime.

— Moi aussi, sans doute, mais pas pour la ponctualité.

— Je vous retrouverai au Ritz-Carlton. Au bar. Dites-moi à quelle heure. »

S'il avait pensé fugitivement qu'elle pourrait avoir envie de partager son lit, il perdit ses illusions et il dit avec une pointe de regret : « Sept heures, alors.

— Harry... »

De nouveau ce ronronnement qui l'envoûtait ; il sourit.

« Ouais, Malone ?

— Je meurs d'impatience. »

Mal raccrocha, le sourire aux lèvres. Elle se sentait légère, légère... Ce n'était pas ce qu'elle avait eu en tête. Elle avait vraiment eu l'intention de ne plus jamais répondre au téléphone. Pourtant, sa main s'était involontairement tendue afin de décrocher l'appareil. Sans qu'elle y soit pour rien. Et, d'un seul coup, le poids qui pesait sur sa poitrine avait disparu au moment où ils avaient crié tous les deux ce qu'ils avaient sur le cœur.

Elle éclata de rire. Dire qu'elle passait pour être toujours maîtresse d'elle-même... Harry avait le chic pour lui faire perdre la tête. Elle était vraiment impatiente de savoir ce que lui réservait ce week-end.

20

Miffy Jordan n'était pas une femme ordinaire, elle correspondait encore moins à l'image traditionnelle d'une mère. Grande et élancée, elle était presque aussi mince et musclée que le jour où elle avait épousé le père de Harry, à l'âge de vingt et un ans. Elle conservait sa ligne sans se donner de mal, en faisant les choses qu'elle avait toujours faites : du bateau, du tennis, de longues marches, et du jardinage.

« Je suis une de ces femmes qui n'ont plus besoin de s'entretenir, rétorquait-elle quand ses amies lui demandaient son secret. Ma mère était exactement pareille, tout comme ma grand-mère. C'est dans les gènes des Peascott. »

Les gènes des Peascott remontaient à plusieurs générations, à l'arrivée des premiers colons installés à Boston, mais c'était une chose dont elle ne se vantait jamais. Un simple fait historique. Pourtant, chaque fois que Miffy se regardait dans le miroir, le matin, elle rendait grâce à Dieu de lui avoir donné la solide charpente des Peascott.

Elle allait sur ses soixante-cinq ans, mais n'avait nullement besoin d'un lifting. Elle faisait de la voile depuis son enfance, initiée par son père, et les pattes-d'oie qui creusaient le coin de ses yeux, à force de cligner des paupières dans le soleil et le vent, prouvaient qu'elle avait mené une vie heureuse.

L'ancienne blondeur de ses cheveux épais et ondulés avait naturellement viré, avec les années, à cette nuance platinée discrète que certaines femmes acquièrent à prix d'or chez des coiffeurs renommés. Elle les portait coupés au carré un peu au-dessous des oreilles, en une sorte de casque élégant qui encadrait son visage.

Elle s'habillait avec soin, de manière classique, et achetait ce qu'elle appelait des vêtements respectables dans des magasins coûteux où le personnel la connaissait bien et savait exactement ce qui lui convenait. Pour la vie de tous les jours, elle portait autour du cou une rangée de grosses perles crémeuses avec des boucles d'oreilles assorties, une alliance en brillants, et la montre Cartier, étanche et en or, que son mari lui avait offerte trente ans plus tôt.

En réalité, Miffy Jordan, malgré son allure BCBG, était aussi peu conventionnelle que son fils. Elle voyageait toute seule dans le monde entier, partait faire du trekking dans l'Himalaya, traversait le Sahara au volant d'un camion de quatre tonnes (s'y perdant inévitablement), conduisait des Ferrari à Monte-Carlo, passait un mois par an en retraite dans un monastère bouddhiste au Vietnam, et remontait l'Amazone en pirogue du Brésil à la Colombie. Elle avait failli mourir sous une pluie de flèches empoisonnées, et après l'explosion d'une bombe visant un membre du cartel de la drogue à Bogota.

« Je n'ai rien d'un bonnet de nuit. Je n'envisage pas de finir mes jours assise à une table de bridge devant du thé glacé, avait-elle rétorqué à Harry le jour où il lui avait conseillé de se ménager sous prétexte qu'elle ne rajeunissait pas. Je n'ai pas l'intention de mourir dans mon lit. Aucun Peascott ne l'a jamais fait. »

Étant donné les annales de la famille, illustrées de capitaines de baleinier, d'explorateurs et de marins au long cours, de banquiers et autres soutiens de la société, Harry pensait qu'elle avait raison. « Du moment que tu y trouves ton bonheur, lui avait-il dit, c'est très bien, mais, pour l'amour de Dieu, sois prudente. »

Ses yeux gris, pareils à ceux de son fils, l'avaient foudroyé du regard : « Reconnais, Harry, s'il te plaît, que je suis arrivée à mon âge sans trop de problèmes. D'ailleurs, je cours davantage le risque de me faire renverser dans une rue de Boston qu'au milieu du Sahara. »

Elle avait soixante-cinq ans, et ses contemporaines étaient depuis longtemps entourées de belles-filles et de bébés. Elle souhaitait que Harry se remarie et lui donne des petits-enfants.

Elle avait aimé la première femme de son fils, même si elle ne correspondait pas exactement à l'épouse qu'elle avait rêvée pour lui. Mais Harry était têtu comme une mule, depuis toujours, et il le serait toujours. Il lui avait donc fait une surprise agréable en lui annonçant qu'il amènerait une amie à sa réception d'anniversaire. Elle avait aussitôt songé avec espoir à la charmante fille de son amie avec qui Harry était sorti plusieurs fois avant que son travail, comme d'habitude, se mette en travers d'une intrigue sentimentale.

« Est-ce que je la connais ? avait-elle demandé.

— Peut-être bien, mais pas intimement… »

À cause de cette réponse énigmatique, elle avait passé en revue toutes les jeunes femmes de sa connaissance.

En préparant son anniversaire, elle songeait donc à tout autre chose qu'aux bougies à souffler, aux vieux amis qui se réuniraient de nouveau sous son toit, et à ses cadeaux.

La réception avait lieu dans sa maison de campagne, à une heure de la ville. C'était une vieille bâtisse immense qui lui rappelait les jours heureux vécus avec son mari, car le domaine avait appartenu aux Jordan et non aux Peascott. Quelle tristesse, se disait-elle tous les ans à cette occasion, que Harald ne puisse pas être de la fête, mais tous deux se doutaient au moment de leur mariage qu'ils ne vieilliraient pas ensemble : il avait en effet dépassé les quarante ans, et elle venait d'en avoir vingt et un. Pourtant cela en avait valu la peine, en raison de l'amour et du bonheur qu'ils avaient connus dans leur union. Harald serait présent, en esprit, pour lui souhaiter un joyeux anniversaire, elle le savait.

La partie centrale de la maison, couverte de bardeaux peints en blanc, était une ancienne ferme du début du XVIIIe siècle. On y avait ménagé des ouvertures et ajouté des ailes ou annexes diverses, un peu au hasard pendant des décennies, aussi était-ce devenu un ensemble disparate de pièces aux formes bizarres, avec des escaliers étranges qui parfois ne débouchaient que sur un palier doté d'une fenêtre d'où l'on pouvait admirer le paysage. Il y avait une multitude de chambres à coucher confortables et de salles de bains bien aménagées.

La demeure était perchée en haut d'une petite colline aux flancs couverts de pâturages, où s'ébattaient des chevaux, et où paissait un troupeau de moutons. La longue véranda de bois, située à l'ouest, surplombait un torrent où aimaient s'asseoir les enfants des invités, avec une petite canne à pêche, dans l'espoir d'attraper des truites mouchetées.

De ses quatre résidences – la vieille demeure des Peascott sur Mount Vernon Street à Boston, une villa au bord de la mer à Cap Cod, et un chalet à la montagne –, la ferme des Jordan avait sa préférence.

Une gigantesque tente doublée de taffetas jaune avait été dressée sur la pelouse, derrière la maison. Les tables rondes étaient recouvertes de nappes jaunes ornées de guirlandes de lierre sombre et de roses crème écloses. Il y avait des chandeliers géorgiens en argent sur les tables, des plats en argent simples mais élégants, et des verres en cristal Lenox devant les assiettes Henrendon, quoique le traiteur l'eût prévenue qu'il y aurait sûrement de la vaisselle cassée.

« Tant pis, avait-elle dit avec la même indifférence dont son fils faisait preuve envers son tapis ancien. Ce ne sont que des assiettes. Elles ne sont destinées qu'à nous donner du plaisir. Veillez seulement à envoyer suffisamment de personnel pour laver à la main celles qui survivront, c'est tout ce que je demande. »

Une armée de cuisiniers et de serveurs stylés s'activait déjà dans la cuisine et sous la tente. Le champagne millésimé attendait dans la glace dans de vieux seaux à lait en bois. Chaque pièce de la maison était occupée par les invités du week-end, et d'autres hôtes devaient arriver par les cars qu'elle avait affrétés.

Un quatuor à cordes du Conservatoire de musique Berklee, à Boston, répétait dans le hall central. Les serveurs disposaient les canapés sur des plateaux d'argent, et un orchestre, qui allait jouer les airs romantiques préférés de Miffy, se préparait pour le bal qui suivrait. La soirée promettait d'être belle, et elle piaffait d'impatience.

Il ne lui restait plus qu'à enfiler la robe Valentino vert d'eau qu'elle s'était achetée à Rome, deux mois plus tôt, en revenant de Turquie. Et à patienter avant de voir qui Harry lui faisait la surprise d'amener.

Harry arriva au Ritz à sept heures moins dix. Il choisit une table dans un angle du bar d'où il pouvait voir la porte, se souvenant du jour où chez Ruby il avait vu Mal surgir de sous la pluie, telle une fleur tropicale égarée dans les friches. Il redressa son nœud papillon noir et passa les mains dans ses cheveux encore humides de la douche – il se demanda vaguement s'il les avait peignés… en tout cas, il n'avait pas oublié de se raser.

Suivant les conseils de Rossetti, il commanda au barman deux Martini vodka, mais avec des olives. Pour le faire patienter le serveur apporta une assiette de bretzels et de noix. Lorsque Harry leva les yeux, Mal se tenait sur le seuil et le regardait.

Elle portait une robe longue à fines bretelles, coupée dans un tissu gris extra-fin et brodée de minuscules perles dorées, avec un profond décolleté en V. Le modèle épousait son corps comme s'il avait été spécialement dessiné pour mettre en valeur son exquise silhouette. La robe se vendait au gramme, se dit Harry.

Il traversa la pièce et lui baisa la main en une courtoise révérence.

« Vous êtes sublime... », murmura-t-il.

La robe était profondément échancrée dans le dos. Quand elle marchait, le tissu ondulait doucement sur ses fesses rondes comme de la crème sur des pêches. Harry respira à fond et passa les mains dans ses cheveux tandis qu'ils s'asseyaient.

Elle lui lança un regard sévère.

« Vous ne devriez pas faire ça. On dirait que vous avez oublié de vous coiffer. En fait... je crois que je ne vous ai encore jamais vu bien peigné. »

Elle l'examina des pieds à la tête d'un air songeur. Il avait l'air séduisant et tout à fait à l'aise dans sa veste de smoking bien coupée. À vrai dire, il faisait penser à un mannequin posant pour une publicité Ralph Lauren, le genre d'homme qui fait battre les cœurs féminins un peu trop vite.

« Je croyais que vous étiez né dans un jean et un blouson de cuir noir. Ravie de constater que j'avais tort.

— C'est élégant, hein ? dit-il en effleurant ses revers en satin avec un sourire plein d'assurance. J'ai commandé les boissons. »

Elle cilla lorsqu'on leur apporta les deux Martini, et il déclara :

« Je sais de source sûre que le Martini est à la mode, et que les femmes lui trouvent du charme. »

Elle trempa les lèvres dans son verre.

« Je n'avais jamais bu de Martini.

— Et moi je n'ai jamais goûté de margarita. »

Leurs regards se croisèrent et ils éclatèrent de rire.

« Vous ne préféreriez pas une bière ? » demanda-t-elle.

Il secoua la tête :

« Du champagne serait évidemment mieux adapté à la circonstance, comme Doris l'a observé la première fois que nous nous sommes vus, chez Ruby, vous êtes sans aucun doute une femme que l'on se doit de courtiser au champagne. J'ai seulement commandé des cocktails pour vous impressionner et vous montrer que je suis au courant de ce qui se fait dans un rendez-vous galant.

— Est-ce vraiment un rendez-vous galant ?

— Si ce n'est pas le cas, je ne vois pas ce que c'est.

— Alors j'ai l'intention d'en profiter.

— Tout comme moi, assura-t-il en lui prenant la main. Ça fait cinq minutes qu'on passe ensemble sans se disputer. » Ils se souriaient d'un air heureux.

« C'est sûrement le record !

— Avez-vous l'intention de boire ce truc ?

— Je me réserve pour les bonnes choses, répondit-elle en secouant la tête.

— Très sage, nota-t-il en demandant l'addition au barman. Il est temps d'y aller.

— Je croyais que vous aviez dit huit heures ?

— J'ai oublié de vous préciser que c'est en dehors de la ville. Ma mère fête toujours ses anniversaires à la ferme. »

Elle jeta un coup d'œil à sa robe, déconcertée à l'idée qu'il s'agissait d'un barbecue campagnard.

« Je ne suis pas habillée pour aller dans une ferme.

— Ne vous faites pas de souci, on vous prêtera un tablier et des bottes en caoutchouc. »

Il paya et guida Mal par le coude vers la sortie.

Elle s'arrêta devant le bureau de la réception pour y récupérer un paquet enveloppé dans du papier doré.

« Un cadeau d'anniversaire, expliqua-t-elle en réponse à son regard interrogateur.

— Je savais bien que j'avais oublié quelque chose », marmonna-t-il.

Une imposante limousine blanche attendait le long du trottoir.

« Quel carrosse, inspecteur ! J'ai l'impression d'être une starlette de Hollywood.

— Les policiers et les starlettes ne doivent jamais boire s'ils conduisent. La dernière fois que j'ai fait cette bêtise, c'était le soir du bal de fin d'année, au lycée. Avec Jessica Brotherton en robe-bustier de taffetas rose vif… qui m'a même laissé glisser la main dans son décolleté sur le chemin du retour. »

Vexée, elle répondit sèchement :

« N'espérez pas refaire le même coup, inspecteur. »

Les mains jointes sur son cœur, il leva les yeux au ciel.

« Oh, Malone, vous ne pouvez pas savoir à quel point ces paroles me blessent.

— Maintenant je suis fixée. Vous êtes fou.

— Moi ? Je croyais que c'était vous. »

Des yeux, elle chercha le chien.

« Comment, Squeeze n'est pas là ?

— Il ne sait pas se tenir dans les réceptions. Il est resté chez Myra ce soir. C'est l'autre femme de ma vie, ajouta-t-il devant ses sourcils froncés.

— J'aurais bien dû penser qu'il y avait une autre femme », soupira-t-elle d'un air résigné tandis que la limousine sortait de la ville.

Harry prit une bouteille de son champagne préféré dans le seau à glace et lui tendit une flûte.

« Bienvenue à la ferme des Jordan, Mal Malone », dit-il doucement.

C'était une nuit splendide, parfumée, sans nuage, une nuit de pleine lune. Le quatuor à cordes jouait du Haydn, et une armada de serveurs en veste blanche sillonnait la vaste véranda fleurie avec des plateaux chargés de canapés et de coupes de champagne. Les invités se rassemblaient sur les pelouses et flânaient près du petit torrent. Miffy Jordan évoluait avec grâce parmi eux. Chaque nouvel arrivant était accueilli par de petits cris de plaisir et elle embrassait tout le monde avec démonstration.

« Pas question de faux baisers, déclarait-elle en leur tendant un Kleenex prélevé dans la boîte qu'elle tenait à la main. Vous n'avez qu'à essuyer le rouge à lèvres ou conserver stoïquement toute la soirée cette marque de distinction accordée par votre hôtesse. »

La longue limousine blanche semblait déplacée à côté de l'autocar de location, et Mal jetait des regards gênés aux discrètes Mercedes et aux Saab noires garées dans la cour.

« J'ai décidément l'impression d'être une starlette.

— La vieille garde de la Nouvelle-Angleterre n'est pas du genre à faire de l'épate, expliqua-t-il. Sauf en ce qui concerne ma mère. Attendez, vous allez comprendre. »

Dans le hall, Miffy demandait aux interprètes de musique classique de lui jouer *Smoke Gets in Your Eyes*. « C'est ma chanson préférée », précisa-t-elle devant leurs regards vides.

Mal trouva qu'elle ressemblait en tous points à la version hollywoodienne de la femme riche et d'un certain âge, pourvue d'une excellente éducation, très distinguée dans sa robe haute couture Valentino, chaque mèche de cheveux platine artistiquement arrangée, des pommettes à mourir d'envie, et une silhouette ferme très élégante.

Harry l'embrassa de bon cœur avant de prendre Mal par la main pour la lui présenter.

« Maman, c'est...

— Mallory Malone ! s'exclama-t-elle. Je n'y aurais jamais pensé. Quelle agréable surprise ! Et encore plus jolie qu'à la télévision ! Bienvenue, ma chère, bienvenue à la ferme des Jordan. »

Elle donna à Mal un baiser plein de rouge à lèvres et lui tendit un Kleenex.

« Je ne crois pas un mot de ce que prétend la publicité : il n'y a pas de rouge qui résiste aux baisers. Je vais vous présenter mes invités, seulement des membres de la famille et de vieux amis. Ne vous faites pas de souci, ajouta-t-elle après avoir jeté un coup d'œil perspicace à Mal, je ne vais pas les laisser vous empoisonner avec leurs questions. »

Elle entraînait déjà Mal par le bras et la pilotait dans la foule.

« D'autant plus que maman est la reine de la fête, intervint Harry. Elle n'a pas envie que vous lui voliez la vedette.

— C'est pour moi ? demanda Miffy, ignorant son fils. Comme c'est gentil de votre part. Je m'attendais à ce que Harry oublie. Comme toujours. Harry, pose-le sur la table avec les autres. Je les ouvrirai plus tard.

— Après minuit. »

Harry connaissait la tradition depuis sa plus tendre enfance. Sa mère était née à minuit, et son anniversaire s'étalait donc sur deux jours. Elle avait l'habitude de souffler les bougies de son gâteau d'anniversaire au douzième coup et d'ouvrir les cadeaux juste après.

Miffy passa son bras sous celui de Mal pour la présenter à ses invités. Elle se retourna et adressa à Harry un signe d'approbation. Il espérait bien que sa mère n'allait pas voir dans tout ça plus qu'il n'y avait, parce que pour l'instant il n'y avait pas grand-chose. En outre, il avait promis à Mal que le week-end se passerait *en tout bien tout honneur*, et il avait l'intention de tenir parole.

21

Au moment où les invités de Miffy Jordan prenaient place pour le dîner, l'homme gara la Volvo métallisée dans la petite rue triste du quartier sud de Boston où vivait Suzie Walker, devant sa maisonnette du début du siècle qui, comme tant d'autres, avait été divisée en appartements à louer.

Le premier étage de la maison était inoccupé depuis plusieurs mois, ce qui convenait parfaitement à Suzie, car elle avait besoin de sommeil après ses gardes de nuit. Le précédent locataire, un étudiant, avait la sale habitude de pousser le volume sonore à fond chaque fois qu'il écoutait Whitney Houston, à n'importe quelle heure du jour ou de la nuit.

Elle savourait donc la paix et le calme retrouvés. Elle pouvait de surcroît recevoir ses amis et mettre la musique à tue-tête sans devoir ménager le locataire du dessus ou, pis encore, se sentir obligée de l'inviter.

Elle assurait le service de nuit, cette semaine-là et avait donc pu profiter de son après-midi. Après une séance chez le coiffeur, elle avait eu le temps de faire quelques achats. Elle avait déniché une ou deux bonnes affaires chez Gap, et même trouvé dans le sous-sol de Filene une fantastique petite robe en soie. Sa sœur, Terry, donnait une soirée la semaine prochaine, c'était exactement ce qu'il fallait pour l'occasion.

Sans se presser, elle allait d'une pièce à l'autre, suspendant soigneusement ses emplettes dans l'armoire, rangeant un peu. Elle préférait vivre seule dans un quartier où les loyers n'étaient pas élevés, plutôt que de louer à plusieurs un appartement, près de l'hôpital, où elle aurait dû partager la salle de bains avec deux camarades dans une ambiance tendue.

La nuit était chaude. Suzie ouvrit les fenêtres pour laisser entrer le peu de brise qu'il y avait dehors. Elle se prépara une tisane et deux

Tylenol. Une horrible migraine avait empoisonné sa journée. Elle réchauffa son plat de poulet aux pâtes basses calories acheté au supermarché, et le mangea debout près du comptoir de la cuisine, en relisant la lettre de sa sœur lui annonçant ses fiançailles avec un ancien camarade de lycée. Le mariage aurait lieu en juillet et Terry voulait qu'elle soit demoiselle d'honneur.

Suzie se demanda si le noir convenait aux demoiselles d'honneur, car elle n'avait pas les moyens de s'offrir une tenue qu'elle ne pourrait pas remettre par la suite.

Comme chaque vendredi à la même heure, sauf si son travail l'en empêchait, elle téléphona à sa mère. C'était l'occasion pour elles de passer en revue les événements de la semaine et la conversation porta sur le mariage de Terry.

« Crois-tu pouvoir venir à la soirée de la semaine prochaine, Suzie ? lui demanda sa mère pleine d'espoir.

— Et comment ! J'ai même acheté une nouvelle robe. Je vois Terry demain, mais je vais lui téléphoner tout de suite pour le lui dire. »

Terry n'était pas chez elle, elle laissa un message sur le répondeur, puis courut se doucher ; le temps passait très vite et il fallait qu'elle se dépêche si elle ne voulait pas être en retard.

La salle de bains était sur le côté de la maison, en plein dans le champ de vision de l'homme dans la voiture. Il braqua ses jumelles droit sur la fenêtre lorsque la lumière s'alluma. La vitre était dépolie, mais Suzie l'avait entrouverte à cause de la chaleur, ce qui fournit au voyeur un régal inattendu.

Un torrent d'obscénités s'échappa de sa bouche lorsqu'il la vit se déshabiller. Elle s'offrait à ses regards en soutien-gorge et slip, mais après avoir jeté un coup d'œil soupçonneux vers la fenêtre, elle la ferma d'un coup sec.

« Salope, marmonna-t-il, garce, putain, salope… »

Les mots se bousculaient dans sa bouche, litanie vicieuse et pleine de haine.

Suzie revêtit rapidement son uniforme blanc et vérifia que ses clefs se trouvaient bien dans son sac à main. Grâce à Dieu, on les lui avait rapportées.

La migraine ne la lâchait pas. Ses yeux étaient douloureux. Le week-end de congé serait bienvenu après ces journées trépidantes à l'hôpital. Un peu de repos ne serait pas du luxe. Elle envisageait de rattraper le sommeil perdu, et aussi d'étudier parce que les examens approchaient. Elle s'arrangerait pour voir Terry en fin d'après-midi, elles auraient le temps de parler du mariage et des toilettes. Et dimanche, elle avait rendez-vous avec un jeune interne de l'hôpital Beth Israël, mais il serait probablement exténué, comme toujours les internes, et elle rentrerait tôt.

Avant de partir, elle se posta devant le miroir, épousseta sa jupe, redressa son col, rejeta ses cheveux en arrière. Ses yeux étaient affreusement cernés. Elle pensa avec espoir au sommeil qui l'attendait le lendemain et, souriant à son reflet, elle se donna du courage : *Demain tu auras l'air d'une autre femme, Suzie Walker.*

Elle ouvrait déjà la porte lorsqu'elle se rappela les fenêtres ouvertes. Elle y remédia en toute hâte et s'assura par la même occasion que le loquet de la porte de derrière était bien poussé. Puis elle sortit, donnant un tour de clef à la porte d'entrée, et poussa d'une main sur le battant pour vérifier que la serrure était solidement enclenchée.

Alec Klosowski, son voisin, qui travaillait dans un bar sur Newbury Street, partait à son travail au même moment. Il lui adressa un bonjour amical avec un signe de la main.

« On ne prend jamais trop de précautions, dit-il en fermant sa propre porte. Il y a trop de cinglés dans le coin pour ne pas faire attention. »

Suzie lui lança un coup d'œil inquiet.

« J'ai perdu mes clefs l'autre jour. Je les avais laissées tomber dans le parking. On les a retrouvées et on me les a rapportées, mais je me demande ce qu'on en a fait cette nuit-là. »

Il la regarda gravement.

« Vous devriez faire changer les serrures, Suzie. On ne sait jamais.

— Oui, vous avez sûrement raison. »

Ils se dirent au revoir avec de grands gestes, et elle grimpa dans sa petite Neon. Ce qu'avait dit Alec la tracassait. Mais la personne qui avait découvert son trousseau ne pouvait pas savoir qu'il lui appartenait. De surcroît, faire changer les serrures était une opération coûteuse. Son salaire d'infirmière lui permettait à peine de joindre les deux bouts, il ne lui restait jamais un sou pour des dépenses exceptionnelles.

De toute façon, elle avait bien d'autres soucis en tête. Fatiguée elle se frotta les yeux ; cette affreuse migraine la tenait toujours. Les examens l'attendaient le mois prochain, et il fallait qu'elle pense à sa robe de demoiselle d'honneur.

L'homme surveillait son départ. Il vit son visage et sa chevelure rousse passer en flèche devant lui. Elle était en retard, comme toujours. Ce manque de ponctualité l'agaçait. Lui n'était jamais en retard. Son emploi du temps semblait réglé par un métronome. Il était capable de dire avec exactitude où il serait à n'importe quel moment du jour ou de la nuit. Sauf pour des nuits comme celle-ci, bien entendu. Ses nuits secrètes. Les autres gens allaient au cinéma. Lui préférait la réalité.

Il jeta un coup d'œil à sa coûteuse montre en acier et en or. Le cadran s'ornait de petits drapeaux en émail, rouges et bleus, au lieu de chiffres. Le genre de modèle qu'arborent les riches yachtmen. Certes, il n'avait pas de bateau, mais il aimait qu'on le croie sportif, un habitué du grand large. Chaque fois qu'on l'interrogeait sur son prochain week-end, il répondait négligemment : « Oh, sans doute un peu de bateau au Cap, si le vent est favorable. Peut-être du kayak, on verra. »

C'était bien sûr un pur mensonge. Il était allé maintes fois au Cap Code, mais seulement pour « chasser » ses victimes, choisir celles qui connaîtraient grâce à lui les honneurs de la presse. L'unique moment de gloire de leur existence mesquine, c'était à lui qu'elles le devaient. Au fond, il aurait mérité leur gratitude.

L'homme préférait attendre un peu avant d'entrer en action. Les maisons étaient encore éclairées, et un piéton indésirable remontait précipitamment la rue. À l'abri derrière ses vitres teintées, il saisit dans sa poche la flasque en argent empli de bon cognac et se versa une rasade dans le petit gobelet qui se vissait sur le goulot. Il s'enfonça dans son siège, buvant d'un air songeur, jouissant à l'idée du plaisir qu'il allait prendre.

22

Harry avait perdu Mal de vue depuis qu'il avait aperçu son oncle Jack la tenant par la taille et lui murmurant quelque chose à l'oreille. Et Mal ne cessait de rire. Cela faisait une bonne demi-heure.

Jack Jordan avait la réputation d'être un séducteur, comme le prouvaient ses quatre mariages et sa ribambelle de maîtresses. Et il continuait de s'intéresser aux jolies femmes. Sa haute taille, ses cheveux argentés, sa petite moustache et son parler enjôleur lui facilitaient les choses.

« Le vieux bougre a enlevé ma belle », se plaignit Harry à Miffy.

La mère vérifiait, accompagnée de son fils, que tout était en ordre dans la tente, conforme à ses exigences.

« Ne t'inquiète pas, Harry. Il faudra bien qu'il te la rende pour le dîner. Elle est placée ici, près de toi, dit-elle et elle ôta prestement le carton de son beau-frère pour le placer sur une autre table. Pour sa peine, Jack devra tenir compagnie à la vieille Biddy Belmont, encore plus âgée que lui et sourde comme un pot. Il faudra qu'il répète chaque mot deux fois. Ça le calmera. »

Un rire complice les unit et il la serra dans ses bras.

« Est-ce qu'on t'a déjà dit que tu es une femme irrésistible ?

— Oui, ton père, le jour où il m'a demandé de l'épouser. À la réflexion, j'ai l'impression qu'il ne me l'a jamais répété après que je lui ai répondu oui. Il doit y avoir une leçon à en tirer. »

Le maître d'hôtel venait de faire sonner un gong de cuivre pour annoncer le dîner. Le parfum des roses et de la bonne chère accueillait les convives sous l'élégante tente.

« Vous êtes assise là », dit Harry quand Mal fit son entrée au bras de l'oncle Jack.

Le vieux don Juan leva un sourcil espiègle.

« Je veillais à ce que Mallory s'amuse, Harry. Impossible de la laisser affronter toute seule cette foule bruyante de Peascott et de

Jordan. » Il caressait la main de la jeune femme comme s'il en avait pris possession. Mal le remercia d'un sourire rayonnant.

« J'espère être près de vous, ma chère.

— Pas du tout, intervint Harry d'un ton ferme. Vous êtes placé près de Biddy Belmont.

— Ta mère me persécute toujours, grommela Jack.

— Elle exige que chaque homme fasse son devoir. C'est sa fête, après tout.

— À plus tard, Jack, lui lança Mal tandis qu'il prenait un air de chien battu.

— Je suis jaloux, dit Harry.

— C'est le type même de l'oncle riche et bienveillant, comme dans les films.

— Croyez-moi, il joue ce rôle auprès d'un tas de jeunes "nièces".

— Grand bien lui fasse. Quel homme adorable !

— Et moi alors ? Vous vous souvenez du type qui vous a amenée ?

— Mon cavalier, je crois.

— Justement, ce gars-là. Vous m'avez manqué », lui murmura-t-il à l'oreille.

Elle lui lança un regard malicieux.

« Je ne vous aurais pas cru capable d'admettre une chose pareille, inspecteur.

— Ne suis-je pas un être humain ? »

Ils s'installèrent à table. Toujours moqueuse, Mal se tourna vers son voisin de droite. On servait trois sortes de caviar sur un lit d'œufs légèrement brouillés.

Mal avait conscience de s'amuser parce qu'elle ne se posait pas de question. Elle ne se demandait pas comme dans les autres soirées : « Est-ce que je m'amuse ? Qu'est-ce que je fais là ? »

Elle n'était jamais allée à une réception familiale de la haute société comme celle-ci, où tout le monde connaît tout de la vie de chacun, de la naissance à la mort en passant par le mariage. Ces gens mettaient un point d'honneur à assister aux enterrements aussi bien qu'aux anniversaires. Probablement le faisaient-ils sans même y penser. Dans leur milieu, c'était la règle, leur mode de vie. Elle aurait volontiers renoncé à sa réussite pour appartenir à ce monde depuis sa naissance.

Mal jeta un coup d'œil à Harry qui écoutait avec intérêt une discussion sur les mérites respectifs des différentes races de chiens de chasse : chiens courants pour gros ou petits gibiers et chiens d'arrêt.

Il se tourna vers elle et leurs regards se croisèrent. Il l'encouragea d'un sourire.

« Tout va bien ? lui murmura-t-il à l'oreille.

— On ne peut mieux. »

Il consulta sa montre.

« On ne va pas tarder à danser. Si vous aviez un carnet de bal comme dans l'ancien temps, j'inscrirais mon nom pour chaque danse.

— Même les valses ?

— Vous croyez que je ne sais pas valser ?

— Ce n'est pas à proprement parler une qualité exigée d'un flic de la criminelle.

— C'est vrai, mais vous savez bien que j'ai d'abord été juriste. Et avant ça, un odieux élève de l'enseignement privé que sa mère envoyait prendre des cours de danse, pour qu'il fasse honneur aux jeunes demoiselles dans les bals de la bonne société. »

Elle secoua la tête avec émerveillement.

« La liste de vos prouesses est donc interminable.

— Encore plus que vous ne pourriez l'imaginer », admit-il sans modestie.

La musique commençait. Sa mère ouvrit le bal au bras de son frère. Ils dansaient sur l'air de *Smoke Gets in Your Eyes*, le succès de Jérôme Kern, et chacun applaudissait.

« C'était leur chanson, dit Harry à Mal. À elle et papa. C'est rituellement la première danse du bal, en son souvenir. »

Harry la prit par la main et l'entraîna sur la piste.

Charmant, pensa Mal avec une pointe d'envie. Harry tenait fermement le creux de sa taille, et de l'autre main portait le bout de ses doigts, légèrement repliés. Ils dansèrent en silence. Elle avait les yeux mi-clos et une expression rêveuse.

« Vous dansez bien, chuchota-t-il.

— Je vous jure que je n'ai pas appris à danser dans une école privée.

— Où alors ?

— J'ai pris des leçons. Plus tard. J'ai pris des leçons de tout.

— Des leçons de maintien ?

— Personne ne m'a enseigné les règles du jeu quand j'étais petite, admit-elle. Les bonnes manières. J'aurais pu aussi bien être élevée avec des loups dans la forêt, pour ce que je savais de la vie en société. »

Il la serra plus fort et ses cheveux lui chatouillèrent le nez comme une houppe de soie dorée. Sa peau parfumée le mettait en extase. Le morceau s'acheva – mais il la retint par la main.

« Acceptez-vous de faire un tour au jardin en ma compagnie, Malone ? »

Elle acquiesça d'un signe de tête et ils quittèrent la tente, main dans la main.

Miffy et l'oncle Jack les regardèrent s'éloigner.

« Que penses-tu d'elle ?

— Une délicieuse jeune femme. Beaucoup de classe. Ça se voit à l'œil nu.

— Tiens-toi à l'écart, espèce de vieux polisson, le prévint-elle. Je fonde de grands espoirs sur elle, si Harry arrive à oublier son métier pendant plus de trente secondes.

— Quel imbécile s'il n'y arrivait pas. Un bel idiot. »

Harry emmena Mal dans les jardins que sa mère cultivait avec tendresse. Les arbres étaient décorés de petites lumières blanches. De ravissantes lanternes chinoises en papier balisaient les berges du torrent. Dans la roseraie, Mal examina les noms inscrits sur les étiquettes, car les roses étaient encore en bouton.

« J'ai toujours préféré les roses vieux style, dit-elle. J'en ai planté sur ma terrasse, mais le vent et la pollution les étiolent.

— Vous devriez en parler à ma mère. Elle sera ravie d'apprendre que vous aimez jardiner. En plus de tous vos autres talents. »

Une brise chaude leur apportait les échos de l'orchestre qui jouait *Moon River*. Il la contempla. Elle s'extasiait sur les roses, et il éprouva l'irrésistible désir de la prendre dans ses bras.

« Je ne sais pas si c'est l'éclairage romantique ou la musique, mais je me demandais si l'on peut *en tout bien tout honneur* vous donner un baiser ? Un baiser entre deux vieux amis, naturellement. »

Elle s'approcha d'un pas.

« Techniquement, nous ne sommes pas de vieux amis. Et tout contrat verbal oblige.

— Vous n'avez manifestement pas lu ce qui était écrit au revers en petites lettres. Dites-moi, vous ai-je déjà embrassée avant ? »

Les mains autour de sa taille, il l'attirait doucement. Ses yeux plongèrent dans les siens, et le cœur de Mal éprouva un curieux pincement.

« Je crois que oui. Un baiser amical, naturellement. Avant le contrat verbal, et la clause *en tout bien tout honneur*.

— On dirait que j'ai trouvé à qui parler sur le plan juridique », murmura Harry en penchant son visage vers le sien.

Elle passa les bras autour de son cou, désireuse de se presser contre lui. Elle fondait sous la chaleur de ses mains dans son dos nu.

Des voix couvrirent la musique. Elles se rapprochaient. Ils esquivèrent à temps un groupe d'invités.

« Décidément, il n'y a aucune intimité à la campagne, marmonna Harry. De toute manière, ce contrat ne vaudrait rien devant un tribunal.

— Pourquoi pas ? demanda-t-elle en le voyant sourire.

— Parce que, en digne fils de mon père, je passerais un compromis avec vous.

— Quel genre ?

— Des baisers hors contrat à la demande. »

Elle rejeta la tête en arrière et éclata de rire, mais il coupa court par un long baiser qui lui fit naître des frémissements de volupté au creux du ventre. Heureusement que la clause du *tout bien tout honneur* la protégeait, songea-t-elle, parce qu'elle aimait beaucoup la façon dont Harry l'embrassait. D'autres personnes arrivaient. Il la prit par la main et ils repartirent en direction de la maison.

« J'ai grandi ici. » Il venait de la faire entrer dans la salle de séjour au plafond orné de vieilles poutres et la conduisit dans la bibliothèque lambrissée de pin.

Mal regarda autour d'elle avec intérêt. Les rayonnages croulaient sous les livres où se côtoyaient classiques et best-sellers. Les abat-jour en parchemin dispensaient une lumière agréable, et deux confortables sofas recouverts de lin jaune étaient disposés de chaque côté de la cheminée, où un énorme bouquet de fleurs cueillies au jardin resplendissait au milieu du foyer. Le portrait d'un cheval, une grande jument baie, était suspendu au-dessus du manteau. D'autres tableaux, surtout des chevaux et des chiens, décoraient les parois, entre les rayons de la bibliothèque.

Avec une pointe d'envie, Mal se dit qu'elle entrait dans l'original de ce monde imaginaire qu'elle avait cherché à recréer dans son appartement.

« Le grand tableau représente Cheval, dit Harry, la monture préférée de mon père. Et ce chien d'arrêt, c'est Chien. »

Elle leva une main.

« Attendez un peu. *Cheval... Chien...* ?

— Il prétendait n'avoir pas le temps de réfléchir aux noms et de toute manière ils accouraient quand il les appelait comme ça. Je m'étonne seulement qu'il ne m'ait pas baptisé *Boy*. Mais, vous m'y faites penser, il aimait m'appeler *Fils*. Vous voyez, chacun ses problèmes, lui dit-il avec un sourire.

— J'aurais supporté d'être appelée Fille si j'avais été élevée ici, répondit-elle malicieusement. Vous le haïssiez ?

— Bien sûr que non ! C'était mon père, il était comme il était. Il n'avait peut-être pas le temps de se creuser la tête pour donner des noms à ses animaux, mais il leur était attaché. Et il m'était attaché.

— Alors vous l'aimiez ? Quoiqu'il vous ai fait renoncer à votre carrière de footballeur.

— Voyons, Malone, nous ne sommes pas dans votre émission. » Il attrapa au passage une photographie dans un cadre d'argent. « Tenez, c'est lui. Exactement tel qu'il était. »

Miffy avait surgi sans crier gare sur le seuil. « Oh, Harry, tu fais visiter la maison à Mallory. C'est gentil. Harry a passé toute son enfance ici, vous savez. Et moi j'y ai vécu ma lune de miel. Avant, je ne voulais jamais aller ailleurs, maintenant que je prends de l'âge, j'essaie de rattraper le temps perdu. Je dois courir contre la montre si je veux visiter toutes sortes de pays lointains. »

Elle remarqua que Mal tenait la photographie de son mari. « Ah, c'est Harald. Mon seul et unique amour. Il me manque à la folie.

— Harry est sa copie conforme. Ça se voit au premier coup d'œil, constata Mal.

— Oui, c'est tout son père. Comme disait mon mari : impossible de faire croire que c'est un enfant adopté. » S'emparant d'autres photographies parmi celles qui se trouvaient exposées un peu partout, elle entreprit d'expliquer qui elles représentaient. Mal se perdait dans les liens de parenté. « C'est très compliqué, parce que les Peascott ont un arbre généalogique interminable avec quantité de branches. Et c'est presque aussi difficile pour les Jordan. Qu'en est-il de votre famille, ma chère ? demanda-t-elle. Pas aussi vaste que les nôtres, j'espère. Rien que d'y penser… »

Elle s'arrêta à temps, rappelée à l'ordre par le regard de Harry. Elle avait risqué une fois de plus de s'égarer en s'apprêtant à lancer : « Songez au nombre de personnes à inviter pour le mariage. »

Elle éclata d'un rire joyeux : « Pardonnez-moi. Comme le dit Harry, je divague. Au fond, vous vous connaissez à peine tous les deux, non ? »

Mal jeta un coup d'œil amusé à Harry derrière elle, pendant que Miffy s'accrochait à son bras et la conduisait sur la véranda. Il haussa les épaules et prit une expression dubitative comme s'il n'avait pas la moindre idée de ce que sa mère voulait dire, bien que ce ne fût pas le cas. Il avait intérêt à tirer Mal de cette situation avant que Miffy ne mette vraiment les pieds dans le plat.

« C'est presque l'heure du gâteau, maman, rappela-t-il.

— C'est vai, c'est vrai, comme c'est gai ! » s'exclama-t-elle après avoir consulté la superbe montre en brillants qui ornait son poignet, autre cadeau de son mari.

Émerveillé par son enthousiasme, Harry la vit partir comme une flèche. Elle voulait s'assurer que le gâteau d'anniversaire ferait son apparition au bon moment sous la tente. « Elle nous joue la même comédie chaque année. Et chaque fois je jurerais qu'elle s'amuse encore un peu plus.

— C'est une femme merveilleuse, dit Mal. Elle a tellement de… vitalité. » Tout ce que ma mère n'a jamais eu, songea-t-elle.

Tout le monde semblait connaître la tradition de minuit, car les invités convergeaient vers la tente. Les lumières furent mises en veilleuse ; le majordome frappa sur le gong les douze coups qui résonnèrent un long moment. On apporta le gâteau sur une table roulante. Il était jaune, bien entendu, et surmonté de roses jaunes. L'orchestre se mit à jouer « Joyeux Anniversaire ». Tous chantaient pendant que Miffy soufflait les bougies et coupait la première tranche.

« Comme vous le savez, cette première part est destinée à Harald, là-haut dans le ciel. Puisses-tu en profiter, mon amour. Et, bien entendu, la deuxième est pour mon fils chéri, Harry. »

Elle continua de couper le gâteau en nommant tous ses invités, qu'elle combla d'anecdotes et de paroles affectueuses.

Mal se sentit encore une fois comme une petite fille au cinéma. Elle se trouvait dans un endroit magique où tout le monde portait de beaux habits, des bijoux superbes, où la vie était merveilleuse et où chacun allait être désormais heureux à jamais. Seulement cette fois, c'était pour de bon, et elle avait le droit d'entrer dans la danse.

23

À minuit, plus aucune lumière n'éclairait les maisons de la rue où habitait Suzie Walker. L'homme sortit de la Volvo. Il allait enfin pouvoir se dégourdir les jambes. L'heure était plus avancée qu'il ne l'avait prévu, mais il ne s'en inquiétait pas. Suzie était de garde jusqu'au matin. Il avait tout son temps, il le savait.

Il descendit rapidement la rue, en restant dans l'ombre. Il ne portait pas son uniforme – celui réservé au jour J – mais un pantalon et une chemise noirs tout à fait ordinaires. Il aurait l'air d'un passant comme les autres s'il croisait quelqu'un.

Il traversa vivement la chaussée à découvert et se faufila dans la petite cour de devant où elle garait sa voiture. Il jeta un regard rapide derrière lui. Personne. Il tourna la clef dans la serrure, se glissa à l'intérieur et referma la porte sans bruit. Le frisson de la transgression, de l'inconnu le grisait.

Dans l'entrée obscure, l'homme s'imprégna du silence. Excité par son audace et son habileté, il respirait très fort, son pouls battait la chamade.

L'homme alluma sa torche électrique miniature. Il entendit sans le voir le chat s'enfuir, apeuré. Il sourit. Les animaux l'enchantaient. Lorsqu'il était petit, il se livrait sur eux à des expériences. Il leur ouvrait le ventre pour les entendre hurler et voir ce qu'il y avait dedans. Cela mettait sa mère en joie et lui faisait dire qu'il deviendrait chirurgien.

Dans la cuisine, il baissa le store, sa lampe de poche dirigée vers le sol. Il ne pouvait pas se permettre d'allumer ; quelqu'un avait pu remarquer que la pièce n'était pas éclairée au moment du départ de Suzie. Il enfila sa paire de gants en caoutchouc très fin, et balaya la pièce avec le faisceau lumineux. Un plat cuisiné à demi entamé traînait sur le comptoir. Quel laisser-aller ! Une pile d'assiettes sales encombrait l'évier. Elle possédait un lave-vaisselle, pourquoi diable ne l'utilisait-elle pas ?

Il vit la lettre, écrite sur une feuille rose pâle bordée d'une guirlande de fleurs pastel. Il en prit connaissance avec intérêt. Ainsi Suzie allait être demoiselle d'honneur. Mais vivrait-elle jusqu'à la cérémonie ? La réponse dépendait de lui. Ce pouvoir qu'il détenait l'excitait.

La minuscule salle de séjour était séparée de la cuisine par un comptoir. Après avoir jeté un rapide coup d'œil, il prit le chemin de la chambre.

Immobile sur le seuil, il respira un grand coup, comme un chien qui renifle une piste. Il cherchait à déceler son odeur à elle.

Chaque femme était différente, chacune avait sa propre odeur. Summer Young sentait le parfum, le rouge à lèvres et la cigarette. Chez Suzie il y avait autre chose, une senteur de propreté, un faible relent d'antiseptique hospitalier, camouflé sous les arômes exotiques de sa mousse de bain. Son odeur correspondait exactement à sa personnalité d'infirmière et de femme aimant marcher dans les bois le week-end. Mais, malgré ces différences, toutes possédaient cette fétidité ignoble et musquée de femelle. Comme sa mère.

Le lit était défait. Sur ce point, elle ne différait pas des autres. C'était à se demander s'il existait, aux États-Unis, une seule femme de vingt-cinq ans qui prenait la peine de faire son lit le matin. Il s'assit au bord et passa la main sur le tissu vert foncé orné de motifs dorés. Les draps étaient propres mais pas de meilleur goût que ceux d'une prostituée.

Il fit le tour de la chambre, touchant et examinant ses affaires. Il y avait un manuel médical sur la table de nuit, une photographie de vacances où souriaient ses parents, main dans la main. Une photo de sa sœur, celle qui allait se marier sans doute. Elle ressemblait à Suzie malgré ses cheveux noirs, et n'était pas tout à fait aussi jolie. Un garçon roux, probablement son frère cadet.

Il ouvrit les tiroirs de la commode et toucha la lingerie en désordre, soutien-gorge et porte-jarretelles en dentelles. Il aimait ça. Des colliers de pacotille et de verroterie pendaient du miroir posé sur la commode. Un coffret décoré d'un couple de lapins bleu et rose enlacés renfermait quantité de vieilles boucles d'oreilles bon marché.

Dans la garde-robe, il fouilla parmi les vêtements suspendus. Il les reniflait, pressés contre son visage. Les chaussures gisaient en désordre dans un coin, loin du rail en plastique qui leur était destiné.

Il appréciait le contraste entre ses confortables souliers d'infirmière à talons plats et semelles de caoutchouc, et les fins escarpins vernis à talons aiguilles. Il ramassa une des chaussures vernies et se rendit dans la salle de bains en caressant le talon.

C'était pour lui la caverne d'Ali Baba, l'endroit qu'il préférait. Affaires de toilette, pots de crème et tubes de maquillage s'entassaient en fouillis dans des plateaux poussiéreux posés sur le carrelage craquelé autour du lavabo. Un savon bactéricide tout neuf reposait sur le support en bois rainuré où devaient probablement nicher plus de germes que le savon ne pourrait jamais en tuer.

Il ouvrit les tiroirs et les placards. Ses doigts s'égaraient parmi les tampons et les serviettes hygiéniques. Un drap de bain vert, encore humide, séchait sur la tringle de la douche. Il le repoussa de côté pour se pencher sur le bac. Près de l'écoulement, le fin rayon de sa lampe de poche éclaira un poil pubien bouclé, roux foncé. Il le saisit et l'examina entre le pouce et l'index, l'enveloppa soigneusement dans un mouchoir en papier prélevé dans la boîte près du lavabo, et l'empocha.

Il cherchait le panier à linge sale. Sous la fenêtre. Le chat noir était assis sur le couvercle et le regardait. L'animal ne bougea pas.

Il s'habitue à moi, se dit-il en souriant. De toute manière, inutile de le déranger. Lorsque Suzie s'était dévêtue pour prendre sa douche, elle avait jeté ses dessous sur le sol. Tout était encore là.

Il retira ses gants. Tremblant d'émotion, il souleva délicatement le slip et le soutien-gorge en dentelle noire. Il les tourna et les retourna dans ses mains. Il lut sur l'étiquette : *Le Secret de Victoria.* Il les rapprocha de son visage, il respira l'atroce odeur féminine de Suzie. Et poussa un grognement.

Le chat, qui avait sauté à terre, griffa le sol carrelé en passant devant lui. Il ne s'en aperçut même pas.

Le slip toujours contre son visage, il retourna rapidement dans la chambre et se laissa tomber sur le lit. Il s'y allongea, ouvrit la fermeture Éclair de son pantalon et pressa la dentelle noire contre son sexe, gémissant, frémissant, perdu dans son fantasme solitaire. *Mais ce qu'il voulait vraiment, c'était crier.*

Naturellement, ça ne servait à rien. Ça ne servait jamais à rien. Il ne parvenait à l'orgasme que lorsqu'il les tuait. Des spasmes violents secouaient son corps, comme s'il souffrait d'une crise d'épilepsie. Il était de nouveau hors de lui, prisonnier du passé. Hanté par son horrible mère, qui même après tant d'années continuait de le dominer.

Il était de nouveau un petit garçon, coincé dans le lit de sa mère qui le frappait avec sa chaussure parce qu'il ne voulait pas la toucher. Le talon aiguille s'enfonçait douloureusement dans sa chair couverte de bleus, dans ses organes génitaux. Elle n'arrêtait pas de lui chuchoter les horribles supplices qu'elle lui infligerait s'il en parlait à quelqu'un...

Suzie remontait la rue à petite allure et gara sa Neon, heureuse de rentrer chez elle. Elle descendit de voiture et, immobile dans la nuit, s'emplit les poumons d'air chaud. Tout semblait tournoyer autour d'elle dans une sorte de brouillard zébré d'éclairs phosphorescents. La migraine lui martelait le cerveau. La tête entre les mains, elle implorait le ciel de lui accorder un peu de répit. L'infirmier en chef l'avait renvoyée chez elle : elle n'était bonne à rien dans cet état. Les pilules qu'il lui avait données ne la soulageaient pas encore. Les névralgies allaient même empirer avant de disparaître. C'était toujours comme ça.

Accablée, elle ouvrit la porte. Heureusement qu'elle n'avait pas perdu ses clefs cette fois, songea-t-elle avec soulagement. Elle alluma la lumière de l'entrée et le chat arriva en courant. C'était un chat errant avec qui elle entretenait des relations amicales, sans plus. Du moment qu'elle le nourrissait et le laissait dormir sur son lit... Pourquoi venait-il se frotter contre ses chevilles en miaulant ?

« Tu choisis mal ta soirée pour un câlin », dit-elle d'une voix lasse.

Dans la cuisine, elle cligna les yeux quand elle alluma le plafonnier, puis se dirigea machinalement vers la fenêtre pour tirer le store. Stupéfaite, elle s'arrêta. Le store était déjà baissé. Elle se souvenait d'être revenue fermer les fenêtres en toute hâte, mais pas d'avoir tiré le store. Sa pauvre tête la torturait.

Le chat sauta sur le comptoir. Il l'observa prendre une bouteille d'eau dans le réfrigérateur, emplir un verre et avaler les pilules. S'appuyant des deux mains sur le comptoir, elle pencha la tête en avant. Elle avait atrocement mal.

Elle n'était pas censée rentrer. L'homme s'était redressé, en alerte. La peur envahissait sa gorge comme un flot de bile à la pensée qu'elle allait bientôt pénétrer dans la chambre. C'était une situation inédite pour lui. Toutes ses prévisions s'en trouvaient bouleversées.

Il l'entendait dans la cuisine. Un trait de lumière apparut sous la porte de la chambre. La fenêtre était grillagée extérieurement. Il se précipita dans la salle de bains. Une petite ouverture trop étroite. Il était pris au piège.

Elle approchait dans le couloir. Il courut s'enfermer dans la penderie de la chambre. Son cœur battait à tout rompre, son pouls s'accélérait et la sueur coulait dans son dos. La peur. Il ne s'était jamais trouvé face à face avec aucune des jeunes filles. Ses plans ne comportaient d'ordinaire aucune faille. C'était toujours lui qui dominait la situation.

L'homme tira de sa poche le petit couteau et le sortit de sa gaine en plastique. Immobile derrière le battant de l'armoire, il attendit.

24

Mal et Harry revenaient à Boston dans la longue limousine. Il lui tenait la main et chantait en même temps que Santana. Ses épaules et ses hanches roulaient à la façon d'un danseur argentin.

Le sourire aux lèvres, Mal le regardait. Décidément, c'était un homme plein de surprises. « Est-ce un avant-goût de ce que je vais découvrir chez Salsa Annie ?

— Non… ça, ce n'est rien, *niet*, *nada*. Attendez un peu qu'on soit sur la piste de danse. Laquelle, d'ailleurs, n'est pas plus grande que la table où vous avez dîné. Malone, je vous préviens, on est hanche contre hanche là-bas. Vous allez adorer !

— Je me le demande.

— C'est plus amusant qu'un lit vide au Ritz-Carlton.

— Comment le savez-vous ?

— Vous avez raison, admit-il après avoir fait semblant de réfléchir. Je n'en sais rien. Je n'ai jamais dormi au Ritz, ni seul ni avec quelqu'un.

— Á présent que vous m'avez rassurée sur ce point, pourrions-nous baisser un peu le volume de la musique.

— Vous voulez quelque chose de plus discret ? *Moon River* encore une fois ? »

Elle éclata de rire. Il se conduisait comme un gamin, et elle avait presque envie de le prendre dans ses bras.

« Je ne suis pas certaine d'avoir eu raison de quitter la ferme Jordan pour Salsa Annie. J'étais navrée de devoir partir.

— Il a quasiment fallu que je vous emmène de force. Le coup de foudre, hein ?

— C'était une réception merveilleuse.

— Voulez-vous prendre rendez-vous pour son soixante-sixième anniversaire ? Au fait, ma mère a vraiment adoré le cadeau. Et elle pensait sincèrement tout ce qu'elle vous a dit. »

Mal avait offert à Miffy un magnifique album de photos en daim bleu nuit, et la mère de Harry l'avait remerciée d'un baiser en s'exclamant : « Ma chère enfant, je vais le garder pour les photos de mes petits-enfants. Si j'ai la chance d'en avoir un jour. » Et elle leur avait jeté un regard appuyé.

« J'ai essayé de détourner la conversation, mais elle est obsédée par le sujet. Les mères sont comme ça, fit Harry comme s'il formulait des excuses.

— Pas la mienne. »

Il lui serra la main plus fort, mais cette fois sans poser de question. Il n'avait pas l'intention de gâcher la soirée.

La limousine roulait maintenant à travers la ville. À proximité du cabaret d'Annie, il demanda au chauffeur de les déposer au coin de la rue. Mal l'interrogea du regard.

« Le flic coriace débarquant de sa limousine dans le troquet à la mode…, je ne pourrai jamais m'en remettre…

— Une vraie starlette… » Son petit sourire narquois le fit rire à gorge déployée.

Une porte en acier, badigeonnée de rouge carmin écaillé, s'ouvrait dans le mur d'un ancien entrepôt. Une poignée de types flânaient dehors, en fumant. Certains d'entre eux adressèrent au passage un signe amical à Harry, mais deux ou trois autres se dissimulèrent prestement dans l'ombre. Harry ne put s'empêcher de les suivre du regard, il n'était pourtant pas en service commandé. Il se sentait trop heureux pour s'occuper des dealers à la sauvette. Il les abandonna aux patrouilles de nuit.

Une musique assourdissante les accueillit quand il ouvrit la porte. Harry respira à fond et ferma les yeux, pour mieux savourer cette atmosphère enfiévrée. « Génial, non ? » chuchota-t-il à l'oreille de Mal.

Un piano menait l'orchestre au rythme infernal d'une mélodie latino-américaine. Il y avait une basse et une guitare électrique, des cors, des flûtes et des violons. Une Cubaine aux longues jambes, moulée dans une minijupe de satin vert qui couvrait à peine ses hanches, et un haut de satin assorti, chantait à pleins poumons en espagnol et s'agitait comme une diablesse tandis que les trompettes marquaient la cadence. L'endroit vibrait d'énergie. Harry posa un bras autour de Mal et l'attira sur la piste.

« Mais je ne sais pas danser ça, protesta-t-elle.

— Contentez-vous de vous coller à moi, Malone, et je vous guiderai », suggéra-t-il en la serrant contre lui.

Rossetti, à la rambarde du balcon, n'en perdait pas une miette. « Regarde-moi ça, Vanessa. On dirait le Prof, et avec une petite amie en plus ! Merde, alors, il est en smoking ! Et elle a l'air d'une publicité pour Armani ! » Le couple se pencha pour mieux voir. « Ma parole, on dirait Mallory Malone. Il s'est bien gardé de nous en parler. Lui, le drogué de travail qui n'a jamais le temps de sortir avec une fille ! On vient de le prendre la main dans le sac !

— Comme si t'étais Sherlock Holmes et lui Moriarty, commenta Vanessa en souriant.

— On t'a jamais dit que t'étais trop intelligente ? » lui lança Rossetti sur un ton faussement exaspéré. La prenant par la main, il l'entraîna dans l'escalier.

« Où m'emmènes-tu ? souffla-t-elle, s'agrippant à la rampe pour ne pas perdre l'équilibre sur ses talons hauts.

— On va aller dire bonjour à l'inspecteur. »

Sur la piste de danse, Rossetti se rapprocha de Harry qui souriait, les yeux plongés dans ceux de Mal qu'il initiait à la danse.

« Comme ça, expliquait-il en lui montrant un pas.

— Je crois qu'il faut avoir du sang latin pour y arriver, marmonna-t-elle, la tête en arrière afin de mieux s'abandonner à la musique.

— Pas mal, Malone, hurla Harry pour couvrir le bruit. Seulement, vous êtes censée faire ça tout contre moi.

— Oh-oh, rappelez-vous notre contrat. Est-ce mieux ainsi ? murmura-t-elle après s'être approchée au point de sentir son corps ferme contre le sien. Est-ce que c'est mieux ?

— Ça peut aller. »

Il aimait la façon dont elle se collait à lui, le mouvement de ses hanches sous le fin tissu de sa robe.

« Alors, Prof ? On s'amuse ce soir ? »

Harry poussa un grognement. Il avait détaché sa joue de celle de sa partenaire, qu'il continuait à regarder au fond des yeux.

« L'inspecteur Rossetti, annonça-t-il avec exaspération.

— Il se prend pour Sherlock Holmes, commenta Vanessa.

— Salut, Vanessa, lança Harry, tournant la tête à contrecœur, continuant d'enlacer Mal.

— On vous a interrompus ? demanda Rossetti d'un air innocent.

— Mallory Malone, je vous présente l'inspecteur Carlo Rossetti. Et voici Vanessa, qui aura vingt et un ans dans quelques semaines.

— Vous êtes invités à mon anniversaire », dit Vanessa. Aussitôt elle ajouta : « Ça alors, vous êtes la vraie Mallory Malone ? Eh bien ! Vous êtes sensass !

— Merci. Enchantée de faire votre connaissance, répliqua Mal avec un sourire.

— Ravi de vous connaître, déclara Rossetti en lui serrant la main. Vous seriez-vous évadée du Ritz ce soir ou quoi ? Et il désigna leur tenue de soirée.

— On a laissé la limousine au coin de la rue. On ne voulait pas avoir l'air de starlettes de cinéma, répondit Mal en un éclat de rire.

— Pas de risque ! Vous êtes une authentique star. Naturellement je n'en dirais pas autant du Prof.

— Pourquoi vous appelle-t-il *Prof* ? demanda Mal.

— À cause de Harvard, expliqua Rossetti. Vous pigez ?

— Puisqu'il faut tout te dire, Rossetti, nous sortons de la soirée d'anniversaire de ma mère, annonça Harry.

— Tu l'as déjà présentée à ta maman ? Tu ne perds pas de temps.

— Bonne nuit, inspecteur », grommela Harry. Il entraîna Mal pour la soustraire à la curiosité de son coéquipier.

« Bonne nuit, Prof, s'écria Rossetti en riant de bon cœur.

— On se verra pour mon anniversaire, lança Vanessa par-dessus son épaule.

— Venez, dit Harry à Mal qu'il guidait vers la porte.

— Où allons-nous ?

— À l'étape suivante. Vous n'avez pas oublié notre itinéraire ? »

Ils retournèrent à la limousine et Harry donna l'adresse au chauffeur.

« Une autre boîte ? » demanda Mal. Elle avait pris un poudrier dans son petit sac doré et se repoudrait le nez.

« Surprise, suprise. »

Fasciné, il la regarda mettre du rouge à lèvres. Sa bouche brillante et colorée invitait au baiser. À regret, il se contenta de tenir la main de Mal jusqu'à ce que la voiture les dépose, dix minutes plus tard, devant un club plus discret sur Brookline.

« Vous savez jouer au billard ? demanda Harry devant la porte.

— Un peu.

— C'est vraiment votre nuit d'apprentissage, on dirait. Venez, je vais vous montrer. »

On aurait dit une bibliothèque anglaise de grande classe. Il y avait un bar et des tables de billard américain éclairées par des lampes à suspension basses ; la salle était comble, comme chez Annie.

Harry y était connu. Il obtint facilement une table. Il lui tendit une queue de billard qu'il avait préalablement enduite de craie.

« O.K., maintenant regardez. »

Il lui montra comment la tenir, la faire glisser entre les doigts et mesurer la distance de la boule d'ivoire.

« À vous maintenant. »

Après avoir placé les boules, il lui indiqua où elle devait se tenir. Puis il s'écarta pour la regarder.

Penchée sur la table, Mal visait soigneusement. La robe fluide moulait à ravir son magnifique postérieur pendant qu'elle se mettait en position. Harry détourna les yeux pour écarter la tentation.

La boule rouge frappa la blanche. Elle roula doucement et disparut dans le trou. La jeune femme leva les yeux vers lui et cligna les paupières. « C'est facile, Prof.

— Du temps de ma mère, vous auriez laissé gagner votre chevalier servant, soupira-t-il. Pour qu'il se sente fort et pour flatter son ego.

— Je suis plutôt du genre à saupoudrer la plaie de sel. Remettez-les en place, Prof.

— J'ai comme l'impression que vous avez déjà joué…

— Probablement parce que j'ai travaillé autrefois dans un endroit de ce genre. Il y a longtemps. Mais ce n'était pas exactement comme ici », ajouta-t-elle.

Le souvenir de la salle de jeu minable éclairée par des tubes fluorescents la révulsait. Elle revoyait les yeux caves des hommes qui soufflaient leur fumée de cigarette dans leur chope de bière.

Elle le défia du regard. « Cinquante dollars que je vous bats.

— Pari tenu. J'ai l'impression que je vais le regretter. »

Elle lui prouva qu'il avait raison : une demi-heure plus tard il lui tendait les cinquante dollars.

« Je devrais les fourrer dans mon décolleté comme ça se fait dans un bar malfamé, dit-elle, mais comme vous l'avez sans doute remarqué, il est bien trop bas.

— Je l'avais effectivement remarqué, et j'ajoute que vous voir vous pencher sur la table dans cette robe valait bien cinquante dollars.

— Tricheur..., fit-elle en passant son bras sous le sien. Et maintenant, Prof ?

— Oh, je suggère d'aller prendre un dernier verre chez moi. »

La limousine les déposa à Louisburg Square. Devant la superbe maison ancienne, elle s'émerveilla.

« C'est ici que vous habitez ?

— Seulement au rez-de-chaussée. Les étages sont loués. »

Il s'effaça pour la laisser entrer. La bicyclette tout terrain était appuyée contre le mur et le casque posé sur un délicieux guéridon du XVIIIe siècle. Des patins à roulettes étaient glissés sous un meuble et un os à ronger factice trônait sur un tapis persan vert foncé.

« Ça ressemble à une vraie maison », constata-t-elle sur un ton qui dénotait son approbation.

Il l'introduisit dans la salle de séjour. « Sérieusement, Harry, c'est magnifique. Même avec le Nautilus, cette pièce a la grâce d'une époque révolue.

— Merci, Malone. Mettez-vous à l'aise. Que puis-je vous offrir ?

— Un café, s'il vous plaît. »

Profitant de son absence, elle explora sa chambre à coucher, sobrement meublée dans des tons de bronze. Il y avait un lit roide à colonnes de l'époque du roi Jacques, deux tables de nuit, et un vieux fauteuil sur un tapis mâchonné jusqu'à la corde.

« Squeeze a mangé le tapis quand il était petit, lança Harry, de la cuisine. Il a été malade pendant une semaine, mais ça lui a servi de leçon. »

La salle de bains avait l'air de remonter à Mathusalem. « Comment faites-vous sans étagère ? s'étonna-t-elle.

— Je m'en sors, merci. »

Il venait de mettre en route la cafetière électrique. Elle l'avait rejoint dans la cuisine. « Hum. Regardez-moi ça ? s'écria-t-elle devant les appareils sophistiqués et le décor ultramoderne en acier et granit. Vous ne m'aviez jamais dit que vous saviez cuisiner.

— Je ne sais pas. C'est pour la galerie. J'ai toujours voulu apprendre. Un jour, j'irai suivre des cours de cuisine en Toscane, pour voir si j'ai l'étoffe d'un chef.

— Pas la peine. Je parie que non. »

Les hanches appuyées contre le comptoir en granit, les bras croisés sur sa poitrine, elle le regardait.

« J'ai passé une soirée formidable, Harry. Merci.

— Ce fut un plaisir, madame, répondit-il avec une petite révérence courtoise.

— Mal, corrigea-t-elle.

— Et pas plus de trente-cinq ans. »

Rieuse, elle lui bourra la poitrine de petits coups de poing.

« Seigneur, Harry Jordan, vous êtes indécrottable. J'étais sérieuse.

— Je le sais bien. » Il l'avait attirée vers lui et tenait son visage dans le creux de sa main. Ils se regardèrent au fond des yeux pendant un long moment.

« Et le contrat verbal ? murmura-t-elle.

— La clause additionnelle », répondit-il, et il l'embrassa.

Ce fut un baiser tendre, tremblant comme celui qu'échangent les adolescents. Ses lèvres à lui étaient chaudes, les siennes douces et ouvertes lorsqu'il passa les bras autour d'elle.

Elle oubliait de respirer, et ça ne semblait plus avoir d'importance. Tout ce dont elle avait envie, c'était sa bouche contre la sienne. Les mains enfouies dans son épaisse chevelure bouclée, elle pencha la tête en arrière. Au contact des doigts de Harry sur sa peau, elle perdait la tête.

Lorsqu'il s'écarta, elle haleta pour reprendre son souffle. « Je jure que je n'avais pas l'intention de faire ça, dit-il d'une voix tremblante, sans cesser de la serrer contre lui.

— Moi non plus, répondit-elle, inquiète à l'idée que s'il la lâchait, elle allait tout bonnement s'effondrer sur le sol.

— Café ? »

Elle accepta d'un signe de tête, les yeux écarquillés, le souffle court. Il l'aida à grimper sur un tabouret près du comptoir et versa du café dans deux tasses blanches ordinaires.

« Que diriez-vous d'un sandwich ? »

Elle fut prise d'un fou rire.

« Oh, inspecteur, comment avez-vous deviné que c'est exactement ce dont j'ai besoin ?

— Perception extrasensorielle. Mayonnaise ou moutarde sur la dinde ? demanda-t-il en sortant deux pots du réfrigérateur.

— Les deux », dit-elle sans cesser de rire.

25

Suzie avait envoyé promener ses chaussures à l'entrée de la salle de bains. Après s'être brossé les dents, rincé la bouche et débarbouillée, elle maintint le gant de toilette imbibé d'eau froide pressé contre son front douloureux. Ça lui faisait du bien, et elle décida de se préparer une compresse de glaçons.

Elle retourna pieds nus dans la cuisine. Le réfrigérateur était un vieux modèle sans aucun dispositif automatique pour la glace, et le bac à glaçons était vide. Elle soupira. Elle avait oublié de le regarnir la dernière fois.

Elle se souvint des petits pois surgelés, un sachet d'un kilo acheté deux mois plus tôt quand elle s'était foulé la cheville. Ça avait fait autant d'effet que ces compresses glacées que l'on se procurait en pharmacie à un prix exorbitant. Elle pouvait l'envelopper dans une taie d'oreiller et le mettre sur sa tête.

Le sac de petits pois congelés à la main, elle se traîna dans la chambre. Les pilules accentuaient sa somnolence, l'infirmier en chef l'avait prévenue : « Vous allez probablement dormir presque toute la journée. » C'était exactement ce qu'elle souhaitait. Dormir et échapper aux éclairs éblouissants. Avec un peu de chance, la douleur qui l'anéantissait finirait par disparaître.

Si elle s'endormait, elle risquait de rater son rendez-vous avec sa sœur. Elle jeta un coup d'œil à la pendule. Il était très tard, mais sans doute Terry se promenait-elle encore dehors, en ville, avec son fiancé. Il fallait qu'elle lui téléphone, quitte à laisser un message sur le répondeur.

Elle posa le paquet de petits pois et commença de déboutonner sa blouse blanche.

Le chat bondit et sauta sur le lit. Il faisait le gros dos et la regardait fixement en dressant la queue.

« Qu'est-ce qu'il y a, Quentin ? demanda-t-elle. Calme-toi, voyons. »

Elle enjamba la blouse et ôta son soutien-gorge. Puis elle se laissa tomber sur le lit, bougea lentement la tête pour ne pas réveiller la douleur, décrocha le téléphone et composa le numéro de Terry.

L'homme était sorti du placard pendant qu'elle lui tournait le dos. Il s'approchait sur la pointe des pieds.

« Bonjour, Terry, c'est moi, dit-elle dès que le répondeur se mit en marche. Je ne me sens pas bien, c'est encore cette fichue migraine. À l'hôpital on m'a donné des pilules qui vont me faire dormir, et je ne pense pas pouvoir venir demain... C'est-à-dire aujourd'hui, en réalité... »

Le chat, soudain raidi, regardait d'un air menaçant le fond de la pièce. Il arrondissait le dos et poussait un feulement rauque, les yeux luisants comme des charbons ardents.

« Quentin, qu'est-ce qui t'arrive ? » Elle se détourna pour voir ce qui effrayait le chat.

« Oh mon Dieu, fit-elle d'une voix angoissée. Oh, mon Dieu ! Oh, mon Dieu ! Qu'est-ce que vous faites ici ? Que... » Elle serrait le combiné du téléphone sur son cœur.

D'une tape, l'homme fit tomber l'appareil et se jeta sur elle. Elle poussa un cri de terreur et réussit à lui échapper, mais il se rua derrière elle et la saisit à bras-le-corps, la plaquant sur le sol.

Suzie hurla. Hurla et hurla encore.

Assis par terre, il l'attrapa par les cheveux et l'attira à lui, lui coinçant la tête entre ses jambes. Impuissante, elle était allongée sur le dos, le visage livide, les yeux assombris par la peur.

Il tordait ses cheveux de plus en plus fort dans sa main, elle gémissait de douleur. Elle se remit à hurler, un cri haut perché.

Elle sentit la pointe d'un couteau sur sa gorge. « Hurle encore et je te tue », murmura-t-il.

Elle se tut et resta immobile. Il avait de nouveau la situation en main.

Le voisin, Alec Klosowski, rentrait de son travail. Il mettait la clef dans la serrure quand un bruit attira son attention. Il pivota sur lui-même pour écouter. Il aurait juré qu'il avait entendu un cri provenant de la maison voisine.

La voiture de Suzie était là. Elle n'était donc pas de garde. Il y avait de la lumière dans la cuisine. Elle avait dû rentrer chez elle un peu plus tôt et le bruit n'était probablement que le miaulement d'un matou en colère. Les chats de gouttière, nombreux dans le quartier, faisaient souvent un beau raffut la nuit. Suzie en avait même adopté un, mais elle disait qu'il continuait à vagabonder.

Le barman rentra chez lui. La soirée avait été longue.

Suzie était tombée sur le sachet de petits pois qui lui gelait le dos. Elle remua légèrement. Son agresseur passa la lame du couteau le long de sa gorge. Du sang coulait sur ses seins.

Elle leva les yeux vers lui, trop terrorisée pour parler. Il était fou, elle le voyait dans ses yeux. Elle devait faire quelque chose, mais n'osait pas crier. Elle avait le corps agité de frissons et elle comprit qu'elle était en état de choc. Pourvu qu'elle ne perde pas connaissance, c'était sa dernière chance. Elle glissa la main droite sous son corps. En s'arc-boutant légèrement, elle parvint à attraper le sac de petits pois.

Il avait fermé les yeux pour mieux réfléchir à ce qu'il s'apprêtait à faire, savourer comme il en avait l'habitude cet ultime moment de puissance. Même si les choses ne se passaient pas exactement comme il l'avait souhaité, Suzie Walker était à sa merci.

Suzie attrapa le sachet de petits pois congelés. C'était sa seule arme. Si elle arrivait à détourner l'attention de l'agresseur pendant un tout petit moment, elle pourrait s'enfuir et appeler à l'aide. Quelqu'un viendrait à son secours.

C'était le moment ou jamais. Elle se souleva et lui lança le sac au visage. Le plastique éclata sous la force du coup, et les petits pois s'éparpillèrent sur le sol.

L'homme poussa un rugissement et se protégea les yeux dans un geste automatique. Ayant réussi à se relever, elle piétinait les petits pois. La porte d'entrée ne lui avait jamais paru si éloignée... C'était un cauchemar.

Elle entendit son agresseur pousser un cri. Il ne lui restait plus que trois pas à faire... oh, Seigneur, elle ne parvenait pas à repousser le loquet...

Agrippant ses cheveux, il lui tira la tête en arrière. Les yeux de Suzie étaient noirs d'horreur quand elle se retrouva face à face avec son assassin. « Non, supplia-t-elle. Non, je vous en prie... »

Il levait déjà le bras. D'un coup sec il lui trancha la gorge.

Un hurlement gargouillant s'échappa d'elle. Il la lâcha en toute hâte tandis que le sang giclait. Sans cesser d'émettre ce terrible gargouillis, elle tituba vers la chambre. Arrivée à la porte, elle s'y accrocha. Ses mains ensanglantées laissèrent une traînée rouge le long du chambranle pendant qu'elle s'effondrait sur les genoux. Il l'observa imperturbable. Il avança vers elle. De toute sa hauteur, il la dominait.

Suzie ne pouvait plus soulever la tête. À genoux, elle fixait les chaussures de son assassin. Elle était parfaitement lucide : elle était en train de se noyer dans son propre sang, plus jamais elle ne se relèverait, elle glissait lentement, lentement... Sa tête finit par tomber sur les mocassins Gucci noirs.

L'homme la fixait d'un œil froid. Elle se tenait enfin tranquille. Mais elle l'avait vu. Il fallait qu'il soit sûr.

Il souleva sa tête par les cheveux et sectionna la carotide. Uniquement par sécurité.

Il pouvait la lâcher. Elle s'était de nouveau écroulée sur le sol. Il haletait lourdement. Elle ne portait qu'un slip, mais il n'éprouvait aucune attirance sexuelle pour elle. Ce n'était pas comme ça qu'il faisait les choses.

Il y avait du sang sur sa chemise, sur son pantalon, sur ses chaussures. *Son sang était répandu sur lui.*

Pris de panique, il tremblait violemment. Il se sentit tel un homme au plus fort d'une crise de malaria, trempé de sueur et pris de frissons. *Tout était sa faute. Elle n'aurait pas dû rentrer avant l'heure. Ça aurait été si net, si propre, tellement satisfaisant plus tard, si elle ne l'avait pas obligé à changer ses habitudes. Il avait tout prévu.*

Fou de rage, il se laissa choir sur les genoux et entreprit de la mettre en pièces. Il la lardait de coups de couteau, encore et encore. Des larmes ruisselaient sur son visage. « *Putain*, sanglotait-il, *ignoble salope...* »

En une minute il retrouva son calme. Lorsqu'il se releva, il vit ses mains ensanglantées. Il portait toujours les minces gants de caoutchouc. Il était toujours aussi malin.

Dans la salle de bains, l'homme rinça les gants. Il les épongea pour les sécher. À l'aide du drap de bain humide, il essuya le sang qui tachait ses vêtements. Il nettoya aussi le couteau avant de le remettre dans sa poche.

Il éteignit la lumière de la salle de bains, puis la lampe de la chambre. Pour s'en aller, il dut enjamber le corps de Suzie, recroquevillé sur le seuil. Dans la cuisine, il prit soin d'éteindre également. Un coup d'œil par la fenêtre le rassura. La rue était déserte. Les petits pois congelés craquèrent sous ses pas lorsqu'il marcha vers la porte d'entrée.

Terrorisé, le chat sortit à toute vitesse, de sous la console où il s'était réfugié dans l'entrée. L'homme trébucha sur l'animal et poussa un juron pendant que la bête s'enfuyait dans l'obscurité. Le petit couteau avait glissé de sa poche. Sans qu'il s'en aperçût, l'arme était tombée alors qu'il ouvrait la porte.

La porte se referma lentement derrière lui. Il entendit son déclic. Il se dépêcha de traverser la rue après avoir regardé à gauche et à droite. Il marchait maintenant sur le trottoir obscur, du côté où les voitures étaient garées.

Alec Klosowski était justement en train d'ouvrir la fenêtre de sa chambre quand il le vit. Il sourit. Voilà donc la raison pour laquelle Suzie était rentrée si tôt chez elle, se dit-il en s'allongeant avec un bâillement dans son lit. Il entendit le moteur démarrer et la voiture passer devant sa maison. Il était déjà presque endormi.

« Squeeze me manque », dit Mal, blottie au fond du siège en cuir à côté du conducteur. La Jaguar roulait dans Charles Street quasiment déserte, il la ramenait au Ritz.

Harry hocha la tête d'un air incrédule : « Malone, vous le connaissez à peine.

— Je vous connais à peine vous aussi.

— Vous me connaissez certainement mieux que je ne vous connais.

— On ne va pas encore revenir là-dessus, si ?

— Pourquoi pas ?

— D'accord, j'ai promis de tout vous dire sur moi pendant ce week-end. Rien de bien fascinant, mais il ne doit pas y avoir grand-chose d'autre à faire dans les montagnes.

— C'est un endroit idéal pour se purger l'âme. Je vous laisserai emmener Squeeze pour une longue promenade en contrepartie de vos confidences, ajouta-t-il cependant qu'elle gardait le silence.

— Merci.

— Nous sommes arrivés, Cendrillon. »

Il s'arrêta devant l'hôtel. Elle avait insisté pour être de retour au Ritz avant l'aube, sous prétexte qu'il eût été indécent de rentrer à l'hôtel à l'heure du petit déjeuner, en robe du soir et avec un maquillage de la veille. Même en toute innocence.

Elle lui sourit, se pencha pour lui donner un dernier baiser sur les lèvres. « Je vous verrai demain. *Aujourd'hui.*

— À sept heures. Radieuse et ponctuelle.

— Ça ne vaut presque pas la peine de se coucher.

— Surtout toute seule, et au Ritz. »

Elle riait en s'éloignant pour regagner l'hôtel, avec ce petit mouvement des hanches terriblement aguichant. Il allait s'en souvenir dans ses rêves.

L'homme s'efforçait de conduire la Volvo lentement. Il ne pouvait pas risquer de se faire arrêter par la police, pas dans l'état où il était.

Le retour lui parut durer une éternité. Il n'entendait même pas la musique classique qu'il appréciait d'ordinaire, après chacun de ses meurtres, lorsqu'il rentrait ni vu ni connu chez lui, heureux, son désir assouvi. Non, il n'était jamais passé par cette épreuve auparavant, cette perte totale de maîtrise de soi. Il avait du mal à se concentrer sur sa conduite. Il savait que, s'il lui fallait s'arrêter, il était perdu.

Il arrivait enfin dans sa rue et entra dans son allée. Les portes du garage se refermèrent derrière son véhicule. Il coupa le contact et s'appuya sans force contre le volant. Il tremblait de tout son corps.

Aussitôt descendu de voiture, il se précipita pour ouvrir la batterie de verrous et de serrures de ses mains maladroites. À l'intérieur, il s'adossa au mur pendant une minute, haletant, comme s'il était victime d'une crise cardiaque. Quelques instants plus tard, encore fébrile, il grimpa à l'étage jusqu'à la pièce fermée à clef.

Il portait la clef spéciale suspendue à son cou, au bout d'une longue chaîne d'argent dissimulée sous sa chemise, là où personne ne pouvait la voir. En tâtonnant à sa recherche, ses doigts rencontrèrent le sang poisseux et doux de Suzie. Il poussa un grognement de dégoût. Ses poings martelèrent la porte avec frénésie.

« Laisse-moi entrer. Je t'en prie, laisse-moi entrer… »

Le meurtrier se mit à pleurer.

Il avait arraché sa chemise ensanglantée et, agenouillé devant la serrure, cherchait à y insérer la clef. La porte s'ouvrit enfin. Des gémissements s'échappèrent de sa gorge pendant qu'il peinait pour se remettre debout. Il pénétra dans la pièce et claqua la porte derrière lui

26

Le lendemain matin, conduisant sa Jeep, Harry se disait que la vie avait du bon. Squeeze somnolait à l'arrière, et Mallory Malone était assise sur le siège du passager.

Elle était profondément endormie. De temps à autre, il jetait un regard émerveillé à ses longs cils recourbés. Il avait la nostalgie des œillades moqueuses qu'elle lui lançait parfois pour le tenir en haleine.

Squeeze secoua sa torpeur et respira par la vitre entrouverte l'odeur fraîche des pinèdes qui bordaient la route de montagne en lacet. Harry avait pris un raccourci à travers bois et le véhicule cahotait sans cesse sur le terrain bosselé. Après avoir dépassé une petite auberge au bord d'un lac tranquille, célèbre pour les truites qu'on y pêchait, ils traversaient un hameau. Une grange rouge faisait office d'épicerie-quincaillerie ; on pouvait s'y procurer du pain et du lait, des marteaux et des clous, du combustible pour les lampes à pétrole, et de l'essence à l'unique pompe dressée devant la baraque. Une poignée de maisons en bois se pressaient les unes contre les autres telles des vaches dans un pré. Elles étaient peintes en blanc, avec des pignons victoriens sculptés de motifs noirs et de vastes vérandas sur le devant. Deux chiens faisaient la sieste dehors, et l'un d'eux courut derrière la Jeep, aboyant après Squeeze qui raidit ses pattes sur le siège arrière, impatient de sortir pour le courser.

« Où sommes-nous ? demanda Mallory émergeant de son sommeil et regardant autour d'elle.

— On y est », annonça-t-il. Après une dernière accélération dans la montée qui menait à son chalet, il vira dans l'allée de gravier et écrasa la pédale du frein. La voiture fit un tête-à-queue brutal. Mal se sentit transformée en toupie.

« Pas possible de faire autrement ici, dit Harry avec désinvolture tandis que Mal, pantelante, s'accrochait à son siège. C'est l'enfer pour essayer de descendre cette pente en marche arrière.

— Vous avez dû vous exercer longtemps avant de mettre au point cette manœuvre. J'ai cru que ma dernière heure était arrivée.

— Ce n'est qu'un début. Madame », dit-il avec le sourire, tête inclinée et main tendue, après être descendu lui ouvrir la portière.

Indifférente à ce geste galant, elle sauta à terre. « Oh ! Oh ! s'exclamait-elle, souriante.

— Dois-je prendre ces paroles pour un compliment ?

— Oh, absolument ! »

Le chalet de rondins, perché en haut d'une rude montée, était un édifice carré, d'aspect rustique, construit d'un seul tenant en cèdre, avec des fenêtres élancées et un robuste toit pointu en surplomb, capable de soutenir un lourd manteau de neige. Une galerie spacieuse le ceinturait. Une immense cheminée en pierres du pays dépassait du toit. Des fleurs poussaient dans des jardinières accrochées à la balustrade, et la haute porte à deux battants semblait assez épaisse pour résister à une armée d'envahisseurs.

Mal poussa un soupir d'envie. « Quelle autre surprise immobilière les Jordan me réservent-ils ? Un château en Espagne ? Une villa en Toscane ?

— C'est tout, je le crains. De plus, je crois qu'il faut être au moins marquis pour avoir droit à un château. Nous, les Jordan, tout ce à quoi nous pouvons prétendre c'est au titre de monsieur.

— Et inspecteur, lui rappela-t-elle.

— Laissons l'inspecteur de côté, le temps du week-end. »

Squeeze gémit et elle dit : « Oh, pauvre chéri, on l'avait oublié. »

Le chien, à qui Harry ouvrit aussitôt la portière, se mit à gambader autour d'eux au comble de l'excitation.

« Si je comprends bien, je ne suis pas la seule à adorer cet endroit.

— J'ai comme l'impression qu'ici il se sent plus proche de ses ancêtres les loups. Le voilà qui retourne à l'état sauvage », fit remarquer Harry, tandis que le chien filait droit dans les bois.

Il sortit les bagages et les porta dans la maison, la double porte ouverte en grand. Mal le suivait avec le panier de pique-nique préparé par le chef du Ritz ; elle vit se déployer un autre exemple du goût parfait des Jordan.

Les rondins de cèdre avaient pris à l'intérieur une douce patine et le parquet aux larges lattes brillait sous des tapis multicolores. Il y avait des tentures navajos aux murs et, sur les imposantes tables basses, des bronzes de Frederic Remington représentant chevaux et cavaliers. Une famille de la Nouvelle-Angleterre peinte par Norman Rockwell ornait la solide poutre en cèdre épaisse de quinze centimètres coiffant la cheminée. Dans le foyer en pierre, qui occupait toute la longueur du mur, on aurait pu faire rôtir un bœuf. Quant aux énormes sofas disposés en face du feu, ils étaient assez profonds pour que l'on s'y perde.

« Oh... Oh, Harry, n'arrêtait pas de répéter Mal.

— Pour une journaliste, votre vocabulaire est un peu limité, railla-t-il en se passant une main sur le menton d'un air amusé.

— Je croyais que ça voulait tout dire. Mais si vous souhaitez que je m'exprime de manière plus littéraire, *cela me transporte*. Harry, savez-vous qu'une femme pourrait avoir envie de vous pour vos résidences ? Chaque fois que vous m'emmenez quelque part, j'ai envie d'y demeurer. »

Rayonnante, elle se laissa tomber sur le coin du sofa dont le cuir, avec le temps, avait pris la couleur du pain grillé.

« Je garderai cette réflexion présente à l'esprit, Malone. Venez que je vous montre le reste. »

Il la conduisit vers les hautes baies vitrées, à l'arrière, où Mal renouvela ses exclamations de ravissement. Le flanc de la montagne descendait en pente raide, à travers un réseau de végétation elle voyait les pics et miroiter un lac lointain. Harry ouvrit les portes-fenêtres, ils s'accoudèrent à la balustrade de la véranda, émus par le silence et la beauté. Haut perché, un oiseau chantait. Le vent agitait les feuillages. De petites créatures bruissaient dans le sous-bois. La lumière du soleil elle-même semblait palpable, elle les baignait de chaleur et paraît d'or tout le paysage.

« Je suis à court de superlatifs, dit-elle d'une voix étouffée.

— Chaque fois que je viens ici, je me demande ce que je fais dans les rues d'une ville à pourchasser des assassins, dans cet enfer que l'homme inflige à l'homme. Mon métier me place aux premières loges et j'assiste à cette tragédie en gros plan et en Technicolor. Et pourtant il y a tout ça, fit-il en balayant le paysage du bras. Venir ici, c'est comme renaître.

— *Cela régénère mon âme*, cria-t-elle sans le quitter des yeux.

— Celui qui a écrit ce psaume avait raison. Et pourtant, il est arrivé que certaines personnes invitées ici ne partagent pas ce sentiment.

— Votre femme ? devina-t-elle.

— Oui, admit-il. Jilly détestait ça. Elle n'y est venue qu'une fois et ça lui a suffi. C'était le genre d'endroit qu'elle avait passé sa vie à fuir. Elle avait vingt et un ans à l'époque, précisa-t-il avec une grimace désabusée.

— Et c'était une ravissante jeune débutante de la bonne société, que vous aviez conduite à des soirées dansantes, et qui vous menait par le bout du nez parce qu'elle vous avait laissé mettre votre main sous sa robe au retour d'un bal de fin d'études.

— Est-ce vraiment ce que vous pensez ?

— Qui d'autre auriez-vous pu épouser ? » rétorqua-t-elle avec un haussement d'épaules.

Il se pencha, les yeux perdus dans la nature, mais elle sentait qu'il était ailleurs.

« Jilly avait dix-neuf ans quand j'ai fait sa connaissance. Elle était serveuse dans un café-routier, à la sortie de la ville. L'endroit s'appelait CHEZ NOS COUSINS DE LA CAMPAGNE. Elle venait d'une petite ville de l'Alabama, et elle avait un doux accent du Sud qui m'attendrissait jusqu'aux larmes. Elle avait de longs cheveux blonds et des yeux couleur de whisky. Quand elle traversait la salle, chaque client la suivait du regard. Elle était sauvage et insouciante. Elle chevauchait une vieille Harley et je faisais le pied de grue jusqu'à ce qu'elle sorte de son travail pour la voir démarrer sur l'autoroute, cheveux au vent.

« Le jour où je lui ai proposé de sortir avec moi, elle m'a carrément repoussé : "Rentre chez ton papa, mon p'tit", m'a-t-elle dit, prenant des airs de femme mûre face à un gamin. La Porsche elle-même ne l'incitait pas à sortir avec moi : "Il y a des types avec des Ferrari qui viennent ici. Alors, à ton avis, pourquoi est-ce que j'aurais besoin de toi ?"

« J'ai persévéré pendant plusieurs mois, mais elle s'en moquait. D'après elle, on n'était tout simplement pas sur la même longueur d'onde.

« Je savais qu'elle se droguait. Je connaissais même le type qui l'approvisionnait. Vous devez comprendre, ajouta-t-il en regardant Mal dans les yeux, Jilly était l'image même de la Santé et de la Pureté. La grande jeune fille blonde et saine. Je haïssais les drogues et celui qui les lui procurait.

« À la fin de mes études à Harvard, je l'ai priée de venir assister à la cérémonie de la remise des diplômes. J'ai été étonné qu'elle accepte. "Qu'est-ce qu'on se met sur le dos dans ce genre de mascarade ?" a-t-elle demandé, et j'ai vu, pour la première fois, qu'elle perdait son assurance. “N'importe quoi, ai-je répondu, quelque chose de simple.”

« Elle est arrivée avec un collier de perles autour du cou, vêtue d'un chandail et d'une jupe écossaise qui lui arrivait aux genoux, ses cheveux en queue de cheval retenus par un ruban. Je l'ai trouvée merveilleuse, pareille aux filles des années cinquante. Elle n'avait plus rien à voir avec la motarde en blouson noir qui se grisait de vitesse.

« Cette cérémonie a transformé sa vie. Assise près de ma mère et de mon père, elle s'est conduite comme une dame, disant ce qu'il fallait avec cet accent traînant du Sud qui n'en finissait pas. Elle a adoré tout ça.

« Nous avons dîné au LockObers, où elle a exigé que je lui explique pourquoi le tableau du nu couché, au-dessus du bar, était voilé de noir chaque fois que Harvard perdait une compétition sportive contre Yale. Les traditions universitaires et les gens fortunés la fascinaient soudain.

« “Cette fois, Harry, m'a-t-elle confié un peu plus tard, je laisse tomber le métier de serveuse, la drogue et la Harley. J'ai décidé de devenir une dame.”

« Et elle l'a fait. Sans difficulté. Il a suffi d'une coupe de cheveux convenable, de vêtements choisis, de bonnes manières. Elle avait du charme à revendre lorsqu'on s'est mariés. Mais moi, je l'ai frustrée de l'image qu'elle se faisait de la haute société.

« “J'ai épousé un juriste, pas un flic”, m'a-t-elle dit, mot pour mot, le jour où elle m'a annoncé qu'elle me quittait. On était mariés depuis deux ans, mais la solitude lui avait pesé au cours de la seconde année. Elle avait déjà jeté son dévolu sur quelqu'un. »

Harry se remit à fixer le paysage – mais Mal savait qu'il regardait vers son passé. Il haussa les épaules. « C'est arrivé comme ça. Je lui avais offert ce dont elle avait envie, et puis je l'en avais privée. Elle adorait la vie mondaine et les réceptions, les déjeuners et les vêtements chic. Aujourd'hui elle possède tout ça, à Greenwich, dans le Connecticut. Elle a deux enfants et consacre beaucoup de temps à des œuvres charitables. »

Devant l'expression de ses yeux, Mal comprit qu'il était blessé. Elle dit gentiment : « Je suis navrée, Harry.

— Mais non. Je n'y pense plus. Je lui veux le plus grand bien maintenant. On se téléphone de temps à autre. C'est une charmante jeune femme, comme il y en a tant, dit-il en grimaçant un sourire. Elle voulait un juriste, et moi une motarde dont les longs cheveux blonds volaient au vent de la Harley. Depuis, j'ai un faible pour les serveuses. »

Il passa un bras autour de ses épaules et l'attira vers lui : « Je vous avais prévenue que c'était l'endroit idéal pour se purger l'âme. »

Harry garda son bras autour des épaules de Mal pendant qu'ils montaient l'escalier. Les marches de vieux pin, amples et minces, craquaient sous leurs pas. Il ouvrit la porte voûtée à l'étage et annonça : « Vous êtes chez vous. »

Elle embrassa du regard les poutres du haut plafond qui faisait penser à celui d'une église, et l'enfilade de fenêtres s'ouvrant sur le splendide panorama qu'elle avait admiré tout à l'heure depuis la véranda. Sur le lit en bois de pin, tout simple, s'empilaient des couettes de duvet. De vieux tapis soyeux égayaient le parquet. L'armoire massive avait dû être taillée sur place par un maître ébéniste, parce qu'il n'y avait aucun moyen de la faire entrer dans la pièce. Deux vieux fauteuils cossus, tapissés d'un lainage à carreaux rouge et blanc, regardaient la cheminée en pierre, et une antique chaise longue devant la fenêtre permettait de contempler la vue spectaculaire. Les lampes aux abat-jour rosés devaient dispenser un éclairage chaleureux par les froides nuits d'hiver. Les étagères croulaient sous un choix de livres pour insomniaques.

« Je souhaiterais presque qu'il neige, avoua Mal que la sérénité du lieu comblait. On pourrait jeter une bûche sur le feu et allumer les lampes et…

— Et ? demanda-t-il plein d'espoir, un sourcil levé.

— Et déguster notre pique-nique, poursuivit-elle sans se démonter. Je ne sais pas si c'est votre cas, mais moi je meurs de faim. »

Ils redescendirent au rez-de-chaussée, où Mal eut la surprise de découvrir une grande cuisine carrée à l'ancienne, avec des surfaces de travail carrelées, des placards en pin, et un vieux fourneau de restaurant en acier qui occupait la moitié d'un mur. Il y avait une cheminée en pierre dans un angle, et une table de bois brut si souvent grattée au fil des années que le pin avait blanchi. Une douzaine de chaises dépareillées l'entouraient.

« Du vivant de papa, le chalet était toujours plein de monde, précisa Harry. Comme avant lui, au temps de mon grand-père. Tantes et oncles, cousins, grands-parents, et amis. Et des chiens, bien entendu. Ce vieux fourneau a servi à préparer d'innombrables banquets. Quand j'étais petit, je me cachais sous la table pendant le dîner, chaque fois que j'étais censé être au lit. Naturellement, tout le monde savait que j'étais là, mais ils me laissaient croire que j'arrivais à les tromper. Le vin coulait à flots. Les grandes personnes se bombardaient d'anecdotes et de souvenirs, évoquaient les derniers beaux poissons pêchés, ou les péripéties d'une randonnée de ski, selon la saison.

« J'aimais surtout les jours où la neige tombait derrière les carreaux, et où le feu rugissait dans le foyer. Il y avait l'odeur du ragoût onctueux que ma mère cuisinait, et celle du pain frais dont papa avait le secret. Faire du pain le détendait, disait-il. Il restait là debout, à pétrir la pâte, à la battre comme un damné avec ses poings. D'après ma mère, il imaginait que c'était sur ses clients qu'il s'acharnait. »

Mal enviait le sourire de plaisir sur le visage de Harry. Elle lui enviait ses souvenirs, car elle ne trouvait que du vide en elle, là où il aurait dû y avoir une famille, des amis, de l'affection et de la tendresse.

Harry frotta son menton qui bleuissait déjà. « Ils savaient s'amuser en ce temps-là. Il y avait très peu de distractions. Ni télé ni radio, rien que le vieux tourne-disque de ma mère, le seul gadget de la civilisation moderne. Il est toujours là sur une étagère, près de la cheminée, avec sa collection de 33-tours en vinyle, y compris *Smoke Gets in your Eyes*. Et puis chacun s'asseyait au vieux piano droit à tour de rôle, même moi, même si aucun d'entre nous n'était très doué pour ça. Ils se livraient à toutes sortes de jeux de société, voire au poker, les après-midi où la neige tombait trop fort pour que l'on puisse s'aventurer dehors, et on jouait aux charades après le dîner. Alors quelqu'un s'installait au piano, ou maman mettait un disque pendant qu'ils dégustaient un verre d'alcool jusqu'à l'heure d'aller au lit. Les chiens s'allongeaient en face du feu.

« Je les vois encore, dans la lumière de la lampe, chacun à sa place, et pourtant la plupart sont aujourd'hui des fantômes. Des fantômes heureux, je veux le croire. Parfois, quand je viens ici tout seul, j'imagine que je les sens autour de moi. C'est un sentiment agréable et doux, comme si j'étais avec de vieux amis. »

Mal le fixait, avec l'avidité d'un enfant qui écoute un conte de fées. Il haussa les épaules : « Maintenant vous savez pourquoi j'aime cet endroit. Il représente la continuité, la mémoire. Le genre de souvenirs que j'aimerais léguer à mes enfants. »

Il alla au comptoir et ouvrit le panier de pique-nique. « Je croyais que vous mouriez de faim. » Il avait repris son ton moqueur, Mal continuait de penser au tableau radieux qu'il lui avait tracé, celui d'un monde inconnu. Elle était plus avide de connaître sa vie que de nourriture.

Harry remplit généreusement de croquettes la gamelle de métal de Squeeze, et le chien surgit du balcon où il était en train de flairer les traces laissées par quelque lièvre.

Mal disposa le déjeuner dehors sur la galerie, pendant que Harry allait chercher assiettes et couverts.

C'était un banquet somptueux composé de poulet rôti, de pommes de terre nouvelles en vinaigrette et de pointes d'asperges fraîches. Il y avait un morceau de ce fromage français appelé Vignotte, une miche de pain croustillante, et des poires pochées dans le vin rouge. « Je m'attendais à un sandwich à la Matisse, dit-il tout étonné.

— Je vous apporte de la nourriture destinée aux dieux, et vous voulez un sandwich, grommela Mal.

— C'était pour rire. À vrai dire ce pique-nique mérite une bonne bouteille de vin rouge.

— L'eau fera l'affaire ! objecta Mal. Il faut que je garde la tête claire pour la randonnée où vous allez m'entraîner après ce repas.

— Après ? Et si j'avais besoin d'une sieste ?

— Écoutez, Harry Jordan, j'ai acheté tout un équipement de randonneuse spécialement pour cette occasion, et j'ai bien l'intention de m'en servir », rétorqua-t-elle, rieuse.

Le chien dévorait des yeux leur assiette et Harry lui jeta un morceau de poulet. « Un chien mérite un petit remontant avant de partir dans une randonnée marathon », déclara-t-il.

Hypnotisée par le paysage, elle souriait, mangeant les asperges et se gorgeant d'eau glacée de la montagne. Le bonheur c'est comme l'argent, songeait-elle ; quand on n'en a pas, on ne sait pas vraiment ce que ça signifie, et quand on en a, on n'y pense même pas. C'est là, tout simplement.

Ils rêvassaient devant leurs assiettes vides. Harry donna le signal du départ sur un ton très officiel : « O.K., vous avez cinq minutes pour vous changer avant qu'on parte. Avant que le temps se gâte. »

Le ciel sans nuage lui opposait un démenti. Elle lui lança un coup d'œil qui signifiait « quelle blague », et grimpa quatre à quatre à l'étage. « Au fait, dit-elle en arrivant sur le palier, où dormez-vous ?

— Je pensais que vous ne le demanderiez jamais, répondit-il avec un large sourire. Je vous montrerai à notre retour. Ne vous inquiétez pas. Il y a suffisamment de chambres ici pour que vous, Squeeze et moi ayons chacun notre domaine privé, sans compter un bon nombre d'autres pièces pour le cas où quelqu'un arriverait à l'improviste. Ce qui est peu probable, Malone.

— Mallory », lança-t-elle avant d'entrer dans la merveilleuse chambre qui lui était attribuée et où elle comptait bien passer une nuit de rêve.

Mal se changea rapidement et enfila un short de marche qui paraissait avoir un nombre exagéré de poches, une chemise polo blanche, d'épaisses chaussettes grises. Elle mit une éternité à lacer ses chaussures de montagne toutes neuves. Puis elle rafraîchit son rouge à lèvres et redescendit l'escalier, une casquette de base-ball vissée sur la tête.

Harry l'attendait en bas, les bras croisés, vêtu d'un short de marin informe, couleur corail, d'une chemise de rugby usagée, d'une vieille paire de bottes et d'une casquette. Il n'eut aucun sourire narquois lorsqu'il la vit, mais Mal devinait qu'il se contenait.

« J'ai l'impression de m'être encore trompée. Sur le plan vestimentaire…

— Disons seulement que c'est un peu sérieux pour l'occasion. »

On lui avait affirmé, au magasin, que c'était une tenue classique de randonnée. Sourcils froncés, elle détailla Harry des pieds à la tête. « Je suppose que j'aurais dû choisir quelque chose de rouge, comme vous.

— J'encaisse ce coup bas stoïquement, Malone. Sachez, pour votre gouverne, que cette nuance précise s'appelle le “rose de Nantucket”. Tout le monde la porte sur l'île pour faire du bateau ou dîner.

— Et se promener ?

— Peut-être suis-je le seul à l'exhiber pour la marche. Maintenant que c'est réglé, si on y allait ? »

Squeeze, à ses paroles, bondit sur la porte et jappa avec ardeur. Mal s'arrêta en haut des marches. C'était très drôle de le voir folâtrer ainsi, ivre de liberté. Elle savait exactement ce qu'il ressentait.

27

Harry prit un sentier escarpé à travers bois. Squeeze ouvrait la marche mais revenait sur ses pas à intervalles réguliers pour s'assurer que son maître le suivait toujours. Les fougères qui bordaient le sentier sentaient la terre et le végétal humide. Au-dessus d'eux, des oiseaux sortaient de leurs nids en voletant, pressés de donner l'alerte.

Au bout d'une heure, Mal était hors d'haleine ; Harry continuait d'avancer à pas réguliers. Rien au monde n'aurait pu la décider à demander grâce.

Lorsqu'ils atteignirent un plateau herbeux, une demi-heure plus tard, les grosses chaussures broyaient ses orteils endoloris comme dans un étau, le short épais lui entamait les cuisses, et elle transpirait. Elle se laissa tomber dans l'herbe, trop éreintée pour dire un mot.

« Ça vous plaît ? demanda Harry.

— Sadique », haleta-t-elle, les yeux levés vers lui.

Il se baissa à sa hauteur et ses doigts effleurèrent les marques rouges laissées sur ses cuisses par le frottement de la toile raide du short. « Qu'est-ce que vous avez en dessous ? demanda-t-il.

— Ce n'est vraiment pas le moment d'avoir ce genre de conversation, inspecteur.

— De grâce, Malone. Je ne vous fais pas des avances. Je vous pose cette question parce que vous ne pouvez pas garder ce short ridicule pour retourner en bas. Sauf si vous souhaitez avoir la peau coupée jusqu'aux os.

— Oh, fit-elle avec mauvaise humeur. D'accord. Je porte un caleçon court.

— Alors enlevez ce short. Surtout pas les chaussures. Vous n'arriveriez jamais à les remettre. Là, attendez un peu, laissez-moi faire. »

Il s'agenouilla devant elle et desserra les lacets. La circulation reprit son cours. Mal poussa un soupir de soulagement. Le sang circulait peu à peu de nouveau dans ses pieds.

Il tourna le dos pendant qu'elle se déshabillait. « Ça y est, je suis décente, annonça-t-elle d'une petite voix gênée.

— Ça alors, dit-il en éclatant de rire. Du *rouge*.

— Arrêtez, Harry Jordan, arrêtez tout de suite, répliqua-t-elle avec colère. La couleur de mes sous-vêtements ne vous regarde pas.

— Pour l'instant si, Malone. C'est votre derrière rouge que je vais suivre sur le chemin du retour. Agrippez-vous à moi, ça risque de glisser », prévint-il sur un ton radouci, et il la prit par la main pour l'aider à se relever.

Ils n'étaient qu'à mi-chemin du retour, lorsque le ciel se couvrit soudain. Sa couleur vira du gris colombe au gris acier, puis devint aussi foncé qu'une mine de graphite. De grosses gouttes fouettèrent la voûte feuillue au-dessus d'eux en rafales de mitraillettes, et la pluie tomba aussitôt avec la force d'une cataracte.

Harry continuait d'avancer, imperturbable sous le déluge. Loin devant lui, la queue de Squeeze s'agitait comme un drapeau. Mal peinait en marchant, à la traîne, pataugeant péniblement, déterminée à ne pas se plaindre. Ses vêtements trempés lui collaient à la peau, ses pieds la faisaient souffrir, et le sentier se transformait en bourbier. Elle glissa et tomba mais, les dents serrées, se releva rapidement. « Pas question de geindre, se morigénait-elle. Pas question de lui demander pourquoi il t'a entraînée dans cette randonnée ridicule. Et surtout pas question de te mettre à pleurer. »

Harry se retourna si brusquement qu'elle se cogna contre lui.

« Regardez ! Là-haut dans l'arbre », murmura-t-il en la retenant pour l'empêcher de tomber.

Une famille de ratons-laveurs était perchée dans les branches, la mère, le père et deux bébés. Ils les regardaient passer d'un air grave, de leurs yeux ronds cerclés de noir et de blanc, tels des personnages de dessin animé. Mal n'avait jamais rien vu d'aussi charmant. Le rideau argenté de la pluie rendait la scène encore plus féerique.

Le visage de Harry s'éclaira d'un sourire éclatant. Elle avait abandonné sa casquette de base-ball, ses cheveux mouillés étaient plaqués contre son crâne, sa chemise et son caleçon rouge épousaient délicieusement ses formes maculées de boue. Elle avait dû tomber, parce que ses genoux étaient écorchés, mais elle n'avait pas proféré la moindre plainte.

« Allons, dit-il.

— C'est encore loin ? demanda Mal, furieuse d'avoir posé cette question.

— Vous n'en pouvez plus ?

— Non, pas du tout.

— Heureusement. Je détesterais devoir vous porter. »

Elle lui adressa un regard assassin mais, stoïque, lui emboîta le pas, un pied après l'autre, les yeux fixés sur le sol boueux. Au bout d'un moment qui lui parut interminablement humide et pénible, il lança par-dessus son épaule : « On arrive ! »

Ils venaient d'atteindre un raidillon qui conduisait au chalet. Elle s'arrêta, les yeux fixés sur la pente. On aurait dit le mont Everest. Ses cuisses lui faisaient l'effet d'être en caoutchouc, ses mollets la tiraillaient, et ses pieds avaient doublé de volume. La gorge serrée, elle se demanda comment elle allait pouvoir grimper jusqu'en haut.

« Vous n'envisagez pas d'abandonner maintenant, hein, Malone ? »

Harry voyait sa lèvre trembler, mais elle n'avait pas l'intention de s'avouer vaincue. « J'y parviendrai, même si je dois ramper sur les mains et les genoux », marmonna-t-elle.

Il secoua la tête, impressionné par son attitude. « Inutile de vous imposer une telle pénitence.

— Vous êtes un salaud, Harry Jordan », cria-t-elle en boitillant d'un air résolu vers la pente.

Il la saisit à bras-le-corps et la souleva. Mal se débattit, mais il murmura : « Voyons, Malone. Vous savez bien que vous n'y réussirez jamais. » C'était vrai, même si elle le haïssait pour l'avoir dit.

Il la porta jusque dans la maison et, une fois arrivé dans sa chambre, la déposa dans un fauteuil. Puis il jeta une allumette sur les bûches déjà préparées, et partit à grandes enjambées dans la salle de bains.

Dire qu'il n'est même pas essoufflé, pensa Mal amèrement. Elle entendit l'eau couler, puis l'odeur du lilas pénétra dans la pièce.

Le feu flambait délicieusement lorsqu'il revint. « Votre bain est prêt, madame », annonça-t-il. Elle n'avait pas bougé un muscle depuis qu'il l'avait déposée dans le fauteuil, et il devina qu'elle n'en avait pas la force.

Agenouillé devant elle, il délaça ses chaussures et les lui ôta aussi doucement qu'il put. Elle grogna lorsqu'il enleva les épaisses chaussettes. Ses orteils roses s'ornaient d'ampoules et ses talons étaient à vif. Il avait apporté de la salle de bains un flacon d'antiseptique et un peu de gaze.

Elle restait affalée dans le fauteuil, la tête en arrière et les jambes étendues, comme une poupée cassée. « Ça va piquer un peu. » Il nettoya ses genoux égratignés et ses pieds blessés.

« Aïe, marmonna-t-elle sans ouvrir les yeux. Aïe, aïe, aïe.

— C'est fini, le pire est passé. Maintenant, c'est l'heure du bain. »

Mal ouvrit les yeux et le regarda avec méfiance, mais il la souleva encore une fois dans ses bras et l'emporta dans la salle de bains. « Je suppose que vous êtes capable de vous déshabiller toute seule ?

— Votre supposition est tout à fait exacte. »

Harry riait de bon cœur en refermant la porte. « Oh, Malone ? » Il passa la tête. « J'avais l'intention de vous emmener dîner à l'auberge, ce soir, mais je pense qu'on va devoir laisser le temps panser nos blessures. Que diriez-vous si je vous préparais un petit souper ici à la maison ?

— Vous savez cuisiner, vous ? demanda-t-elle avec un petit rire plein de scepticisme.

— Attendez de voir, Malone, vous critiquerez ensuite », répliqua-t-il sur un ton condescendant avant de disparaître.

Mal éprouva une sensation paradisiaque en se prélassant dans ce bain chaud, au fond de l'antique et immense baignoire à pattes de lion. Plus agréable encore que le pique-nique. Que le spectacle de la famille de ratons-laveurs qui les observait sous la pluie. Ou que celui de Squeeze caracolant pour le seul plaisir de se sentir vivant.

Elle se plongea dans l'eau telle une otarie dans la mer, et ses douleurs diminuèrent au fur et à mesure qu'une merveilleuse chaleur l'envahissait. Un flacon tout neuf d'huile de bain au lilas était posé sur le lavabo de style victorien. Impossible qu'il appartienne à la mère de Harry, ce n'était pas du tout son style. Harry avait dû l'acheter spécialement pour elle.

Il n'allait pas l'embobiner si facilement, se promit-elle avec amusement, pas après l'épreuve qu'il lui avait infligée.

Elle sortit de la baignoire, s'enveloppa dans une gigantesque serviette blanche moelleuse, et regagna sa chambre en boitillant. Elle se sécha devant le feu, se délectant de la bonne chaleur. Il y avait eu un moment, là-dehors en pleine nature, où elle avait pensé ne plus jamais pouvoir se réchauffer.

Le bain lui avait redonné des forces. Elle se brossa les cheveux, étendit de la crème hydratante sur sa peau irritée par le grand air, et appliqua par petites tapes une lotion calmante sur ses blessures. Sans prendre la peine de s'interroger sur ses raisons, elle s'était aussi aspergée généreusement de *Nocturnes* après avoir revêtu un pantalon de pyjama d'homme en flanelle bleue bien trop grand, et glissé délicatement ses pieds couverts d'ampoules dans des chaussettes de sport blanches. Mais elle eut beau retourner son sac de voyage, pas de robe de chambre ; elle avait oublié de la prendre. Furieuse, elle passa un chandail bleu par-dessus le pyjama.

Face au miroir, elle brossa encore une fois ses cheveux mouillés. Ses traits étaient rougis par le bain, ses cheveux plats, et elle ne portait pas de maquillage. Elle ôta ses lentilles de contact et chaussa de petites lunettes cerclées d'or. Si Harry Jordan avait la moindre arrière-pensée amoureuse, se dit-elle, il en ferait son deuil dès qu'il poserait l'œil sur elle. Elle était affreuse.

Des odeurs alléchantes montaient de la cuisine, et elle descendit l'escalier d'un pas raide. Les lampes étaient allumées, et une grosse bûche crépitait dans l'immense foyer. Un des vieux 33-tours de Miffy grésillait sur le tourne-disque : Nat King Cole chantait *When I Fall in Love*. Une bouteille de vin et deux magnifiques verres ballons attendaient sur la table basse en face du feu.

Mal s'enfonça dans le canapé le plus proche du foyer et tendit ses pieds aux flammes. Elle se demandait combien de temps il faudrait pour que les ampoules se cicatrisent, et si elle pourrait un jour remettre des chaussures. La pluie frappait toujours les baies vitrées, et les cimes des arbres se balançaient dans le vent.

Elle se pelotonna au fond du canapé, brusquement envahie par un sentiment de bien-être. C'était rassurant de se retrouver dans une pièce douillette, éclairée par un feu de bois pendant que la tourmente faisait rage à l'extérieur.

« Vous voilà. » Harry venait de surgir devant elle, en jean et chemise blanche, un tablier de boucher à rayures bleues noué à la taille. Il portait sur son bras une serviette de table d'un blanc éclatant, exactement comme un sommelier français. Il emplit leurs verres de vin sans la quitter des yeux. Aucun détail ne lui échappait : le pyjama trop grand, le chandail, l'absence de maquillage et les petites lunettes d'or. « Vous vous sentez mieux ?

— Merci, oui. Mais je vous en veux encore beaucoup pour cette aventure. »

Son visage eut une expression chagrine. Il lui tendit un verre de vin et dépeigna un peu plus ses cheveux noirs en y passant la main. « Ce sont ces ridicules chaussures neuves qui ont tout gâché. Avec une bonne paire vous auriez pu faire quinze kilomètres de plus.

— Nous en avons fait combien au juste ?

— Sept ou huit, peut-être.

— À la verticale.

— Oh ! voyons. La pente était faible.

— Faible !

— Vous aviez la possibilité d'abandonner à n'importe quel moment de la montée, dit-il d'un air raisonnable devant son regard plein de reproches. Comment aurais-je pu savoir que vous aviez mal ? Vous jouiez à quoi ? À la martyre ? »

Elle savait qu'il avait raison et que son obstination était cause de tout, sans parler des coûteuses chaussures de montagne si mal adaptées.

« On se dispute encore », soupira-t-elle.

Leurs regards se croisèrent, et de nouveau un petit courant électrique passa entre eux.

« Ce vin est trop bon pour le gâcher par une querelle.

— Le repas sera-t-il aussi bon ? demanda-t-elle après en avoir absorbé une gorgée.

— Dieu du ciel, mon dîner ! » Il courut dans la cuisine, et elle sourit, détendue. Il avait raison, c'était une soirée à savourer. La tempête dehors, le crépitement du feu de bois, la lumière tamisée, la musique douce, le bon vin… Elle soupira de bonheur. Cela valait presque la peine d'avoir subi la torture de la randonnée.

« Le dîner est servi, annonça-t-il à son retour, tenant un plateau à bout de bras. J'ai pensé qu'on pourrait s'installer ici, devant le feu. C'est une omelette-surprise, la seule spécialité culinaire pour laquelle je brigue une médaille. »

L'omelette était épaisse, ronde, légèrement brûlée. Il en fit glisser une part sur une assiette verte en forme de feuille de laitue qu'il déposa devant elle.

« Une omelette à la Van Gogh », dit-elle sur un ton admiratif, mais il n'écoutait pas. Le regard appuyé avec lequel il la regardait la gênait. « Vous vous souvenez du sandwich à la Matisse ? s'empressa-t-elle d'ajouter.

— Je m'émerveillais seulement de voir à quel point vous êtes ravissante ce soir. Le chandail est assorti à vos yeux bleu saphir. Et j'aime vos lunettes.

— Maintenant vous connaissez le pire. Vous avez devant vous mon moi authentique. » Elle ne supportait pas qu'il la regarde de cette façon. Pourquoi la dévisager comme s'il en savait plus long sur sa personne qu'elle-même ?

Harry eut l'air sceptique, mais se contenta de lui recommander : « Mangez votre omelette, Malone, avant qu'elle refroidisse.

— C'est délicieux. Qu'avez-vous mis dedans ?

— Asperges, pommes de terre, poulet, les restes du pique-nique en fait. Plus un petit oignon et une touche d'ail.

— Vous me l'aviez caché. Vous *savez* faire la cuisine.

— C'est tout ce que je sais faire. Mon ordinaire, c'est une pizza réchauffée au micro-ondes.

— Et moi des flocons de maïs. Une habitude de mon enfance pour éviter de faire la cuisine.

— Racontez-moi donc un peu cette enfance-là.

— Ce serait dommage de gâcher une magnifique soirée comme celle-ci en parlant de moi, dit-elle sans quitter les flammes des yeux, portant le verre de vin à ses lèvres pour faire diversion.

— Vous recommencez ! s'exclama-t-il avec un hochement de tête exaspéré. De toute manière, ça fait partie de notre marché, rappelez-vous. Je vous ai raconté mon passé, vous me racontez le vôtre. Jusqu'à présent, seul un de nous deux a exécuté sa part du contrat. »

Mal avait réduit le récit de sa vie au minimum, au point de se persuader qu'il n'y avait pas grand-chose d'autre à en dire. De grands pans pénibles de son existence avaient été évacués, en même temps que la personne appelée Mary Mallory Malone.

Ses joues la brûlaient et elle retira son chandail. Elle s'éventa le visage pour faire croire que c'était la chaleur des flammes et non pas le regard de ses yeux gris qui faisaient monter la température.

Nat King Cole s'était arrêté de chanter dans un grincement, Harry alla choisir un autre disque et revint s'asseoir à côté d'elle, non sans avoir, en chemin, baissé le variateur de lumière.

La bûche s'effondra dans un gracieux jet d'étincelles. La pluie cinglait les fenêtres, et les violons harmonieux de Nelson Riddle accompagnaient Sinatra chantant doucement : *Come fly with me, Come fly, Let's fly away...*

Mal avait l'impression de voler, suspendue dans l'espace et le temps. Il n'y avait plus que ce chalet, accroché au flanc de la montagne, à des lieues de tout. Tout était enchanteur, et même trop : redoutable...

« Je viens souvent ici seul. Après une rude journée de randonnée ou un bon tour de vélo, j'allume un feu, j'ouvre une bouteille de vin, je mets un peu de musique...

— Et vous baissez les lumières.

— Bien sûr que je diminue l'éclairage. Grâce à ça, je peux voir les arbres dehors, et la lune.

— Au cas où vous ne l'auriez pas remarqué, il n'y a pas de lune ce soir.

— Je parlais au figuré. »

Elle le regarda à la dérobée par-dessus ses lunettes et se demanda quelles femmes il avait invitées ici. Impossible d'imaginer qu'un homme comme Harry ait vécu seul tout le temps. Elle éprouva un pincement de jalousie rageuse une fois de plus et se dit avec sévérité que cela ne la regardait pas. Ah oui ? se tança-t-elle, alors pourquoi as-tu envie de tendre la main pour le toucher ? Et pourquoi n'arrives-tu pas à le quitter des yeux ?

Harry ne pouvait pas non plus regarder autre chose qu'elle. Elle avait le visage un peu rouge ; ses cheveux blonds, en séchant, avaient formé un casque doré et ondulé. Ses yeux bleus semblaient immenses derrière les verres épais. Il aurait parié que sans lunettes elle ne pouvait pas voir à plus de soixante centimètres devant elle.

Hypnotisée, Mal se dégagea du canapé. Elle resta debout à un pas de lui. Leurs regards se rencontrèrent en produisant de nouveau ce courant électrique. Un frisson parcourut sa colonne vertébrale. « Pourquoi avons-nous adopté cette clause *en tout bien tout honneur*, Harry ? murmura-t-elle d'une voix douce.

— C'est comme une police d'assurance, une garantie contre toute demande d'indemnisation, je suppose. » Il avait posé les mains sur ses épaules et elle se disait que ses os allaient fondre à son contact. « On a le droit d'ajouter un avenant, et de préciser *à l'exception de ce soir.* »

Avec d'infinies précautions, Harry lui ôta ses lunettes qu'il posa sur la table. Sa myopie l'obligeait à cligner les yeux pour le regarder. Son cœur battait à tout rompre. Il leva un doigt pour suivre le dessin de ses lèvres. La sensualité de ce geste la mit en transe et elle ferma les yeux. Il couvrit alors ses paupières de petits baisers, caressa du bout de sa langue la ligne de ses cils.

« Douce, murmura-t-il, si douce. Je me demandais quel goût vous aviez. » Il poursuivit son exploration, embrassant le coin de sa bouche, le bout de son nez, avant d'enfouir le visage dans son cou. Mal soupira doucement.

Il l'attira plus près, et elle glissa le bras autour de son cou, la tête en arrière, désireuse d'être serrée, embrassée. Quand ses lèvres frôlèrent les siennes, elle gémit de plaisir, se laissa aller contre lui. La bouche de Harry se plaqua sur la sienne, sépara ses lèvres. On aurait dit qu'il s'abreuvait d'elle comme un homme assoiffé, et Mal perdit la tête. Elle souhaita que le charme dure toujours.

Lorsqu'il détacha enfin sa bouche de la sienne, elle s'accrocha à lui, gardant les yeux fermés. Harry la souleva dans ses bras et la déposa sur le canapé devant le feu.

« Je peux marcher, protesta-t-elle d'un air rêveur.

— Et vos ampoules ? »

Tendrement penché au-dessus d'elle, il souriait. Elle avait l'air d'une adolescente dans son pyjama de flanelle bleue et ses chaussettes, avec ses cheveux complètement décoiffés et ses lèvres rose vif. Mais lorsqu'elle rouvrit les yeux elle lui lança son énigmatique regard couleur saphir, mi-supplication mi-refus, et il devina que cette femme n'était nullement simple.

« Nerveuse, Malone ? s'informa-t-il pendant qu'il lui prenait le pied gauche et retirait la grosse chaussette.

— Mallory, le corrigea-t-elle.

— Vous n'avez pas répondu. »

Il lui ôta l'autre chaussette et commença de masser son pied, délicatement, à un rythme régulier.

« Bien sûr que non. » Elle le regardait, les yeux grands ouverts, souhaitant qu'il ne s'arrête jamais.

La main de Harry remonta jusqu'au creux tendre de son mollet, massa les muscles douloureux. C'était une sensation merveilleuse, et elle se détendit. « Hum, c'est bon, murmura-t-elle, c'est tellement bon… Quand allez-vous m'embrasser encore ? demanda-t-elle en se penchant pour le regarder au fond des yeux.

— Si vous le désirez… » Il prit son visage en coupe dans ses mains, le baisa longuement. Elle se sentit soulevée et se retrouva assise sur ses genoux. Harry la pressait contre lui sans cesser de l'embrasser. Mal aurait voulu se fondre en lui. Elle lui enleva sa chemise et promena les doigts sur son dos nu, le long de ses muscles tendus.

Les mains sous le haut du pyjama bleu, il explorait lui aussi sa peau, et du bout des doigts dessina le cercle de ses seins. Mal avait le souffle court. Elle se cambra, offerte à ses caresses.

Les doigts de Harry tremblaient en déboutonnant la veste du pyjama. Il contempla son corps doré par le soleil de l'Arizona. Les seins ronds aux pointes corail invitaient sa bouche. La tête inclinée, il passa la langue sur ces globes, goûta sa chair, chemina le long de sa gorge.

Il dénoua le cordon du pyjama qu'il fit glisser, sans cesser de la boire des yeux. Il avait devant lui une femme soyeuse et chaude, douce, dorée, sensuelle. Mal tressaillit lorsqu'il caressa son ventre, avant de s'aventurer plus bas, lui arrachant de petits soupirs rauques. Il écrasa sa bouche sous la sienne, la mordit, l'embrassa. Elle demandait, s'offrait à lui, se pâmait sous ses caresses. « Oh, Harry ! oh, Harry ! » gémit-elle.

Il baissa les yeux vers elle, adorant la manière dont elle s'abandonnait, fou d'elle autant qu'elle de lui.

Elle entra comme en transe tandis qu'il se déshabillait. La lumière du feu accentuait le relief de son corps finement musclé, elle lui lançait des regards pleins de désir, avide de le savourer, avide qu'il la savoure.

Elle se poussa au fond du canapé pour lui faire de la place. « Harry, dit-elle d'une voix profonde et ronronnante, Harry… »

Il s'étendit contre elle, et le contact de son corps frais contre le sien accentua son désir de lui. Enlacés, ne formant plus qu'un, ils glissèrent doucement sur le tapis.

Étendue devant lui, ses yeux dans les siens, le corps offert, sculpté par la lueur des flammes, elle était magnifique, adorablement sensuelle et profondément excitante. Le désir, telle une vague de feu, déferla sur Harry. Il se coucha sur elle, la serra contre lui, prit sa bouche une fois encore. Elle s'agrippa à ses cheveux lorsqu'il la pénétra, l'enserrant encore davantage. Les jambes nouées autour de lui, elle se mit en mouvement…

Elle criait à chacun de ses assauts, émettant de petits gémissements de plus en plus profonds. Il s'arrêta, appuyé sur les mains, pour la regarder. Elle plongea ses yeux dans les siens, ils se noyaient l'un en l'autre ; alors il reprit son lent va-et-vient l'entraînant toujours plus près du gouffre jusqu'à ce que, accrochés l'un à l'autre, les lèvres scellées, ils plongent ensemble dans un océan de volupté. Puis ils s'immobilisèrent.

Mal resta étendue sous son corps, bras et jambes encore enroulés autour de lui. Elle flottait quelque part dans l'espace, sans vouloir qu'il la quitte. Son poids sur elle était merveilleux, sa peau perlée de sueur si douce sous ses mains caressantes, et sa mâle et rude odeur lui emplissait les narines.

« Ohhh, Harry, murmura-t-elle.

— Mallory, grogna-t-il, et elle sourit, revenant lentement sur terre. Je suis en train de vous écraser. » Harry s'écarta d'elle, elle eut un soupir de regret. Les rapports sexuels n'étaient pas pour elle la satisfaction d'un besoin momentané. L'acte charnel signifiait bien plus que la recherche du simple plaisir : être aimée. Elle souhaitait prolonger ce sentiment le plus longtemps possible. Lorsque son corps la quitta, elle se sentit abandonnée, de nouveau seule.

Mal s'assit et serra ses genoux sous son menton. Harry la regarda pendant un long moment, et elle essaya de déchiffrer ce qu'il y avait dans ses yeux. Il se baissa pour embrasser doucement ses orteils blessés, l'un après l'autre.

Des larmes piquèrent les paupières de Mal. Le flic endurci était un amant tendre, attentif et généreux.

Il ramassa son chandail, le lui mit autour des épaules, peigna délicatement en arrière ses cheveux emmêlés. Sa main tremblait, tout comme les siennes le touchant avec émerveillement, caressant amoureusement sa mâchoire, sa barbe qui avait irrité les lieux intimes et tendres de son corps sans qu'elle s'en aperçoive, tant la fusion de leur corps avait été totale.

Le disque de Sinatra continuait de tourner sur le phonographe, longtemps après la fin de la première chanson. Une main sur la poitrine de Harry, elle était émue de sentir son cœur battre à l'unisson du sien.

Harry trouvait qu'elle ressemblait à une bougie scintillant dans l'obscurité. Il lui donna un verre de vin, la soutint tandis qu'elle buvait, et se pencha pour lécher le vin sur ses lèvres.

« Je n'ai pas besoin de vin, lui dit-il à voix basse. Je préfère te boire toi. »

Mal étira les bras au-dessus de sa tête, souple comme un chat, satisfaite, jusqu'au moment où il reprit ses seins dans ses mains, fit courir ses pouces sur les pointes avant de les aspirer entre ses lèvres. Et tout recommença une fois encore.

La bûche avait continué de se consumer, de plus en plus basse dans le foyer. Il ne restait plus que la lueur rouge de la braise lorsqu'ils reprirent enfin leurs esprits. Le disque tournait sans musique, et le vin n'était toujours pas bu.

Harry s'écarta d'elle, et elle protesta confusément lorsqu'il se leva. Ses yeux le suivirent pendant qu'il traversait la pièce. Mal le trouvait magnifique. Il arrêta le tourne-disque, ramassa une couverture veloutée sur le dos du canapé et deux coussins. Il lui souleva la tête, plaça les coussins sous sa nuque, et étendit le plaid sur elle. Puis il s'allongea de nouveau à son côté.

« Tu te sens bien ?

— Mmmm. » Les yeux à demi fermés, elle se laissa happer par la fatigue avec béatitude. Harry l'embrassa gentiment et passa ses bras autour d'elle. Elle cala sa tête au creux de son épaule. Les yeux fermés, il dit : « Je suis fait sur mesure pour toi, Malone.

— Mallory », corrigea-t-elle. Elle s'endormit sans s'en rendre compte.

Squeeze les réveilla tôt le lendemain matin, par des grattements sur la porte pour qu'on le laisse sortir. Harry déplaça son bras ankylosé toujours glissé sous elle et se leva.

« Ne pars pas, murmura Mal d'une voix étouffée, la tête toujours cachée sous la couverture.

— Je reviens tout de suite. »

Après avoir fait sortir le chien, il jeta une autre bûche sur les braises qu'il ranima avec un vieux soufflet.

Il la regardait tendrement, toujours immobile, enroulée dans la couverture à même le tapis. Seuls ses pauvres orteils dépassaient, couverts d'ampoules. Même ses pieds étaient ravissants. Il enfila son caleçon et s'en alla dans la cuisine.

« Tu as une sacrée énergie, l'entendit-il gémir derrière lui.

— Et toi tu as de la suite dans les idées, Malone », lança-t-il de la cuisine.

Mal se recroquevilla, attentive aux bruits du petit matin : le chant des oiseaux, les aboiements du chien, la vaisselle entrechoquée dans la cuisine. L'arôme d'un bon café matinal lui chatouilla les narines, en même temps qu'elle entendait la voix de Harry chanter à tue-tête en espagnol. Elle se demanda s'il était en train de danser.

« Petit déjeuner au lit. »

Elle se redressa sur les coudes, serrant le plaid pudiquement sur ses seins. Ses yeux s'arrondirent : « Hum, du café. Et des muffins.

— Myrtilles à gauche, céréales jalapeño à droite, annonça-t-il.

— Des céréales jalapeño ?

— Mon seul péché mignon, je l'avoue, dit-il en affectant un air contrit.

— Oh ? Je croyais en avoir observé quelques autres la nuit dernière.

— Vraiment ? » Il se pencha pour l'embrasser et lui mordiller le lobe de l'oreille, ce qui la chatouilla et la fit rire. « Tu es toute décoiffée.

— Mmm, je te ressemble alors.

— Mange ton muffin, et cesse de te plaindre, Mallory, dit-il après lui avoir affectueusement ébouriffé les cheveux.

— Tu as fini par prononcer mon prénom, fit-elle en mordant dans le petit pain. Ces muffins ont un goût de paradis.

— Et un paradis sans matière grasse.

— C'est pas vrai ? » Elle eut l'air étonné et il rit.

« Non, c'est pas vrai. J'ai dit ça pour que tu sois contente. Mais puisque tu es en veine de compliments, que penses-tu du café ?

— Divin.

— Qu'est-ce qu'une femme peut vouloir de plus ?

— Pas grand-chose », admit-elle. Confortablement appuyée contre lui, elle mangeait, la couverture serrée sous son menton.

« Trop tard pour la couverture, j'ai tout vu, précisa-t-il en buvant son café, et il s'étonna de la voir rougir. Malone, comment peux-tu te montrer timide avec moi maintenant ? Souviens-toi ? C'est moi, Harry, le type de la nuit dernière.

— Le garçon avec qui j'avais rendez-vous, avoua-t-elle, rougissant de plus belle.

— Celui qui t'a emmenée à une réception, murmura-t-il en lui baisant la nuque. Celui à qui tu as permis de glisser sa main sous ta robe.

— On est pourtant un peu trop vieux pour s'embrasser sur le siège arrière d'une limousine.

— Oh, Malone, on a fait plus que s'embrasser. »

Elle vida sa tasse de café, avala la dernière bouchée du petit pain et chaussa ses lunettes. Elle s'enveloppa dans le plaid pour se lever. « Je vais prendre une douche. »

Assis sur le canapé, il la suivit des yeux. Elle observa ses larges épaules, sa poitrine aux poils sombres et frisés, la barbe bleuâtre qui avait besoin d'un bon rasage, les beaux muscles de ses bras, et les attaches de ses membres à son torse puissant qui évoquaient la façon dont elle s'était nouée à lui la nuit dernière, chair contre chair. À ce souvenir, une bouffée de chaleur l'envahit.

Elle lui lança un sourire heureux et s'éloigna d'un pas tranquille, consciente qu'il continuait à la regarder. À mi-chemin le plaid glissa. Elle se retourna pour lui jeter un regard par-dessus ses lunettes, tandis que l'étoffe descendait encore, avec une lenteur provocante, de plus en plus bas. Traînant la couverture derrière elle, elle virevolta toute nue d'un pas léger dans la pièce. Sur cette dernière image espiègle, elle disparut.

« Comme de la crème sur des pêches », s'émerveillait Harry. Il l'entendit rire en montant l'escalier sans se presser.

28

Lorsque Mal redescendit, Harry était étendu sur le canapé et dormait à poings fermés. Il avait pris une douche, comme le montraient ses cheveux encore humides, et portait son Levi's usé avec un T-shirt blanc.

Elle le contempla avec tendresse. Il avait l'air d'être né dans un jean et un T-shirt. Et semblait exténué.

Il ouvrit soudain les yeux et lui lança un regard profond, intime, comme s'il la caressait. Il lui saisit la main, la fit asseoir à côté de lui et glissa son bras sur son épaule.

« Tu sens délicieusement bon, murmura-t-il, comme l'herbe coupée ou le foin à la fin de l'été. Le jardin après la pluie. Une légère brise océane sur une île tropicale.

— C'est l'antiseptique, avoua-t-elle honnêtement. J'en ai mis sur les ampoules.

— Combien d'hommes connais-tu qui sont capables de confondre l'odeur d'antiseptique avec celle d'une douce brise océane sur une île tropicale ? s'exclama-t-il en riant.

— Très peu. En vérité, tu dois être le seul, Harry Jordan. »

Il l'attira vers lui et l'embrassa bruyamment.

« Tu es plein de rouge à lèvres. » Elle passa un doigt sur sa bouche.

Il lui embrassa les doigts, puis la paume, puis de nouveau la bouche, mais la vieille horloge du grand-père, dans l'entrée, sonna douze coups fort à propos. Harry devait retourner à son bureau dans la soirée, et Mal reprendre la navette pour New York. Une longue route les attendait.

« Pourquoi faut-il que ça finisse, murmura-t-il, quand j'ai l'impression que c'est seulement un début ?

— Comme dans Cendrillon, une fois de plus, souffla-t-elle avec regret.

— Est-ce qu'on t'a dit que tu es adorable ? Surtout quand tu es de bonne humeur ? demanda-t-il le nez enfoui dans la nuque de Mal.

— Tu aurais pu t'en tenir à “adorable” ? soupira-t-elle. Et si tu veux savoir, eh bien non, personne ne me l'a jamais dit.

— Seulement moi ?

— Seulement toi.

— Pauvre Mary Mallory Malone », la plaignit-il doucement, les yeux emplis de tendresse. D'un doigt impérieux posé sur son menton, il l'obligea à le regarder droit dans les yeux. « Même pas ta propre mère ?

— Même pas ma propre mère », admit-elle tristement.

Sensible à son brusque changement d'humeur, il eut envie de lui assurer qu'elle ne devait pas s'inquiéter, que tout irait bien maintenant. Mais ce n'était pas vrai. Il savait que, faute de confier à quelqu'un ce qui s'était vraiment passé et de partager ses sentiments, elle resterait à jamais marquée par son enfance.

« Tu ne m'as toujours pas raconté les années que tu as vécues à Golden, dit-il.

— J'y ai vécu, et puis j'en suis partie, c'est tout », répliqua-t-elle. L'air soudain distant, elle s'avança avec impatience vers les grandes baies vitrées, et immobile, les bras croisés, regarda au-dehors.

« Et ta mère ? Que lui est-il arrivé, Mal ?

— En quoi cela t'intéresse-t-il ? » Son dos s'était raidi sous le chandail bleu saphir.

Il traversa la pièce pour la rejoindre. Il la saisit par les épaules, mais elle se dégagea et s'écarta d'un pas.

« Il faut que tu me le dises, insista-t-il. C'est la seule façon pour toi d'aller mieux. »

Mal le regarda, les yeux soudain plissés de haine à l'idée qu'il voulait l'obliger à évoquer sa vie, à exhumer les chiens crevés de ses souvenirs des profondeurs obscures de son cerveau.

« Pour qui te prends-tu, Harry Jordan ? s'écria-t-elle.

— Pour ton ami. »

Ses yeux s'emplirent de désespoir et sa tête s'affaissa. Elle semblait perdue, abattue par le chagrin. Il venait de la catapulter dans le passé, il avait en face de lui la jeune fille qu'elle avait été.

Mal, encore une fois confrontée à ses souvenirs, sentait de petits frissons de peur lui parcourir la peau. Elle se rappelait chaque détail de cette journée. Elle entendait encore la complainte morne du vent et le mugissement des vagues. Tout défilait devant ses yeux avec la même précision de cauchemar.

C'était le jour de Thanksgiving, elle avait dix-huit ans. Le voyage de Seattle à Golden avait été long et ennuyeux. La dernière heure du parcours dans le car bringuebalant l'avait désarticulée, et elle claquait des dents. Elle était incapable de savoir si elle était soulagée ou apeurée lorsqu'il franchit enfin en cahotant les derniers mètres pleins de bosses et de trous avant de s'arrêter sur la place de la petite ville.

« Terminus » avait dit le chauffeur sans lui jeter un regard. Il eut du mal à décoincer son gros corps du siège aux ressorts défoncés, et descendit du véhicule en ôtant sa casquette pour essuyer son front en sueur.

Elle se leva, les yeux dissimulés derrière ses épaisses lunettes à monture transparente. Plié en deux pour lutter contre le vent, il se dirigea vers la cabane en planches vermoulues où l'on vendait les tickets, du café, et où les touristes pouvaient se renseigner. Elle avait vécu six ans à Golden et pris le car de Chuck Montgomery une centaine de fois, et jamais il ne lui avait adressé le moindre signe de reconnaissance. On était comme ça dans cette ville.

« Une putain de petite ville », avait dit sa mère lorsqu'elles y avaient débarqué, leurs affaires entassées dans la vieille Chevy turquoise aux ailerons chromés. Ça n'avait pas changé.

Chargée de son paquetage noir, elle descendit de l'autocar, et aussitôt la force du vent lui coupa le souffle. Elle était contrainte de tenir sa jupe de coton bon marché contre ses jambes et elle serrait son chandail contre sa poitrine.

Elle jeta un coup d'œil inquiet aux alentours. Personne. Rien que le hurlement morne du vent et le mugissement incessant de l'océan Pacifique dans le silence des hommes.

Elle attendit avec angoisse un certain temps. Aucun signe de sa mère et de la vieille Chevy. Elle avait pourtant écrit, de l'université, qu'elle arriverait par le car de quatorze heures. Elle aurait pu aussi bien ne pas le faire. On ne pouvait jamais compter sur sa mère.

« Pourquoi n'as-tu pas fait l'effort de venir m'attendre, m'man. Rien que cette fois, j'ai tellement besoin de toi ? » Les larmes lui piquaient les yeux.

Inutile d'attendre. Son sac de marin sur l'épaule, tête baissée pour affronter le vent épuisant, elle traversa la ville à pas lents.

Le parc à caravanes se trouvait en haut d'une colline, du mauvais côté de Golden. Arrivée au sommet, elle se retourna et regarda la vue qu'offrait l'océan. Des vagues immenses assaillaient le rivage et déferlaient si violemment que Mary sentait le sol trembler. Elle entendait leur écho morne et rugissant, malgré le vent qui sifflait à ses oreilles.

Elle avança lentement vers la caravane. Leur « Motor Home », ainsi que l'appelait sa mère, comme si cette désignation commerciale signifiait un niveau social plus élevé. Les jardinières aux fenêtres, plantées de pimpants géraniums rouges et de pétunias pourpre, avaient depuis longtemps été détruites par la violence des tempêtes. Elles les avaient installées avec optimisme au cours de leur première année à Golden, mais les bacs, désormais de guingois, retenaient l'eau de pluie qui s'y accumulait et coulait sur le ciment crasseux. Les rideaux de tulle fripés étaient tirés sur les vitres sales. Aucune odeur de dinde rôtie ne sortait de la cheminée en signe d'accueil pour Thanksgiving.

La porte n'était pas fermée à clef. Elle entra, regarda autour d'elle.

« M'man ? » Elle entra dans la cuisine.

« M'man ? » appela-t-elle encore en lâchant son sac. Sa lettre annonçant son retour était posée sur la table basse à côté d'une tasse vide et sale.

Deux pas suffisaient pour franchir l'étroite salle de séjour et atteindre la chambre. Sa mère n'y était pas. Ni dans la salle de bains. Personne.

Dans la cuisine, elle tâta la cafetière : encore chaude.

Elle comprit où était sa mère : où elle allait toujours, chaque fois que la dépression s'abattait sur ses épaules comme un nuage noir et lui flanquait des idées sombres.

La pluie tombait à torrents. Elle enfila en toute hâte son vieux ciré jaune vif et descendit au pas de course la route de la falaise, luttant contre le vent, jusqu'au sentier escarpé qui conduisait à la plage, tout en bas.

Elle avait l'habitude des impressionnantes tempêtes hivernales de l'Oregon, avec leurs gigantesques vagues venues tout droit du Japon et renforcées par une course de six mille kilomètres. Fouettées par les vents violents elles s'étaient muées en monstres géants et écumants, qui se déchiquetaient sur les rochers ou s'assommaient dans les dunes après avoir tout détruit sur leur passage.

Essuyant la pluie sur son visage, elle s'arc-bouta contre les bourrasques et abrita ses yeux derrière ses mains. Elle la vit alors, minuscule silhouette sur les rochers, face à la mer.

Elle observa sa mère faire un pas en avant pour se rapprocher des vagues, s'arrêter ; faire un autre pas, s'arrêter encore. Inquiète, Mary Mallory se dit qu'elle avait l'air de jouer aux « bottes de sept lieues ».

Elle comprit trop tard ce que sa mère préméditait. « Maman, non », hurla-t-elle.

Encore un pas en avant. Une énorme lame s'enfla monstrueusement, gagna dans sa course hauteur et force. Sa mère leva les yeux vers le ciel et tendit les bras dans une sorte de supplication éperdue lorsque la vague l'emporta. Le flot la happa dans ses profondeurs vertes et l'engloutit.

Hébétée, Mary Mallory continua de fixer l'endroit où s'était tenue sa mère. Elle assista dans un silence stupéfait au retour de l'immense rouleau. Elle vit le corps menu de sa mère emprisonné dans la masse d'eau qui l'emportait de plus en plus haut. Trois, six, dix mètres de hauteur : elle parut toucher les nuages gris et bas. La vague s'incurva en une superbe crête d'écume, et fracassa le corps contre les rochers.

Mary Mallory hurla lorsque la vague en se retirant aspira le corps une fois de plus, l'emportant dans sa rage au fond des eaux vertes et grises.

On ne retrouva jamais le cadavre.

Harry caressait la tête basse de Mal. La pitié emplissait son cœur déchiré quand il pensait à son enfance idyllique dans la ferme des Jordan. Elle leva les yeux, ses pupilles étaient embuées par des larmes qu'elle ne voulait pas verser. Il perçut dans son expression une hésitation, un désir, mais cela disparut aussitôt.

Il la prit dans ses bras ; elle se nicha contre lui, comme un chat errant à la recherche d'un peu de chaleur et de protection. La blessure était encore à vif, comme si sa mère était morte la veille.

« J'ai toujours pensé qu'elle avait fait ça à cause de moi, murmura-t-elle. La lettre lui annonçant mon retour à la maison était sur la table. Je lui disais que j'avais besoin d'elle, et elle ne voulait pas de ça. *Elle n'avait pas besoin de moi.*

— Ce n'était pas ta faute. Tu ne pouvais rien faire pour la sauver, dit-il d'une voix douce. C'est fini, Mal. C'est le passé, tu dois l'oublier.

— Je sais. »

Sa voix était aussi lugubre que l'avait été son récit.

Harry sentait qu'elle gardait quelque chose pour elle. Il aurait voulu lui demander de lui confier tous ses secrets, la convaincre de se libérer enfin du passé. Mais elle avait eu suffisamment d'émotions dans sa journée.

Le chien rentra tout joyeux dans la maison, accompagné de l'odeur fraîche de la forêt et du vent sur son épaisse fourrure argentée. Squeeze s'arrêta pour les regarder, la tête sur le côté. Avec un petit aboiement, il s'avança et nicha son museau dans la main de Mal.

Elle leva la tête et regarda Squeeze. C'est encore d'une voix étouffée qu'elle dit à Harry, avec une pointe d'envie : « Oh, Harry, tu es vraiment un homme comblé. »

Elle souriait en caressant la tête du chien, et il sut que le pire était derrière. Pour le moment.

29

Harry était préoccupé par Mal lorsqu'il retrouva son bureau. Il l'avait conduite à l'aéroport et accompagnée jusqu'au guichet d'enregistrement. Avec un baiser discret sur la joue, ils s'étaient dit au revoir, vaguement conscients de la curiosité des gens qui les entouraient. Il avait failli oublier qu'elle était une célébrité, que son visage était familier à la plupart des passagers qui franchissaient les portes de la salle d'embarquement. Après ce week-end, elle était simplement Mallory. Une femme exaspérante qu'il avait dans la peau et qui passait son temps à lui chercher querelle. Une femme merveilleuse qui avait fait l'amour avec lui comme si elle l'aimait. Une femme qui semblait irrémédiablement prisonnière d'un passé mystérieux et tragique.

« Je te verrai la semaine prochaine ? lui avait-il demandé pendant qu'ils se dirigeaient vers la porte d'embarquement.

— Tu crois pouvoir me supporter ? répondit-elle en lui lançant un regard froid et désabusé.

— Peut-être. À peine... » Il lui sourit, et l'embrassa encore sur la joue. Il respira profondément une dernière fois son parfum fugitif. « Ce n'est pas de l'antiseptique, chuchota-t-il tout bas. J'en mettrais ma main au feu. »

Elle riait en agitant la main derrière le portail. « Téléphone-moi », dit-elle. Puis elle se retourna et lui lança un dernier regard. « Harry.

— Oui, Mal ?

— Merci. »

Et elle disparut. Les yeux fixés sur l'espace vide où elle s'était trouvée, il se demanda pourquoi persistait le sentiment pénible qu'elle ne lui avait pas tout dit.

Il déposa le chien chez lui et le laissa se lover sous le lit ; il allait sans doute rêver de lapins, d'écureuils et de ratons-laveurs. Après quoi, Harry partit à son travail.

Tout indiquait que la nuit serait tranquille. C'était souvent le cas le dimanche, comme si les gens préféraient se détruire le vendredi ou le samedi, et laisser les inspecteurs se reposer pendant le jour du Seigneur.

Il était dix heures quand l'appel tomba. Une femme avait téléphoné à la police, inquiète au sujet de sa sœur. Elles devaient se voir durant le week-end. Elle avait trouvé un étrange message tronqué sur son répondeur. Depuis, le téléphone de sa sœur ne répondait plus. Une voiture de patrouille était allée voir ce qui se passait dans la maison. La sœur possédait une clef, et ce qu'ils avaient découvert en ouvrant la porte n'était pas joli à voir.

« On y va », dit aussitôt Harry à Rossetti.

Rossetti attrapa son gobelet de café et lui emboîta le pas. Harry prit le volant, et ils démarrèrent, sirènes hurlantes, dans les rues calmes.

« Quelle drôle de fin pour un merveilleux week-end, nota Harry d'une voix morne.

— C'était donc si bien, hein ?

— Je me suis égaré, Rossetti. » La voiture tourna au coin de la rue et brûla le feu rouge, sirènes toujours rugissantes dans la nuit paisible.

« Vanessa vous recommande de ne pas oublier son anniversaire. Elle n'aura vingt et un ans qu'une seule fois.

— Je ne l'oublierai pas. »

En face de la maisonnette en bois, la rue était coupée par un cordon jaune interdisant l'accès des lieux. Trois voitures de police étaient garées à proximité, et une Dodge Neon d'un bleu électrique attendait dans la courette de devant. Un petit groupe de voisins rôdaient dans les parages, et deux hommes costauds en uniforme montaient la garde devant la porte.

Une jeune femme en larmes se lamentait, sur le siège arrière d'une des voitures de police. Harry hocha la tête tristement. Sûrement la sœur de la victime, qu'il devrait interroger plus tard.

Il salua les agents en uniforme et posa quelques questions avant d'ouvrir la porte et d'entrer. Rossetti le suivit.

L'odeur du sang et de la mort les frappa tel un coup de poing. Ils balayèrent les lieux du rayon de leurs torches. Leurs collègues n'avaient touché à rien. Les interrupteurs n'avaient pas été utilisés, au cas où le meurtrier y aurait laissé ses empreintes. Quelque chose craqua sous les pas de Harry, il baissa sa torche.

« Des petits pois, s'étonna Rossetti. Peut-être qu'elle a été surprise pendant qu'elle préparait le dîner. »

Une immense mare de sang coagulé s'étirait juste en face d'eux, mélangé à ce qui semblait être des petits pois. Du sang avait éclaboussé les murs, le manteau jeté sur une chaise, et la porte.

« Seigneur Jésus, marmonna Rossetti, quel carnage. »

Harry dirigea le rayon lumineux le long de la traînée sanguinolente qui menait au corps, sur le seuil de la chambre. À genoux, le visage contre la moquette souillée, elle était nue, hormis son slip. Ses longs cheveux d'un roux ardent brillaient sous le faisceau de lumière. Un chat noir, accroupi à côté d'elle, remua la queue en les regardant.

« Ça ne va pas être une partie de plaisir, dit Harry. Où diable sont les gars du labo ?

— Ici, inspecteur. » Le premier membre de l'équipe franchissait la porte, il lança un long sifflement de stupeur. « Qu'est-ce que je peux dire ? » fit-il avec un haussement d'épaules ; le représentant du corps médical le poussa et passa devant lui. C'était le Dr Blake, le médecin légiste.

« On m'a tiré du lit, cette fois-ci, inspecteur Jordan, dit-il d'un ton irrité.

— Faites attention où vous mettez les pieds, l'avertit Harry. Rien n'a été touché jusqu'ici.

— Je sais, je sais, répliqua le médecin. Bon Dieu, inspecteur, voilà vingt ans que je fais ce métier, pas la peine de me tenir la main. Et quelqu'un peut-il m'expliquer pourquoi diable les gens se font généralement assassiner un dimanche soir, alors que tout le monde devrait boire tranquillement un verre devant le journal télévisé ?

— Le monde est comme ça, doc », dit Rossetti, s'écartant pour laisser la place au photographe et à son attirail.

En quelques minutes il installa ses projecteurs et commença à filmer la scène et la victime en vidéo. Il prenait aussi des clichés pour le dossier.

Le Dr Blake s'accroupit près du cadavre. « Rien de bien mystérieux quant à la manière dont elle est morte, dit-il d'un ton brutal. Jugulaires et carotide sectionnées. Deux entailles différentes. Et de nombreuses blessures à l'arme blanche. » Il prenait minutieusement des notes et désignait du doigt les blessures au photographe pour que celui-ci fasse des gros plans.

Harry attendait près de la porte, les bras croisés, le visage sans expression.

« Quand est-ce arrivé, doc ?

— On est quel jour ? Encore dimanche ? » demanda Blake en redressant ses lunettes. Il jeta un coup d'œil sur l'abdomen où des taches verdâtres indiquaient le début de la putréfaction. Il souleva le poignet de la victime. « Il y a encore un peu de rigidité cadavérique. Je dirais que c'est arrivé samedi, au moins. À peu près trente heures. Je le saurais plus précisément lorsque j'aurai examiné les humeurs vitreuses lors de l'autopsie. »

Harry savait qu'il parlait du fluide gélatineux derrière le globe oculaire qui résistait aux modifications post-mortem. Cela fournirait une indication plus exacte sur l'heure du décès.

Blake disposa soigneusement des sacs en plastique sur les mains et les pieds de la victime. Il protégeait ainsi les indices qui pouvaient s'y trouver. « Pas de viol, inspecteur. Ou du moins aucun signe de viol visible à l'œil nu. Je me trompe peut-être. Encore une fois, l'autopsie le dira. »

Le Dr Blake examina le visage meurtri, sous la croûte de sang. Pour la première fois, il regarda la morte comme une personne, non comme un cadavre. « Savez-vous qui c'est ? demanda-t-il à Harry.

— Sa sœur est dehors, répondit celui-ci avec un hochement de tête. Elle va l'identifier.

— C'est difficile à préciser avec ce sang et ces entailles, mais j'ai l'impression de la connaître. » Il remballa ses instruments dans sa sacoche noire et se releva. « Bon, c'est tout ce que je peux faire pour l'instant. Elle est à vous, messieurs. On se verra à la morgue.

— Merci d'être venu, doc », dit Harry.

En passant devant lui, à pas prudents, Blake heurta inconsciemment du pied quelque chose. Harry avait l'ouïe fine, il se baissa et examina l'objet sans le toucher.

« Inspecteur, cria-t-il triomphalement à Rossetti. Je pense que nous avons l'arme du crime. »

C'est un très petit couteau, à peine douze centimètres de long, la lame étroite protégée par une gaine en plastique. Aucune trace de sang n'était visible. Le meurtrier l'avait nettoyée.

Il fit signe au photographe de prendre des clichés et de mesurer l'arme. Puis un homme du laboratoire la ramassa, la mit soigneusement dans un sac et l'emporta.

Harry aperçut le sachet couvert de sang sur le sol. « Petit Pois congelés, 1 kg. » Il le contourna ainsi que la traînée de sang et se dirigea vers le corps dans le passage de la porte.

C'était une des plus horribles scènes de sa carrière. Les mains ensanglantées de la victime avaient laissé de longues traînées sur la porte. Là où elle s'était effondrée, recroquevillée et à genoux, il y avait un lac de sang coagulé.

Les techniciens du labo avaient relevé les empreintes avant de nettoyer les interrupteurs, ils allumèrent les lampes. Une ambulance mugissait pour annoncer son arrivée. Il se pencha sur le corps.

La gorge de la jeune femme présentait un trou béant, et son visage avait été sauvagement tailladé. Ses yeux étaient ouverts, révulsés.

Rossetti se tenait au-dessus de lui. « Oh, mon Dieu, dit-il d'une voix étranglée. Mon Dieu, Harry, c'est Suzie Walker. »

Harry frémit, il sentit sa peau se hérisser. Il ne s'était encore jamais occupé d'un meurtre commis sur une personne qu'il connaissait, jamais encore il n'avait vu le corps mutilé d'une jeune femme après l'avoir connue séduisante et pleine de vie.

Hébété, il se releva d'un seul coup, mû par une rage violente. « Bon Dieu, rugit-il, cognant son poing fermé à plusieurs reprises contre le mur. Pourquoi ? *Pourquoi* ce salaud s'en est-il pris à elle ? » Devant l'absurdité du drame, la colère l'immobilisait.

Rossetti semblait figé sur place. Puis il dit soudain : « Excuse-moi. » Il se précipita dans la rue et, caché à l'ombre d'un grand érable rouge, vomit.

Le visage de marbre, Harry observa les ambulanciers envelopper dans un sac le corps de Suzie Walker, le poser sur un brancard et le rouler jusqu'à l'ambulance. Elle démarra sans qu'il soit nécessaire de faire mugir les sirènes d'urgence.

Il enfonça ses poings meurtris au fond de ses poches. S'il avait eu l'assassin devant lui, il aurait tué ce salaud. Il l'aurait étranglé de ses propres mains. Il l'aurait bourré de coups comme le méritait ce monstre. Il revint à plus de modération en se rappelant qu'il était flic. Il devait agir en enquêteur objectif, détaché, sans plus. Pourtant il revoyait Suzie Walker dans sa tenue d'infirmière, tout sourire, avec ses magnifiques yeux verts, il l'entendait répondre à Rossetti chaque fois que celui-ci lui demandait un rendez-vous.

« Pourquoi diable a-t-il fallu que ça tombe sur Suzie, Prof ? » Rossetti était revenu à côté de lui, le visage grisâtre dans l'éclairage cru de la lampe, et le regard désolé. « Elle était charmante. Elle aimait son boulot… une fille bien. »

C'était le moment de dire qu'on allait épingler le salaud, le mettre hors d'état de nuire à cause de ce qu'il avait fait à Suzie. C'était aussi le moment de dire qu'elle n'avait pas mérité ça. Mais Harry n'en avait pas la force. Il pensait amèrement que ce genre de discours n'apporterait aucune consolation à la famille. Il avait dit ces mêmes choses à propos de Summer Young. Il s'efforça de repousser le souvenir de la victime et de se concentrer sur le travail qui l'attendait.

Il posa une main consolatrice sur l'épaule de Rossetti et se mit à fouiller systématiquement la chambre à coucher.

30

Lorsque Harry et Rossetti sortirent de chez Suzie, une heure plus tard, Alec Klosowski les attendait dehors. Il avait déjà raconté au flic en uniforme ce qu'il avait entendu, il voulait maintenant en parler à Harry.

C'était un jeune homme agréable à la chevelure sombre en queue de cheval. Une grande émotion se lisait dans ses yeux bruns. « C'était vendredi soir, vers huit heures, elle était en tenue de travail. On fermait tous les deux nos portes. Elle m'a dit qu'elle avait perdu ses clefs la veille au soir. Quelqu'un les lui avait rapportées et elle se demandait qui les avait eues. Je lui ai conseillé de faire changer les serrures, parce qu'on n'est jamais trop prudent. Oh Seigneur, s'écria-t-il d'une voix étranglée en détournant la tête. Je ne m'attendais quand même pas à ça.

— Vous ne pouviez pas savoir, monsieur Klosowski, le rassura Harry.

— On a démarré tous les deux, et j'ai pensé qu'elle était de garde de nuit. Elle est... elle était infirmière, vous savez, à l'hôpital du Massachusetts. En rentrant chez moi, j'ai été étonné de voir sa voiture garée dehors. J'ai remarqué la lumière dans la cuisine, et j'ai cru que je m'étais trompé, ou qu'elle était rentrée plus tôt à la maison.

— Quelle heure était-il ?

— Oh, environ deux heures, je pense. Oui, c'est à peu près ça. Je venais de quitter mon travail, vous savez, au Daniels Newbury Street. Au moment où je mettais la clef dans la serrure, j'ai entendu crier, dit-il, le visage pétrifié. Du moins, j'ai cru tout d'abord que c'était un cri. J'ai écouté, mais il n'y a rien eu d'autre, et je me suis dit que ça devait être un miaulement de chat. Il y a plein de chats errants par ici, presque sauvages, et on entend souvent ce genre de bruit, précisa-t-il en baissant la tête, au bord des larmes. Si seulement ça avait pu être ça. Des chats. Quel idiot j'ai été. Si seulement j'avais pu comprendre qu'elle était en danger, s'exclama-t-il, son visage hagard levé vers Harry. Je me sens coupable. Si j'avais fait quelque chose, cogné à sa porte, vérifié qu'elle allait bien, ou appelé la police…

— Je doute que vous auriez fait grand-chose, dit Harry. Ça ne sert à rien d'y penser. Vous nous êtes d'un grand secours à présent, et les renseignements que vous nous donnez sont précieux.

— Il y a autre chose, dit Klosowski. Je l'ai vu.

— Enfin, marmonna Rossetti, un témoin.

— Après m'être déshabillé pour aller au lit, je suis allé ouvrir ma fenêtre. Je l'ai vu sortir de la maison et traverser la rue. Il se dépêchait. Quand il est arrivé sur le trottoir d'en face, les voitures garées m'ont empêché de le voir. À vrai dire je ne cherchais pas vraiment à regarder, mais j'ai pensé : oh, voilà la raison pour laquelle Suzie est rentrée tôt. J'ai souri. Pour l'amour de Dieu…

— Pourriez-vous nous le décrire ? demanda Harry, plein d'espoir.

— Tout ce que je peux vous dire c'est qu'il était du genre trapu, court sur pattes. Cheveux noirs, je crois.

— Qu'est-ce qu'il portait ?

— Je n'ai pas fait attention, dit Klosowski l'air embarrassé, mais ça devait être des vêtements sombres parce qu'on aurait dit qu'il se fondait dans la nuit.

— L'avez-vous vu monter dans cette voiture ?

— Non… si, oui, et je l'ai entendu passer devant la maison.

— Quel genre de voiture, monsieur Klosowski ?

— Je ne suis pas très sûr. Du genre voiture familiale. Vous savez, peut-être une Jeep Cherokee ou un break. Assez petite, sombre, je ne saurais pas préciser la couleur.

— Monsieur Klosowski, dit Harry en poussant un soupir de regret, voudriez-vous avoir l'obligeance de venir au commissariat faire une déposition officielle.

— Et comment. »

Harry songea qu'Alec Klosowski était prêt à tout pour se débarrasser du terrible sentiment de culpabilité qu'il éprouvait. C'était un bon témoin, cohérent et fiable malgré son émotion.

« L'inspecteur Rossetti va vous y emmener, monsieur.

— J'allais interroger sa sœur à l'hôpital, dit Rossetti en lui jetant un regard plein d'espoir. Elle a eu une crise de nerfs, ils l'ont emmenée là-bas. Je voulais voir si elle est en état de parler. J'ai cru comprendre que les parents sont auprès d'elle. »

Harry roula dans les tranquilles rues nocturnes. Il examinait mentalement les informations rassemblées sur l'assassin de Suzie. Ils avaient l'arme du crime, son signalement par un témoin oculaire, une description sommaire du véhicule, et l'heure approximative du crime. Les policiers qui continuaient de passer la maison au peigne fin rapporteraient certainement d'autres indices précieux.

Ce n'était pas un meurtre prémédité. Il aurait parié que c'était un cambriolage qui avait mal tourné. Suzie était rentrée chez elle à l'improviste et avait surpris le criminel en plein travail. Et il l'avait tuée.

Telle était sa théorie, pour l'instant, jusqu'à preuve du contraire. Il était toujours prêt à tenir compte d'une information nouvelle. Quand on s'occupe de meurtre, rien n'est gravé dans la pierre.

Il gara sa voiture près du service des Urgences et gravit les marches. Il avait le cœur lourd en s'avançant vers le bureau des admissions où il avait si souvent vu Suzie. Les deux infirmières de garde avaient un visage bouleversé.

« C'est donc vrai ? demanda l'une d'entre elles. Pour Suzie ?

— Je suis désolé.

— C'était une fille formidable, dit l'infirmière dont le visage commença à se défaire. Toujours de bonne humeur, même quand on était surmenées. Et si ravissante...

— Et c'était une bonne infirmière, ajouta l'autre, serrant les poings pour refouler ses larmes. Le fumier. Le salopard. Ces assassins, c'est pire que de la vermine. On devrait les exterminer, comme on fait pour les rats.

— Je suis navré », répéta Harry qui lui donnait raison. Il descendit le couloir, à pas lents, jusqu'à la petite chambre où la famille Walker l'attendait.

Terry Walker était allongée sur le lit, tout habillée, à part ses chaussures. On lui avait administré un sédatif ; ses yeux étaient ouverts mais légèrement égarés. Elle réussit néanmoins à s'asseoir lorsque Harry entra. Elle ressemblait un peu à Suzie, mais avec des cheveux plus sombres.

Mme Walker était assise dans un fauteuil près du lit, il vit aussitôt que ses filles tenaient d'elle. Elle avait les cheveux roux et les yeux verts, une peau pâle couverte de taches de rousseur, et cette charpente anguleuse qui leur donnaient à toutes les trois un air de faune. Des larmes coulaient sur son visage, elle pleurait en silence. Son mari se tenait près d'elle, lui serrait fortement la main. C'était un homme grand et élancé, avec des cheveux noirs. Son visage exprimait un chagrin infini.

Harry aurait donné n'importe quoi pour éviter de les ennuyer, mais cela faisait partie de son métier. Il se présenta et prit la main glacée du père.

« Monsieur, madame Walker, je connaissais votre fille. Je l'ai souvent vue ici à l'hôpital. Je suis profondément affligé et je suis désolé de devoir vous importuner avec mes questions dans un moment pareil. Mais si on veut avoir une chance de mettre la main sur... l'auteur de ce crime, il y a certaines choses que je dois vous demander.

— Papa, parle-lui de l'enregistrement », murmura Terry d'une voix tremblante. Elle avait refermé les yeux comme si elle ne pouvait pas supporter de le regarder.

« Tout est sur le répondeur. » Ed Walker tendit le petit appareil à Harry. Il faisait un immense effort pour raconter ce qu'il savait, mais sa voix tremblait, et il paraissait avoir de la peine à trouver ses mots.

« Suzie... elle a appelé Terry et lui a laissé un message sur le répondeur... elle s'est arrêtée au beau milieu, en disant : *Oh, mon Dieu, oh, mon Dieu, qu'est-ce que vous faites ici ?* et puis il y a eu ce bruit horrible, et après... plus rien. »

Harry avait du mal à croire ce qu'il entendait. Ils détenaient un enregistrement du crime ? Il voyait un nœud coulant se resserrer autour du cou de l'assassin de Suzie.

« On devait se voir samedi, expliqua Terry d'une voix lasse. Et je sais qu'elle avait un rendez-vous dimanche soir avec un type de Beth Israël. Son nom est Karl Hagen, il est interne là-bas.

— Elle le connaissait depuis longtemps ?

— Je ne sais pas, reprit-elle en secouant la tête. Mais je pense que c'est peut-être lui.

— Avez-vous une raison de le supposer, Terry ?

— Suzie était trop occupée pour sortir beaucoup, répondit-elle avec un signe négatif de la tête, mais ces choses-là ont généralement un rapport avec les questions sexuelles, non ? »

Harry entendit Mme Walker suffoquer et il dit : « J'en doute, pour cette fois. Tout semble indiquer un cambriolage interrompu.

— Mais il n'y avait rien à voler chez Suzie ! s'exclama Ed Walker, dont la colère explosait brusquement. Elle était infirmière, encore étudiante. Elle n'avait aucun bijou, pas d'argent. Seulement un poste de télé et une chaîne hi-fi sans valeur.

— Parfois quand les gens cherchent de l'argent pour s'acheter de la drogue, monsieur Walker, ils ne s'intéressent pas à autre chose. »

Ed Walker baissa les yeux vers le sol, incapable de parler, et Harry lui toucha l'épaule dans un geste de sympathie. « Merci, monsieur. Je ne vais pas vous déranger davantage. Quand vous serez prêt à partir, une voiture de police vous attendra et vous raccompagnera chez vous. Nous aurons d'autres occasions de parler. »

Harry interrogea ensuite l'infirmier en chef. Comme Klosowski, Jim O'Farrell se sentait coupable. « Elle souffrait d'une forte migraine. Je lui ai dit qu'elle n'était pas en état de travailler et qu'elle ferait mieux de rentrer chez elle, déclara-t-il. C'est ma faute. Je l'ai envoyée à la mort.

— Les accidents et les homicides résultent le plus souvent d'un enchaînement de circonstances. Suzie avait une migraine et ne pouvait plus travailler. Elle aurait dû retourner chez elle de toute manière.

— Vous le pensez vraiment ?

— Vraiment, affirma Harry qui voulait le croire et le lui faire croire. Absolument. C'est généralement ainsi que ça se passe. La victime se trouve confrontée à une situation inattendue. C'est triste, mais c'est comme ça.

— C'était une bonne infirmière, une fille charmante. Et si jeune... Presque une enfant ! oh, non elle ne méritait pas ça.

— Personne ne le mérite », dit Harry. Il nota la déposition, puis attrapa un gobelet de café. Il devait encore aller à la morgue.

La climatisation soufflait bruyamment de l'air frais dans la pièce quand il franchit les portes d'acier. C'était dans cette salle sans âme, carrelée de blanc, que s'effectuaient les autopsies. Par-dessus le vacarme, il entendit le Dr Blake chantonner tandis qu'il examinait la dépouille de Suzie Walker.

Elle était étendue sur une table d'autopsie en acier, sous l'éclairage violent d'un plafonnier. Blake avait déjà nettoyé le cadavre et achevé son examen préliminaire. Tout en poursuivant ses investigations, il dictait ses notes dans un microphone suspendu au-dessus de la table. Chaque ongle avait été curé et le médecin avait prélevé les particules de peau ou de fibre qui avaient pu être arrachées pendant le corps à corps. La toison pubienne avait été examinée de même que les cheveux ou les sourcils, et l'on avait prélevé des échantillons. Le sac dans lequel avait été transporté le corps, ainsi que sa lingerie avaient été envoyés au laboratoire qui allait procéder à la recherche d'autres indices.

Un photographe prenait des clichés et filmait en vidéo. Blake poursuivait son examen.

« Aucune hypostase. Cela montre qu'elle n'a pas été tuée à un moment où elle était étendue sur le dos et déplacée ensuite. Elle est probablement morte dans la position agenouillée où nous l'avons trouvée », disait sèchement le médecin dans le micro. Il se remit à chantonner en portant sur un schéma l'emplacement exact des coups de couteau et leur profondeur. Il prit des tampons pour établir s'il y avait eu une agression sexuelle et déclara que, de toute évidence, cela n'avait pas été le cas.

Blake leva les yeux vers Harry, toujours près de la porte. « Entrez, inspecteur, dit-il. Autant y passer la nuit, puisqu'on est tous debout. »

Harry resta planté où il était. Ce qui était arrivé à Suzie était tellement ignoble qu'il n'avait pas envie de la voir profanée par le Dr Blake, même si celui-ci ne faisait que son métier.

« Vous devez à présent savoir qui c'est, déclara Blake d'une voix neutre. Je ne connaissais pas personnellement cette infirmière, Mlle Walker, elle n'appartenait pas à mon service, voyez-vous. Mais elle a travaillé à côté de moi, la semaine dernière, quand la tempête tropicale a causé tant de dégâts sur les routes. C'était une bonne infirmière, vive, intelligente. Quel dommage ! Oui, quelle pitié ! »

Blake avait repris son chantonnement à voix basse et son scalpel. Harry souhaita qu'il fredonne du moins un air reconnaissable. On aurait dit un percolateur en train de gargouiller.

Blake tint le scalpel au-dessus du corps de Suzie, avant de procéder à une profonde incision du cou jusqu'au pubis, contournant le nombril où les tissus étaient plus durs.

« Hum, marmonna-t-il, apparemment satisfait de son ouvrage. Hum, je vois. » Il enleva les organes, mit l'estomac de côté, l'ouvrit avec des ciseaux, et vida le contenu brunâtre dans un grand bocal.

« Pas grand-chose, conclut-il. Elle n'avait pas dû manger beaucoup le dernier soir. Ni beaucoup bu non plus. »

Harry avait assisté à de nombreuses autopsies, mais celle-ci lui donnait l'impression de voir Suzie se faire tuer une nouvelle fois. Avec un haut-le-cœur, il se détourna. « Communiquez-moi les résultats dès que vous les aurez, docteur », lança-t-il en poussant les lourdes portes. Il se sentait glacé jusqu'aux os. Peut-être à cause de la température de la pièce.

En rentrant à son bureau, roulant au pas, il ressassait les images et les bruits de cette horrible nuit.

Planté devant l'ordinateur, Rossetti entrait les indices.

« Qu'en penses-tu, Harry ? » demanda-t-il d'une voix lugubre.

Harry se laissa tomber dans un fauteuil. Il se balança d'un pied sur l'autre, les yeux levés au ciel, dans le vide.

« Je pense que c'est une putain de vie, Rossetti », dit-il. Et il le pensait vraiment.

31

Mal ne parvenait pas à dormir. Elle passait son temps à changer ses oreillers de place, à chercher une position confortable, à rejeter la couverture, à s'agiter et se retourner au point qu'elle se retrouva enserrée comme une momie dans les draps froissés. Avec un soupir, elle se dégagea et se leva.

Les bras croisés, elle alla se poster devant la fenêtre. La nuit était claire et étoilée, baignée par le halo rosé des lumières de Manhattan. Elle pensait à l'inspecteur Harry en train de travailler au commissariat et de boire beaucoup trop de café, comme toujours pendant son service de nuit, qu'il appelait sa « veillée mortuaire ».

La *veillée mortuaire*. Ces mots ne cessaient de résonner dans sa tête, et elle frissonna, songeant de nouveau à sa mère.

Elle se souvenait de ce qu'elle avait ressenti le jour où était arrivée la lettre expédiée par le bureau des admissions à l'université. La frénésie de l'attente lui donnait le vertige et elle était malade de peur. L'enveloppe blanche, à l'en-tête de l'université de l'État de Washington, était posée sur la table de cuisine en Formica gris dont les pieds métalliques anguleux vous cognaient chaque fois qu'on s'asseyait. Elle ne se décidait pas à l'ouvrir. Sa mère fumait, le regard vide. Il y avait un sillon entre ses sourcils, comme si elle souffrait ; Mallory savait que sa douleur provenait des pensées sombres qui tourmentaient son esprit.

« C'est la lettre de l'université, m'man.

— Oh, répondit sa mère dont le regard reprit momentanément une expression humaine.

— J'ai peur de l'ouvrir, tu ne voudrais pas le faire pour moi ? »

Du bout des doigts, elle avait poussé l'enveloppe de l'autre côté de la table. Tous les espoirs y étaient enfermés. Une question de vie ou de mort. Si elle était admise, elle vivrait ; elle étudierait avec acharnement et aurait un avenir. Si sa candidature était rejetée, elle travaillerait au café Lido ou au Golden Supermart jusqu'au jour où elle mourrait d'ennui et de solitude. Elle retint sa respiration : sa mère tendait la main et prenait lentement l'enveloppe.

Elle lut le nom et l'adresse, la tourna et retourna entre ses doigts minces et nerveux. Elle soupira et repoussa ses mèches désordonnées d'un blond grisonnant, avala une gorgée de café froid, et alluma une cigarette à l'aide du mégot précédent.

Mary Mallory crut mourir d'angoisse. « Ouvre-la, maman », réclama-t-elle d'une voix rauque, méconnaissable.

Sa mère coinça la cigarette au coin de sa bouche. Ses yeux bleu pâle se plissaient à cause de la fumée, elle passa un ongle cassé sous le rabat. Mary Mallory joignit les mains au-dessus de la table. Elle osait à peine regarder sa mère qui dépliait la lettre.

Elle parcourut des yeux les quelques lignes. Puis elle replia la missive et la reposa sur la table. Ses yeux étaient redevenus vides.

« Maman ? » Mary Mallory tentait de maîtriser sa voix, qui ne trahissait qu'une imperceptible hésitation.

Sa mère tira une autre bouffée de cigarette. Elle écarta la fumée d'un geste de sa main maigre.

« *Maman !* s'écria-t-elle cette fois. *Que disent-ils ?* »

Sa mère hocha la tête, secoua sa torpeur. « Oh, oh, ils disent qu'ils t'accordent une bourse… je crois. »

Mary Mallory avala une grande goulée d'air et s'empara de la lettre. Après l'avoir lue, elle hurla de joie. Elle se leva d'un bond, embrassa la feuille, criant, sautant à pieds joints, extatique, au point que la pauvre caravane faisait entendre un bruit de ferraille sur ses parpaings.

« Je suis admise ! hurlait-elle. *Maman, je suis admise !* »

Sa mère tourna la tête vers la fenêtre. « Regarde, Mary Mallory, il pleut encore », dit-elle sans avoir l'air de rien.

Mary Mallory fit alors quelque chose d'impensable. Elle se jeta au cou de sa mère et l'embrassa. Sur la joue. Sa mère tressaillit, porta une main à son visage, bouleversée. « N'oublie pas de mettre ton ciré quand tu sortiras », lui rappela-t-elle.

Mais Mary Mallory s'en moquait. Plus rien ne comptait, sauf qu'elle était admise. Elle n'était pas condamnée à mourir seule à Golden.

La remise du diplôme de fin d'études secondaires ne fut qu'un épisode fugitif. On lut son nom à voix haute, elle alla toute rougissante sur l'estrade chercher son diplôme, mais sa mère n'était pas là pour la voir.

Elle n'assista pas au bal de sa promotion. Pendant des semaines, toutes les filles avaient parlé de leur robe et de leur cavalier, en se demandant s'il leur offrirait une « boutonnière » pour orner leur corsage, et qui ensuite les peloterait au bord de la falaise, sur le sentier des amoureux, à l'abri des immenses séquoias, des madronas et des pins majestueux.

Mary Mallory s'était tenue à l'écart de toute cette agitation. Elle aurait voulu se boucher les oreilles pour ne pas entendre leurs interminables bavardages. Mais partout c'était la même chanson, dans les toilettes où elles passaient leur temps à se coiffer, dans la cour de l'école pendant les récréations, et à la cafétéria où elle prenait son déjeuner, le nez plongé dans un livre, solitaire comme toujours.

Un seul professeur se donna la peine de la féliciter pour sa bourse.

« Vous êtes une bûcheuse, Mary Mallory, avait-elle dit d'un air approbateur. Avec des études supérieures vous aurez la possibilité d'obtenir un bon métier et de devenir quelqu'un. » Elle n'avait pas ajouté « au lieu de finir comme votre bonne à rien de mère », mais Mary Mallory savait qu'elle l'avait pensé.

Depuis longtemps déjà, elle travaillait tous les soirs et les week-ends au Café du Lido ; elle hachait les oignons, lavait la vaisselle et servait du café pour gagner un peu d'argent. Elle se mit à économiser en vue de l'université.

Elle trouva un petit boulot supplémentaire pour l'été au Bartlett's Drugstore, où on lui fit remplir les rayonnages, déballer les cartons de marchandises et effectuer les tâches les plus insignifiantes. Elle réussit à s'acheter deux chandails, deux T-shirts et un jean, de même qu'un bagage de toile bon marché. L'été lui parut infiniment long, tant elle avait hâte de partir pour commencer à vivre. Mais elle s'inquiétait de laisser sa mère toute seule.

Son sac fut enfin bouclé et son ticket d'autocar acheté. Elle avait collé sur la porte du vieux réfrigérateur un pense-bête avec le numéro de téléphone de sa résidence sur le campus. Comme elles n'étaient pas abonnées au téléphone, faute de moyens, elle dit à sa mère d'utiliser la cabine publique en cas d'urgence. Elle avait lavé et fait briller la Chevy ; il ne lui restait plus qu'à convaincre sa mère d'aller chercher les tickets d'alimentation et d'acheter de quoi manger.

« Viens, m'man, avait-elle dit, la prenant par le bras pour l'arracher à la chaise où elle regardait la télévision. On va faire un tour en voiture.

— Vas-y toute seule, Mary Mallory. » Sa mère la repoussa mais Mary Mallory s'entêta et la força à quitter la caravane. En cette fin d'après-midi, il y avait un soleil brumeux.

« Il fait beau, m'man. On va aller acheter tes cigarettes, peut-être aussi quelque chose de bon au supermarché. On va faire la fête. »

Sa mère se laissa pousser sur le siège du conducteur, et Mary Mallory mit le contact. « Tu te souviens du jour où on est arrivées ici, maman ? On avait parcouru tout le chemin depuis Seattle ? Maintenant, je te demande seulement de nous conduire jusqu'au supermarché et à la station-service. »

Sa mère se crispa sur le volant. Elle posa son pied sur l'accélérateur et leur vieille voiture descendit en trombe la colline. Les têtes se retournaient sur leur passage dans les allées du magasin, et Mary Mallory rougissait sous les regards apitoyés que suscitait leur étrange couple. Elle avec ses lunettes épaisses comme des tessons de bouteille, ses membres maigres comme des baguettes, et sa vieille robe de coton à fleurs achetée chez le fripier. Sa mère avec ses cheveux bouclés en désordre, ses yeux vides et son visage émacié, dans un corsage qui avait été blanc autrefois, et une jupe bleue qui découvrait un peu trop ses jambes osseuses. Elles avaient l'air de *pauvresses*, se disait-elle avec colère. Elles étaient pauvres. En vérité, personne n'était plus pauvre qu'elle et sa maman. Pouvait-on descendre encore plus bas quand on n'avait rien ?

Elle se rappela que *maintenant* elle avait quelque chose. Elle allait entrer à l'université. Elle éprouvait la même exaltation que le jour où sa mère lui avait annoncé qu'elles allaient vivre au bord de la mer. Avec des études supérieures, elle finirait par devenir quelqu'un.

Au supermarché, elle montra à sa mère ce qu'il fallait acheter et comment présenter les tickets de nourriture à la caisse. Sa mère se déplaçait comme une somnambule. Mary Mallory espérait seulement qu'elle se souviendrait de ce qu'elle devait faire.

De retour à la maison, elles fêtèrent son admission à l'université. Mary Mallory fit griller les steaks sur le petit barbecue rouillé, à l'extérieur de la caravane, et elle ouvrit une boîte de haricots cuisinés. Elles s'assirent en silence l'une en face de l'autre. Sa mère picora le steak du bout des dents, sans manifester le moindre intérêt. Mary Mallory la regardait, le cœur empli de désespoir. Elle ne parvenait pas à faire partager à sa mère son succès, sa joie, son enthousiasme. Le dîner de fête fut aussi un échec.

Lorsque Mary Mallory vint lui dire au revoir, le lendemain matin, sa mère était assise sur le canapé de vinyle orange et regardait l'émission *Aujourd'hui* à la télévision.

« Je m'en vais, maman, annonça-t-elle tristement à la silhouette menue et voûtée, réfugiée dans un coin du canapé. Sa mère la regarda d'un air vague et tourna les yeux vers le poste. Elle répéta : « Je pars à l'université, maman.

— Je sais, répondit sa mère de sa voix morne. Amuse-toi bien, Mary Mallory. » Et elle alluma une cigarette au mégot qui se consumait dans le cendrier.

Mary Mallory posa la main sur les cheveux de sa mère. Une bouffée de tendresse la submergeait. Elle aurait tellement voulu la prendre dans ses bras, l'embrasser, l'entendre dire qu'elle l'aimait. « Au revoir, maman, murmura-t-elle.

— Au revoir », lâcha sa mère d'un air absent. Elle se leva et se versa une autre tasse de café.

Le campus était bien plus grand et étendu que Mary Mallory ne l'avait imaginé. Elle n'avait pas non plus compris qu'elle devait partager une chambre avec une autre jeune fille. Elle frappa nerveusement à la porte et attendit que quelqu'un lui réponde : « Entrez. »

Junie Bennett fronça les sourcils lorsque la porte s'ouvrit sur Mary Mallory. « Oh doux Jésus, regarde ce que le chat nous ramène », marmonna-t-elle tout bas. Et à voix haute : « Salut, je suis Junie Bennett. Le lit près de la fenêtre, c'est à moi. Le tien est là-bas, ajouta-t-elle en désignant celui qui se trouvait contre le mur. La première arrivée choisit. » Ses yeux verts jaugeaient sa compagne de chambre d'un air critique.

« Je m'appelle Mary Mallory Malone, dit-elle en tendant la main, un sourire d'espoir sur les lèvres.

— Mary Mallory… Tu n'as pas un petit surnom ?

— Oh non… seulement Mary. » Sous le coup de la surprise, elle avait raccourci son nom.

« Bon, moi j'ai rendez-vous avec des copains, lui apprit Junie en attrapant à la volée son chandail et son sac. S'il te plaît, veille à laisser tes affaires de ton côté de la pièce. »

Mary lui lança un regard mélancolique. Julie Bennett était tout ce qu'elle aurait aimé être : grande, blonde, jolie, un nez coquin, du rouge à lèvres, de l'assurance à revendre, et un vrai bracelet en or à son poignet bronzé. Elle avait même un diminutif : Junie. Mary aurait parié qu'elle avait dû appartenir aux supporters de l'équipe de football de son lycée. Et elle était si bien habillée. Son élégante jupe rouge et son chemisier blanc semblaient coûteux et neufs.

Julie se montra absolument inamicale. Elle appartenait à une bande d'amies avec qui elle passait tout son temps. Mary ne fut jamais invitée à se joindre à elles. Junie se plaignait d'avoir une telle paumée pour compagne de chambre, et l'ignorait autant qu'elle pouvait.

En se regardant dans le miroir, Mary savait pourquoi. Elle avait dix-sept ans mais aucune expérience de la vie. Elle était quelconque, timide et complexée, si pauvre qu'elle ne pouvait même pas s'offrir une tasse de café. Aussi resta-t-elle le nez dans ses livres, sans jamais rater un cours, sans jamais oublier de rendre un devoir. L'université lui fournit un travail à la cafétéria, et au bout de quelques semaines elle décrocha un deuxième petit boulot dans un café voisin pour gagner quelque argent à l'heure du dîner.

Tant bien que mal, elle survécut à ces semaines d'horrible solitude. Au début, elle espérait nouer des amitiés. Elle mettait un point d'honneur à sourire, à dire bonjour à ses condisciples. Mais tout le monde avait des vies bien remplies et fréquentait des cercles dont elle se trouvait totalement exclue. Quant aux autres étudiants laissés pour compte comme elle, elle préférait les éviter plutôt que de se consoler avec eux. Pour se donner du courage, elle pensait au jour où elle obtiendrait son diplôme et bûchait sans lever la tête de ses livres.

Elle avait décidé de devenir journaliste. Il lui était beaucoup plus facile de s'exprimer par écrit que verbalement. À cause de son enfance déshéritée, elle éprouvait une immense curiosité pour la manière dont vivait la seconde moitié du monde. De surcroît, les journalistes n'avaient pas à répondre à des questions ; c'était eux qui les posaient. Elle aurait le droit de se taire sur sa vie privée.

Elle traversait le campus comme un fantôme gris, repliée sur elle-même. Elle n'ouvrait la bouche que si l'on s'adressait à elle, en classe ou à la cafétéria. Mais personne n'abordait jamais avec elle des questions personnelles.

La première année d'université s'écoula lentement. À la fin, elle ne s'était toujours pas fait d'amis, mais ses excellentes notes lui apportaient une compensation, et grâce à ses jobs elle arrivait à joindre les deux bouts, non sans difficulté. Lorsqu'elle rentra à Golden pour l'été, le Café Lido lui offrit un emploi de serveuse, car elle était plus âgée et plus mûre.

La propriétaire, Dolores Power, une femme dodue au visage grassouillet et aux yeux durs, dont le mari était président de la chambre de commerce locale, s'étonna du professionnalisme de Mary.

« Je travaille le soir dans un café près de l'université », lui expliqua-t-elle. Et ce fut le seul échange, mis à part les ordres que Mary recevait et le règlement de son salaire chaque samedi soir.

Mary n'aurait pas pu dire si sa mère était heureuse de la voir pendant les vacances. Manifestement, elle se félicitait surtout de ne plus être obligée d'aller chercher les tickets d'alimentation et de faire les courses. Sa maigreur s'était accentuée, et sa fille la soupçonnait de ne pas se nourrir. Aussi dépensa-t-elle une partie importante de sa paie pour acheter de bonnes choses, de quoi lui redonner de l'appétit : du poulet rôti et de la tarte aux pommes pour le dîner dominical. Elle aurait voulu la gaver de fruits frais, de céréales et de lait entier. Mais sa mère y touchait à peine, et Mary lisait dans ses yeux qu'elle y goûtait seulement pour lui faire plaisir.

Le retour à l'université fut un soulagement et, pendant quelque temps, son existence reprit comme avant. Mais brusquement tout alla mal.

À partir du jour où elle était revenue chez elle pour Thanksgiving et avait vu sa mère happée par l'océan.

Avec un soupir, Mal s'écarta de la fenêtre qui lui offrait une vue magnifique sur Manhattan. Il y avait des années qu'elle n'avait pas pensé délibérément à sa mère : depuis son départ de Golden. Aucun service funèbre n'avait été célébré. Après tout, personne ne l'avait connue de son vivant. Pourquoi serait-on allé lui rendre hommage maintenant qu'elle était morte ?

Pour Mal non plus il n'y avait pas eu de dernier acte. Pas d'adieu, pas de manifestation de culpabilité. Elle n'avait même pas eu le temps de pleurer. Elle avait dû chasser sa mère de son esprit aussi radicalement que celle-ci s'était effacée de la vie.

C'était le prix à payer pour survivre. Elle venait d'avoir dix-huit ans et se retrouvait seule au monde. À l'université, elle passait inaperçue. Elle était sans argent et sans amis parce qu'elle n'avait jamais appris l'art et la manière de s'en procurer.

Le chemin à parcourir avait été long et plein d'embûches avant que sa petite personne sans consistance devienne la femme qu'elle était à présent. Plus ardu qu'on pouvait l'imaginer. Et c'était la raison pour laquelle Mal refusait d'y penser. Sauf quand les cauchemars revenaient.

Tels des démons noirs porteurs de souvenirs pénétrant en douce dans son inconscient, ils l'avaient souvent torturée au début pendant son sommeil. Peu à peu elle avait réussi à les refouler, ils ne la harcelaient plus que rarement.

Mal fit les cent pas dans son appartement obscur, les bras crispés sur sa poitrine, pensant à Harry. Elle n'avait pas peur. Non, elle ne se précipitait pas partout pour allumer afin de tenir à l'écart son sombre passé. Elle pouvait en remercier Harry.

Elle sortit sur la terrasse, face aux lumières de la ville, la brise gonflait ses cheveux, rafraîchissait ses bras et ses jambes nus.

L'image de sa mère lui apparaissait aussi parfaitement que si elle l'avait vue la veille : mince, fragile, des joues maigres qui se creusaient chaque fois qu'elle tirait sur son éternelle cigarette, des cheveux ternes d'une nuance indéfinissable de gris et de sable. Elle revoyait, posée sur la table de la cuisine, la lettre dans laquelle elle lui annonçait son retour à la maison pour le week-end.

Elle revivait l'interminable voyage dans trois autocars différents.

« Tout va bien, s'était-elle dit pendant qu'il roulait dans la nuit, tu seras bientôt chez toi. »

Mais il n'y avait pas eu de chez-soi, pas de mère et pas de consolation pour elle. Rien, sauf sa propre détermination.

Un peu plus tard, elle était retournée à l'université, avait repris son travail à la cafétéria et au café du centre-ville, et loué une petite pièce vide à une autre étudiante dans une vieille maison.

Finalement, elle avait obtenu son diplôme et décroché un emploi de dactylo-comptable dans une station de radio locale. Son modeste salaire lui avait permis d'améliorer un peu sa garde-robe et de s'acheter deux tenues de travail convenables. Puis elle avait trouvé une nouvelle situation dans un studio de télévision locale.

Officiellement engagée comme documentaliste, on lui demandait de dactylographier les lettres, de distribuer le courrier, de répondre au téléphone et d'apporter le café aux autres. En réalité, elle servait donc de factotum. C'était une créature effacée et réservée, sans éclat et sans personnalité parce qu'elle n'avait pas encore découvert qui elle était.

Pourtant, quelque part au fond d'elle-même se cachait une ambition. Elle rêvait de couvrir les événements de la région, de devenir reporter à la télévision.

Cependant, une autre fille avait été embauchée, à peine sortie de l'université, élégante comme une gravure de mode, des cheveux blonds ondulant sur les épaules, du rouge à lèvres et des yeux pétillants. Au bout de plusieurs semaines, la nouvelle venue s'était retrouvée, caméra au poing, à couvrir l'actualité : carambolage, hold-up dans une banque, effondrement d'un pont emporté par une inondation.

Mary s'était sentie avilie, rabaissée, moins que rien. Elle avait travaillé comme une forcenée pour apprendre le métier dans l'espoir qu'on lui confierait une caméra.

C'est alors qu'elle s'était regardée dans un miroir et avait vu ses cheveux blonds rebelles et ses horribles lunettes. Oui, elle était encore fade et humble, inhibée et terne, avec une voix timide, à peine audible. Découragée, elle s'était honnêtement posé la question : comment pouvait-on la remarquer telle qu'elle était ?

Aujourd'hui, assise sur la terrasse-jardin de son magnifique appartement au-dessus de Manhattan, Mal se souvenait de cet horrible moment de vérité. Confrontée à son affreuse réalité, elle avait compris que sa vie ne changerait jamais si elle-même ne se transformait pas. Personne n'allait l'aider d'un coup de baguette magique. Son destin dépendait d'elle.

Une sorte de rage s'était emparée d'elle. Contre ses parents qui l'avaient laissée grandir sans amour et sans identité, contre la ravissante et pétillante collègue moins expérimentée qu'elle et qui avait obtenu le poste qu'elle convoitait, contre sa propre impuissance. Elle se trouvait à un carrefour.

À cet instant précis elle décida de prendre les choses en main, de se tirer de là toute seule. Elle réussirait par la seule force de sa volonté. Maintenant ou jamais.

Elle retira ses petites économies de la banque et se métamorphosa. Elle se fit faire une bonne coupe de cheveux et une teinture un peu plus dorée. Elle acheta des lentilles de contact et quelques vêtements simples de couleurs claires. La maquilleuse de la station l'aida à choisir ses produits de beauté et lui montra comment les appliquer. Elle étudia les techniques des interviewers, pas seulement de ceux de sa station locale, mais de toutes les grandes chaînes. Elle prit modèle sur Barbara Walters et les présentateurs des émissions matinales, elle décortiquait chaque expression de leurs visages. À force d'analyser chaque inflexion de leurs voix, elle se familiarisa avec tous leurs trucs de professionnels.

Quand elle se sentit prête, Mal demanda au directeur de la station de lui donner sa chance, de lui confier un reportage. Elle brûlait de ressentiment, aujourd'hui encore, en se rappelant le regard de mépris qu'il lui avait lancé, l'expression suffisante de son visage et le ton de sa voix qui signifiait « vous plaisantez sans doute ? » lorsqu'il l'avait éconduite. Sur-le-champ elle avait donné sa démission et, avant la fin de la semaine, avait quitté la petite ville pour aller s'installer dans une plus grande agglomération.

Avec son curriculum vitae minutieusement préparé et sa nouvelle apparence, elle obtint un poste dans une autre station de télévision en tant qu'assistante de production. Le salaire était meilleur et les membres de l'équipe la traitèrent d'emblée sur un pied d'égalité. Ils lui souriaient et étaient aimables avec elle, ce qui la combla de joie et d'étonnement. Au début, elle se contentait de répondre prudemment aux sourires par crainte de subir des rebuffades si elle se montrait trop amicale, car elle manquait encore d'assurance. Mais on l'acceptait, parce qu'elle était semblable aux autres. Après le travail, ses collègues l'invitaient à boire un verre ou à dîner avec eux.

Pour modeler sa silhouette, elle s'inscrivit dans un club de gymnastique et son assiduité ne tarda pas à être récompensée. Des garçons commencèrent à vouloir sortir avec elle. Rien de vraiment sérieux. C'était toujours pour dîner, faire une partie de quelque chose ou voir un film. Elle continuait à se tenir sur ses gardes, sur son quant-à-soi. On l'appelait en plaisantant « la femme mystérieuse », et à son grand étonnement elle y prenait plaisir.

Le jour où la fille chargée de la météo partit en vacances, elle la remplaça à titre temporaire. Elle savait exactement quoi faire, de quoi avoir l'air, comment sourire et se comporter. Elle aussi semblait sortir d'un magazine de mode, avec ses cheveux blonds balayés en arrière, ses yeux bleus pétillants, un sourire permanent sur sa bouche pulpeuse. Elle rayonnait d'une vitalité et d'une énergie nouvelles. Elle avait appris à faire de l'esprit, à divertir son entourage.

Un jour, elle reçut un appel téléphonique d'une chaîne d'actualités. Elle avait tapé dans l'œil du producteur. Il lui demandait de venir à New York pour un entretien.

Assise sur la terrasse, Mal se rappelait combien l'émotion lui avait donné le vertige, l'avait rendue malade de nervosité. Elle avait triomphé de ses vieilles incertitudes en se disant qu'elle était une autre femme et que la chaîne voulait justement embaucher cette femme-là. C'est alors qu'elle s'était lancée dans la bagarre et avait inventé Mallory Malone.

Elle avait fait une folie en s'achetant un petit tailleur noir de Donna Karan qui moulait son corps svelte. Elle s'était rendue chez un coiffeur de renom pour se faire couper les cheveux à la dernière mode, en boule de chrysanthème avec des mèches plus claires qui semblaient décolorées par le soleil. Un maître-maquilleur s'était occupé de son visage et elle eut de la peine à reconnaître la séduisante jeune femme qui la regardait dans le miroir avec des yeux bleus étonnés.

Toutes ses économies, jusqu'au dernier centime, avaient été dépensées dans l'opération. Aussi, au moment où elle était partie affronter son interlocuteur et subir le verdict des caméras, avait-elle espéré anxieusement que le résultat serait à la hauteur du sacrifice.

Lorsque le taxi la déposa devant le studio, elle leva les yeux vers l'imposant bâtiment et ses portes étaient bien gardées. Des gens y entraient et en sortaient d'un pas rapide, imbus de leur importance. Tout cela était à sa portée si elle se montrait à la hauteur. En relevant le menton elle entra, remontée et décidée. C'était maintenant ou jamais. Une fois de plus.

Cette Mallory réinventée avait épousé un célèbre agent de change de Wall Street, deux ans plus tard.

Matt Claments, plus âgé qu'elle, séduisant, avec des tempes grisonnantes, incarnait l'idée du parfait animal social. Elle l'avait aimé aussitôt parce qu'il incarnait pour elle une sorte de personnage paternel, l'image de l'homme qui s'est fait lui-même. Son intelligence de gosse des rues et ses talents de financier lui avaient permis de quitter un minable meublé de Brooklyn pour accéder à une situation élevée. Il vivait aujourd'hui sur le toit du monde, dans un appartement en triplex, au sommet du plus magnifique gratte-ciel de Manhattan, au milieu d'un élégant mobilier d'époque.

« L'argent peut tout acheter dans cette ville », lui avait-il dit au cours de leur premier dîner chez lui. Elle s'était promenée de pièce en pièce, stupéfaite devant cet étalage de luxe. « Y compris la distinction, avait-il ajouté. Et n'oubliez pas que, dans une ville comme New York, la distinction équivaut à des lettres de recommandation. Quand la distinction s'ajoute à l'argent, cela vous confère le rang le plus élevé, et alors on a tout. »

Cela les fit rire ; elle l'admirait en raison de sa franchise, et l'enviait parce que son passé ne pesait pas sur ses épaules. Il ne faisait aucun secret de ses débuts modestes. Il n'en tirait aucune fierté non plus. C'était comme ça.

À l'époque, elle présentait le journal télévisé sur une grande chaîne, et on lui faisait miroiter la perspective de lui confier prochainement une émission de la matinée. Elle se sentait déchirée entre sa carrière et la vie exaltante qu'elle menait avec lui.

Il veillait sur elle, s'occupait d'elle, l'incitait à se sentir belle et désirée. Pour la première fois avec un homme, elle pouvait se permettre de se laisser un peu aller. Il comprenait son ambition et l'encourageait. Elle n'était jamais obligée de s'expliquer devant lui.

Lorsqu'il lui avait proposé de l'épouser un mois plus tard, elle s'était empressée d'accepter. Elle disait que c'était de l'amour, et d'une certaine manière elle l'aimait vraiment. En outre, il l'attirait physiquement. Mais elle souhaitait surtout être partie prenante du tourbillon qu'il avait fait de sa vie.

Là surgit la difficulté. Il était très occupé, et elle aussi. Quelque chose devait finir par craquer, ce fut leur mariage.

« Renonce à tout ça pour moi, Mal », lui avait il demandé.

Il était assis en face d'elle sur un profond canapé de brocart, dans le plus petit salon de leur appartement grandiose. Il portait une robe d'intérieur en soie vert sombre, elle un peignoir blanc. Tous deux étaient nus en dessous, ils venaient de faire l'amour. Ça avait été parfait. Très agréable. Quand elle était avec lui, tout allait bien. Mais il s'absentait trop souvent, et si elle n'avait pas eu son travail, si elle n'avait pas eu son métier, elle aurait eu l'impression de n'être rien.

« Il ne faudrait pas deux mois pour que tu me haïsses si je faisais ça, dit-elle tristement.

— On pourrait acheter une maison à la campagne, avoir un bébé. »

Cette perspective l'angoissait. Comment aurait-elle pu mettre un enfant au monde, elle qui n'avait pas eu d'enfance ? Non, elle avait peur de ne pas savoir aimer un bébé, au fond elle n'avait aucun modèle pour ce rôle de mère. « Je ne crois pas en être capable, répondit-elle modestement.

— Je maintiens mon offre. » Il l'embrassa et alla s'habiller. Une demi-heure plus tard, il partit pour Zurich. Il ne devait pas être de retour avant deux semaines.

Quelques mois après cette conversation, elle comprit que ça ne marcherait pas. Sa carrière passait avant tout et lui ne vivait que pour la sienne. Elle ne lui en avait pas vraiment voulu de lui faire porter publiquement la responsabilité de leur rupture. Après tout, il lui avait offert ce que la plupart des femmes désiraient. Elle était différente des autres, voilà tout.

Mal avança jusqu'au bord de la terrasse et appuya ses coudes sur la rambarde, pour regarder en bas, dans les rues de la ville impitoyable et irrésistible à laquelle elle avait donné son cœur. Depuis leur séparation, elle ne s'était jamais retournée sur son passé, jusqu'à ce que Harry l'y contraigne.

Il existait encore des choses dont elle ne pourrait jamais parler, des secrets qu'elle n'aurait jamais la force d'exposer au jour. Mais ces choses-là appartenaient à une autre époque et un autre lieu, et elle s'était persuadée, bien des années plus tôt, qu'il lui fallait avancer droit devant. C'était la seule façon pour elle de survivre.

Harry avait raison : elle avait choisi la lâcheté en refusant d'affronter sa propre détresse et le sentiment d'abandon provoqué par le suicide de sa mère ; cet acte irréparable l'avait terrorisée.

« Merci, Harry », dit-elle dans la nuit. Elle rentra dans l'appartement et lui téléphona, lui laissant ce même message sur son répondeur.

Elle sourit en pensant que Harry le trouverait en rentrant de son travail à l'aube.

Sans s'en rendre compte, ses pas la conduisirent dans la chambre d'ami où elle alluma l'électricité. Harry avait dormi là dans ce lit la semaine dernière. La pièce avait été nettoyée et les draps changés, excepté l'oreiller, où il avait posé la tête.

Elle s'étendit sur le lit et serra l'oreiller sur ses seins. Les genoux relevés, les yeux fermés, elle évoquait Harry. Elle aurait voulu se retrouver dans ses bras et faire l'amour avec lui, car elle s'était sentie aimée. Ce qui est assez extraordinaire.

32

À l'aube, la grande salle de la brigade criminelle bruissait encore d'activité lorsque Harry annonça qu'il rentrait chez lui. Il avait achevé de lire les dépositions ainsi que la description des indices découverts sur les lieux du crime, et il avait entendu d'innombrables fois le message enregistré sur le répondeur de Terry Walker, au point de le connaître par cœur.

Rossetti n'avait pas pu supporter de le réécouter, mais Harry cherchait à percevoir des bruits à l'arrière-plan, des sons que la bande aurait pu capter. Il avait finalement envoyé la cassette au laboratoire pour voir ce que l'on pouvait en tirer avec un amplificateur électronique.

Le rapport d'autopsie du Dr Blake lui était à peine nécessaire. Il était odieux de penser que Suzie avait dû être charcutée une fois de plus pour révéler en quoi avait consisté son dernier repas, si elle avait pris un médicament ou du poison, et laquelle de ses affreuses blessures avait causé sa mort.

Rossetti et lui s'étaient mis à appeler Suzie « la victime », ce qui leur permettait d'introduire une certaine distance entre la jeune fille qu'ils avaient connue et le cadavre de la morgue.

« On mettra la main sur ce fils de pute, Prof », déclara Rossetti laconiquement.

Il paraissait différent de l'homme soigné, du Casanova qu'il était d'ordinaire. Il avait l'œil sombre, le visage dur, l'air furieux. Harry ressentait exactement la même chose que lui.

« Le crime, c'est notre métier, Rossetti, dit-il en s'efforçant d'affronter la réalité de leur monde professionnel.

— Ouais, mais on est quand même des êtres humains. »

Ils firent quelques pas ensemble jusqu'au parking, les mains dans les poches, sans rien dire. Rossetti donna un coup de pied dans une pierre qui alla cogner la Jaguar et dit d'un air morose : « Pardon. »

Harry haussa les épaules ; quelle importance ? Avec une tape amicale sur l'épaule il lui souhaita bonne nuit.

Lorsqu'ils se retrouvèrent devant leur voiture respective, ils échangèrent un regard.

« Tu rentres chez toi ? demanda Rossetti.

— Non, je vais aller faire un tour au club, voir ce qui s'y passe. » Harry savait qu'il ne serait pas capable de dormir. Il allait s'entraîner dans la salle de gymnastique, une manière comme une autre de décharger sa rage. « Et toi ?

— J'ai envie d'aller un peu à l'église. Ça ne peut pas faire de mal. »

Harry espérait que le bon Dieu saurait quoi faire. Il grimpa dans la Jaguar et roula très lentement, dans l'aube fraîche et grise, jusqu'au Moonlightin'Club.

Le club était tranquille. Une poignée de jeunes types y traînait encore, buvait du Coca et bavardait. La musique jouait en sourdine. Au lieu de rap, ils écoutaient Whitney Houston.

Il les salua en passant, et dans les vestiaires cacha soigneusement son revolver. Ce qui n'avait pas grand sens, songea-t-il en fermant à clef le cadenas. Chacun des jeunes gens présents ce soir possédait sans doute une arme à feu bien plus sophistiquée que celle d'un officier de police.

Après avoir pris une douche rapide et s'être changé, il entra dans la salle d'entraînement. Il resta une demi-heure à courir sur le tapis roulant, puis souleva des haltères au lieu d'utiliser les appareils de musculation. Il éprouvait le besoin physique de se mesurer à lui-même.

Au bout d'une autre demi-heure, il était en sueur, exténué. Il retourna au vestiaire, prit une autre douche et se rhabilla. En récupérant son revolver dans son vestiaire, il avisa un morceau de papier glissé bien en évidence sous l'arme : une note au stylo à bille noir.

« Le tireur du 7-Onze est Isaiah Tulane alias Gregory Tallman alias Ike le Mec. Il se planque au 9 West Street. Le mort était un ami à moi. »

Pas de signature, bien sûr. Mais Harry ne doutait pas de l'exactitude de l'information. Il réfléchit dix secondes à la manière dont avait été ouvert son casier. L'endroit n'était certes pas un camp de scouts. La plupart des types qui fréquentaient le club avaient des délits sur la conscience, et nombre d'entre eux étaient impliqués dans des trafics de drogue. Forcer un placard représentait un jeu d'enfant... Au fond il était verni qu'ils se soient servis de leur science pour dénoncer l'assassin d'un des leurs et non pour violer le pacte qui les liait au club.

Il se sentait néanmoins coupable d'avoir péché par excès de complaisance, de n'avoir pas prévu ce genre de choses. Il avait seulement eu de la veine que ça ne tourne pas mal. Il se jura de ne plus se montrer aussi négligent.

Personne ne regardait dans sa direction quand il regagna sa voiture. Chacun poursuivait ses occupations. Une expression mi-figue mi-raisin sur le visage, Harry donna l'alarme par radio aux voitures de patrouille. La vie vous apportait parfois une petite récompense sur un plateau d'argent.

Il réussit également à joindre Rossetti « Comment s'est passée ta prière ? demanda-t-il sur un ton narquois.

— Tu sais bien qu'on ne peut pas avoir la réponse tout de suite, rétorqua Rossetti. Mais je me sens mieux.

— Alors ce que je vais te dire t'aidera à te sentir encore mieux et renforcera ta foi dans le Tout-Puissant. » Harry lui parla de la note trouvée dans son vestiaire. Je suis en route pour prendre le mandat d'arrêt. On se retrouve sur West Street, mon vieux. »

L'arrestation du meurtrier se déroula sans histoire. Il dormait dans son lit après s'être piqué à l'héroïne. Il n'offrit aucune résistance. Par la suite, il se montra bavard et leur livra le nom de son complice.

« C'est lui qu'a tiré, pas moi », grommela-t-il tandis que Harry tournait autour de lui dans le bureau réservé aux interrogatoires.

Rossetti prit une gorgée de café, sachant parfaitement que Tulane avait une folle envie d'en boire une tasse lui aussi. Et de fumer. D'un paquet de Camel tiré de sa poche, il fit sortir une cigarette, la retourna entre ses doigts et la fourra entre ses lèvres. Puis il joua longuement avec le briquet afin de faire monter la tension.

Tulane ne quittait pas la cigarette des yeux. Il se passa la langue sur les lèvres. Il avait le visage comme de la cendre et la bouche sèche. Les effets de la drogue commençaient à se dissiper et il tremblait déjà de tous ses membres.

« J'ai besoin de fumer, dit-il avec colère. Est-ce que vous n'êtes pas supposés offrir une cigarette aux suspects, les gars ? Avec du café ?

— Mais si. » Rossetti alluma la cigarette et balaya la fumée d'une main. Tulane inhala la fumée comme si c'était de la cocaïne.

« Dis donc, vieux, grogna-t-il, t'es vicieux comme un tas de merde.

— Inspecteur Jordan, voulez-vous coller deux mauvais points à M. Tulane ? fit Rossetti.

— Tu auras tout le café et autant de cigarettes que tu voudras, Isaiah », dit Harry d'une voix doucereuse.

Il ne s'agissait plus que d'une question de temps. Rossetti avait harponné le type, et son complice passait par la même épreuve dans la pièce voisine. Ils avaient l'arme du crime et la fourgonnette Ford blanche toute rouillée. Ils avaient épinglé ces petits truands, qui ne tarderaient pas à passer aux aveux. Leur avocat était arrivé, mécontent d'avoir été tiré du lit. Harry bâilla. Cette nuit n'en finissait pas.

Il était dix heures du matin quand ils obtinrent les aveux. Harry put enfin retourner chez lui. Il se faisait du souci pour Squeeze. C'était superflu, le chien avait l'habitude de ses horaires fantasques. Il lui fit fête et tournoya joyeusement autour de lui.

Harry lui mit la laisse et l'emmena faire un tour rapide à Beacon Hill et du côté des Commons. Il s'arrêta dans un Starbucks où il s'offrit un vrai café, pour une fois, et partagea un palmier à la cannelle avec le chien avant de retourner à la maison.

Il y avait deux appels sur son répondeur. Le premier était de sa mère.

« Harry, merci d'être venu à mon anniversaire », disait-elle d'un ton enjoué. Harry grogna. Elle était tellement dynamique et lui tellement épuisé. De plus, la réception lui semblait remonter à une éternité.

« C'était vraiment charmant, non ? Parfois je pense que je me gâte trop. Et merci d'avoir amené Mallory. Ça a été une bonne surprise en plus. Elle est si charmante. Ton oncle Jack affirme que tu serais fou de la laisser filer à cause de ton métier. Et je dois avouer que je suis de son avis, commenta-t-elle en éclatant de rire. Essayons de déjeuner ensemble bientôt, mon chéri. »

Après un temps d'arrêt, elle ajouta, comme si elle venait seulement d'y penser : « Tu ne trouves pas qu'il y a quelque chose de légèrement ridicule dans le fait de devoir prendre un rendez-vous pour déjeuner avec toi, alors que tu habites à deux pas ? Tu pourrais passer n'importe quand. Oh, j'allais oublier : je pars pour Prague la semaine prochaine avec Julia. Comme tu vas me demander pourquoi diable je vais à Prague, je te réponds dès maintenant : parce que je n'y suis jamais allée. *Au revoir.* »

Harry sourit ; Miffy était tout à fait imprévisible. Il attendit le second message.

C'était Mal. Elle lui déclarait de sa voix douce et caressante : « Je pensais à toi. Je veux te dire merci encore une fois. Pour tout. Bonne nuit, Harry. »

Il avait envie de la tenir serrée contre lui. Faute de mieux il caressa le répondeur et lui sourit affectueusement. Il espérait la revoir en rêve quand il sombrerait enfin dans le sommeil. Il n'en fut rien, il ne rêva pas du tout.

33

Mal occupait son esprit lorsqu'il se réveilla. Il repoussa la tête de Squeeze qui lui écrasait la poitrine. Assis sur son lit, il se passa les mains dans les cheveux et composa le numéro de la jeune femme à son domicile. Encore ce fichu répondeur ! Naturellement, il était quatorze heures trente ! Elle devait être au bureau. Il l'y appela, mais elle n'était pas revenue de son déjeuner et on ne l'attendait pas avant quinze heures.

À ce moment-là, il était assis au comptoir chez Ruby, devant un petit déjeuner, Squeeze couché à ses pieds comme toujours.

« Heureusement que c'est un chien policier, lui dit Doris. Sinon les clients pourraient protester pour raison d'hygiène. »

Harry observa les autres clients qui buvaient de la bière, toussotaient en fumant des Marlboro ou sauçaient leur assiette avec un bout de pain. « Pas ce genre de clients, Doris », lança-t-il par-dessus son épaule en se dirigeant vers la cabine téléphonique près de la porte.

Squeeze, la tête sur ses pattes, leva les yeux vers son maître mais ne bougea pas. Il savait comment Harry lui signifiait qu'il fallait entrer en action.

« Mme Malone est en réunion au studio, lui apprit-on.

— Dites-lui que j'ai appelé encore une fois. J'essaierai de la joindre plus tard. »

Il retourna à sa place et picora d'un air mécontent son habituel plat d'œufs au jambon.

« Vous savez quoi, Prof ? Vous vous nourrissez mal, déclara Doris, appuyée d'un coude au comptoir en face de lui. Vous ne mangez jamais rien d'autre que cette saloperie ?

— Mais si ! Je mange des petits pains à la cannelle, des pizzas aux pepperonis, et des sandwiches Matisse.

— Jamais entendu parler de ça. Croyez-moi ce qu'il vous faut, c'est une bonne épouse pour vous préparer des petits plats. De la nourriture saine, comme ils disent dans les magazines.

— Les femmes que je fréquente ne savent pas cuisiner. » Mais au souvenir du réfrigérateur de Mal garni de cailles et de courgettes farcies, il ajouta : « Sauf une.

— Alors décidez-vous, Prof, parce que, si vous ne lui mettez pas le grappin dessus en vitesse, vous finirez à l'hôpital du Massachusetts. Au service de réanimation cardiaque. Et vous regretterez d'avoir jamais entendu parler des célèbres frites de Ruby. »

Doris n'y était pour rien, mais ce jour-là, il trouva son menu insipide. Il but un Coke et, après avoir payé l'addition, salua d'un geste en se dirigeant vers la porte. Squeeze était sur ses talons.

De retour au poste, il eut l'impression de ne l'avoir jamais quitté. Il s'assit en face de l'ordinateur pour revoir les circonstances de la mort de Suzie. Quelque chose ne collait pas. D'abord, rien n'avait été volé. La stéréo et la télé étaient encore là. Le hasard voulait sans doute qu'elle ait surpris le voleur avant qu'il ait le temps d'emporter quoi que ce soit dans sa voiture.

Il feuilleta les photographies du corps. Le visage lacéré de Suzie était couvert de sang séché. Il examina une épreuve de plus près, prit une loupe dans le tiroir pour mieux voir les détails. Une seconde plus tard, Harry décrochait le téléphone et demandait au labo un agrandissement du front. Il pouvait à peine croire à ce qu'il venait de découvrir, mais il était sûr d'avoir raison.

Il regarda les images du slip en dentelle noire trouvé sur le lit. Et pourtant il n'y avait pas eu viol. Le labo détenait le slip, les draps et les autres objets saisis sur les lieux du crime, le sac et les petits pois, le couteau, les échantillons de sang et les débris prélevés sous les ongles de la victime. Les restes d'une vie humaine gâchée.

Il observa les clichés du couteau. C'était un petit instrument pourvu d'une longue lame étroite. Du même type que celui dont on avait usé contre Summer Young. Il fit apparaître la déposition d'Alec Klosowski sur l'écran. La description du suspect et du véhicule correspondait aussi.

Harry secoua la tête. Suzie avait été égorgée au cours de ce qu'il supposait être un crime commis sous l'effet d'une impulsion. Les meurtres des trois autres jeunes étudiantes avaient été prémédités. Les filles avaient été traquées, enlevées, violées, et tuées dans un acte de violence sexuelle quasi rituelle.

Il rappela le laboratoire et demanda quand ils auraient quelque élément à lui fournir. Il avait besoin d'avancer.

« Donnez-nous encore deux heures », lui répondit le chef du labo.

Il emmena donc Squeeze faire un tour au bord du fleuve Charles. Il traînait les pieds, les mains au fond des poches, la tête baissée. Le chien marchait derrière lui, devinant que ce n'était pas le bon jour pour jouer à la balle. Mais, attiré par une bande de mouettes qui criaillaient sur la berge, il faussa compagnie à son maître en rasant le sol et se faufila sous la palissade.

« Reviens ici, espèce d'idiot », hurla Harry tandis que le chien pourchassait les mouettes prenant leur envol dans une cacophonie de cris stridents. Squeeze aboyait joyeusement. Harry éclata de rire, et le chien, fier de lui, revint au trot. Cette fois, il sauta par-dessus la palissade et reprit sa place, légèrement derrière Harry, comme si de rien n'était.

« Crétin. » Harry lui flatta le crâne et se replongea dans ses pensées.

Et s'il y avait une relation entre les meurtres des étudiantes et celui de Suzie Walker ? L'assassin de Suzie connaissait manifestement ses allées et venues, comme s'il l'avait traquée. Il avait su qu'elle était de garde pour la nuit et que l'appartement serait vide. Elle l'avait surpris en rentrant chez elle plus tôt que prévu. Harry se passa une main dans les cheveux. Les similitudes étaient frappantes.

Théoriquement, il ne prenait pas son service avant huit heures ce soir-là, mais il avait déjà accompli une bonne journée de travail quand l'agrandissement du visage de Suzie arriva du laboratoire.

« Qu'en dis-tu, Rossetti ? interrogea-t-il en désignant la marque de sang séché sur le front.

— On dirait une empreinte. Comme si quelque chose était imprimé sur son front.

— Exactement. Elle est tombée la tête en avant sur quelque chose. Regarde encore une fois, Rossetti. Tu vois ça, les deux boucles reliées par un truc raide, avec la petite estampille au milieu. Est-ce que ça ne te fait pas penser au célèbre logo de Gucci ? Rosetti, notre homme a des goûts de luxe.

— Tout comme le tueur en série ! s'exclama Rossetti. Mais ce crime-là est très différent. Pas de préméditation, pas d'enlèvement, pas de viol, seulement une multitude de coups de couteau.

— Réfléchis à ce scénario, Rossetti. Il l'avait choisie pour être sa prochaine victime. Il était en train de la traquer. Il savait qu'elle était de garde cette nuit-là. Souviens-toi : elle avait *perdu* ses clefs. Il n'a pas eu besoin de pénétrer dans la maison par effraction, il avait déjà fait copier les foutues clefs. Elle est rentrée chez elle à l'improviste, elle l'a surpris, alors il a perdu la tête. Il avait prévu de l'enlever et de la tuer plus tard. Il l'a tuée à ce moment-là parce qu'il n'avait pas le choix. Elle s'est débattue, l'a frappé avec le sac de petits pois surgelés. Il n'était pas habitué à ce qu'on lui résiste, et c'est pourquoi il s'est acharné sauvagement sur elle. C'est le tueur en série, Rossetti. J'en suis certain. Je le sens dans mes tripes.

— Tu crois que le chef va avaler cette théorie ?

— Si on fait abstraction du style de l'assassinat et du fait qu'il n'a pas été prémédité, tous les éléments collent… du couteau aux chaussures de luxe. Qu'est-ce que le chef veut de plus ? Notre tueur a frappé encore une fois, Rossetti. Un peu plus tôt qu'il l'avait prévu, c'est tout. Attendons de voir les autres indices que le labo aura analysés avant d'en parler au chef, mais je te parie que nous sommes sur la bonne piste. »

Il n'eut pas le temps de téléphoner à Mal ce soir-là, et lorsqu'il rentra enfin chez lui un message d'elle l'attendait. Elle disait qu'ils s'étaient tout bonnement ratés et s'en montrait désolée. Harry pensa qu'il était vraiment difficile de vivre une histoire d'amour par téléphone. En particulier lorsque les amoureux ne parvenaient pas à se joindre.

L'enterrement de Suzie Walker eut lieu à quinze heures le lendemain. La petite chapelle baptiste toute simple qu'elle fréquentait depuis son enfance était emplie de personnes profondément affligées dont un grand nombre appartenaient à l'hôpital.

Harry remarqua la présence du Dr Waxman et d'autres membres de la faculté de médecine. Un certain nombre de soignants avaient pu se libérer ; des représentants des autorités municipales et du clergé s'étaient déplacés.

Les membres de la famille, tout de noir vêtus, avaient pris place au premier rang : les parents, la sœur et un frère plus jeune aux cheveux roux, ainsi que les grands-parents, les oncles, tantes, cousins, et amis d'enfance. Le cercueil disposé devant l'autel dépouillé était recouvert de fleurs blanches : des pivoines, des marguerites et des roses. Deux grands cierges brûlaient de part et d'autre de la bière.

Harry et Rossetti se tenaient au fond de l'église et, un peu plus tard, au cimetière, ils restèrent discrètement en arrière pendant que l'on mettait en terre le cercueil. Un cameraman de la police tournait la scène en vidéo et des équipes de la télévision filmaient aussi. Mme Walker poussa des cris de douleur et son mari l'attira vers lui. Ils s'appuyèrent l'un contre l'autre, fous de chagrin.

Harry ferma les yeux devant cette scène insoutenable, et se ressaisit en se rappelant qu'il était en service commandé. Les tueurs assistent souvent aux funérailles de leurs victimes. Il allait devoir demander aux membres de la famille s'ils avaient remarqué des étrangers parmi la foule. Il en doutait. L'assassin devait être trop secoué, après avoir été ainsi dérangé dans ses habitudes, pour prendre ce genre de risques.

À la fin de la cérémonie, Rossetti et lui retournèrent au commissariat. D'autres informations étaient arrivées du laboratoire : les poils pubiens découverts sur le slip en dentelle noire n'appartenaient pas à la victime. Le cheveu trouvé sur les draps provenait d'un individu de race blanche : c'était un cheveu gris teint en noir. Il serait peut-être possible d'obtenir la formule de l'ADN de l'intéressé d'après les minuscules particules de tissu cellulaire adhérant encore à la racine, mais ça prendrait du temps.

« On dirait que tu as vu juste, Prof », déclara Rossetti avec optimisme, lorsqu'ils allèrent parler à leur chef.

Ils s'en furent ensuite ruminer leurs pensées dans un bar. Ils burent une bière, sans dire grand-chose, attendant de retrouver le maire et le chef de la police dans le studio de la télévision locale, où leur supérieur devait enregistrer une déclaration qui serait diffusée pendant le journal télévisé du soir pour faire savoir au public que le tueur en série avait frappé une fois de plus.

Le visage souriant de Suzie apparut sur l'écran, suivi des images de son enterrement, après quoi le maire intervint pour parler de la sécurité urbaine et annoncer que, compte tenu des indices recueillis, une arrestation était imminente. Harry et Rossetti apparaissaient à l'arrière-plan, le visage grave, les blousons gonflés par leurs revolvers.

Aussitôt après, Harry appela Myra, et lui demanda de s'occuper de Squeeze. Il partit en voiture pour Logan, où il comptait prendre le prochain avion à destination de La Guardia.

Juste avant le décollage, il eut le temps de téléphoner à Mal et de lui laisser un message : « Il est dix-huit heures trente et je m'apprête à prendre la navette. Je serai chez toi vers huit heures quinze, avec un peu de chance. Je sais que je te préviens au dernier moment, mais j'espère que tu seras là. J'ai besoin de toi, Mal », ajouta-t-il après une courte hésitation.

Au moment où Harry montait à bord de la navette, l'homme rentrait de son travail. D'un geste, il salua un voisin, avant d'entrer dans l'allée qui menait à son garage. Il se livra à son manège habituel avec les serrures et les verrous, et inspecta les pièces de sa maison à la recherche d'éléments anormaux. Il y avait de l'inquiétude dans ses yeux, cette fois, presque comme s'il s'attendait à surprendre deux officiers de police en train de tout mettre sens dessus dessous pour trouver des preuves.

C'était le couteau qui le préoccupait. Il se rappelait l'avoir glissé dans sa poche avant de partir. Mais il ne le retrouvait pas. Il se demandait où il avait pu le laisser tomber. Il avait fouillé la voiture et refait le trajet à partir du garage dans toute la maison. Il avait pu le laisser tomber chez elle, dans la rue, n'importe où. Dans ce cas, la police risquait de l'avoir trouvé.

Ennuyé, il se rendit dans la cuisine, ouvrit le réfrigérateur et s'attarda devant son maigre contenu comme s'il espérait voir le couteau là où il avait l'habitude de le ranger.

Il se remplit un grand verre de vodka sans glace, et alla allumer la télévision dans le salon.

Pendant que les actualités internationales défilaient sur l'écran, il avala d'un trait la vodka pure. Il avait faim. L'histoire du couteau l'angoissait trop pour qu'il aille dîner dans son bistrot attitré, aussi avait-il préféré s'acheter un sandwich. Il retourna le chercher dans la cuisine, revint en mordant dedans et s'arrêta en face du poste.

Suzie Walker le regardait droit dans les yeux ! L'homme déglutit avec difficulté le morceau de fromage qui restait collé dans sa gorge. « Salope, grogna-t-il, sale petite putain. Regarde un peu ce que tu m'as fait faire. »

Il l'injuriait encore quand passa sur l'écran la séquence de l'enterrement. Puis ce fut le tour du chef de la police et du maire. Ils affirmaient détenir la preuve irréfutable que l'assassin de l'infirmière était aussi celui des trois jeunes étudiantes. Paralysé d'effroi, il écoutait leurs déclarations.

« Soyez prudentes quand vous vous déplacez en ville, conseillait le maire. Faites preuve de vigilance, et si vous devez sortir, faites-le en groupe. À notre avis, l'assassin ne va pas rester longtemps en liberté. Tout permet de penser qu'il va être arrêté sous peu. »

Ses jambes se dérobèrent sous lui et il s'affala dans un fauteuil. Sans qu'il s'en aperçoive le sandwich tomba sur la moquette immaculée où il fit une tache.

Il passa sa langue sur ses lèvres sèches. Mensonge, balivernes. Quand bien même ils détenaient le couteau, il ne portait aucune empreinte : il avait veillé à le laver et le sécher soigneusement. Méticuleux sur ce point, il avait mis ses gants de caoutchouc. Non, il n'avait laissé aucune autre trace, il en était absolument sûr.

Les autorités cherchaient à apaiser les craintes du public en annonçant une arrestation imminente. Personne ne l'avait vu cette nuit-là, sauf Suzie. Il n'y avait que le couteau, et il était propre.

Il soupira, soulagé. Les autorités devaient bluffer. Il était certain qu'ils ne connaissaient pas son identité.

Il éteignit le téléviseur sans écouter la fin du journal. C'est alors qu'il remarqua le sandwich et la tache de moutarde sur le tapis. Pestant contre sa maladresse, il alla chercher le détachant à la cuisine. Il détestait le désordre.

34

Mal faillit sauter de joie en écoutant le message de Harry. Elle projetait d'aller au théâtre avec des amis mais annula ses plans et se hâta d'aller faire des courses.

Elle était dans la cuisine en train de préparer la sauce à salade quand Harry arriva. Lorsqu'il sortit de l'ascenseur sur le palier décoré par des miroirs vénitiens et des tapis aux couleurs douces, elle accourut pour l'accueillir.

Il portait son blouson de cuir noir, son sempiternel jean et une chemise bleue. Il n'était pas rasé, ses cheveux noirs étaient en broussaille, et la fatigue se lisait dans ses yeux. Sa séduction s'en trouvait renforcée. Néanmoins, elle se contenta de lui dire : « Ravie de voir que tu as fait un effort vestimentaire, Harry.

— Laisse-moi souffler, veux-tu, Malone ? Je viens tout droit de mon travail, j'ai parcouru des centaines de kilomètres pour te voir.

— Alors j'espère que tu n'es pas déçu. »

Il la dévora des yeux pendant qu'elle tournait sur elle-même, son sourire le plus radieux aux lèvres. Elle portait une longue jupe soyeuse, imprimée de petites fleurs bleues assorties à ses yeux, un ras du cou noir très moulant, et un tablier de cuisine blanc qui cachait ses formes. Elle était pieds nus, chaque orteil enveloppé d'un pansement d'où émergeaient des ongles roses. Elle paraissait gaie et en pleine forme.

« Joli tablier…, déclara-t-il. Dois-je en déduire que tu es en train de faire la cuisine ?

— Tu as tapé dans le mille. »

C'était elle qu'il voulait dévorer, en réalité. « Doris m'a fait la leçon sur mon alimentation. Selon elle il me faut épouser une bonne cuisinière.

— Ah oui, c'est l'avis de Doris ?

— Oui. Je lui ai répondu que ce serait désastreux pour les affaires de Ruby, mais elle a rétorqué que ce serait bon pour ma santé.

— Bien, cette question étant réglée, dit-elle d'un air moqueur, voudrais-tu entrer ? Ma maison est la vôtre, inspecteur. »

Elle s'effaça devant lui mais il préféra prendre son visage entre ses mains et l'embrasser sur le nez. « Sur le plan vestimentaire et sur tous les autres plans, tu as l'air… adorable, murmura-t-il. Absolument adorable, bien que tu sentes l'ail.

— Au moins, ce n'est pas l'antiseptique.

— Ça n'a jamais été le cas. » Et il la serra contre lui pour l'embrasser convenablement.

Elle connut de nouveau cette merveilleuse sensation de perdre la tête dans ses bras, de ne plus rien sentir en dehors de la douceur de ses lèvres sur les siennes, de la pression de son corps ferme tandis qu'il l'étreignait.

« Oh, Mal, fit-il en écartant enfin ses lèvres pour couvrir de baisers ses cheveux, son front, ses paupières closes. J'ai besoin de toi. »

Elle ouvrit de grands yeux émerveillés. « Personne n'a jamais eu besoin de moi, en tout cas personne ne me l'a dit.

— Moi si. Ces derniers jours ont été interminables et très pénibles. »

Elle l'entraîna dans le salon, lui retira son blouson, l'invita à s'installer dans un fauteuil confortable et lui proposa une coupe de champagne.

« Plutôt du bourbon, si possible ? » Il avait le regard éteint et semblait à bout de forces.

Qu'avait-il bien pu arriver entre le moment où elle l'avait quitté, dimanche soir, et aujourd'hui ? se demanda-t-elle en allant lui servir un verre de Jack Daniel's.

« Merci.

— J'ai lu quelque part, commença-t-elle, ce devait-être dans *Cosmo*, où on raconte toujours ce genre de truc, que quand votre homme tombe de fatigue en rentrant à la maison, rien ne vaut un bon repas pour trouver le chemin de son cœur. Cette fois, on dirait que j'ai vu juste. Repose-toi pendant que je retourne à mes fourneaux. »

Elle remplaça le CD de Santana par un concerto de Mozart et baissa le volume. Avant de disparaître dans la cuisine, elle lui adressa un dernier sourire enchanteur.

Harry n'avait même pas faim, quoiqu'il n'eût pas déjeuné. Il était seulement heureux de se trouver là auprès d'elle. Il avait besoin d'elle. De bien des manières auxquelles elle n'avait pas pensé.

Il savourait le goût douceâtre du bourbon. Un délicieux fumet lui parvenait de la cuisine, et la musique douce l'apaisait. Une sensation de bien-être l'envahit, et si elle n'avait pas été très près, si présente dans son esprit, il aurait pu s'endormir.

Lorsqu'elle fut de retour dans la pièce, il dit d'un ton las : « Pardon, Mal. Je pense que je n'aurais pas dû venir ce soir, mais je désirais tellement être près de toi. »

Elle s'assit à ses pieds, posa la tête sur ses genoux, heureuse de le savoir là. « Tu as bien fait. »

Avec un effort, il chassa de son esprit les événements des derniers jours et reprit pied dans le présent. « Ce dont j'ai besoin, dit-il avec un sourire, c'est d'un vrai bon repas. J'ai hâte de savoir ce que vaut le chef de cet établissement renommé.

— Suivez-moi, monsieur, s'il vous plaît », dit-elle en le prenant par la main.

La table ronde dans la cuisine était dressée pour deux : sets de table en lin bleu, assiettes jaune vif et bleu horizon, on aurait dit une nature morte de Matisse. Elle avait disposé une salade dans un saladier en verre, du pain aux noix et un plat de fetuccine aux épinards accompagné d'une sauce tomate fraîche et de légumes émincés. Les bougies étaient allumées, et une bouteille de vin blanc refroidissait dans un seau à glace posé sur la desserte.

« C'est toi qui as préparé tout cela ? s'exclama Harry.

— Goûte avant de me féliciter. »

Il servit le vin et lui présenta une chaise pour qu'elle prenne place. « *Madame la Chef*[1] », dit-il et il l'embrassa pendant qu'elle s'asseyait.

« À ce rythme, on ne dînera jamais, murmura-t-elle, le souffle court.

— Oh, mais si. C'est merveilleux, Mal. Et tout est comme il faut. Je n'y aurais jamais pensé, c'est exactement ce que j'ai envie de manger. »

Elle l'invita à commencer et l'observa, attendant le verdict.

« C'est bon. Excellent même. Ça fait des jours que je n'ai rien mangé d'aussi délicieux.

---

1. En français dans le texte. *(N.d.T.)*

— Tout doit te sembler meilleur que chez Ruby », dit-elle, mais il savait qu'elle était contente.

Elle le regarda jouer avec la nourriture ; il ne mangeait pas. Qu'est-ce qui le tracassait ? Qu'avait-il voulu dire au juste en déclarant qu'il avait besoin d'elle ? Qu'elle comptait pour lui, qu'il la désirait ? Qu'il l'aimait, comme elle avait à peine osé le croire ?

« Ça ne va pas, Mal, avoua-t-il en se calant sur sa chaise. Je ne suis pas venu ici sous un faux prétexte, mais j'ai aussi d'autres raisons que le désir d'être avec toi. »

Son cœur se durcit comme du marbre. N'avait-il pas fait semblant de tenir à elle depuis le début ? L'heure de vérité allait sonner. Sans trop savoir pourquoi, elle devinait ce qui allait arriver.

Évitant son regard, elle se leva et se mit à débarrasser la table pour donner le change. Les yeux de Harry lui brûlaient le dos lorsqu'elle alla au salon. Elle se laissa tomber dans un fauteuil, les jambes repliées sous elle.

Il la suivit et s'assit juste en face, à l'endroit même où, l'autre nuit, il avait mangé le délicieux sandwich Matisse.

Il n'y a pas si longtemps que ça, pensa-t-elle sur la défensive. Ils ne se connaissaient que depuis quelques semaines. Et manifestement ils ne se connaissaient pas aussi bien qu'elle l'avait cru, sinon il n'aurait pas été capable de se moquer d'elle à ce point-là.

« Mal, ce n'est pas ce que tu crois, reprit-il comme s'il avait lu dans ses pensées.

— Vraiment ? laissa-t-elle tomber sèchement sans quitter des yeux un point au-dessus de sa tête.

— Ce qui s'est passé entre nous, ce que nous ressentons l'un pour l'autre, ça n'a pas changé, Mal. Tout est pareil.

— Tu as peut-être raison. Nous sommes juste revenus à la case départ, fit-elle avec un haussement d'épaules.

— Je suis ici parce que j'avais envie de te voir, insista-t-il. Mais je suis venu pour une raison professionnelle. »

Elle le savait. Elle se leva et se mit à arpenter la pièce. « Tu m'as fait l'amour parce que tu voulais te servir de moi. C'est ça, hein, inspecteur Harry ? Parfait, je suppose que je ne suis pas la première à qui cela arrive. Et j'estime que je suis, moi aussi, dans mon tort. Il faut être deux pour faire l'amour, après tout.

— Ça n'est pas ça du tout, je te le jure, dit Harry qui hochait la tête d'un air navré.

— Tu veux dire que tu as apprécié ? J'avoue que moi aussi. Pourquoi ne pas en rester là, Harry ? Tu suis ton chemin, et moi le mien. Moi, je n'ai pas *besoin* de toi. » Elle s'était retournée et le regardait avec colère.

Il se leva d'un bond et la saisit par le bras.

« Bon Dieu, mais *moi* j'ai besoin de toi. Qu'est-ce qui ne tourne pas rond chez toi, pour que tu montes sur tes grands chevaux avant d'avoir seulement entendu ce que j'ai à dire ? Pourquoi imagines-tu toujours le pire ? » hurla-t-il. Elle agitait le bras pour se dégager et il la lâcha.

« Ce n'est même pas la peine de poser cette question, parce que je connais déjà la réponse. Tu as un tel sentiment d'insécurité que tu n'arrives pas à te conduire en adulte.

— Ça veut dire quoi ? s'exclama-t-elle en le fusillant du regard.

— Écoute, Mal, quelle importance si c'est le portrait-robot qui nous a rapprochés ? C'est à cause de ça que je t'ai rencontrée, et je m'en félicite.

— Ah oui ? s'esclaffa-t-elle, la tête rejetée en arrière. Maintenant je sais pourquoi. »

Harry grinça des dents. Il prit une profonde inspiration et déclara froidement. « D'accord, tout est fini entre nous. Mais comme je suis là, autant te révéler l'autre raison pour laquelle j'ai besoin de toi. » Il prit un ton impatient devant son regard méfiant. « Oh, pour l'amour de Dieu, Mal, assieds-toi, pourquoi rester debout ? On dirait un chien prêt à mordre.

— Ohhh ! cria-t-elle avant de s'affaler sur les coussins roses du canapé qu'elle bourra de coups de poing furieux.

— Calme-toi et écoute-moi, juste une fois ! J'ai une autre vie, parallèlement à cette existence insouciante et luxueuse que je mène avec toi.

— Que tu mènes avec moi ? Ouah ! Une ou deux réceptions et un week-end, tu appelles ça *une* vie ?

— Tu reconnais au moins que c'était luxueux.

— Harry Jordan, tu te prends pour quoi ? marmonna-t-elle, cachée derrière un coussin de chintz rose. Qu'est-ce que tu attends pour t'en aller ?

— Oh non, tu ne vas pas te débarrasser de moi aussi vite. Tu vas écouter ce que j'ai à dire, Mallory. Et lorsque j'aurai fini, réfléchis sérieusement avant de répondre. Demande-toi si tu peux continuer à vivre avec ça sur la conscience. Parce que moi, j'en suis incapable.

— Qu'est-ce que tu dois m'apprendre de si important ? demanda-t-elle en dégageant son visage de derrière le coussin.

— Aurais-tu par hasard regardé le journal télévisé aujourd'hui ? Devant son regard vide il poursuivit : sans doute pas. Alors je ferais mieux de commencer par le commencement. D'accord, Malone, quand je t'ai quittée dimanche soir, je suis allé prendre mon poste.

— Je sais, c'était ta veillée mortuaire, dit-elle sur un ton méfiant.

— Tout juste. Quelqu'un que je connaissais.

— Quelqu'un que tu connaissais ? Tu veux parler d'une personne qui est *morte* ?

— Une jeune femme a été assassinée. Une infirmière qui travaillait aux Urgences à l'hôpital du Massachusetts. Je ne la connaissais pas intimement, mais je la voyais chaque fois que j'y allais pour des questions professionnelles. On se disait bonjour en passant. C'était une ravissante jeune fille, avec des cheveux roux magnifiques. Rossetti cherchait toujours à obtenir un rendez-vous avec elle. Elle le repoussait chaque fois.

« Dimanche soir, on nous a appelés chez elle. Elle avait été lardée de coups de poignard, la gorge tranchée, le visage lacéré. Elle baignait dans son sang, agenouillée, face contre terre. Son petit chat noir était assis près du corps. »

Mal pressa de nouveau son visage contre le coussin. Elle visualisait la scène avec précision.

« Arrête, s'il te plaît, supplia-t-elle, horrifiée. Je ne veux pas entendre cela.

— Elle gisait là depuis près de trente-six heures, poursuivit Harry impitoyablement. Elle est morte pendant que toi et moi nous dansions à la réception d'anniversaire de ma mère.

— Non ! s'écria-t-elle les mains sur ses oreilles.

— C'est le même type qui l'a tuée, Mal. » Debout au-dessus d'elle, il lui écarta les mains des oreilles. « Oui, celui du portrait-robot. »

Elle se renversa sur les coussins. Ses yeux épouvantés le fixaient, et il éprouva une bouffée de tendresse pour elle. Il avait une envie folle de la tenir dans ses bras, d'oublier toute cette histoire. Mais cette fois il n'en avait pas le droit.

« Ça fait *quatre* femmes, Mal. Quatre vies détruites. Quatre familles en deuil. Chacune était la fille de quelqu'un. L'amie de quelqu'un. La maîtresse de quelqu'un peut-être aussi. En tout cas, elles étaient très chères à ceux qui les aimaient. Mais pour l'homme démoniaque qui les a assassinées, elles ne représentaient qu'un instant de jouissance perverse. »

Elle baissait obstinément la tête, l'œil fixé sur ses pieds, silencieuse. Ses longs cils étaient délicieusement recourbés. C'était ridicule, il le savait, d'être à ce point ému par un détail aussi infime.

Mal pensait à Summer Young et à la jeune fille rousse qu'il venait de lui décrire. « Que veux-tu que je fasse ? murmura-t-elle.

— Je veux que tu me confies ce que tu sais sur l'homme du portrait-robot.

— Je te l'ai déjà dit, répliqua-t-elle en relevant la tête. Je ne le connais pas. C'est la vérité, je le jure.

— Alors, pourquoi as-tu réagi comme tu l'as fait devant le portrait-robot ?

— Je ne peux pas t'en parler », et elle détourna la tête.

Harry poussa un soupir exaspéré. Il l'attrapa par les épaules, la força à se mettre debout et à lui faire face. « Bon Dieu, pourquoi est-ce que tu ne peux pas m'en parler, Malone ? rugit-il. Pourquoi est-ce plus important que ce qui est arrivé à Suzie Walker ? Tu es en vie, toi, pour l'amour du Ciel. »

Elle soutint son regard, muette d'horreur. Harry la lâcha et fit un pas en arrière : « D'accord, Mal, ça ne fait rien. Pardon. Je n'aurais pas dû t'interroger. Tu as parfaitement le droit d'avoir des secrets. N'en parlons plus. »

Il tourna les talons et saisit au passage son blouson abandonné sur une chaise.

« Je te demande pardon, ajouta-t-il, de t'avoir imposé mes échecs, mes insuffisances personnelles. J'ai laissé ces femmes se faire tuer. J'aurais dû mettre la main sur l'assassin avant même qu'il s'en prenne à Summer Young. Avant qu'il tue Suzie.

— C'est ça que tu voulais dire en prétendant que tu avais besoin de moi ? demanda-t-elle, consciente du tremblement dans sa voix.

— Je ne pensais pas à ton émission, dit-il les yeux rivés aux siens. Je voulais dire que j'avais besoin de toi comme un homme a parfois besoin d'une femme. Comme consolatrice, comme amie, comme maîtresse. Et c'est l'autre raison pour laquelle je suis venu ici ce soir, Mal. »

Impossible de faire passer la boule qui obstruait sa gorge. Sa longue jupe bleue soyeuse bruissa lorsqu'elle avança vers lui. « Ce sont les yeux qui m'ont bouleversée… J'ai connu quelqu'un qui avait des yeux comme ça, il y a longtemps. »

C'était les yeux dont elle se souvenait le mieux, même si d'épaisses lunettes les déformaient. Ils étaient noirs, hypnotiques, et l'avaient transpercée jusqu'au fond de l'âme.

« Était-ce le même type ?

— L'homme que j'ai connu portait des lunettes, répondit-elle avec un hochement de tête négatif. Il… il me faisait peur. C'est tout.

— Tellement peur que tu n'as pas pu supporter l'idée de diffuser notre portrait-robot dans ton émission ? Un assassin avec les mêmes yeux ?

— C'était idiot, je sais. Mais c'est la vérité.

— Tu as envie de m'en parler ? hasarda-t-il devant son air perdu.

— Il n'y a vraiment pas grand-chose à raconter, dit-elle en étendant la main pour caresser doucement son visage. Je suis navrée, Harry. Pour Suzie. Et je te demande pardon pour ce que j'ai dit. Je vais diffuser le portrait-robot pendant l'émission, c'est mon devoir de le faire. » Un frisson de peur la parcourut, mais elle respira profondément pour se contenir et marquer sa résolution.

Il ne connaissait toujours pas les autres raisons pour lesquelles cet homme la troublait, mais il devinait qu'elle ne voudrait jamais se confier à lui. C'était un secret trop intime pour le partager avec quiconque. « Es-tu certaine de le vouloir ?

— J'en suis certaine. On va commencer à y travailler demain. On enregistre jeudi. Ça ne nous laisse pas beaucoup de temps.

— Tout ce que je veux, c'est cinq minutes. »

Elle secoua la tête.

« Je vais repousser l'émission qu'on avait préparée. Je veux consacrer tout le programme à cette affaire.

— Oh Mal !

— Je sais, je sais. Pourquoi est-ce que je n'ai pas dit ça au début, ce qui aurait évité une tragédie ? Est-ce que je n'apprendrai jamais à devenir adulte, Harry ? demanda-t-elle au supplice.

— Tu y arriveras. » Il l'attira dans ses bras pour la consoler, et la serra contre lui comme s'il ne voulait plus jamais la laisser partir.

35

Mal se réveilla la première. Cinq heures du matin, la chambre était encore plongée dans la pénombre. Allongé sur le dos, Harry avait un bras écarté, l'autre enroulé autour d'elle, cambrée contre lui. Dans la faible lueur venue de la fenêtre, elle devinait les lignes de sa silhouette mince et musclée, ainsi que son visage endormi. Il respirait doucement, la bouche entrouverte, et avait un air enfantin et innocent.

Elle s'étira tout au long de ce corps masculin, fit courir ses doigts sur la poitrine et le ventre plat. La toison noire crissait sous sa caresse. Un frisson le parcourut et elle sourit, immobilisant sa main pour mieux sentir la chair se raidir. Elle lui passa la langue sur les lèvres, embrassa sa bouche, son cou, son torse, puis descendit plus bas. Elle sentit les doigts de Harry dans ses cheveux tandis qu'elle goûtait sa peau, le dévorait, lui arrachait un gémissement rauque. « Attends, Mal, attends, s'il te plaît… »

Il se redressa et lui prit le visage entre ses mains.

« Laisse-moi te faire l'amour », murmura-t-il en plongeant ses yeux dans les siens. Il l'attira sur lui et se pencha pour embrasser ses seins dessinant leurs contours du bout de la langue jusqu'à ce qu'elle tremble de plaisir. Il contracta ses bras autour d'elle, comme s'il ne voulait plus jamais la laisser partir, et la fit aller et venir contre lui avec une lenteur voluptueuse.

À la fin, blottie contre lui, elle sentit son cœur battre à l'unisson du sien. L'odeur de l'amour flottait autour d'elle, et elle conservait dans sa bouche le goût de son corps. Elle avait l'impression qu'ils ne faisaient plus qu'un, perdus dans un espace argenté qui n'appartenait qu'à eux.

Harry fit courir sa main le long de son dos lisse, en insistant sur les petites bosses de sa colonne vertébrale, émerveillé par la délicatesse de son corps, de ses courbes et creux délicieux, par le parfum suave qui émanait d'elle.

« Sommes-nous au paradis, Malone ? » chuchota-t-il en lui mordillant le lobe de l'oreille.

Un bras autour de son cou, elle le retint. Elle aurait voulu le garder auprès d'elle pour toujours. « Je n'en ai jamais été aussi proche, inspecteur », murmura-t-elle, sans quitter cet espace où l'air lui-même semblait chargé de courant électrique.

La pièce commençait à peine à prendre forme, la lumière de l'aube filtrait à travers les rideaux de soie crème. « Le monde serait-il devenu couleur d'argent pendant notre sommeil ? »

Elle ouvrit les yeux et sourit après avoir regardé autour d'elle. « Je pensais que c'était toi, dit-elle en reposant la tête au creux de son cou. Tu te rends compte qu'on a dormi ensemble ? Pour de bon. Dans un vrai lit, et pas seulement sur des coussins par terre.

— J'ai eu conscience d'être dans un lit, mais je ne me souviens pas d'avoir beaucoup dormi. »

Il s'allongea sur le dos et elle se nicha dans ses bras, soyeuse, veloutée, parfumée, et si féminine. Il jeta un coup d'œil à sa montre. Le cadran vert affichait les chiffres fatidiques qui lui ordonnaient de se presser s'il voulait attraper la première navette. Il baissa les yeux vers elle, lovée contre lui.

« Je sais, je sais. Il faut que tu partes », soupira-t-elle. Mal roula sur elle-même pour s'écarter et bascula ses longues jambes par-dessus le bord du lit. « J'ai pensé aux bagels.

— Comment savais-tu que je resterais ?

— Appelle ça de l'intuition. » Elle descendit du lit, étira les bras au-dessus de sa tête dans un geste félin et souple qui lui donna aussitôt de nouveau envie d'elle.

Il la regarda marcher nue vers la salle de bains, gracieuse comme une danseuse, jusqu'à ce qu'elle se retourne vers lui et se cogne l'orteil contre une chaise. Elle empoigna son pied en sautillant et en hurlant. Il éclata de rire.

« Je ne sais pas ce que tu en penses, Malone, mais peut-être que tu es prédisposée aux accidents. » Il se leva, et l'ayant rejointe en une seule enjambée, embrassa le dessus de sa tête, ébouriffa ses cheveux, puis s'engouffra dans la salle de bains.

« Espèce de salaud sans cœur », cria-t-elle avant de rire à son tour. Elle entendit le bruit de la douche, enfila un slip blanc, un sweat-shirt gris, et prit le chemin de la cuisine.

Le repas de la veille était encore sur la table, sauf le pain et le beurre qu'ils avaient mangés entre deux étreintes et le vin qui leur avait redonné des forces pendant la nuit.

Elle prépara du café, posa du fromage blanc et de la confiture de fraises sur le comptoir, des tasses à fleurettes roses, du lait écrémé et un bol de sucre brun.

Elle dressa l'oreille. La douche avait cessé de couler. Elle introduisit les bagels dans le grille-pain, arrangea ses cheveux d'une main et attendit, le sourire aux lèvres, qu'il fasse son apparition.

Il la regarda puis remarqua les bougies consumées, les reliefs du repas de la veille sur la table, et enfin les petits pains grillés posés sur le comptoir.

« Tu es une femme miraculeuse ! J'ai à peine eu le temps de prendre une douche et *voilà*, le petit déjeuner est déjà servi.

— Ne croyez pas que ça va devenir une habitude, inspecteur. Je me montre sous mon meilleur jour ce matin, c'est tout, rétorqua-t-elle avec un large sourire. On dirait qu'il y a toujours des quantités de choses à manger mais as-tu remarqué qu'en réalité on n'arrive jamais à prendre un repas normal ?

— C'est vrai. Et je meurs de faim.

— Il reste des pâtes froides. Et de la salade.

— Pardonne-moi, Mal. C'était un repas merveilleux. Le meilleur depuis longtemps. Mais il y avait d'autres priorités.

— Je sais, dit-elle en beurrant un petit pain. Tu veux de la confiture ?

— *Sur un bagel* ? s'exclama-t-il comme si elle venait de blasphémer.

— Pourquoi ? Qu'est-ce que tu prends généralement ?

— Oh, du poisson fumé, du salami, parfois du thon.

— La confiture ne contient pas de matière grasse, affirma-t-elle en lui tendant le pot.

— Très bien, madame. » Il goûta une bouchée et prit un air enthousiaste qui la fit rire. « Malheureusement, je ne peux pas m'attarder. » Il avala d'un trait le café, très noir, comme elle s'était souvenue qu'il l'aimait.

Mal s'appuyait sur le comptoir, bras croisés. « Je vais avoir besoin de tout ce que tu pourras me fournir comme renseignements sur l'affaire, déclara-t-elle, soudain sérieuse.

— Dès mon retour à Boston, promit-il.

— Les détails de chaque assassinat, mais plus que ça, des

informations précises sur les victimes elles-mêmes, sur leurs familles. Je veux leur donner la vedette. Il faut que les gens qui regardent la télévision dans leurs maisons tranquilles, leurs filles assises en sécurité à côté d'eux, comprennent que cela aurait pu arriver à leur enfant. Je veux bouleverser leur existence. »

Elle faisait les cent pas, absorbée par la préparation de son émission. Il voyait qu'elle prenait tout cela vraiment à cœur et lui en était reconnaissant.

Il finit le café et attrapa son blouson. « Pardon, Mal, mais je dois me sauver. »

Elle revint à elle à regret. « Très bien. »

Il enfila son blouson.

« Non, ce n'est pas très bien, mais je ne peux pas faire autrement. » Il lui prit la main, l'attira contre lui et lui caressa tendrement la joue. « Quelqu'un t'a-t-il déjà dit que tu es adorable ? demanda-t-il.

— Quelqu'un à l'instant même, acquiesça-t-elle avec un bref mouvement de tête.

— Même quand tu te conduis comme une teigne », ajouta-t-il pour la provoquer. Puis il l'embrassa sur la bouche et s'en alla à toute vitesse.

Elle entendit l'ascenseur arriver à l'étage et regarda les portes se refermer sur lui. Elle posa ses doigts sur ses lèvres comme si elle sentait encore le baiser qu'il venait d'y déposer. Il reviendrait, elle en avait la certitude.

Le tueur en série de Boston faisait la une des journaux. Avec un quatrième assassinat à son actif, il avait les honneurs des médias. L'intervention du chef de la police et du maire était diffusée sur les chaînes nationales aux actualités, de même que l'enterrement de Suzie Walker. Les journaux à sensation en profitaient pour publier des dessins où se voyaient en détail les coups de couteau ainsi que des images totalement inventées censées représenter les lieux du crime.

« Depuis l'époque de l'étrangleur de Boston, les femmes de cette ville n'avaient pas connu un tel climat de terreur et d'angoisse. Dans une ville riche en établissements d'enseignement supérieur fréquentés par une forte proportion de jeunes femmes, la peur hante la population », annonçait-on au journal télévisé.

Quand arriva, le jeudi matin, le moment d'enregistrer l'émission,

Mal disposait de toutes les informations nécessaires. Ses enquêteurs et assistants n'avaient pas lésiné sur les heures supplémentaires. Le département de la police de Boston s'était montré plus que coopératif, et le maire avait téléphoné en personne pour la remercier.

« Ne me remerciez pas encore, monsieur, avait-elle répondu d'un ton sec. Attendez de voir l'émission. Et puis si vous tenez à exprimer des remerciements, adressez-les à l'inspecteur Harry Jordan, parce que sans son opiniâtreté je ne m'en serais jamais mêlée. »

Elle refusait de penser à ses craintes et appréhensions en préparant l'enregistrement. Elle se concentrait sur sa tâche, rien ni personne n'aurait pu l'en détourner.

Avant l'émission, elle resta calmement assise, perdue dans ses pensées, tandis que Helen la maquillait. Puis elle relut ses notes pendant qu'on lui faisait un brushing.

Lorsqu'elle posa le pied sur le plateau, tout était prêt. Elle aperçut Harry dans l'ombre derrière les caméras mais elle ne songeait pas à lui. Son énergie et sa force se focalisaient sur ce qu'elle allait dire à ces familles américaines attentives devant leur écran.

Elle prit place sur le petit canapé à dos raide qui n'était guère propice à la détente et posa ses notes, près du vase de roses roses, sur la table basse disposée devant elle. Contrairement à son habitude, elle était vêtue de noir : robe à manches longues avec un col en V, des collants et des escarpins de daim noirs. Elle ne portait aucun bijou, hormis de petites perles aux oreilles. Elle avait l'air d'une femme en deuil.

« Prête, Mal ? » demanda le réalisateur. Elle hocha la tête, et il fit signe aux caméras de tourner.

Ils avaient tout répété, mais sans qu'elle y mette aucune émotion. À présent, elle en débordait, ça se voyait dans ses yeux, ça se sentait à la tension de son corps, ça s'entendait au ton légèrement solennel de sa voix.

« Ce soir, je vous demande de partager mon désarroi et celui de quatre familles qui ont perdu un enfant chéri. Certains d'entre vous ont déjà traversé pareille épreuve. Vous savez ce que l'on ressent, ce que cela signifie. D'autres pensent à leur fille, en sécurité dans la maison. Peut-être est-elle en train d'étudier, ou bien de faire un caprice pour ne pas aller au lit.

« Vous, leurs pères, vous devez vous souvenir du jour de leur naissance, et du moment où vous avez pour la première fois tenu dans vos bras ce minuscule nourrisson, votre toute petite fille. Et ce que vous avez éprouvé pour elle à ce moment-là. Je suis certaine que c'est l'instant où vous vous êtes juré de l'aimer toujours, de la guider, de la protéger.

« Tout comme l'ont fait le père de Suzie Walker, celui de Summer Young, celui de Rachel Kleinfeld, et celui de Mary Jane Latimer.

« Allons voir ces familles, voulez-vous ? Et commençons par celle de Suzie. »

La bande vidéo tournée pour le premier anniversaire de Suzie Walker se déroula sur l'écran. Sa sœur de trois ans, Terry, soufflait les bougies pour elle. Le bébé la regardait, les yeux arrondis, puis sa bouche se tordit et elle se mit à pleurer. « J'ai l'impression qu'elle voulait souffler les bougies elle-même », entendit-on dire Mme Walker d'une voix rieuse en dehors du champ de la caméra.

D'autres images apparurent, des flashes montrant Suzie qui commençait à marcher, puis au zoo tenant son père par la main. Suzie sans ses dents de devant. Suzie en adolescente aux cheveux roux, jolie et mutine dans une robe bleue vaporeuse, serrant la main de son cavalier au bal de fin d'études secondaires. Suzie endormie en chien de fusil sur le canapé, un livre de classe ouvert à côté d'elle.

« Je voudrais remercier M. et Mme Walker de nous avoir si généreusement fait partager ces souvenirs de leur charmante fille, dit Mal. Et aussi de nous avoir autorisés à diffuser les images qui vont suivre. »

Un montage montra l'extérieur de la maison de Suzie, entourée du ruban jaune de la police. On vit des policiers postés devant la porte et les voitures de patrouille garées dehors, puis le brancard où reposait le corps dans un sac en plastique noir et que l'on roulait en toute hâte jusqu'à l'ambulance. Et enfin les obsèques, les parents fous de chagrin, le frère et la sœur en larmes tandis qu'on mettait Suzie en terre.

« Une famille américaine ordinaire, sympathique, pas très différente de n'importe quelle autre famille, dans n'importe quel autre État, dans n'importe quelle autre ville ou agglomération. Mais M. et Mme Walker n'ont plus leur fille. Et vous, vous avez la vôtre.

« Ils ont perdu leur fille cadette, ils ne la verront pas progresser dans une carrière d'infirmière qu'elle s'était choisie, et c'était une bonne infirmière, dévouée et compatissante. Ils ne verront pas non plus leur fille se marier, ni ses enfants, leurs petits-enfants : la joie a quitté leur vie, désormais dévastée à cause de cet homme. Mesdames et messieurs, et vous, parents, regardez-le bien. »

Le portrait-robot apparut en gros plan sur l'écran. Pendant quelques secondes il y eut un très grand silence, puis elle reprit la parole : « Cet homme, cet assassin, a été vu par trois personnes. Les descriptions de ces trois témoins oculaires concordent. C'est un individu de race blanche, âgé d'une cinquantaine d'années. De petite taille – un mètre soixante-cinq ou soixante-sept – et trapu. Il a les cheveux noirs et épais. La police sait à présent qu'ils sont gris naturellement mais qu'il les teint. Il a des yeux noirs, un regard d'une grande intensité. Il conduisait un véhicule familial de couleur sombre, peut-être une Jeep Cherokee, ou un break. »

Il n'y avait pas la moindre trace de tremblement dans la voix de Mal pendant qu'elle parlait de l'assassin. Elle regardait la caméra et ne pensait qu'aux victimes de ce monstre qu'il fallait arrêter.

« Je vous le demande. La famille Walker vous le demande. S'il vous plaît, si vous pensez connaître cet homme, si vous croyez l'avoir vu, mettez-vous en rapport avec la police de Boston en utilisant ce numéro spécial affiché sur votre écran. Votre appel sera gratuit, et les lignes sont ouvertes dès à présent. »

La caméra se rapprocha de son visage tandis qu'elle enchaînait : « Et maintenant j'aimerais que vous fassiez la connaissance de Gemma et Gareth Young, les parents de Summer Young. »

En un mouvement panoramique la caméra montra Gemma et Gareth Young, assis sur le canapé, main dans la main, les traits tirés mais l'air digne. Elle les remercia d'avoir accepté de participer à l'émission, dit qu'elle savait combien ce devait être difficile pour eux et qu'elle admirait leur courage. Puis elle leur posa des questions sur leur fille.

Debout dans l'ombre, derrière les caméras, Harry se demanda comment elle s'y était prise pour convaincre les parents de venir. En la voyant avec eux, il comprit qu'elle avait dû faire la démarche elle-même, solliciter leur aide et les assurer qu'elle voulait tout mettre en œuvre pour permettre, grâce à son émission, l'arrestation de l'homme qui avait assassiné leur fille.

Il admirait le talent avec lequel elle les amenait à évoquer leurs souvenirs. « Un enfant unique, né à l'été de notre vie, déclaraient-ils en souriant. Un enfant destiné à réjouir nos cœurs pendant l'hiver de nos vies. »

Mal tendit le bras et toucha leurs mains étroitement enlacées. Ses yeux luisaient de larmes contenues pendant qu'elle les remerciait de nouveau.

Le visage de l'assassin réapparut sur l'écran, alors qu'elle racontait d'une voix basse et bouleversée ce qu'il avait fait à Summer Young. Et les derniers mots confiés par Summer à l'inspecteur Harry Jordan.

L'homme était assis devant son poste de télévision, il buvait de la vodka pure, les yeux fixés sur le visage de Mallory Malone. Il serra de toutes ses forces le verre de cristal tandis qu'elle passait à l'histoire de Rachel Kleinfeld et s'entretenait avec la sœur jumelle de celle-ci.

Puis elle montra encore une fois son portrait. Elle parla encore une fois de lui. Elle raconta encore une fois ce qu'il avait fait.

Ensuite vint le tour de Mary Jane Latimer. C'était le plus ravissant bébé d'elles toutes. On la vit cabrioler dans de petites vagues sur une plage, puis souffler ses bougies d'anniversaire. Les parents n'avaient pas eu la force de venir parler de leur fille, mais ses grands-parents étaient présents, des gens aimables, à la voix douce, qui exprimaient avec pudeur la joie qu'elle leur avait procurée. « Mais en fait, chacun pense la même chose de sa petite-fille, n'est-ce pas ? » dit la grand-mère tristement.

« Non ! hurla-t-il tout d'un coup. Non, pas tous, espèce de vieille bique ! » Et il lui jeta sa vodka au visage.

Mais le portrait-robot avait réapparu sur l'écran, et la vodka ruisselait sur ses cheveux et ses yeux à lui. Il serra le verre de cristal encore plus fort, sans remarquer qu'il se brisait.

Le signalement du meurtrier fut répété et le numéro de téléphone s'afficha une fois de plus.

Mal déclara : « Si vous pensez connaître cet homme, si vous détenez la moindre information à son sujet, je vous demande, je vous supplie d'appeler ce numéro. Ou de téléphoner à la police de votre localité et de dire ce que vous avez à dire. »

Elle remercia les familles de leur collaboration et insista sur leur désir le plus cher : voir cet homme arrêté afin qu'il ne recommence pas à tuer. C'était pour cette unique raison qu'ils avaient surmonté leur douleur et accepté de mettre leurs âmes à nu devant leurs compatriotes.

« Avec le temps, poursuivit Mal, ils souhaitent que l'on se

souvienne de leurs filles comme de personnes vivantes et pas seulement des victimes. Parce que le fait d'être une victime les lie encore à leur assassin. Il a fait d'elles des victimes, mais toutes étaient de charmantes jeunes femmes à l'orée de leur vie. Et nous ne l'oublierons pas, quand le jour viendra de condamner cet homme ignoble. Rappelons-nous que ce ne sont pas des victimes, mais que ce sont, toutes, nos enfants. »

Mal regarda la caméra, directement dans les yeux de son public. Son âme était présente dans son regard lorsqu'elle ajouta profondément émue : « Parents, surveillez vos enfants. Jeunes femmes qui m'écoutez, je vous en prie, faites attention, soyez sur vos gardes. Vous ne serez pas en sécurité tant que cet homme ne se retrouvera pas derrière des barreaux. »

Son visage fut remplacé par l'image des mains étroitement enlacées de Gemma et de Gareth Young. Puis le générique se déroula sur l'écran.

« Putain de menteuse, rugit-il en bondissant sur ses jambes. *Espèce de sale petite menteuse de rien du tout ! C'est moi qui décide laquelle doit vivre ou mourir, pas toi ! »*

Il s'immobilisa, tremblant de rage, le visage marbré de plaques rouges. Il écrasa sous ses pieds le verre brisé en faisant un pas en avant. Il regarda par terre. Il y avait du sang sur la moquette. Il sursauta, bouleversé. Il contemplait tour à tour sa main ensanglantée et les débris du verre. Il ne s'était même pas rendu compte de ce qu'il avait fait. Il vacilla en poussant un cri effrayé. Il y avait du sang sur la moquette, son sang à lui…

Il courut à la cuisine, ouvrit le robinet et plaça sa main sous l'eau froide. Tremblant, il l'examina de près. Il courut à un tiroir, prit une pince à épiler et extirpa les petits morceaux de verre. Il observa encore une fois la blessure. Elle n'était pas profonde, inutile de faire des points de suture. Il l'enveloppa dans la gaze. Il ne s'inquiétait pas d'une éventuelle infection, il savait que la vodka agirait comme un antiseptique.

Muni du détachant, il retourna dans le salon. Agenouillé sur le sol, il frotta la tache, mais plus il frottait plus elle s'élargissait. Vaincu, il se releva. Il ne pourrait pas vivre avec ça, c'était impossible. S'il ne parvenait pas à faire disparaître la tache, il allait devoir remplacer la moquette.

Il resta debout, oscillant légèrement, le regard fixé sur l'écran du téléviseur. C'était l'heure du journal, et il se trouvait encore en face de ses propres yeux. On parlait encore de lui, de ce qu'il avait fait. *Encore.*

Naturellement le portrait-robot n'avait pas la moindre ressemblance avec lui, mis à part quelques vagues détails, et la taille et le poids.

Il avait eu raison de penser qu'il ferait de Suzie Walker une star. Il avait offert à ces jeunes filles leurs quinze minutes de gloire. Les médias n'allaient pas tarder à laisser tomber l'affaire si personne n'était arrêté et s'il n'y avait pas d'autres meurtres. Il en était certain, ça se passait toujours comme ça.

Mais Mallory Malone, c'était autre chose. Elle ne laissait jamais tomber une affaire. Il allait être obligé de s'occuper d'elle.

Il éteignit le poste, ainsi que les lumières, et monta d'un pas pesant à l'étage. Il avait besoin d'y réfléchir. Il avait besoin d'un conseil.

En haut de l'escalier, il tira la clef attachée à la chaîne d'argent cachée sous sa chemise. Puis il ouvrit la porte de la chambre spéciale et entra.

36

Quand ce fut fini, l'atmosphère du studio était lourde d'émotion. Tout le monde avait la larme à l'œil, même les techniciens qui en avaient pourtant vu de toutes les couleurs. Tout le monde, sauf Mal et les familles qui, en apportant leur témoignage pour faire arrêter l'assassin, avaient le sentiment d'avoir accompli leur devoir.

Mal n'oublierait jamais les mains étroitement serrées des parents de Summer Young, l'image de leurs doigts noués. Peut-être cherchaient-ils ainsi à se convaincre qu'ils pouvaient encore compter l'un sur l'autre, qu'ils avaient encore une raison de continuer à vivre, même si leur existence ne serait plus jamais la même. Cette image symbolisait le courage. Leur regard éperdu en disait long sur leur drame personnel, de même que leur ton résolu avait montré leur détermination à faire arrêter le violeur, le monstre qui se prenait encore pour un homme.

Mal espérait de tout son cœur que le public de ce soir s'en souviendrait.

Toujours sous le choc émotionnel de l'émission, elle chassa sa fatigue et consacra quelque temps aux familles des victimes. Elle les félicita de nouveau et les remercia de leur collaboration.

« C'est à nous de vous remercier, Mallory », dit Mme Walter. Un sourire illuminait ses traits tirés et lui donnait brusquement le même air poignant que sa fille. « Sans vous, nous autres parents, nous n'aurions sans doute jamais eu notre mot à dire. Maintenant les gens vont savoir ce que l'on ressent quand quelque chose d'aussi horrible arrive à votre enfant. Et peut-être qu'à cause de ça, le jour où l'assassin sera arrêté et jugé, les victimes ne seront pas perdues de vue dans les chicanes. Elles continueront à être des personnes réelles, immolées pour le seul plaisir d'un fou.

— Non, elles ne seront pas oubliées, promit Mal. Croyez-moi, j'y veillerai. »

Elle fit signe à Harry d'approcher. Il ne leur parla pas du meurtrier, ces pauvres gens avaient déjà subi suffisamment d'épreuves, et ils semblèrent soulagés de pouvoir enfin regagner leur hôtel.

« Nous songeons à créer une sorte d'association, lui dit le père de Summer Young. Vous savez, pour les gens qui ont perdu leur enfant de cette manière-là. On pourrait se réunir, en parler ensemble. Ce serait en quelque sorte une thérapie de groupe. »

Des cernes grisâtres, entouraient ses yeux, comme s'il n'avait pas dormi depuis des semaines. Harry lui souhaita de mener à bien ce projet.

Une fois tout le monde parti, Mal s'effondra sur le petit canapé du plateau. Les projecteurs étaient éteints et une semi-obscurité l'enveloppait. Elle se pencha en avant et posa la tête entre ses genoux, brusquement défaillante. La fatigue s'était soudain abattue sur elle comme une lourde couverture, et elle eut l'impression que ses membres étaient lestés de plomb. Elle n'aurait pas pu se relever si elle l'avait tenté.

Harry s'assit à côté d'elle et posa la main sur sa chevelure soyeuse. Ses doigts descendirent sur sa nuque et la massèrent délicatement.

« Tu as réussi, Mal, dit-il à voix basse. Et personne d'autre n'aurait pu faire mieux. Les appels téléphoniques affluent au standard de la police. Tu as été merveilleuse.

— Non, les parents ont été merveilleux, pas moi. Tu as vu, Harry, comme ils ont été forts et courageux ? Je prie en leur nom que tu puisses arrêter cet homme, ajouta-t-elle en refoulant les larmes qui lui montaient aux yeux.

— On y arrivera. »

Elle se laissa aller dans ses bras, totalement épuisée. Elle avait tenu le coup toute la journée grâce à la caféine, au Coca-Cola, et aux barres de Snickers – tout ce qu'elle ne consommait jamais en temps normal – et à présent elle en payait le prix. Son état nerveux oscillait entre la dépression et l'hystérie.

« Je ne sais pas ce que tu en penses, dit Harry, mais la journée a été longue et nous n'avons rien mangé. J'ai réservé une table dans un petit endroit discret que je connais au Village. La cuisine est simple et succulente. Personne ne viendra nous ennuyer. »

Elle se tourna et le regarda ; ses yeux gris clair avaient une expression inhabituelle où se mêlaient la tendresse, la compassion et l'inquiétude. Mais par-dessus tout il y avait quelque chose de plus profond.

« Qu'est-ce que je ferais sans toi ? » murmura-t-elle.

Il la prit par la main, l'aida à se lever en passant un bras vigoureux autour de sa taille. « J'espère que je ne serai jamais obligé de répondre à cette question. »

Il avertit le restaurateur de ne pas parler de l'émission, de leur donner seulement sa table la plus tranquille. Sa requête fut exaucée. La salle avait un plafond bas et de grosses poutres rustiques à la française. Des bouquets de marguerites blanches, dans des vases d'un bleu méditerranéen, mettaient une note de gaieté sur les nappes brun ocre. Il y avait du pain frais, une soucoupe de tapenade, et une bonne bouteille de bordeaux déjà décantée.

Le propriétaire, M. Michel, nota rapidement leur commande. Il versa le vin et apporta de l'Évian. Mal trouvait tout cela serein et apaisant. Le contraste avec la scène qu'ils venaient de vivre semblait presque choquant.

Il était tard. Seuls quelques couples faisaient durer leur tête-à-tête. Les petites lampes de table diffusaient une lumière intime. Mal prit une gorgée de vin et lui sourit : « C'est du velours.

— Certaines années, ce n'est que du vieux velours ordinaire, mais le millésime est bon. »

La tension commençait de s'atténuer. Ses membres et les muscles de sa nuque se dénouaient peu à peu. Elle se laissa aller contre le dossier de la chaise, songeant que l'épreuve était passée.

Un silence agréable les enveloppait ; ils n'éprouvaient pas le besoin de le combler. Ils dégustaient le vin, échangeaient un commentaire de temps en temps, se souriaient.

Lorsque M. Michel apporta les plats, elle goûta à tout, picora un peu entre deux gorgées de vin, et lentement recouvra ses esprits. Harry paya l'addition et ils rentrèrent chez elle.

À l'appartement, enlacés, ils allèrent dans sa chambre. Elle s'effondra sur le lit. L'épuisement avait eu raison d'elle et elle pouvait à peine garder les yeux ouverts. Elle s'allongea sur le dos pendant que Harry lui enlevait ses chaussures de daim noir. Il fit glisser la fermeture Éclair de sa robe, et dut la soulever pour la lui ôter. Les doigts dans la ceinture de son collant noir, il le roula le long de ses jambes.

Mal agita ses orteils nus avec soulagement, docile comme une poupée tandis qu'il détachait son soutien-gorge. Il la coucha, posa sa tête inerte sur les oreillers, et borda le drap de coton frais et doux.

Envahie par une irrésistible envie de dormir, Mal se laissa couler. Le grand lit paraissait l'étreindre. Harry s'allongea près d'elle, son corps chaud pareil à une planche de salut dans un monde de tourmente. Et elle n'eut plus conscience de rien jusqu'au matin.

L'arôme du café et un rayon de soleil entre les doubles rideaux l'éveillèrent. Le temps avait été si pluvieux et froid pendant longtemps qu'elle y vit un heureux présage.

Harry chantonnait tout bas dans la cuisine. La présence d'un homme à qui elle tenait faisait de son appartement de célibataire un vrai foyer.

Elle ôta le maquillage de scène qu'elle portait depuis la veille, prit une douche, brossa ses cheveux, et enfila un long peignoir blanc en tissu éponge.

Dans la cuisine, Harry l'attendait, appuyé au comptoir, bras et jambes croisés. Ses cheveux humides après la douche étaient pour une fois soigneusement peignés. Il portait son élégant pantalon en lin et sa belle chemise bleue de la veille, mais sans la cravate.

Mal s'immobilisa sous l'arc de la porte, et ils se regardèrent. Propre et nette, joues roses, elle ressemblait à une collégienne. Lui avait l'air solide et séduisant, aussi vaillant qu'un héros de légende.

« Merci pour hier soir, dit-elle prise d'une soudaine timidité.

— Tout le plaisir était pour moi, Malone.

— Je veux dire pour tout. M'avoir emmenée dîner, raccompagnée à la maison et mise au lit. D'être resté avec moi.

— Ne t'avais-je pas vanté mon éducation de gentleman ? Je veille toujours à escorter les dames chez elles ! répliqua-t-il avec un sourire qu'elle lui rendit.

— J'espère que tu ne restes pas avec chacune d'elles, dit-elle piquée par la jalousie.

— Pas avec toutes. En fait, pour l'instant, seulement avec toi, Malone. »

Il s'écarta du comptoir, lui tendit les bras et elle vint s'y blottir. Serrée contre sa poitrine, elle désirait ne plus jamais bouger.

« Le téléphone n'a pas cessé de sonner, dit-il.

— Je n'ai rien entendu !

— Parce que j'avais baissé le volume. Tu dois avoir une douzaine de messages sur ton répondeur, et il n'est que sept heures et demie.

— Et toi ?

— J'ai appelé le bureau. Les lignes ont été saturées après l'émission. Des centaines de correspondants pensent l'avoir vu. Chacune de leurs déclarations sera soigneusement épluchée, et les témoignages sérieux feront l'objet d'une enquête. Toutes les réponses à ton émission sont enregistrées. Il y a eu tellement de publicité avant la diffusion, ajouta-t-il devant son air étonné, que l'assassin l'a presque certainement regardée. Il a peut-être même pris le risque de téléphoner, de se démasquer, fier d'être une star des médias. Il va peut-être foncer tout droit dans le piège que tu lui as si intelligemment tendu. Mal. Si c'est le cas, on pourra localiser l'appel en quelques minutes.

— Et vous lui mettrez la main dessus.

— Si la chance nous sourit. Pour l'instant ce n'est qu'une possibilité, mais c'est mieux que rien.

Il desserra son étreinte et elle soupira.

— Je sais. La navette...

— Hélas... Je me demande ce que faisaient les amoureux avant qu'on invente les avions.

— Ils restaient chez eux et épousaient leur voisine.

— Pense un peu à toutes ces merveilleuses histoires d'amour qui auraient pu arriver. Quoique de mon côté je préférerais vivre sur le même palier que toi.

— Mais ce n'est pas le cas.

— Malheureusement non. Mais je reviendrai dès que possible. Cette semaine je vais devoir travailler sans arrêt.

— Alors c'est moi qui me déplacerai, s'empressa-t-elle de décider, incapable de supporter l'idée de rester plusieurs jours sans le voir.

— Je n'aurai peut-être pas beaucoup de temps à te consacrer.

— Ça m'est égal. Je resterai chez toi à attendre ton retour. J'irai promener Squeeze. Je préparerai le dîner. » Elle lui passa les bras autour du cou, pour le retenir encore un instant.

« Et si je n'ai pas le temps de rentrer à l'heure du dîner ?

— Alors Squeeze et moi dînerons ensemble, et je réchaufferai ton repas dans le four à micro-ondes quand tu auras enfin compris que tu dois rentrer là où l'on t'aime.

— Marché conclu, dit-il et il lui tendit la clef de son domicile.

— Et Squeeze ?

— Ne t'inquiète pas, il n'attaque que les étrangers et les gens qu'il n'apprécie pas. »

Il l'embrassa longuement, et lorsqu'il retira enfin sa bouche de la sienne, à contrecœur, ce fut encore plus dur pour elle de le laisser partir.

« Hum, murmura-t-il, parfum au lilas…

— Tu as tapé dans le mille cette fois, inspecteur.

— Laisse un message sur le répondeur pour me faire savoir quel vol tu prendras. Je m'arrangerai, j'irai te chercher », promit-il. Il traversa le palier à grandes enjambées et leva la main pour lui dire au revoir.

37

Mal entra dans son bureau et écouta ses messages téléphoniques. Pour la plupart, ils provenaient d'amis et de collègues désireux de la féliciter pour sa superbe émission. Il y avait deux appels sans message, ce qui la surprit, mais il était encore tôt, son correspondant avait peut-être craint de la réveiller.

Elle jeta dans un sac quelques vêtements, deux livres qu'elle avait l'intention de lire depuis longtemps, et des notes sur les deux prochaines émissions. Puis elle mit un chemisier de lin blanc, un jean, une confortable veste en tweed, des mocassins vernis, des perles à ses oreilles, et la Rolex d'homme en acier à son poignet.

Le sac de voyage sur l'épaule, elle jeta un dernier regard autour d'elle quand le téléphone sonna de nouveau. Pensant que Harry pouvait chercher à la joindre à l'aéroport, elle décrocha aussitôt.

Elle se laissa choir sur le lit, le combiné serré contre son oreille. « Allô », dit-elle d'une voix enjouée. Elle s'attendait à l'entendre dire « Tu me manques déjà », mais aucun son ne lui parvint.

« Allô », répéta-t-elle d'une voix plus dure. Toujours rien. Étonnée, elle écarta l'appareil. Il devait y avoir quelqu'un au bout du fil. Pourquoi ne répondait-il pas ? La ligne était peut-être en dérangement. Elle raccrocha et partit prendre sa voiture pour aller au bureau.

Le portier l'arrêta en chemin. « Je voulais vous dire, mademoiselle Malone, je n'ai encore jamais été aussi ému. Ces malheureuses familles, ce n'est pas juste. J'espère que votre émission d'hier soir permettra de l'arrêter. J'ai deux filles et des petits-enfants, et je sais ce que ressentent les parents. J'ai de la peine pour eux, mademoiselle. »

Elle lui serra la main : « J'ai seulement fait ce que je pouvais pour attirer l'attention du public, Vladimir. Reste à espérer que cela servira à quelque chose. »

Toute la journée elle entendit le même discours : de la part de son chauffeur, de la teinturière, de la jeune fille qui la servit dans la boutique pour animaux de compagnie où elle acheta un jouet pour Squeeze, du vendeur de l'épicerie où elle fit ses courses du week-end.

Dès son arrivée au bureau, elle fut entraînée dans un véritable tourbillon.

« Cet endroit est plus agité qu'une ruche où l'on reçoit une reine en visite officielle, lui lança Beth Hardy pour l'accueillir. Ça va ? Tu avais l'air crevée, en partant hier soir. Tu t'es tellement impliquée dans l'émission ! On aurait cru que tu parlais de ta propre fille.

— Moi, ça va. C'était beaucoup plus dur pour les familles. D'autant que leur épreuve continue : chaque jour de leur vie, ils se réveilleront en se disant qu'ils ont perdu leur fille.

— Il y a presque un million d'appels, on a du mal à les gérer. La liste est sur la table. » Beth répondait déjà de nouveau au téléphone.

Dans son bureau, Mal laissa tomber son sac de voyage sur un siège et parcourut des yeux la longue liste des appels, soulagée de ne pas être obligée de les traiter elle-même. Elle remarqua les noms d'un tas de gens célèbres : stars de cinéma, vedettes de la chanson, gens connus dans des milieux d'affaires et de l'industrie. Ils avaient tous des enfants, et tous avaient été si bouleversés qu'ils désiraient faire quelque chose afin de l'aider.

Elle se dirigea vers la fenêtre et regarda en bas la circulation de plus en plus dense et les piétons pressés. Quelque part dans cette ville, à Boston, Chicago ou ailleurs, le monstre attendait de frapper une nouvelle fois. Elle frissonna.

Pour se changer les idées, elle appela la compagnie aérienne et réserva une place dans l'avion de deux heures, avant d'appeler Harry au commissariat pour le prévenir. Elle s'attendait à devoir laisser un message, et sourit en entendant sa voix.

« Tu te laisses aller, inspecteur ? » Elle s'enfonça dans son fauteuil et posa les pieds sur le bureau, se balançant mollement.

« C'est toi, Malone ?

— Tu espérais peut-être quelqu'un d'autre ?

— Rien qu'un millier d'autres personnes, grâce à toi. Cet endroit bourdonne comme un central téléphonique d'état-major en temps de guerre. On nous a installé des lignes supplémentaires, avec du personnel temporaire, mais on est quand même débordés.

— Toujours aucun appel qui pourrait venir de lui ?

— Pas à ma connaissance. Mais nous avons encore le temps, dit-il, espérant avoir raison, car il avait beaucoup misé sur cette possibilité.

Tu appelles pour annoncer que tu as changé d'avis, Malone ? demanda-t-il, mais elle était certaine qu'il souriait.

— Tu ne te débarrasseras pas de moi aussi facilement, Harry Jordan. J'arrive par le vol de deux heures.

— Je n'aurai pas la possibilité d'aller te chercher. J'en suis désolé, Mal, mais le chef et le maire ont convoqué la presse. J'y suis attendu à peu près à l'heure où tu atterriras. Je t'avais prévenue que ce serait l'enfer pendant le weed-end.

— Ça ne fait rien. Je prendrai un taxi.

— Je vais commander une limousine.

— Tu tiens à me traiter en starlette, hein ? questionna-t-elle dans un éclat de rire.

— Non. Je joue la carte de la sécurité. Je n'ai pas envie que tu montes dans n'importe quelle voiture.

— Qu'est-ce que tu veux dire ? »

Harry ne voulait pas l'effrayer, mais elle devait comprendre qu'elle était désormais en première ligne. Ils avaient affaire à un assassin sans scrupule qui pourrait la prendre pour cible afin de se venger.

« Tu es sur son terrain, Mal. C'est sa ville, l'endroit où il opère. Il faut que tu fasses attention. Laisse-moi m'occuper de toi.

— Je préfère ça, dit-elle secouée.

— Voyons, est-ce bien la Malone que je connais et que j'aime ? La Malone pure et dure, le rottweiler qui ne lâche jamais prise quand il a mordu ? La femme indépendante qui doit toujours avoir le dernier mot ?

— Tu dis que je veux toujours avoir le dernier mot ! Et toi alors ?

— Je croyais que c'était toi.

— Moi je croyais que c'était toi.

— Tu vois bien ! s'exclama-t-il.

— À plus tard, espèce de mufle, conclut-elle en riant.

— Tu peux y compter. Eh ? Mal ? Sois prudente. »

Son visage et ceux des victimes s'étalaient à la une de tous les journaux dans les kiosques de La Guardia et de Logan à Boston. Elle baissa la tête pour éviter les caméras du journal télévisé venues accueillir un homme politique. Quelle aubaine de tomber sur elle en même temps…

« Que faites-vous à Boston, Mal ? lui lancèrent les journalistes. Est-ce qu'il y a du nouveau ? Êtes-vous ici pour participer à l'arrestation ?

— C'est une visite privée », répondit-elle en pressant le pas. Du moins se réjouissait-elle que Harry ait enfin réussi à attirer l'attention du public.

La voiture l'attendait. Le chauffeur roula au pas dans la circulation dense du vendredi après-midi et la déposa devant la magnifique maison de Louisburg Square.

Elle s'attarda un moment à admirer les rues en pente, les jardins au centre de la place, et la perfection des façades avec leurs charmantes fenêtres en saillie arrondie, conçues au début du XIXe siècle par l'architecte Bulfinch. Elle gravit la volée de marches devant le perron, et entra dans la maison de Harry.

Squeeze était étendu au centre du vaste hall d'entrée. Elle aurait pu jurer que ses yeux s'étaient illuminés de joie en la voyant. Il courut à sa rencontre et lui fit fête.

Elle se pencha pour le serrer dans ses bras, caresser sa douce et épaisse fourrure d'argent. « Salut, Squeeze, tu es un brave garçon. Oh, comme tu es gentil », lui murmura-t-elle affectueusement.

Le chien la suivit dans la cuisine, où elle posa ses courses sur le comptoir.

Mal regarda autour d'elle avec un petit sourire heureux à l'idée d'être chez Harry. La cuisine était d'une propreté immaculée. Sans doute n'y avait-il pas mis les pieds de toute la semaine.

Elle offrit à Squeeze son nouveau jouet à mâchonner avant d'ouvrir le réfrigérateur dont le contenu la fit éclater de rire : un vieux morceau de pizza, le résidu d'un plat chinois à emporter, une demi-douzaine de quarts Perrier et un carton de lait écrémé périmé, dont la présence prouvait que, en dépit des œufs au jambon de Ruby, Harry faisait tout de même attention à sa ligne. Plus deux bouteilles de son champagne préféré. Exactement ce à quoi elle s'attendait.

Elle jeta les restes dans la poubelle et les remplaça par les gâteries apportées de New York.

Squeeze la suivit lorsqu'elle alla fureter dans la chambre de Harry. Le livre posé sur la table de nuit n'avait manifestement pas encore été ouvert. Le dernier Elmore Leonard. L'idée que l'inspecteur se délectait de littérature policière la fit sourire. Harry n'avait probablement pas beaucoup de temps pour lire au lit, présumait-elle. Il n'avait même pas assez de temps pour dormir. Elle aurait parié qu'il s'assoupissait aussitôt après avoir posé la tête sur l'oreiller. Elle tâta le lit. Comme elle s'y attendait, le matelas était dur.

Elle rangea ses affaires à côté des siennes sur l'étagère dans l'armoire, et suspendit son pantalon de cuir noir et sa jupe de tweed près de ses vieux jeans et de ses deux pantalons de ville aux étiquettes Armani et Gap.

Dans la salle de bains, elle trouva le moyen de caser sur le vieux lavabo en marbre ses lotions et crèmes et mit sa brosse à dents dans un gobelet assorti à celui de Harry.

C'était comme jouer au papa et à la maman. Harry et Mal, un duo, un couple, deux complices…

Le téléphone sonna et Squeeze passa en courant devant elle en aboyant. Elle décrocha le combiné.

« Il aboie toujours comme ça, dit Harry. D'après moi, il pense qu'il est en train de répondre au téléphone. Parfois je souhaiterais qu'il puisse le faire.

— Salut, inspecteur, lança-t-elle d'une voix enjouée. J'ai un aveu à te faire. J'ai terminé mon enquête sur l'enquêteur. J'ai inspecté ton réfrigérateur, ton armoire et ta salle de bains.

— Je n'ai donc plus aucun secret à moi ?

— Aucun.

— Puisque tu es encore là, je suppose que j'ai dû réussir l'examen de passage.

— Toutes les épreuves avec mention, assura-t-elle, le combiné serré contre sa joue comme si elle tenait Harry contre elle. Où es-tu ?

— À l'hôtel de ville, mais je préférerais être ailleurs. Tu ne vas pas te sentir trop seule ?

— Non, tout ira bien. Squeeze me tient compagnie. Il ne te remplace pas pour de bon, mais il est quand même adorable.

— Comme toi, Malone. Au fait, j'ai téléphoné à Miffy. Elle va t'inviter à prendre le thé.

— Ta mère m'invite à prendre le thé ? Inspecteur, ça a l'air de devenir sérieux.

— Sois prudente, Malone, s'esclaffa Harry. D'autant que Miffy est rarement sérieuse. Écoute, il faut que j'y aille. Je te verrai dès que je pourrai m'échapper d'ici. Je ne sais pas quand au juste. Oh-oh, on me fait demander par le haut-parleur. Je te rappelle ! »

À peine eut-elle raccroché que le téléphone sonna de nouveau.

« Vous êtes là, ma chère enfant », dit Miffy. Mal imaginait son sourire rayonnant, comme si elle se trouvait en face d'elle.

« Harry m'a prévenue que vous alliez venir pour le week-end et que vous seriez seule, alors je me suis dit : dans ce cas, Miffy, tu vas tout simplement inviter Mallory à prendre le thé. »

Il y eut un temps d'arrêt : Miffy reprenait son souffle et jetait un coup d'œil à sa vieille montre Cartier. « Dieu du ciel, il est déjà si tard ? Ma chère, c'est bientôt l'heure de l'apéritif, vous ne pensez pas ? Je vais vous dire une bonne chose, on peut avoir les deux. Que diriez-vous de faire un saut jusqu'ici tout de suite ? J'habite à deux pas, vous savez, Mount Vernon Street. »

Elle donna l'adresse à Mal et dit : « Je suis impatiente de vous revoir.

— Moi aussi », répondit Mal, qui n'avait pas eu le loisir de placer un mot. Elle n'aurait certes pas à meubler les silences avec Miffy Jordan.

Son jean et ses mocassins ne paraissaient pas tout à fait de saison pour prendre le thé à Beacon Hill. Elle opta pour une courte jupe plissée en tweed et des escarpins en daim beige. Après avoir brossé ses cheveux et s'être appliqué une touche de *Nocturnes* derrière le lobe de l'oreille, elle appela Squeeze.

Le chien tirait sur la laisse et l'obligea à traverser à grandes enjambées la place Louisburg et Charles Street, l'entraînant dans la côte de la rue Mount Vernon. Mal était néanmoins ravie de la promenade dans ce quartier historique de Boston aux charmantes rues bordées d'arbres et de façades tapissées de lierre. Les boutiques d'antiquaires, les cafés et les salons de thé lui semblaient pleins d'attraits, et elle se promit de tout explorer à fond le lendemain.

38

La vieille maison en briques rouges de Miffy Jordan était de style néogrec, avec un portique à colonnes blanches, de longues fenêtres aux persiennes noires, et de gracieux balcons en fer forgé. Protégée de la rue par une grille basse, elle se dressait au fond du jardin à la française dont la pelouse était aussi douce et verte qu'une table de billard. On aurait dit qu'elle était là depuis toujours, comme un paragraphe de l'Histoire de l'Amérique et de la famille Jordan.

Squeeze s'arrêta net devant le portail et Mal songea qu'il devait venir souvent ici avec Harry. « Un second foyer, Squeeze, hein ? » dit-elle en actionnant la cloche.

La porte s'ouvrit immédiatement, comme si Miffy faisait le guet derrière.

« Ma chère Mallory. » Elle l'accueillait de son sourire radieux. « Comme je suis ravie de vous voir. » Elle l'embrassa sur les deux joues et lui tendit un Kleenex.

Miffy portait un corsage de soie bleue, une jupe plissée bleu-gris et des escarpins Ferragamo à talons plats. Mal se félicita de s'être changée même si Miffy n'était pas femme à attacher trop d'importance aux questions vestimentaires.

Deux toutous beiges aux museaux noirs surgirent, les yeux ronds brillant de joie à la vue de Squeeze. Ils reniflaient, sautillaient et gambadaient autour de lui, mais Squeeze s'assit sur son arrière-train, avec l'air d'une altesse en visite daignant leur jeter de temps à autre un regard indifférent.

« Regardez-moi ces stupides créatures, s'exclama Miffy, exaspérée. Depuis le temps, elles pourraient comprendre que Squeeze ne fréquente pas les chiens miniatures. Il ne leur accorde aucune attention. Mais ces potiches s'obstinent à ramper à ses pieds et se mettent en frais pour lui plaire. » Elle éclata de rire. « Je sais exactement ce qu'ils ressentent parfois. »

Elle entraîna Mal dans le hall élégant et la guida jusqu'en haut du gracieux escalier en courbe dans ce qu'elle appelait son « petit boudoir ».

« C'est plus intime que le grand salon du bas », expliqua-t-elle, introduisant Mal dans une pièce charmante aux fenêtres hautes ouvrant sur les balcons en fer forgé qu'elle avait admirés du dehors.

Le boudoir, en diverses nuances de jaune – la couleur préférée de Miffy –, avait des murs peints à l'éponge et des plafonds à moulures rehaussées de blanc. Aux fenêtres, les tentures en taffetas vieil or retombaient en plis abondants jusqu'au sol. La moquette vert pâle, au point de tapisserie, s'ornait de minuscules fleurs. Les canapés et les fauteuils étaient recouverts de brocart gris sarcelle et vert. Tous les meubles semblaient anciens et de grande valeur ; le cadre du vieux miroir terni accroché au-dessus de la cheminée en marbre avait été sculpté en Angleterre au XVIIe siècle. Des portraits de femme datant au moins du siècle dernier décoraient les murs.

Miffy lui désigna un siège. Un plateau avait été préparé avec une théière en argent et de ravissantes tasses de porcelaine, ainsi qu'un assortiment de tartelettes et de petits fours. Un autre plateau, avec des verres et de la glace dans un sceau en cristal, attendait sur la desserte en bois de rose.

« Mallory ? thé ou gin ? » Miffy lui lança un regard interrogateur.

Mal choisit le thé au citron. Squeeze s'assit près d'elle, un toutou pressé contre chacun de ses flancs.

« On dirait des presse-livres, vous ne trouvez pas ? » dit Miffy avec un hochement de tête amusé.

Mal contempla les portraits alignés sur les murs tandis que Miffy l'examinait avec autant d'intérêt. Elle trouvait Mal parfaitement ravissante. Depuis qu'elle avait regardé son émission, elle se disait que Jack Jordan avait raison : Harry serait fou de la laisser filer. Mal avait mis tout son cœur dans ce programme, et il n'était sans doute pas facile de réaliser une telle prouesse, de se familiariser avec les horribles détails des meurtres et de ménager la dignité des familles et des victimes.

Mais Harry lui avait recommandé de ne pas en parler, aussi s'efforça-t-elle d'éviter ce sujet.

« Ce sont des portraits de femmes de la famille Peascott, dit-elle à Mal. Cette maison nous vient des Peascott, vous savez, pas des

Jordan, comme celle de Harry à Louisburg Square. Mon arrière-arrière-grand-mère est née dans la chambre que j'occupe aujourd'hui.

« Le portrait signé Tissot, sur votre gauche, représente mon arrière-grand-mère, Hannah Letitia Peascott. Il a été peint pendant son voyage de noces à Paris. Ils ont fait le grand tour, vous savez, elle et mon arrière-grand-père Peascott. Elle était extrêmement jolie, non ? Et en plus, elle a vécu jusqu'à cent deux ans. Ils ont de bons gènes, les Peascott, ajouta-t-elle d'un air approbateur.

« Celle-là, c'est ma grand-mère, Felicia Alice Peascott, peinte par Sargent bien entendu. Pauvre femme, elle a sombré avec le *Titanic*. Elle voyageait seule. Il y a un mystère là-dessous. On n'en parlait jamais, mais la rumeur laissait entendre qu'elle s'était enfuie avec un ami de la famille qui se trouvait également à bord et qui, bizarrement, voyageait lui aussi tout seul. C'est très romanesque, vous ne trouvez pas ?

« Et cette toile du peintre John Ward représente ma chère maman. Elle fait très "Duchesse de Windsor", mais naturellement en plus séduisant et en moins guindé. Personne, disait-on, n'avait autant de charme que Marietta Peascott. »

Miffy poussa un soupir de regret. « Elle est morte très jeune, vous savez. J'étais une petite fille. Un accident de chasse. De chasse à courre. Elle n'était pas bonne cavalière et ne voulait pas le reconnaître. Mon père disait que pour elle, comme dans les Écritures, l'Orgueil avait provoqué la Chute. Mais nous l'aimions et je l'aime toujours. »

Miffy prit une profonde inspiration ainsi qu'une gorgée de thé et sourit à Mal. « Voilà, vous venez d'avoir un petit aperçu de l'histoire des Peascott, du moins de celle des dernières générations. Avant la mienne, naturellement. »

Mal était captivée. « C'est merveilleux de connaître aussi bien sa famille. Je n'ai jamais vu mes grands-parents et je n'ai même jamais su si j'en avais. J'ai à peine connu mon père. Et quant à ma mère… eh bien, sa famille est restée également pour moi entourée de mystère. Elle ne m'a jamais parlé des siens. Je crains que les Malone ne descendent pas d'une lignée prestigieuse, comme les Peascott et les Jordan, ajouta-t-elle à regret.

— De nos jours l'ascendance importe peu. » Miffy lui passa une assiette de tartelettes colorées. « Ce qui compte, ce sont vos qualités propres, ma chère. L'ambition, le talent, le goût du travail et le courage. » Elle hésita ; elle savait qu'elle n'en avait pas le droit, mais elle tenait à en parler.

« J'ai tellement admiré votre prestation hier soir, même si Harry va me reprocher de l'avoir évoquée. Il ne veut pas que je vous ennuie avec ça, car il pense que vous avez été suffisamment éprouvée. »

Elle se pencha et tapota la main de Mal. « Ce que vous avez fait pour ces malheureuses familles est vraiment merveilleux. L'assassinat de ces jeunes femmes ne tombera jamais dans l'oubli. Et le jour où l'assassin sera arrêté, personne ne permettra à ce sadique de devenir une star des médias. Et il sera arrêté, Mallory ma chère. Grâce à vous.

— Mais je n'ai été qu'un intermédiaire, un moyen pour arriver à une fin. Ce sont tous ceux qui travaillent dur dans les coulisses qui l'attraperont, ceux dont Harry m'a parlé. Tous ces policiers lancés sur la piste des jardiniers amateurs ou professionnels de Boston pour vérifier s'ils utilisent le même engrais pour rosiers. Les techniciens du laboratoire qui épluchent le moindre indice. Et les inspecteurs comme Harry, Carlo Rossetti et tous les autres qui ne comptent pas leur temps pour empêcher un autre assassinat. Ce sont eux qui font tout le travail. Moi je me suis simplement trouvée en position d'attirer l'attention du public. »

Miffy la regarda avec admiration mais ne poursuivit pas la conversation parce qu'elle en avait assez dit et redoutait les reproches de Harry.

« Encore du thé, ma chère ? demanda-t-elle. Au fait, qu'est-ce que vous et Harry avez prévu pour le week-end ? Vous pourriez toujours faire un saut à la ferme des Jordan, vous savez. Elle est totalement vide. Je pars pour Prague demain avec mon amie Julia Harrod. C'est une ville fascinante, m'a-t-on dit. » Elle éclata d'un rire joyeux. « Je meurs d'impatience de la voir. J'ai attrapé le virus du voyage. Je n'y résiste jamais. Allez donc à la ferme si vous en avez envie, ma chère. J'ai remarqué à quel point vous l'aimiez. Et pendant que vous y serez, essayez d'enlever quelques mauvaises herbes dans ma roseraie. On a beau les retirer, elles semblent repousser en une nuit ! »

Elle reprit sa respiration et enchaîna : « Puisque vous avez fini votre thé, je propose de vous montrer la maison. Ça me permettra de continuer à vous raconter l'histoire des Peascott au fur et à mesure. Au fond, maintenant vous allez… Oh ma chère ! *Harry ne me pardonnera jamais de ne pas tourner sept fois ma langue dans ma bouche*, comme il le dirait si vulgairement. »

En prenant congé, une heure plus tard, Mal se sentait prise de vertige devant les exploits accomplis par les Peascott sur les champs de batailles et les baleinières, de même qu'au casino de Monte-Carlo et sous les toits de Paris, où l'un d'entre eux avait passé plusieurs années à essayer de devenir « un artiste ».

« Sans une miette de talent, lui avait dit Miffy, mais avec du charme à revendre. » Il avait épousé sa maîtresse qui était aussi un modèle. Une jeune Corse qui, d'après Miffy, avait apporté à la terne lignée de La Nouvelle-Angleterre la goutte de sang chaud, de vigueur et de fantaisie latines dont elle avait grand besoin.

La tête lui tournait encore lorsqu'elle rentra chez Harry. Elle ferma la porte derrière elle, en songeant que ces vieilles maisons étaient vraiment bien agréables, pleines d'histoires et de caractère, encore imprégnées par la personnalité et le bonheur des gens qui y avaient vécu pendant plus de deux siècles.

Squeeze mangeait les croquettes qu'elle lui avait servies dans sa gamelle en plastique ; elle choisit dans la collection de CD de Harry le premier album de Sade, son meilleur. Elle disposa du petit bois dans le foyer vide de la cheminée et, dès qu'il s'embrasa, y ajouta deux bûches. Le téléphone sonna. Le brasier emplissait la pièce d'une lueur agréable.

Elle décrocha et prononça d'une voix musicale : « Allô, Harry. »

Elle souriait en attendant qu'il lui renvoie son « allô », mais n'obtint aucune réponse. « Allô », répéta-t-elle plus prudemment. Toujours pas de réponse. Pourtant elle savait que quelqu'un était au bout du fil.

Elle sentit ses épaules se crisper quand elle reposa le combiné. Elle lança derrière elle un regard d'appréhension, soudain consciente de sa solitude. Squeeze, sur le seuil de la pièce, la regardait grand et solide comme un loup, si rassurant qu'elle faillit l'étreindre. Ce n'était probablement qu'une erreur de numéro. Elle était sur les nerfs, un point c'est tout.

Lorsque le téléphone sonna de nouveau, quelques minutes plus tard, elle demanda d'une voix faible : « Qui est-ce ?

— C'est moi, naturellement. Qui veux-tu que ce soit ? questionna Harry.

— Oh, soupira-t-elle avec soulagement. C'est toi qui as appelé il y a une minute ?

— Non, pourquoi ?

— On a appelé, mais quand j'ai répondu personne n'a parlé. Je suis sûre qu'il y avait quelqu'un au bout du fil. C'est déjà arrivé. Ce matin, chez moi.

— Ça doit être une coïncidence, dit-il, mais il était soucieux. Mon numéro est sur liste rouge.

— Comme le mien.

— Oublions ça. Il est impossible que quelqu'un se procure mon numéro, ou le tien, et encore moins les deux. Mettons l'incident sur le compte de l'erreur, Mal.

— D'accord, fit-elle d'une petite voix.

— Écoute, je pars immédiatement. Je serai près de toi dans une demi-heure. Ne t'inquiète pas, d'accord ?

— D'accord. » Elle semblait rassurée.

Harry pressa le bouton de son téléphone et demanda à Rossetti : « Je sais que je suis l'as des policiers et que je suis censé connaître la réponse, mais voudrais-tu me dire comment un type normal peut s'y prendre pour obtenir un numéro de téléphone qui nc figure pas dans l'annuaire ?

— Facile, répondit Rossetti entre deux bouchées d'un beignet à la confiture. Il suffit d'avoir un ami au central.

— Quel genre d'ami accepterait de donner un numéro sur liste rouge ? »

Rossetti était écroulé sur son bureau. Son apparence généralement irréprochable était négligée en diable. Sa barbe rivalisait avec celle de Harry, ses manches de chemise étaient roulées, son pantalon froissé. Sa cravate en soie pendait comme un ruban de bambocheur autour de son cou. Il jeta à Harry un regard méprisant. « Tu as quelque chose qui ne tourne pas rond ? Si tu veux un numéro rouge, tu montres ton insigne.

— Pas moi, Rossetti. L'assassin. »

Rossetti se redressa aussitôt. « Il s'est procuré le numéro de Mal ?

— Quelqu'un l'a. Et il a aussi le mien. À moins que ce soit une pur coïncidence, dit-il. Deux appels muets à deux numéros différents. Mais c'est *la même femme* qui a répondu les deux fois, Rossetti, et ça m'inquiète. »

Aussitôt, Harry appela la compagnie du téléphone pour se faire expliquer dans quelles circonstances le personnel était autorisé à divulguer un numéro inscrit sur liste rouge. Il s'entendit répondre que seule une urgence médicale le justifierait, encore la demande devait-elle émaner d'un médecin. Non, personne n'avait communiqué son numéro, ni celui de Mme Malone.

« Tu as raison, Rossetti. La seule façon, c'est de se procurer le numéro par un ami.

— À propos d'amis, c'est l'anniversaire de Vanessa dans deux semaines. Vous venez bien à la fête tous les deux ?

— Je ne raterais ça pour rien au monde, avoua Harry en train de partir.

— T'es pressé, hein ? » lui lança Rossetti, mais Harry se contenta de rire.

En arrivant chez lui, vingt minutes plus tard, il crut d'abord s'être trompé de maison. Il avait l'habitude d'être accueilli par le silence, le calme et le vide d'une demeure souvent inhabitée pendant de longues périodes. Aujourd'hui, une odeur de feu de bois et de cuisine l'embaumait. Sade chantait l'amour. Il avait l'impression d'être un mari qui rentre chez lui après une longue journée de bureau.

« Chérie, je suis là », lança-t-il par dérision.

Mal passa la tête par la porte de la cuisine. « Ah c'est toi, *mon cœur* », répliqua-t-elle. Le chien se tenait à côté d'elle. Squeeze étira voluptueusement ses pattes de devant, puis celles de derrière, sans pour autant se lever pour l'accueillir.

« Qui m'aime, aime mon chien, dit-on, fit Harry stupéfait. Tu es ici depuis deux heures, et il a déjà changé de maître.

— Faux, lança-t-elle. Il a fait une longue promenade et un bon dîner, ça le rend paresseux, c'est tout. Ne t'inquiète pas, Harry, il t'aime toujours. »

Debout devant les fourneaux, elle tournait quelque chose dans une casserole. Il s'approcha et, les bras autour d'elle, embrassa le bas de sa nuque. « Et toi tu m'aimes toujours ?

— Moi aussi j'ai fait une longue promenade, mais je n'ai pas encore eu droit au dîner.

— Hum, c'est toi qui as préparé ça ?

— Non. Ça vient de chez Zabar. Comme tout le reste. »

Il rit et la fit virevolter dans ses bras.

« Tu n'as pas encore dîné ? Il est plus de neuf heures.

— Sans toi, je n'ai pas faim.

— Ai-je déjà dit que je suis heureux de te voir ? Et que tu es superbe en jean.

— Maintenant on est assortis !

— J'ai une surprise pour toi, cria-t-il sur le chemin de la douche. Rappelle-moi de t'en parler tout à l'heure. »

Après le dîner, ils sortirent promener Squeeze. Harry respira avidement l'air embaumé en descendant les marches du perron.

« Ça commence à sentir l'été, dit-il.

— Et qu'est-ce que ça sent au juste ?

— Oh, le feuillage, la verdure… l'humidité.

— L'herbe fraîchement coupée et le foin récemment fauché ?

— Tu y es. Oh, j'ai failli oublier. La surprise. » Elle ralentit le pas en le regardant avec espoir. « Je suis en congé pour le week-end. Rossetti me remplace, on m'a accordé un peu de repos. »

Un sourire ensoleilla le visage de Mal. « Tu veux dire que je vais t'avoir dans les jambes tout le temps ? »

Il glissa son bras sous le sien pour descendre la rue pavée. Le chien exécutait de petits cercles au pas de course devant eux. « J'ai pensé qu'on pourrait aller à la ferme des Jordan et en profiter pour passer deux jours en paix et au calme. Tu en as besoin, Mal, et Dieu sait que c'est aussi mon cas. »

Ils marchèrent jusqu'aux quais, puis revinrent par Chestnut Street à Louisburg Square, prévoyant de partir à la première heure le lendemain matin, pour bien profiter du temps précieux qu'ils passeraient ensemble. Du coin de l'œil, Harry enregistra vaguement la présence d'une Volvo gris métallisé garée à l'angle de la rue, mais cela n'éveilla en lui aucune idée précise, sinon qu'il y avait beaucoup de Volvo à Boston. Il revint à Mal et au fait que ce soir elle dormirait dans son lit.

« Exactement comme dans l'histoire des trois Ours, dit-elle avec un sourire. Si on compte Squeeze. »

39

La Volvo était à la même place, le lendemain matin à six heures, lorsqu'ils montèrent dans la Jaguar et partirent pour la ferme. Harry pensa qu'elle devait appartenir à un voisin.

Sur l'autoroute du Nord, il remarqua une Infiniti noire aux vitres teintées qui roulait derrière lui. Quelle que fût sa propre vitesse, elle restait visible dans son rétroviseur, réglant son allure sur la sienne.

Il fronça les sourcils mais n'en parla pas à Mal qui, les yeux fermés, sommeillait à côté de lui. Il songea avec appréhension aux coups de téléphone muets mais conclut qu'il n'y avait pas lieu de s'en préoccuper. Le tueur en série ne pouvait pas être assez malin pour se procurer les numéros de la liste rouge. C'était un homme sans imagination. Le retour inattendu de Suzie Walker l'avait affolé et il avait agi d'une façon qui n'était pas conforme à son caractère. Il avait sûrement besoin d'un certain temps pour mettre ses projets au point. Il n'agissait jamais sur une impulsion. C'était la raison pour laquelle ils allaient lui mettre la main au collet un de ces prochains jours.

La bretelle de sortie qu'il avait l'intention de prendre n'était plus très loin, et il mit son clignotant droit. L'œil sur le rétroviseur, il s'engagea sur la rampe de sortie. L'Infiniti continua tout droit, et il se sentit tranquillisé.

Dans la Volvo gris métallisé, l'homme roulait à bonne distance derrière Harry qui ne pouvait pas le voir. Le journal télévisé de la veille avait montré Mallory Malone débarquant à l'aéroport Logan. Et il savait tout ce qu'il fallait savoir sur l'inspecteur Harry Jordan. Bien connaître ses ennemis était pour lui l'enfance de l'art. Il savait quelle sortie Harry allait prendre et comment aller à la ferme des Jordan. Il pouvait se permettre de lambiner.

C'était bel et bien l'été. Le soleil brillait de tous ses feux lorsqu'ils descendirent de la Jaguar. Il faisait chaud. Une odeur de fruit et de rose flottait dans l'air.

Squeeze courut autour de la maison pendant que Harry sortait les bagages du coffre et que Mal restait sur place, savourant le calme. Un pivert s'acharnait sur un arbre non loin d'eux. « J'ai l'impression d'être un personnage dans un dessin animé de Woody Woodpecker, dit-elle en riant.

— Au contraire, tu es superbe, comme si tu renaissais à la vie. L'air pur te fait du bien.

— Que faut-il en penser ? Tu viens de me faire un compliment sans la moindre petite réserve perfide.

— Je croyais que c'était toi la spécialiste des réflexions acerbes.

— Te voilà reparti », rétorqua-t-elle.

Dans son dos il leva les yeux au ciel. « J'ai l'intention de t'emmener pêcher, ça te calmera les nerfs.

— Je n'ai jamais pêché, dit-elle en redoutant que cette occupation ne soit guère à son goût. Ça m'a toujours paru tellement ennuyeux.

— Ça donne à un homme le temps de réfléchir. Et à une femme aussi, ajouta-t-il en toute hâte. Pas de discrimination ici. »

La ferme des Jordan était aussi charmante que dans le souvenir de Mal. La maison lui faisait l'effet d'un cocon l'enveloppant dans la paix et la sérénité. Elle était sensible à la continuité de la vie dont témoignait la demeure, au fait que, quoi qu'il arrivât, les murs seraient toujours là pour accueillir Harry à son retour.

Harry la vit passer une main respectueuse sur la surface patinée d'une vieille table, toucher un coussin de velours usé, saisir une vieille photo, se pencher pour respirer les fleurs d'une jardinière en céramique sur le rebord de la fenêtre. Il savait ce qu'elle ressentait.

« Ça s'appelle l'esprit des lieux, murmura-t-il. C'est une sensation, une émotion qui émane de ces vieilles maisons, comme si des décennies de souvenirs s'y trouvaient rassemblées.

Mal se sentait à mille lieues du « foyer » sans âme qu'elle avait partagé avec sa mère dans le parc à caravanes de Golden. Elle avait appris depuis qu'il n'est pas nécessaire d'être riche pour donner un « esprit » à son domicile, qu'il y faut simplement de l'amour.

« Je vais faire du café, dit tout d'un coup Harry, et nous partirons pour une grande promenade. Ensuite, je me sentirai coupable si je n'arrache pas quelques mauvaises herbes. Après quoi, nous irons à la pêche. »

Quelques heures plus tard, assis au bord du ruisseau, ils balançaient leurs cannes à pêche d'enfants au-dessus de l'eau vive. Un tronc de saule pleureur leur servait de dosseret ; l'onde cascadait sur les pierres tendres. Ils se demandaient si la moindre truite mouchetée se cachait dans les trous d'eau dormante près de la berge opposée.

« Est-ce que tu as déjà attrapé une truite ? l'interrogea Mal d'un air méfiant.

— Bien entendu. Quand j'avais douze ans…

— Qu'allons-nous faire pour le dîner si on ne prend rien ?

— Facile. Chez l'oncle Jack, il y a une rivière très poissonneuse qui traverse sa propriété. Chaque fois qu'il vient, il apporte le produit de sa pêche à Miffy ; elle déteste les truites mais ne veut pas le vexer, alors elle les stocke dans le congélateur.

— Logique. Ce n'est pas vraiment ce que je croyais, dit-elle détendue, mais c'est une agréable façon de passer le temps.

— Je t'avais dit que c'était une activité propice à la réflexion, lança-t-il. Tu n'as pas envie de me parler encore un peu de Golden ?

— Ce n'est vraiment pas intéressant.

— Pour moi si. »

Il était plus facile de se confier assise sur la berge d'un ruisseau par une belle journée d'été, à des années lumière de ces temps effroyables où elle était encore jeune et trop naïve. Elle lui parla donc de sa lutte pour survivre, pour faire quelque chose de sa vie chaotique et sans amour, de son besoin de devenir quelqu'un. Elle lui parla de son mari qu'elle avait admiré et respecté. Ça ne pouvait pas marcher entre eux parce qu'il voulait qu'elle renonce à tout, ce qui revenait à lui demander de laisser tomber Mallory Malone pour redevenir encore une fois *personne*.

« Ce n'est pas vrai, tu sais, dit-il quand elle eut achevé son histoire. Tu seras toujours Mal Malone, la personne que tu es devenue en grandissant, et tu seras toujours Mary Mallory, victime de circonstances familiales indépendantes de ta volonté. Nos parents ne sont qu'en partie responsables de ce que nous sommes. Le reste dépend de nous : de nos actes, de nos choix, des chemins que nous empruntons. Miffy Jordan s'est forgée elle-même, indépendamment de ce qu'était sa mère. C'est pareil pour moi, et pour toi. »

Elle n'en était pas convaincue, mais elle espérait qu'il avait raison. Soudain la ligne s'agita dans sa main. Elle la serra bien fort, les yeux fixés sur le bouchon qui tressautait. « Regarde, regarde ! hurla-t-elle. Un poisson ! »

Squeeze bondit, il sautait, tout excité, et finit par se jeter à l'eau en les aspergeant. Trempée et morte de rire, Mal tomba à la renverse. Harry récupéra *in extremis* sa canne à pêche, mais trop tard : le poisson avait pris la fuite.

« Tant mieux, souffla-t-elle. Je ne t'aurais jamais laissé le tuer de toute façon. »

Elle sursauta lorsque le téléphone cellulaire de Harry sonna. « Pardon. » Avec une grimace, il porta l'appareil à son oreille, écouta, puis répondit qu'il arrivait. Il se tourna vers Mal.

« Ne me dis pas que tu dois partir, fit-elle d'une voix blanche.

— C'était Rossetti. Ils ont reçu deux appels suspects de la région de Boston. Il se peut que l'un d'eux provienne du tueur, quoique j'en doute. Mais il faut organiser une surveillance. Je dois y aller, Mal. »

Elle se releva à grand-peine et brossa l'herbe de sa jupe.

« Je vais chercher mes affaires.

— Mais non, voyons. Je serai de retour dans quelques heures. Pas question de gâcher notre week-end à cause d'énergumènes en mal de publicité.

— Et si c'est sérieux ? Si c'est vraiment lui ?

— Si j'ai cette chance-là, je t'enverrai une voiture. Mais quelque chose me dit que ce n'est pas notre homme. »

Il se changea et elle l'accompagna à la voiture. « Je garderai le repas au chaud, dit-elle. Et je te promets que ce ne sera pas de la truite. »

Tandis qu'il s'éloignait, Harry la regarda le plus longtemps possible dans son rétroviseur. Debout sur la véranda près de Squeeze, elle semblait chez elle.

« Il y a deux enregistrements, Prof », dit Rossetti.

Ils roulaient en plein centre-ville, dans les rues encombrées par la circulation du samedi, et s'acheminaient vers Cambridge où résidait le premier suspect.

« Un agent en civil file celui-là. Il se désigne lui-même comme "le Tueur de Boston" sur l'enregistrement, son nom est Alfred Trufillo. Il se fait aussi appeler Alfred Rubiorosa, élégant, hein ? Sans doute qu'il se prend pour un play-boy ou quelque chose comme ça. Il a téléphoné trois fois de la même cabine, à cent mètres de là où il habite. Pas très malin. Notre assassin a montré qu'il avait plus de jugeote. Ça ne tient pas debout mais il faut aller voir, car deux ou trois choses qu'il a dites sur les corps m'ont donné la chair de poule. Comme s'il en savait plus que nous, tu vois ce que je veux dire ? »

Harry écouta attentivement les bandes d'enregistrement. « Ou bien le type était présent, ou c'est une coïncidence, un coup de chance. C'est de Rachel Kleinfeld qu'il parle, hein ? Le corps dans la péniche ?

— Voici l'autre », dit Rossetti avec un hochement de tête. La voix, plus distinguée, avait une intonation onctueuse. « On dirait un évangéliste, commenta Rossetti. Tout ce qu'on sait sur lui c'est qu'il profère des menaces contre Mlle Malone. »

Harry se hérissa en entendant l'homme décrire d'une voix doucereuse ce qu'il avait l'intention de faire subir à Mallory Malone. Les détails anatomiques qu'il donnait révélaient des connaissances médicales.

« C'est un téléphone portable, précisa Rossetti. On a trouvé le numéro. Il est au nom d'une société, la COMPAGNIE GRAY DE FOURNITURES ANATOMIQUES, domiciliée dans le quartier sud de Boston. L'ennui, c'est qu'il n'existe aucune entreprise de ce nom. Et l'adresse correspond à une boîte postale louée depuis une semaine. Mais on a localisé l'appel. Il provient d'un immeuble de rapport dans le même quartier. »

Harry réfléchit à ce qu'il venait d'apprendre. « Le *Manuel d'Anatomie* de Gray est une sorte de Bible en médecine. Tu ne crois pas qu'il se paie notre tête ?

— Je l'ai fait écouter par un médecin. Selon lui, les termes médicaux sont exacts, mais ce qu'il dit sur le corps ne l'est pas. Il pense que c'est probablement un amateur de matériel médical entiché de vocabulaire professionnel. Certains types ont des lubies de ce genre, a-t-il dit. Il y en a qui se mettent en blouse blanche et qui jouent au médecin. Il leur arrive même d'entrer dans un hôpital pour s'occuper des patients, et les gens n'y voient que du feu, jusqu'au jour où on les prend sur le fait. »

Rossetti ôta ses mains du volant et redressa négligemment sa cravate en se regardant dans le rétroviseur. Harry éclata d'un rire crispé. « Prof, ce n'est pas ma conduite qui te rend nerveux, j'espère.

— J'aurais pourtant des raisons.

— Mais non. T'es en sécurité avec moi. Et avec ces toqués, parce que je ne parierais sérieusement sur aucun d'eux. »

Harry songea avec regret au paisible après-midi qu'il aurait pu passer auprès de Mal. Il espérait rentrer à temps pour le dîner et il se demandait ce qu'elle faisait.

L'après-midi tirait à sa fin. Mal, après avoir préparé une tasse de thé, s'était installée sur la terrasse orientée au soleil couchant. Elle regardait dans le lointain, au-delà de la pelouse, vers le ruisseau ombragé par le saule pleureur. Squeeze poussait son bras afin qu'elle lui donne un biscuit, et elle s'exécuta étourdiment, parce que comme son maître il était bien trop charmant pour qu'on lui résiste. Le soleil descendait peu à peu dans un embrasement orangé, et bientôt il ne resta plus qu'une faible lueur verdâtre dans le ciel bleu obscurci.

Le moment était venu de ranger le service à thé, d'appeler Squeeze et de rentrer dans la maison. Mal alluma l'électricité et se demanda si elle allait faire du feu. Non, il faisait décidément trop chaud. Elle n'avait pas envie non plus de mettre en route la climatisation : une brise rafraîchissante entrait par les fenêtres ouvertes.

Elle monta se doucher à l'étage et passa sa longue jupe vert foncé et une blouse de soie crème. Et puisqu'elle avait du temps à revendre, elle en profita pour se mettre un peu de mascara, un soupçon de rouge à lèvres, et une goutte de *Nocturnes* sur la gorge et aux poignets.

Ainsi parée, elle alla s'asseoir un moment sur les coussins en chintz d'une banquette de fenêtre, jusqu'à ce que l'obscurité s'épaississe et prenne la noirceur bleutée d'une nuit à la campagne. L'éclairage de la véranda s'alluma automatiquement.

Tout semblait silencieux à son oreille habituée à la rumeur sourde et constante de la ville, mais à la longue toutes sortes de sons insignifiants devinrent perceptibles : le bruissement de créatures nocturnes, un battement d'ailes, le gazouillis du ruisseau.

Elle s'apprêtait à redescendre à la cuisine pour inspecter le contenu des placards, quand un bruit différent l'alerta. Elle se raidit, pencha la tête sur le côté. On aurait dit le craquement d'une branche morte sous des pas. Elle se rappela que Harry lui avait parlé des daims qui hantaient les bois, et n'y pensa plus. Cependant, l'attitude de Squeeze qui grognait dans le hall d'entrée, en alerte, fit resurgir ses craintes.

Sa solitude lui apparut soudain. Il n'y avait pas une seule maison à des kilomètres à la ronde. La prudence lui commandait de boucler toutes les portes : la cuisine, la véranda à l'ouest, et l'étrange petite porte en bois qui, pensa-t-elle, devait conduire à la cave. Elle fit donc le tour de la maison.

À son retour, Squeeze quitta son poste, comme si la précaution qu'elle venait de prendre l'avait détendu, et l'accompagna à la cuisine. « Ce n'est rien, n'est-ce pas, mon garçon, dit-elle pour s'en convaincre elle-même. Un daim, c'est tout. »

À l'origine, la cuisine était l'unique pièce de la ferme. Le reste de la maison avait poussé autour d'elle. Il y avait des placards en bois brut, de vieux parquets, et des poutres sombres. Les langues de plâtre entre les solives du plafond étaient peintes en un jaune soleil qui, selon Mal, devait réchauffer l'ambiance de la pièce, même par les nuits d'hiver les plus glaciales.

Elle trouva quelques cassettes et passa la *Symphonie pastorale* de Beethoven, parce que cette musique lui paraissait convenir à l'heure et à l'endroit. Elle augmenta le volume et explora le garde-manger et le réfrigérateur bien garnis de Miffy.

Mal coupait avec ardeur des tomates quand un nouveau bruit l'alerta. Cette fois on aurait vraiment dit des pas. Squeeze avait bondi vers la porte, les crocs dénudés en un grondement féroce.

Son cœur s'accéléra. Elle se souvenait de la plaisanterie de Harry : Squeeze n'attaquait que les étrangers.

Les fenêtres étaient encore ouvertes pour laisser entrer le vent du soir et la lumière de la véranda à travers les rideaux. Quand elle regarda dehors, elle ne vit personne.

Squeeze s'était ramassé et n'arrêtait pas de gronder, l'œil rivé à la porte. Elle sentait le goût de la peur dans sa bouche de plus en plus sèche. Harry ne lui avait-il pas dit qu'elle était dans la ligne de mire du tueur à présent, et qu'il pourrait chercher à se venger ? À l'évocation des jeunes femmes qu'il avait assassinées, un brusque accès de fureur accéléra son pouls et lui rendit tout son courage. Si l'assassin s'en prenait à elle, il trouverait à qui parler.

« Espèce de salaud ! hurla-t-elle en se faisant inconsciemment l'écho des dernières paroles de Summer Young. Foutu salaud, tu ne m'auras pas ! » Elle courut fermer les fenêtres d'un coup sec, les unes après les autres. Cette fois, la maison était aussi hermétique qu'une forteresse.

Tremblante de rage et de peur, elle se retrancha dans la cuisine, lançant autour d'elle des regards de bête traquée ; elle avait tiré les rideaux. Le téléphone en main, elle appela Harry au commissariat, mais raccrocha lorsque le répondeur se déclencha. Elle s'efforçait de respirer à fond pour calmer son tremblement. Que faire ?

Elle avait encore la ressource de composer le 911, mais elle craignait de se ridiculiser, au cas où tout cela n'aurait été que le fruit de son imagination. Il fallait qu'elle se raisonne. Avait-elle réellement entendu un bruit de pas ? Et n'était-ce pas simplement un animal sauvage qui furetait dans les parages ? De quoi aurait-elle l'air si le lendemain la presse annonçait en gros titre : MALLORY MALONE APPELLE LA POLICE POUR LA SAUVER D'UN DAIM, et révélait qu'elle se trouvait dans la ferme de l'inspecteur Harry Jordan. Non, ce n'était pas le moment de voir sa vie privée étalée au grand jour dans les journaux à scandale. L'impact et la dignité de l'émission qui venait d'être diffusée s'en trouveraient compromis.

Pourtant ses mains tremblaient si fort qu'elle eut du mal à déboucher une bouteille de vin rouge et à remplir un verre. Pendant qu'elle le buvait à petites gorgées en essayant de retrouver son sang-froid, Squeeze, de nouveau sur le qui-vive, ne quittait pas des yeux la porte de la cuisine. Elle aurait juré qu'il bandait ses muscles et s'apprêtait à donner l'assaut.

Les cheveux se hérissèrent sur sa nuque et elle prit une autre gorgée de vin. Pourquoi n'avait-elle pas appelé la police ? C'était trop tard maintenant. Elle se trouvait en pleine campagne, à des kilomètres de tout. « Dieu du ciel, Harry, où es-tu quand j'ai besoin de toi ? » marmonna-t-elle.

Soudain, elle se souvint de cette pièce appelée le « décrottoir » que Harry lui avait montrée en lui faisant visiter la maison. C'était une sorte de débarras où l'on rangeait quantité de vieilles bottes et des vestes usagées ; un placard vitré renfermait des fusils pour la chasse au canard.

Elle appela le chien et traversa rapidement le hall. Ses talons claquaient sur le parquet aussi fort que des coups de pistolet et trahissaient ses déplacements. Elle enleva ses sandales et ouvrit la porte du débarras.

Il était à peine plus grand qu'un placard, et sa minuscule fenêtre tout en haut du mur n'aurait pas permis à un être normalement constitué de s'introduire par là. Des vestes Barbour d'un vert fané, suspendues à des patères en fer, dégageaient une odeur de moisi accumulée pendant des années de temps pluvieux. Par terre, de vieux Wellington en caoutchouc pourrissaient à côté de bottes de cheval en cuir tout égratigné, de diverses pointures et dans un état de décrépitude variable. Des vases et des paniers en osier encombraient les étagères près de la profonde cuvette en pierre d'un évier. Une corbeille à légumes était posée sur un établi, près d'une truelle encore pleine de terre. La vitrine fixée au mur latéral abritait une demi-douzaine de fusils de chasse.

Mal essaya d'en ouvrir les battants, mais ils résistaient et elle n'avait aucune idée de l'endroit où se trouvait la clef. En demandant tout bas pardon à Miffy, elle brisa à coups de truelle un panneau vitré et s'empara de la première arme.

Elle n'avait jamais tenu de fusil entre les mains auparavant ; celui-ci était un chef-d'œuvre : un Purdey avec des incrustations en argent, délicieusement ciselées au nom de *Harald Jordan, 1903*. Pourvu qu'il soit en état de fonctionner. Encore lui fallait-il des cartouches.

Ses mains fouillèrent le placard à la recherche de balles, de cartouches, de plombs, de n'importe quel projectile. Elle ne savait même pas quoi. Il n'y avait rien de ce genre. « Oh, Seigneur », chuchota-t-elle au bord du désespoir. À quoi lui servirait un fusil sans munitions ? L'arme pouvait faire illusion, se dit-elle avec angoisse.

Elle retourna précipitamment dans la cuisine, éteignant les lumières sur son passage, parce qu'on pouvait l'épier par la fenêtre.

Dans l'obscurité de la cuisine, le courage lui fit brusquement défaut et ses jambes se dérobèrent. Elle s'affala sur une chaise en face de la porte qui menait à l'entrée. Squeeze vint se coucher à ses pieds. Il saurait la défendre. Si seulement elle avait pu avoir une idée de l'endroit où était Harry. Il ne lui restait plus qu'à attendre et espérer.

L'homme s'était dissimulé dans l'ombre du saule pleureur au bord du ruisseau. Il vit avec étonnement une vague silhouette traverser la véranda à l'ouest et scruter l'intérieur de la maison par les fenêtres éclairées. C'était un individu grand, mince en jean et chaussures de sport. Un autre le suivait, à deux pas derrière lui.

Son ouïe aussi fine que celle d'un chien perçut le bruit d'un moteur. Dissimulé par l'obscurité, il courut sans bruit sur l'herbe jusqu'à l'allée en face de la maison. Le faisceau de phares tressautait tandis qu'une voiture passait dans les ornières. Ce devait être Harry Jordan qui rentrait.

Il remonta l'allée à toutes jambes, désireux de gagner la voiture de vitesse. Lorsqu'elle approcha, il s'abrita derrière un arbre et s'allongea sur le ventre dans l'herbe haute, de crainte que les phares ne jettent une lueur pâle sur sa peau. De l'autre côté, l'Infiniti noire démarrait tous feux éteints et fonçait droit sur la Jaguar. Il retint son souffle, guettant la collision.

Harry ne vit pas la voiture qui fonçait sur lui mais l'entendit. Il donna un brusque coup de volant à droite. La Jaguar se déporta dans un terrible crissement de pneus et alla s'écraser contre un arbre dans un fracas de tôle froissée et de verre brisé.

« Connard ! » hurla Harry en essuyant le sang qui coulait sur ses yeux. Il eut le temps de voir en se retournant le véhicule responsable de la collision prendre de la vitesse. C'était bien l'Infiniti noire de ce matin.

« Oh, Seigneur, grogna-t-il affolé. Oh, Seigneur, Mallory. »

Il détacha la ceinture de sécurité mais la portière ne voulut pas s'ouvrir. Il avait beau taper et pousser, elle ne bougeait pas. Rien à faire non plus avec l'autre portière. Il leva sa tête endolorie par le choc contre le volant. Elle fourmillait d'étoiles comme le ciel, et il se rappela alors qu'il avait roulé avec le toit ouvert.

La Jaguar formait un angle de quarante-cinq degrés par rapport à la route, les deux roues droites plongeaient dans un fossé. Il se hissa sur le toit et se laissa glisser. À peine eut-il touché terre qu'il partit en courant comme un damné vers la maison.

L'homme se redressa dans l'herbe, avec un rire amer. Le conducteur de l'Infiniti avait sauvé la vie de Mary Mallory et failli tuer l'inspecteur. Maintenant que Harry Jordan était de retour, tout se corsait. Mieux valait repartir dans la Volvo dissimulée derrière des arbres, sur un chemin latéral, à deux cents mètres de là. Il s'éloigna, plié en deux.

Il grimpa dans sa voiture, enfila son élégante veste de tweed et noua sa cravate de soie. Puis, tous feux éteints, il sortit lentement du chemin de traverse et partit en direction de l'autoroute. Mais il préféra éviter les voies rapides qui ne tarderaient pas à être surveillées par la police et, comme il avait le temps, il rentra par le chemin des écoliers. La route secondaire dans laquelle il s'engagea traversait villages et petites villes.

Il alluma ses phares. La police allait se lancer à la poursuite de l'Infiniti noire, et personne ne s'inquiéterait de la présence en rase campagne d'un homme bien habillé au volant d'un break. À vrai dire, beaucoup de monde conduisait une Volvo à la campagne.

Mal se raidit au bruit des pas qui résonnaient dans l'allée. « Oh non, haleta-t-elle, glacée de terreur, oh, non… »

Quelqu'un essayait d'ouvrir la porte d'entrée.

Squeeze se précipita dans le hall et se mit à tourner en rond en aboyant frénétiquement.

Mal serra le fusil contre sa poitrine. De la sueur froide coulait le long de sa colonne vertébrale et un goût de cendre emplissait sa gorge. Elle n'aurait pas pu crier si elle avait essayé.

Les bruits de pas s'éloignèrent, puis se rapprochèrent encore du côté de la cuisine cette fois.

Elle se leva péniblement et, les jambes vacillantes, braqua le fusil sur la porte. Squeeze passa au galop à côté d'elle au moment où quelqu'un essayait d'actionner la poignée Il aboyait toujours.

Les yeux fermés, elle compta jusqu'à dix. C'était maintenant ou jamais, et elle n'avait pas de munitions…

La porte de la cuisine était fermée à clef, et Harry dut prendre du recul pour tenter de la défoncer à coups d'épaule. Une fois, encore une fois ; au troisième choc le panneau céda enfin, mais la pièce était plongée dans l'obscurité. Il appuya rapidement sur l'interrupteur. En face de lui Mal épaulait le fusil. Les yeux hermétiquement fermés, le doig. sur la détente, elle dit à travers ses dents serrées : « Allez-vous-en ou je vous descends ! »

Harry éclata de rire. C'était comique, et il se sentait tellement soulagé malgré ses jambes en coton.

« Ne tire pas, je t'en prie, Malone, ne tire pas ! Oh, mon Dieu, si seulement tu pouvais te voir ! »

Mal ouvrit ses paupières et lui lança un regard furibond. « Oh, *c'est merveilleux*, Harry, dit-elle d'une voix glaciale. Tu arrives juste à temps pour le dîner. »

40

Une longue estafilade lui zébrait le front et du sang coulait dans ses yeux. « Mon Dieu, il t'a tiré dessus », dit Mal.

Harry, qui se tordait toujours de rire, porta la main à sa tête. « Non, il ne m'a pas tiré dessus. Mais j'ai cru que tu allais le faire. »

Il lui retira le fusil des mains, l'ouvrit et jeta un coup d'œil dans le canon. « Il est vide, s'exclama-t-il.

— Je n'ai pas trouvé de balles, dit-elle d'une petite voix.

— Du plomb, pas des balles », rectifia-t-il. Elle le fusilla du regard et, se jetant sur lui, bombarda sa poitrine de coups de poing. Il lui immobilisa les mains et les noua autour de son cou. Son étreinte était si forte qu'elle pouvait à peine respirer.

Il enfouit sa tête dans les cheveux de Mal et couvrit de baisers tout ce qui se trouvait à portée de sa bouche. « J'ai eu si peur de t'avoir perdue, chuchota-t-il d'une voix brisée par l'émotion. J'ai cru que je t'avais mise en danger en te laissant toute seule, et que ce maniaque t'avait agressée.

— Je te jure qu'il était là dehors, murmura-t-elle, accrochée à lui.

— Il y avait effectivement quelqu'un, dit-il avec véhémence. J'ai même failli me faire tuer. »

Elle s'écarta et leva les yeux vers lui. *« Tu l'as vu ? »* L'assassin s'était donc vraiment trouvé devant la maison. Un frisson d'horreur lui glaça le dos.

Il secoua la tête et essuya son visage couvert de sang en se dirigeant vers le téléphone. « Je ne sais pas qui c'était, mais j'ai reconnu la voiture. Elle nous a suivis depuis Boston, ce matin. Et elle m'a embouti en roulant tous feux éteints dans l'allée. »

Il racontait déjà à la police locale ce qui s'était passé. Puis il appela Rossetti qui lança aussitôt un avis de recherche concernant une Infiniti noire portant sans nul doute les traces de sa collision avec la Jaguar.

Mal s'était rassise dans le fauteuil où elle avait monté la garde un peu plus tôt, croyant sa dernière heure venue. Ses jambes tremblaient et son cœur battait encore très vite, mais ce n'était rien en comparaison des blessures de Harry.

« Il a failli te tuer », dit-elle stupéfaite.

Harry, qui venait de raccrocher le téléphone, se retourna et lui sourit. « Ne parlons pas de moi, c'est ma voiture qui est démolie. Il ne reste plus qu'un tas de ferraille dans le fossé. »

Elle examina tendrement sa blessure, alla chercher une serviette de toilette et lava la plaie. « Il faut des points de suture. »

Harry retint sa main et la porta à ses lèvres. « Écoute, tu n'as rien et moi non plus. On s'en tire avec une belle frayeur. Mais j'aurai la peau du salaud qui a fait ça.

— Tu ne penses pas que c'est lui ?

— Non, dit-il. Pas son style. C'est un embusqué, un conspirateur, un homme organisé. S'il avait voulu te tuer, il y serait parvenu, ajouta-t-il à voix basse en la regardant au fond des yeux. Crois-moi, il est assez malin pour ça. De plus, la voiture n'était pas la sienne. Une Infiniti noire. Ça ne concorde pas avec les descriptions de son véhicule. Et même s'il en possède un autre, tout ça ne correspond pas à son profil. »

Les sirènes de la police déchirèrent le silence de la campagne, et bientôt, la maison grouilla d'inspecteurs et de policiers en uniforme.

Quelque temps plus tard, quand la demeure eut été consciencieusement passée au crible, à l'intérieur et à l'extérieur, de même que la voiture accidentée dans le fossé, on les emmena à l'hôpital le plus proche. Pendant qu'on recousait le front de Harry, Mal buvait un café léger dans la salle d'attente, et peu à peu son anxiété se calmait.

Lorsque Harry sortit enfin, on lui avait rasé une partie des cheveux pour le recoudre, la balafre allait de son sourcil droit au sommet de son crâne. Le fil noir rendait son visage encore plus pâle ; il paraissait exténué.

Dans la voiture de police qui les ramenait, Harry se laissa aller en arrière, les yeux fermés. Elle voyait qu'il souffrait, et lui tenait la main d'un air soucieux. Les deux flics en uniforme qui avaient ordre de garder la ferme leur souhaitèrent bonne nuit lorsqu'ils entrèrent dans la maison.

Harry se versa un whisky qu'il but d'un trait. Il préférait ça aux analgésiques qu'on lui avait prescrits à l'hôpital. La journée avait été longue. Il avait des élancements dans la tête, et son corps endolori commençait à le faire souffrir. Le pire était de savoir que Mal avait couru un danger, et qu'il l'avait mise en péril en la laissant seule. Il ne lui était jamais venu à l'esprit que la ferme des Jordan pouvait ne pas être le havre de sécurité qu'elle avait toujours été. Pourtant, il avait la certitude que le conducteur de l'Infiniti n'était pas le tueur en série. Mais alors, qui diable était-ce ?

Cette question continuait de le harceler le lendemain matin, lorsqu'il s'éveilla dans le vieux lit double qui était le sien depuis l'enfance. Mal dormait, lovée autour de lui. Il sentait la douceur de ses seins contre son dos, et son souffle léger sur sa peau. Elle avait passé une jambe autour de lui et lui serrait la main.

Ça valait la peine de se faire démolir, rien que pour l'avoir là, telle une mère poule couvant son poussin accidenté.

Il se retourna et glissa un bras sous elle. Elle ouvrit les yeux. Ils étaient d'un bleu si profond qu'il s'en étonnait chaque fois. Ses longs cils recourbés lui donnaient un air d'innocence. Le sourire dans ses yeux fit place à l'anxiété quand elle examina sa tête.

« Je suppose que c'est ce qu'on appelle un renversement de situation, dit Harry en l'embrassant. La faible femme prenant soin de l'homme fort. Fais bien attention, je pourrais aimer ça.

— Tu sais certainement que ce sont toujours les femmes qui veillent sur les hommes ? dit-elle avec fermeté. C'est l'ego masculin qui vous fait penser le contraire. Tâche de ne pas y prendre goût, monsieur l'Inspecteur, si tu ne veux pas perdre ton côté macho et devoir admettre que les femmes sont les plus fortes. »

D'un baiser elle étouffa son éclat de rire, et il oublia tout ce qu'elle venait de dire : ses mains caressaient son corps souple. « Soie et satin, chuchota-t-il, le nez dans son cou.

— Les blessés ne sont pas autorisés à faire l'amour. Mais ils ont droit au petit déjeuner au lit. »

Elle s'arracha de ses bras et se leva, s'étirant paresseusement. Sa nudité tentante éblouissait Harry. « Ce n'est pas juste, grommela-t-il. Qui t'a raconté ça ?

— Le médecin de l'hôpital, hier soir, lança-t-elle en jetant un peignoir sur ses épaules. Une *femme* médecin », ajouta-t-elle en disparaissant dans la salle de bains.

« La douleur ne compte pas quand on peut avoir une femme comme toi dans ses bras », insista-t-il lorsqu'elle sortit de la douche. Mais elle leva les yeux au ciel et, sans se laisser fléchir, marcha vers la porte.

À cet instant, le téléphone sonna. Inquiète, elle attendit pendant que Harry répondait.

« Bonjour, Prof, commença Rossetti. Comment va la tête ?

— C'est Rossetti », dit-il à Mal. Rassurée, elle hocha la tête et partit préparer le petit déjeuner.

« Pas fameux, Rossetti, répondit Harry d'un air sombre.

— Ouais ? J'en suis désolé, mais ce que je vais t'annoncer ne va pas te remettre d'aplomb. Tu as les journaux de ce matin ?

— Non pourquoi ? demanda Harry qui n'avait pas vraiment envie de connaître la réponse.

— Les feuilles à scandale publient des clichés émouvants de toi et Malone, avec des légendes éloquentes : "Mallory Malone vit une grande passion avec le policier chargé de l'affaire du tueur en série." On vous voit enlacés vous promener sur les terres des Jordan. La ferme familiale, tu dois t'en douter, est présentée comme un *nid d'amour*.

— Elle n'avait vraiment pas besoin de ça, grogna Harry.

— Toi non plus. Ceux qui ont pris ces photos conduisaient bien l'Infiniti noire. J'ai exercé quelques pressions, pour parler par métaphore, et obtenu leurs noms et adresses. Tu seras content d'apprendre que les types qui ont démoli ta bagnole sont actuellement en garde à vue pour conduite dangereuse et délit de fuite, sans compter l'intrusion dans une propriété privée et tout ce que j'ai pu leur coller sur le dos.

— Ce n'était donc pas l'assassin, conclut Harry que cette nouvelle réjouissait.

— Non, mais ces bons vieux paparazzi à la solde de la presse à sensation. Voilà ce qui arrive quand on s'entiche d'une personne riche et célèbre, ajouta-t-il. Tu peux t'estimer heureux qu'ils n'aient pas pointé leurs objectifs sur les fenêtres de ta chambre à coucher. »

La nuit précédente, ils avaient en effet laissé les fenêtres ouvertes sans même tirer les rideaux. « Il va falloir que je prenne des précautions.

— T'as tout compris, Prof. En attendant, occupe-toi de ta tête. Et de Mme Malone. Elle a fait du bon travail. On est en train d'écouter les appels téléphoniques. Rien de solide pour l'instant, pas depuis les deux fausses alertes d'hier. »

Harry ne pensait plus aux deux cinglés de la veille qu'ils avaient interrogés et placés eux aussi en garde à vue. Au premier coup d'œil, il avait compris que ni l'un ni l'autre n'était le tueur. Le premier cherchait seulement à se procurer une heure de gloire à la télévision, et l'autre était un pervers affligé d'une obsession maniaque pour les obscénités gynécologiques, ce qui allait l'envoyer à l'asile. L'assassin de Suzie Walker courait toujours.

Il prévint Rossetti qu'il serait de retour dans quelques heures et descendit communiquer les nouvelles à Mal.

Debout devant le fourneau, elle remuait des œufs brouillés. « Tu étais censé rester au lit.

— J'ai des informations. »

Elle posa la cuillère en bois, les yeux emplis d'un mélange de peur et d'espoir. « Non, on n'a pas arrêté l'assassin, s'empressa-t-il d'expliquer, mais on sait que ce n'était pas lui hier soir. C'étaient des paparazzi.

— La presse à scandale ?

— Je le crains. Leurs photos sont déjà dans les journaux ce matin. Rossetti vient de me prévenir. Rien de bien méchant. Je te tiens par la taille, et les gros titres appellent la ferme des Jordan un *nid d'amour.* »

Mal prit conscience de ce que cela signifiait. « Tu veux dire qu'hier soir c'étaient des chasseurs d'images ?

— Tu y es, Malone.

— Mais ils ont failli te *tuer*, en roulant comme ça. Comment ont-ils pu ? Comment *osent-ils* ? » Elle jeta la cuillère par terre et se mit à faire les cent pas, bras croisés, lèvres pincées. « Faut-il qu'ils soient tombés bien bas ! Tout ça pour une malheureuse photo ! Mon Dieu...

— En tout cas ce n'était pas le tueur en série.

— Non, effectivement, reconnut-elle en s'immobilisant, toute frémissante au souvenir de la terreur qu'elle avait ressentie.

— Tu n'as donc pas à t'inquiéter à cause de lui, mais bien pour ta vie privée étalée au grand jour.

— Au diable ma vie privée. Ça en valait la peine, inspecteur », lança-t-elle avec un sourire éblouissant. Elle était tellement rassurée qu'elle en avait le vertige.

« J'espère que tu ne changeras pas d'avis si je te dis que je dois retourner en ville.

— Tu veux dire maintenant ? Tout de suite ?

— Non, après les œufs brouillés.

— Oh, les œufs ! » Elle enleva vivement la casserole du feu et constata avec horreur qu'ils s'étaient mués en bouillie solide.

« Heureusement que j'ai pensé aux petits pains. Et aux muffins Il ne te reste plus qu'à faire le café, Malone.

— Après quoi on se mettra en route, soupira-t-elle.

— Comme je l'ai dit à Squeeze, c'est ça la vie de flic. » Il l'embrassa avant de remonter à l'étage pour se doucher.

Deux heures plus tard, ils se quittaient à l'aéroport Logan. Dans la foule tassée au milieu de la salle d'embarquement, des regards curieux se braquaient sur eux, mais puisqu'ils n'avaient plus rien à cacher, ils s'embrassèrent sans retenue.

« Ils viennent de le lire dans les journaux. Maintenant, ils sauront que c'est vrai, lui chuchota-t-il à l'oreille. Je t'appelle ce soir.

— Je ne vais pas me plaindre, je sais que c'est ça une vie de flic.

— Pas tout le temps, non. »

Mal le regarda s'éloigner à pas vifs. Elle savait qu'il était de nouveau sur l'affaire du tueur en série. Son cœur se serra lorsqu'il se retourna pour lui lancer un dernier regard. Il leva la main en geste d'adieu et disparut dans l'angle du couloir.

Elle souriait en montant dans l'avion pour La Guardia. Elle souriait encore, de retour chez elle, en écoutant les messages qu'il lui avait laissés sur son répondeur.

« C'est seulement l'éclopé qui veut vérifier que tu es bien arrivée chez toi, Malone. Désolé pour ce week-end et pour les torchons à scandales. Mais la photo de toi n'est pas mauvaise. Je veillerai à ce qu'ils fassent mieux la prochaine fois. Je te téléphone plus tard. »

Elle venait d'envoyer promener ses chaussures quand le téléphone sonna. C'était Beth Hardy : « Je vois que l'inspecteur et toi, vous faites les gros titres. Dans un *nid d'amour*, rien que ça.

— Attends-toi au pire, et Mal résuma les événements de la veille. Je crains que nous n'en ayons pas fini avec les commérages et l'intimité violée. Mais pas au *nid d'amour*, parce que l'inspecteur a repris son service. Et tu connais le vieux dicton.

— Loin des yeux, loin du cœur ? J'en doute un peu. Les journalistes ont commencé à te courser après l'émission de jeudi. À mon avis, il faut en prendre ton parti et te dire que ceux qui cancanent sur toi et Jordan sont des envieux. À demain, mon chou. »

Mal n'avait pas eu le temps d'enlever ses chaussettes que le téléphone sonnait encore une fois.

« J'étais seulement en train de souhaiter que toi et moi soyons de retour au *nid d'amour* », dit Harry.

Mal sentit aussitôt un pincement au cœur. Elle se laissa tomber sur le lit, le sourire aux lèvres. « Oh, avec plaisir, répondit-elle. Tu peux inviter les paparazzi, on reprendra la pose pour eux. »

Elle l'entendit soupirer. « Ça pourrait en valoir la peine : quelques points de suture, une Jaguar écrabouillée, un fusil menaçant, la célébrité ; qu'est-ce qu'un type peut espérer de plus pour un charmant week-end à la campagne avec sa femme ?

— Ta *femme* ? Ne serais-tu pas un peu présomptueux, inspecteur ? Après un ou deux dîners, une réception, une petite étreinte et quelques baisers…

— Ça ne fait pas beaucoup, hein ? dit-il d'un ton triste avant d'éclater de rire. Malone, je me demande pourquoi je me donne la peine de t'appeler. Je vois que tu es de nouveau en pleine forme.

— Je suis pourtant ravie que tu l'aies fait.

— Moi aussi, admit-il gentiment. Fais bien attention à toi, Malone. Je te rappellerai demain. »

La communication fut coupée et Mal continua de serrer pendant quelques instants le combiné contre son oreille. Malgré leurs chamailleries, la vie était vide quand il n'était pas là.

Elle se doucha et mit sa robe de chambre. Pas étonnant qu'elle soit épuisée, elle n'avait pas eu plus de deux heures de sommeil. En bâillant, elle se prépara une tisane, et sa tasse à la main retourna à petits pas dans son bureau où le courrier l'attendait. Une enveloppe en particulier attira son attention.

Elle l'ouvrit, prit une gorgée de tisane aux baies sauvages en lisant l'unique ligne du message : BIENVENUE CHEZ TOI, MARY MALLORY.

Mal se laissa choir dans le fauteuil. La tisane se renversa sur sa main tremblante, l'ébouillanta mais elle le sentit à peine. Hypnotisée, elle fixait le morceau de papier pelure. Un frisson glacé la parcourut et lui donna la chair de poule. Le mot ne venait pas de Harry. Ni des paparazzi.

Une seule personne, en dehors de Harry, connaissait son vrai nom.

41

L'homme soignait ses roses dans son jardin. Certaines étaient déjà épanouies, des fleurs exquises aux pétales serrés, d'un rouge bordeaux profond ou cramoisi. Il les trouvait parfaites, comme doivent être les roses. D'une beauté régulière, contrairement aux roses choux échevelées et aux rameaux indisciplinés des rosiers grimpants qu'il détestait. Il examinait chaque nouveau bouton avec soin, fronçait les sourcils à la vue des grappes de pucerons qui suçaient la sève de ses précieuses plates-bandes.

Il se précipita dans le garage où il rangeait ses outils et dilua de la poudre insecticide dans de l'eau. Il aspergea chaque feuille avec des gestes méticuleux, afin d'exterminer tous les parasites. Puis il retourna dans la maison, ferma les portes à clef, et se lava soigneusement les mains.

À sa montre, il était sept heures du soir. Il se demanda si Mary Mallory Malone était déjà rentrée chez elle, et il sourit en imaginant son visage au moment où elle découvrirait son petit message de bienvenue. Quel coup génial d'avoir réussi à se procurer son adresse et son numéro de téléphone ! En fait, ça lui avait été étonnamment facile. Parfois, il se surprenait lui-même.

Vêtu d'une chemise propre et d'une veste, il se peigna et s'inspecta dans le miroir sur toutes les coutures. Était-il bien mis ? Non, quelque chose clochait. À l'aide d'un chiffon pris dans la commode il dépoussiéra ses mocassins noirs Gucci. Ce soir, il allait dîner en ville, dans le bistrot où il passait ses soirées dominicales.

La salle était calme. On lui donna sa table préférée près de la devanture, et il commanda son habituel poulet rôti avec de la purée de pommes de terre. Pour cette fois, il demanda une demi-bouteille de vin au lieu de l'unique verre qu'il buvait d'ordinaire. Après tout, songea-t-il en dépliant le journal où s'étalait la photo de Mary Mallory Malone avec l'inspecteur Harry Jordan dans leur nid d'amour, il avait un tas de choses à fêter ce soir. La police ne savait pas qui il était et ne le découvrirait jamais. Une fois de plus, il les avait mis en échec, et il avait l'intention de s'amuser un peu.

Il voulait jouer avec les nerfs de Mme Malone, avant de lui déclarer la guerre pour de bon. La secouer un brin, comme il avait tenté de le faire ce week-end, par exemple. Il fallait que ces idiots de photographes soient de vrais amateurs pour s'enfuir à tombeau ouvert sans lumière comme des espions russes. Au contraire, ils auraient dû rouler pleins phares. C'eût été le meilleur moyen d'éblouir Jordan qui n'aurait rien pu voir pendant une minute, le temps pour eux de le croiser et de disparaître.

Le vin qu'on lui avait servi était particulièrement bon, et il s'y connaissait. Plein d'entrain, il alla dans la cabine téléphonique de l'entrée et composa le numéro de Mlle Malone. Il sourit en l'entendant répondre aussitôt. Il savait identifier la peur dans la voix d'une femme, cette peur qu'il avait si souvent entendue.

Il raccrocha et retourna à sa table. Il n'avait rien à faire de particulier. Il bavarda avec le serveur pendant quelques minutes et mangea son plat sans se presser. Comme dessert, il avait commandé une tarte aux pommes avec une boule de glace à la vanille, et il s'en régala. Une fois son addition réglée, il repartit et roula lentement à travers la ville jusqu'au pied-à-terre qu'il louait à Cambridge. Cela lui convenait d'avoir deux adresses. Il utilisait souvent cet appartement quand il devait partir tôt à son travail. Et il pourrait, qui sait, en avoir besoin pour d'autres raisons.

Harry était assis à son bureau et repassait encore et encore l'enregistrement des dernières paroles prononcées par Suzie Walker. Il connaissait la bande par cœur. Il ne cessait de se demander pourquoi elle avait dit « Qu'est-ce que vous faites ici ? ».

Il la réécouta une nouvelle fois, attentif à l'intonation du *vous*. L'accentuation était minime, presque imperceptible, et la voix de Suzie tellement troublée qu'il était difficile de se faire une idée précise. Ce n'était peut-être rien, comme ils l'avaient tous pensé au début. Mais Harry n'en était plus si sûr. Il y avait une petite chance pour que Suzie ait reconnu son assassin.

Il réfléchit à ce qu'avait dit sa sœur Terry : que le coupable était le garçon à qui Suzie avait donné rendez-vous. Ils avaient interrogé le jeune interne. Son physique correspondait presque à celui du suspect, petit, trapu et brun. Mais il était trop jeune pour avoir des cheveux gris, et il possédait un alibi en béton. Au moment du crime, il était de garde au Beth Israel Hospital et tous ses collègues avaient pu témoigner de sa présence pendant toute la nuit. L'interne avait été définitivement écarté de la liste des suspects.

Si Suzie connaissait son assassin, cela réduisait énormément le champ des recherches qui se limitait dès lors à sa famille, ses amis, ses collègues de travail. Ce pouvait être aussi un type de la station-service où elle faisait le plein, quelqu'un de l'épicerie où elle se fournissait, du café ou du bar qu'elle fréquentait, d'un club ou d'une boutique...

Il soupira à l'idée de la somme de travail qui l'attendait. Il alla parler à Rossetti et téléphona au chef pour obtenir l'autorisation de mobiliser du personnel supplémentaire. Il fallait enquêter sur chaque ami ou connaissance de la victime, sur chaque personne rencontrée par Suzie Walker de son vivant.

Il regarda une fois encore le portrait-robot. Harry couvrit les parties inférieures et supérieures du visage avec deux feuilles de papier, ne laissant apparaître que les yeux. Le dessinateur avait fait du bon travail. Quel regard menaçant ! Harry s'imaginait facilement la terreur qu'avaient dû éprouver les malheureuses jeunes femmes en face de ces yeux-là.

Il consulta sa montre et hésita à rappeler Mal. Onze heures et demie ; elle devait dormir. Il ouvrit le dossier la concernant dans l'ordinateur.

Il relut le résumé, qui ne comportait que des renseignements sur sa naissance, son domicile, ses études et sa vie professionnelle. Mentalement, il remplissait les blancs avec les événements tragiques qu'elle lui avait racontés, mais il y avait un hiatus qui le troublait. Il resta songeur devant l'écran.

Mal lui avait dit qu'elle était allée à l'université de l'État de Washington, à Seattle, comme l'indiquait le curriculum vitae fourni par les archives. Mais les dates ne concordaient pas. Il nota dans un coin de son esprit qu'il devait vérifier ce point auprès de l'université, et dès le lendemain. Pourquoi avait-elle mis cinq ans au lieu de quatre pour achever ses études ? Où avait-elle passé cette année supplémentaire ?

Mal ne dormait pas. Elle faisait les cent pas sans comprendre ce qui lui arrivait. Elle se traitait d'idiote. Quelqu'un voulait manifestement lui jouer un tour. Pas de quoi en perdre le sommeil !

Le lendemain matin, il faisait chaud et humide à New York. Elle se sentait trop lasse pour se rendre à la salle de gymnastique, mais résolut d'aller à pied au bureau. À un carrefour, elle attendit que le feu passe au rouge. Elle se sentait déjà toute poisseuse et regrettait d'avoir décidé de marcher. Soudain, la sensation désagréable d'être surveillée la fit se retourner. Une demi-douzaine de personnes à l'allure anodine attendaient derrière elle, les regards fixés sur le feu.

Idiote, se sermonna-t-elle avec colère. Ce n'était pas la ferme des Jordan, elle n'était pas seule, et personne ne la suivait. Elle jeta pourtant un regard inquiet derrière elle à plusieurs reprises et pressa le pas dans Madison Avenue. Elle ne se sentirait en sécurité que lorsqu'elle aurait franchi la porte à tambour de son bureau.

« T'as vu la presse, ce matin ? lui dit Beth en l'accueillant avec un grand sourire. Le séduisant inspecteur et Mallory Malone ! Il n'y en a que pour eux ! Ces paparazzi ont trouvé une mine d'or. C'est une bonne chose que l'inspecteur ait dû rentrer à Boston avant que les photographies prennent une tournure encore plus intime. »

Mal lui arracha le journal, parcourut la légende d'une photo qui les montrait assis près du ruisseau en train de pêcher : « Une idylle à la campagne pour Mallory Malone et le super-flic de Boston. » Elle l'envoya promener, dégoûtée à l'idée que des paparazzi les avaient mitraillés au téléobjectif dans leur intimité.

« Au moins ça les a conduits en prison, dit-elle avec colère. Mais Harry, lui, il a dix-neuf points de suture sur la tête.

— Ça entame sa séduction, hein ? Nenni, rien n'y parviendrait. Alors, comment vont les choses entre toi et l'inspecteur ? demanda-t-elle en tortillant d'un air songeur une mèche de ses cheveux noirs.

— De façon un peu belliqueuse, je dois dire, admit Mal après un temps de réflexion. En fait, c'est plutôt drôle.

— Et excitant », ajouta Beth.

Mal lui jeta un regard interloqué et Beth éclata de rire : « C'est écrit sur ton visage, mon chou. Tu resplendis. De plus, tu as l'air épuisée.

— J'ai l'air épuisée parce que je n'ai pas dormi la nuit dernière, avoua Mal, et elle lui parla du mot de bienvenue qu'elle avait trouvé chez elle.

— Ça doit être un mauvais plaisant, conclut Beth. Tu sais, ces feuilles de chou savent s'y prendre encore mieux que nous pour obtenir adresses et numéros de téléphone. Ils sont probablement en train de fouiller dans ton passé, en ce moment même, pendant qu'on parle.

— Tu crois ? lui demanda Mal dont le visage avait pris une expression craintive.

— Le tien et celui de Harry Jordan, répondit Beth avec assurance. À mon avis, d'autres limiers ont pris le relais des deux lascars privés de liberté. Et ce que tu as reçu n'était qu'un avertissement. »

Mal espérait que Beth avait tort. Elle alla dans son bureau et s'y enferma pour appeler Harry au commissariat. Il n'était pas là, bien entendu, et elle demanda qu'il la rappelle. Elle essaya ensuite de se remettre au travail et de se concentrer sur l'émission de la semaine.

Harry gara la Jeep devant l'Hôpital général du Massachusetts. Il franchit les marches au pas de course et poussa les portes battantes.

Le Dr Waxman sortait ; il jeta un regard étonné au policier avant de revenir sur ses pas.

« Qu'est-ce qui vous arrive, inspecteur ? demanda-t-il en examinant la cicatrice de Harry. Êtes-vous en service commandé ? Ou avez-vous besoin de mes services en salle d'urgence ?

— Pas cette fois-ci, doc, merci. J'ai seulement eu un petit accident d'automobile. Pas de fracture, et mon cerveau semble intact.

— Ne vous inquiétez pas pour vos cheveux, ils repousseront vite, dit Waxman avec un sourire, non sans caresser inconsciemment ses propres boucles épaisses et noires. Au fait, j'ai vu votre photo dans le journal ce matin.

— Je l'aurais parié », répliqua Harry d'un air sinistre, et Waxman éclata de rire.

Harry baissa les yeux vers les pieds du médecin. Il portait des mocassins noirs Gucci. Un frisson d'appréhension le parcourut. « Jolies chaussures, doc, commenta-t-il comme si de rien n'était.

— Coûteuses, mais confortables, dit Waxman. Quand on reste debout aussi longtemps que moi tous les jours, on apprécie ce genre de confort si on peut se le procurer.

— Docteur Waxman, c'est vous que j'étais venu voir, expliqua Harry en le retenant par le bras. Au sujet de Suzie Walker. J'ai besoin de savoir avec qui elle a travaillé Qui étaient ses collègues, ses amis. Tous ceux qui l'ont connue.

— Ne me dites pas que ce pourrait être l'un d'entre nous ? Ici, à l'hôpital ? interrompit Waxman, les sourcils froncés.

— Disons qu'on cherche à savoir avec qui elle était en rapport. C'est la procédure habituelle, doc, pas de quoi s'inquiéter.

— Bon Dieu, Harry, on va tous se méfier les uns des autres si vous commencez à interroger tout le monde !

— C'est pourquoi je vous interroge en premier. Elle a travaillé avec nous. Vous la connaissiez mieux que les autres médecins ici.

— Oui, sans doute. Mais le Dr Andrews la connaissait lui aussi, elle avait fait un stage en obstétrique. Et Starewski, en neurologie. En vérité, Harry, presque tout le monde a dû travailler avec elle. Vous me posez une question sacrément difficile. Je parierais que, si vous interrogiez n'importe qui dans la maison, chacun se heurterait à la même difficulté. Un hôpital est un petit monde, vous savez, même un établissement aussi important que le nôtre.

— D'accord, mais si vous pensez à quelqu'un en particulier, quelqu'un sur qui vous auriez le moindre soupçon..., soupira Harry en sachant que Waxman avait raison.

— Comptez sur moi », dit le médecin qui s'éloignait déjà.

Le bureau des infirmières ce matin ne résonnait pas de bavardages oiseux. Elles étaient sous le choc de l'horreur causée par l'assassinat de Suzie, elles s'en entretenaient à voix basse et s'inquiétaient pour leur propre sécurité. Harry leur posa les mêmes questions qu'au Dr Waxman et obtint à peu près la même réponse.

« Ce qui est arrivé à votre tête n'a rien à voir avec tout ça, j'espère, remarqua l'infirmière de garde.

— Non, seulement un ennui personnel, répondit-il, troublé à l'idée que cette couture, au milieu de son crâne partiellement rasé, devait lui donner l'air de Frankenstein.

— Ça, c'est vraiment un *ennui personnel* », murmura l'infirmière.

Il tomba sur Rossetti dans le couloir. « Parfois j'ai l'impression de camper ici, déclara son coéquipier d'une voix lugubre. Mais toi, t'as l'air d'y habiter, Prof.

— Bonjour, messieurs », lança le Dr Blake qui arrivait d'un pas affairé et les saluait de la main. Il s'arrêta, ajusta ses lunettes d'écaille et dévisagea Harry avec attention. « Que diable vous est-il arrivé, inspecteur ?

— Oh, simple collision avec des paparazzi. Vous pourrez tout apprendre en lisant les canards à potins de ce matin.

— Je ne lis jamais ce genre de presse, dit Blake qui étudiait la blessure. Je ne connais pas les gens dont ils parlent. Du moins jusqu'à aujourd'hui. Ce n'est pas de la mauvaise couture. On vous l'a faite ici ?

— Dans le nord, à l'hôpital régional.

— Je n'aurais pas pu faire mieux. Des vacances ne seraient pas malvenues pour vous, à première vue. Si j'étais votre médecin, avec une blessure comme celle-là je vous recommanderais de prendre quelques jours de congé.

— Pas question. Cette affaire de meurtres en série me retient enchaîné au commissariat. Pendant les semaines qui vont venir, c'est à peine si on me laissera promener mon chien.

— Pas de chance, dit Blake qui lui lança un sourire avant de s'éloigner du même pas affairé.

— Prof, demanda Rossetti, tu as remarqué que Blake porte des Gucci ?

— Oui. Tout comme Waxman, et très vraisemblablement une douzaine d'autres médecins. Je suppose que cela élimine de la liste des suspects les internes et tous ceux qui n'ont pas les moyens de s'en acheter.

— Sauf si c'est quelqu'un qui se contente de symboles pour se donner un rang social qu'il n'a pas, suggéra Rossetti d'un air songeur. Par exemple un interne qui a envie d'une Ferrari et se rabat sur une paire de chaussures italiennes coûteuses. Ça lui donne l'impression de se hisser au-dessus de sa condition.

— Tu as peut-être raison, admit Harry. En attendant, vérifions ce que nous savons sur tous les médecins de cet hôpital. Je veux savoir qui ils sont, d'où ils viennent, où ils ont travaillé auparavant, s'ils sont mariés, et quel genre de vie ils mènent en dehors d'ici. »

De retour au commissariat, Harry prit le message de Mal qui parlait d'un mot de bienvenue sibyllin. Il estima que ce devait être l'œuvre des paparazzi : ils ne reculent devant rien pour se procurer un renseignement. Ou encore le journaliste fouineur qui avait appelé les numéros inscrits sur la liste rouge et raccroché.

Il appela Mal au bureau. Elle répondit immédiatement, comme si elle attendait son coup de téléphone.

« Salut, Scarface, dit-elle avec une assurance suspecte, mais il la sentait nerveuse.

— Je pourrais toujours prétendre que j'ai récolté ça dans un duel.

— Comme Errol Flynn ?

— Bogart, Scarface, et maintenant Errol Flynn, soupira-t-il. Pour l'instant, avec la moitié des cheveux rasés, je ressemble davantage à Bruce Willis.

— C'est pas si mal.

— Squeeze me reconnaît à peine.

— Moi aussi je te reconnais à peine. Mais c'est parce que je n'ai jamais le temps de te voir. Tu t'arranges toujours pour disparaître.

— Ma mère m'avait prévenu. Ce métier causera ma perte.

— Ta mère avait raison. De plus, ajouta-t-elle avec mélancolie, je crois que tu me manques.

— *Moi*, je *te* manque, Malone ? Ma présence virile te manque ?

— Oui. »

Il attendit qu'elle ajoute quelque chose, mais elle resta silencieuse.

« En ce qui concerne le mystérieux message, dit-il. Ça doit être un coup des journalistes.

— Après ce qui s'est passé, tu crois vraiment qu'ils feraient une chose pareille ? »

Harry n'en était nullement convaincu, mais il souhaitait la rassurer et dissiper sa nervosité. « Ils ont le chic pour se procurer des choses comme les numéros sur liste rouge, les adresses, et découvrir les secrets honteux des gens... »

Soudain, elle prit une résolution. Ça ne pouvait pas durer, elle devait tout lui raconter. « Harry, l'interrompit-elle, il faut que je te voie. »

Il comprit qu'elle ne plaisantait pas. Il ne lui posa pas de questions, se contenta de répondre : « D'accord, je serai là dès que possible.

— Mon vaillant chevalier dans son armure étincelante, dit-elle doucement.

— J'espère que je serai à la hauteur. J'arriverai vers sept heures, d'accord ?

— Je t'attends », murmura-t-elle.

Elle l'attendit assise sur sa terrasse-jardin, d'où elle voyait les gratte-ciel de Manhattan, les tourelles et les tours qu'elle avait conquises le jour où elle était devenue Mallory Malone. Mais le passé de Mary Mallory n'était pas encore effacé. Et elle avait à présent la certitude que le moment était venu de dire enfin la vérité à Harry.

Il arriva à l'heure pile. Il entra dans son appartement et dans son cœur très précisément au septième coup de sept heures. Ils se regardèrent d'un bout à l'autre de la pièce.

Puis il baissa les yeux sur son vieux blouson de cuir et son jean usé : « Un vaillant chevalier dans une armure légèrement ternie, pour vous servir, ma'am.

— Oh, Harry ! » Elle l'aimait quand il faisait l'idiot et elle aurait voulu rire, mais sa gorge restait serrée.

Il devina sa nervosité et passa un bras affectueux sur ses épaules. « Qu'y a-t-il, Mal ? Tu sais que tu peux tout me confier. »

— Eh bien… maintenant, je crois que je sais qui c'est. »

Harry respira profondément. Il avait toujours soupçonné que Mal en savait plus long qu'elle ne voulait l'avouer, mais pas à ce point-là. Son visage empli d'effroi lui donnait envie de la serrer contre lui, de la rassurer.

« D'accord, dit-il calmement. Reprends ton souffle, Malone, et commence par le commencement.

— Je ne voulais pas t'en parler. Ça fait partie du passé, je ne pensais pas que ça avait quelque chose à voir avec les assassinats. Avec nous. Mais maintenant je suis sûre que si, je le sens.

— Je t'écoute. » Il s'assit près d'elle et lui prit la main.

42

Mary Mallory était âgée de dix-huit ans quand elle avait fait sa connaissance. Elle n'avait jamais eu de petit ami, n'était jamais sortie avec des garçons, n'avait jamais flirté, ne s'était jamais fait ni caresser ni embrasser. Elle était vierge.

Le café où elle travaillait six soirs par semaine en tant que serveuse était un endroit modeste, fréquenté par des employés de bureau et le personnel de l'hôpital voisin. L'homme faisait partie des habitués. Il s'asseyait toujours à l'une des tables de sa rangée, s'il le pouvait, et au bout d'un certain temps ils avaient fini par échanger sourires et paroles : « Comment allez-vous ce soir ? », etc. Elle l'aimait bien parce que lui, au moins, il la regardait en face, il la traitait comme une personne, pas seulement comme une petite serveuse débordée.

Elle avait cru au début qu'il était dans l'armée, à cause de ses cheveux coupés en brosse. Mais elle avait renoncé à cette hypothèse parce qu'il arborait une barbiche taillée avec soin. De plus, il était myope, comme elle, et portait des lunettes épaisses à monture noire qui lui permettaient de lire pendant son repas le livre ou le journal qu'il apportait.

Il ne changeait jamais son menu : du poulet avec de la purée de pommes de terre, suivi de biscuits, et il ne laissait jamais rien dans son assiette. Il y avait fort à parier que, dans sa petite enfance, sa mère lui avait seriné qu'il n'aurait pas de crème glacée s'il ne finissait pas ses épinards. Elle en éprouvait pour lui une sorte de tendresse.

Un soir, au bout de plusieurs semaines, elle s'apprêtait à prendre sa commande habituelle quand il marqua la page de son livre avant de le refermer. Il lui sourit et lui demanda son nom. Il avait de belles dents blanches et une expression amicale, mais elle en fut si étonnée qu'elle lâcha étourdiment : « Mary Mallory Malone. » Puis elle ajouta, gênée de ce que cela signifiait : « Mais maintenant on ne m'appelle plus que Mary.

— J'aime bien Mary Mallory, ce n'est pas courant. Vous travaillez ici à plein temps ?

— Oh non, je suis étudiante, avait-elle répondu avec un sourire timide.

— Et où trouvez-vous le temps d'étudier en travaillant autant d'heures ?

— En général, la nuit, avoua-t-elle. J'aime ce moment-là, tout est calme et personne ne me dérange. » Elle avait rougi, car personne ne la dérangeait jamais. Pourtant, pensa-t-elle, en ce moment je parle à quelqu'un comme une personne normale.

« Je sais ce que c'est, dit-il gravement. J'ai passé des années difficiles quand j'étais étudiant en médecine. Maintenant je suis interne à l'hôpital, et voyez-vous, la charge de travail n'en est pas allégée. » Il lui montra le manuel qu'il avait apporté. « Je ne peux pas me permettre de baisser les bras. Il faut que je continue d'étudier jusqu'à ce que je devienne ce que j'ai envie d'être. »

Elle faillit lui demander : « Et qu'avez-vous envie d'être ? » Mais la timidité l'en empêcha ; elle prit sa commande et il se replongea dans son manuel.

En partant, il lui dit au revoir d'un signe de la main et elle découvrit qu'il lui avait laissé un bon pourboire. Mary, le sourire aux lèvres, débarrassa sa table. Elle comprit avec étonnement qu'elle avait vraiment eu une conversation. Avec un homme.

Le lendemain soir, elle lava ses longs cheveux et les attacha sur sa nuque avec un ruban. Elle portait un T-shirt bleu tout neuf et une jupe à motifs indiens multicolores à la mode des années soixante. Elle l'avait achetée pour deux dollars dans une friperie. Pendant son service, elle leva les yeux chaque fois que le timbre de la porte sonnait, mais il ne vint pas ce soir-là. Ni le lendemain. Au bout d'une semaine, elle se résigna : il avait probablement trouvé un endroit où la nourriture et la serveuse lui convenaient mieux.

Il fit sa réapparition un samedi soir. Le café était fort animé, la salle comble, elle promit de le placer à la petite table d'angle qu'il affectionnait dès qu'elle se libérerait. En attendant, il but un verre de vin rouge au comptoir.

« Alors, comment allez-vous, Mary Mallory ? demanda-t-il quand elle finit par l'installer.

— Tout à fait bien, merci, répliqua-t-elle avec un sourire, prête à noter sa commande sur son bloc. On ne vous a pas vu pendant longtemps.

— Des problèmes familiaux. Il a fallu que j'aille chez moi pendant quelques jours. »

Il ne lui dit pas où, et elle n'osa pas lui poser d'autres questions.

« Je ne supporte pas la nourriture qu'on nous sert à la cantine de l'hôpital, reprit-il. La cuisine de ma mère me manque. Le poulet et les biscuits que je mange ici calment ma nostalgie.

— Ça a dû être agréable de rentrer chez vous alors, dit-elle, et devant son regard étonné, elle s'empressa de préciser : pour la cuisine de votre mère.

— Oh, bien sûr. Je suppose que vous savez déjà ce que je veux commander », dit-il avec un hochement de tête.

Elle avait écrit « poulet/purée avec double ration de sauce et biscuits » sur le carnet qu'elle lui montra. Il éclata de rire : « Vous avez gagné. »

À la fin du repas, il s'informa de ses études.

« Les médias, la communication et le journalisme. Pour pouvoir poser des questions au lieu d'être obligée d'y répondre.

— Bien dit, Mary Mallory », déclara-t-il d'un air approbateur.

Quand il vint la fois suivante, elle constata qu'elle l'avait attendu, prête à lui sourire, impatiente de prendre sa commande. Bavarder un peu, avoir une vraie conversation, n'est donc pas si difficile, pensa-t-elle avec satisfaction.

Un soir, il arriva tard. Il fut le dernier client à quitter le café, et en payant son addition il lui proposa : « Je ne suis pas pressé ce soir. Je vais vous raccompagner en voiture chez vous, si vous voulez. »

Brusquement nerveuse, elle se précipita dans les toilettes pour vérifier sa tenue. Elle se repeigna, lissa sa jupe, et appliqua un peu de rouge à lèvres. Dommage qu'elle n'ait pas de parfum ! Elle espérait que les odeurs de la petite cuisine enfumée n'imprégnaient pas trop ses vêtements. Pour s'armer de courage, elle respira à fond avant de sortir dans la rue où il l'attendait.

Il avait une BMW décapotable toute neuve. Il lui ouvrit la portière comme si elle était une princesse, et dès qu'il pressa un bouton le toit s'abaissa en douceur. Il alluma la radio. Il faisait un peu frais, mais elle aimait sentir le vent dans ses cheveux. La musique douce, à la radio, les réunissait dans un petit monde intime, et elle appuya sa tête contre le dosseret en cuir si agréable au toucher. Ils arrivaient déjà devant la maisonnette humide et froide qu'elle partageait avec plusieurs étudiantes. Si seulement cette promenade en voiture avait pu durer un tout petit peu plus longtemps.

« Ça doit être ici », fit-il devant la bâtisse délabrée qu'elle appelait sa maison. Un lampadaire jetait un éclairage jaune impitoyable sur les poubelles pleines et les bicyclettes rouillées. Un chien errant s'arrêta pour renifler et lever la patte sur les pneus de la BMW.

« Espèce de saloperie ! Fous le camp d'ici ! » hurla-t-il, et il lui jeta un regard furieux comme si elle était responsable du chien. « On devrait exterminer ces sales bêtes, elles ne font que propager les microbes. »

Elle s'étonna de sa colère. Elle connaissait le chien, qui appartenait à un voisin, un animal affectueux qui parfois venait s'asseoir sur le pas de sa porte. En se soulageant contre cette voiture de sport toute neuve, il avait gâché une partie de son plaisir.

« Je suis désolée, dit-elle. C'est normal dans ce genre de quartier.

— Je passerai faire laver ma voiture sur le chemin du retour », répondit-il avec un haussement d'épaules, et il glissa un bras autour de ses épaules.

Mary Mallory le dévisagea, les yeux arrondis par la surprise. La respiration faillit lui manquer lorsqu'il l'attira vers lui et l'embrassa sur la bouche.

C'était son premier baiser, et elle s'y attendait si peu qu'elle en frissonna. Ses émotions avaient été réprimées depuis si longtemps qu'elle ressemblait à un volcan sur le point d'entrer en éruption.

Il la lâcha, se pencha par-dessus elle et lui ouvrit la portière. « À la semaine prochaine », dit-il.

Elle se faufila hors de la voiture, marmonna un bonsoir hâtif et resta debout sur le trottoir, devant la maison, agitant timidement la main pendant qu'il démarrait. Elle porta les doigts à ses lèvres où s'attardait la sensation du baiser, à demi soulagée et à demi déçue qu'il n'ait pas été plus long.

Néanmoins, un homme l'avait enfin embrassée, et elle rayonnait d'allégresse. Elle ressemblait maintenant aux autres filles ; elle savait comment c'était. Bien plus tard, allongée dans son lit et bien éveillée, elle analysa ce qui lui était arrivé seconde par seconde, et remarqua qu'il ne lui avait pas demandé de rendez-vous. Au fond, ça n'avait été qu'un baiser amical, et pas un vrai « baiser d'amoureux ».

Lorsqu'elle le vit entrer dans le café, quelques jours plus tard, son cœur se gonfla d'espoir, et le sourire qu'il lui lança la fit trembler de plaisir, d'autant qu'il lui dit : « Bonjour » et « Comment allez-vous, Mary Mallory ? ».

La manière dont il avait prononcé *Mary Mallory* donnait une tournure particulière et personnelle à son salut. Avec un frisson d'excitation, elle se précipita pour prendre sa commande habituelle. Il s'attarda devant un verre de vin jusqu'à l'heure de la fermeture, et, lorsqu'elle s'apprêta à partir, il la regarda et demanda : « Aimeriez-vous que je vous dépose chez vous ? »

Elle acquiesça et courut, folle de joie, se mettre un peu de rouge à lèvres et se repeigner. Il pleuvait, de sorte qu'ils ne purent pas baisser la capote de la voiture. Il alluma la radio et les accords harmonieux d'une symphonie la plongèrent dans une douce euphorie tandis que la BMW filait dans la nuit humide. C'était sûrement ça qu'on ressentait quand on était riche et heureux.

Lorsqu'il l'embrassa de nouveau avant de la quitter, ses lèvres étaient dures et il ne mit pas la langue dans sa bouche, comme le faisaient certains garçons, d'après ce qu'elle avait lu dans les romans d'amour. Elle se blottit contre lui. Personne ne l'avait jamais serrée dans ses bras auparavant, ni sa mère ni son père. Elle avait un besoin avide d'être cajolée, estimée, reconnue pour ce qu'elle était, et cet homme lui donnait soudain tout cela en même temps. Par son étreinte et ses baisers ne lui signifiait-il pas : tu es *quelqu'un*, Mary Mallory, tu es une jolie fille, tu es douce et intelligente, et tu me plais vraiment ? Si des bras l'enlaçaient, cela prouvait qu'elle était aimée.

Sans répondre à son au revoir, il démarra comme l'autre fois. Elle se dit qu'il n'avait pas vu son geste dans le noir et sous la pluie. Mais, le lendemain soir, il revint au café. Une fois encore, il resta jusqu'à l'heure de la fermeture et proposa de la reconduire chez elle.

C'était une nuit froide et brumeuse. Mary Mallory frissonnait dans sa jupe indienne trop légère, et elle se dépêcha de traverser la rue parce qu'il l'attendait dans la BMW. Il faisait chaud à l'intérieur de l'automobile et la musique jouait déjà.

« Montez, dit-il, avec un brin d'impatience.

— Pardon », chuchota-t-elle en se glissant sur le siège à côté de lui.

Il jeta un coup d'œil autour d'eux. Il y avait trois ou quatre véhicules, mais personne en vue. La BMW sortit du parking et roula plein gaz dans les rues.

Au bout d'une quinzaine de minutes, Mary Mallory comprit qu'ils n'étaient pas sur la route menant à son domicile. Elle s'était laissé bercer par la musique, par le plaisir d'être près de lui, amicalement et bien au chaud. Les paupières closes, elle avait imaginé qu'elle était sa femme et qu'ils rentraient chez eux après une soirée.

Elle lui sourit : « Où allons-nous ?

— Dans un endroit tranquille où on pourrait parler. Où on n'aurait pas à regarder les poubelles et sentir la pisse de chien.

— Ça n'a pas beaucoup de charme, je sais », avoua-t-elle honteuse.

Leur conversation s'arrêta là.

Ils arrivèrent sur une route déserte au milieu de la forêt. La brume s'élevait de la terre humide et, telle une fumée grise, voltigeait entre les branches dénudées des arbres. On aurait dit un endroit hanté par les sorcières, comme en montrent certains films, et elle trembla d'appréhension.

Il se rangea sur le bas-côté, arrêta le moteur et serra le frein à main. Calé au fond de son siège, il gardait les yeux fixés droit devant lui. Il n'y avait rien en face d'eux, rien que la route déserte. Pas une maison, pas une lumière, pas une voiture.

Finalement il se tourna vers elle, et Mary Mallory lui sourit ; il lui ôta ses lunettes et mit les bras autour d'elle. Le visage levé avec plaisir vers lui, elle ferma les yeux, prête à recevoir son baiser.

Il avait posé les mains sur ses longs cheveux et soudain il les tira violemment en arrière. La tête renversée, douloureuse, elle craignit qu'il ne lui eût brisé la nuque. Lorsqu'elle ouvrit les yeux, elle vit un couteau qui brillait dans sa main gauche.

« Ne criez pas », ordonna-t-il sèchement.

La panique la gagnait ; une bouffée de fièvre s'empara d'elle, elle tremblait de tous ses membres. « Non, chuchota-t-elle. Pas ça. »

Il posa le couteau sur le tableau de bord, l'empoigna de nouveau par les cheveux et la gifla une fois, deux fois ; elle avait l'impression que sa tête allait exploser.

« Non ! » cria-t-elle.

Alors, il se mit à la bourrer de coups de poing.

Submergée par la douleur et la peur, Mary Mallory comprit qu'elle allait mourir, que c'était la raison pour laquelle il l'avait amenée là. Il glissa ses mains sous sa jupe. Elle se débattit sauvagement, il l'empoigna encore une fois par les cheveux et elle hurla.

Il reprit son couteau et l'approcha de sa gorge. Elle sentait le froid de la lame sur sa peau. « Ferme-la ! » dit-il d'une voix bizarre et sans expression, aussi glaciale et cassante que des débris de glace.

Elle avait l'impression de s'enfoncer dans un trou noir d'où elle n'émergerait jamais plus. Ses yeux s'embuaient, son cerveau... il fallait qu'elle se reprenne, qu'elle se batte. Elle plia un genou et le lança dans son entrejambe, mais il para l'attaque et, en la tenant sous la menace de son regard terrifiant, il lui assena un petit coup sec sur le cou. Ellc tomba dans un puits sans fond.

Il était encore allongé sur elle quand elle remonta des profondeurs. Quelque chose de collant suintait entre ses jambes, et elle crut qu'il lui avait ouvert le ventre avec son couteau. Mais lorsqu'elle le vit à demi nu, elle sut ce qu'il avait fait.

Elle pensa : « C'est fini. Il va me tuer. » Il serrait de nouveau le couteau dans son poing et elle crut sa dernière heure arrivée. Son visage déformé par la haine à quelques millimètres du sien, il la fixait intensément, comme s'il voulait graver ses traits dans sa mémoire. À la faiblc lucur du tableau de bord, ses yeux étaient des globes noirs démoniaques, qui transperçaient les siens jusqu'aux tréfonds de son âme, de même qu'il avait pénétré son corps. Il lui passa le couteau sur la gorge, très légèrement, comme pour essayer le tranchant de la lame.

Elle aurait voulu hurler de nouveau, mais ses cris demeuraient coincés dans sa gorge. Le mugissement d'une sirène se fit entendre, de plus en plus proche, mais quand bien même ce serait la police, elle arriverait trop tard.

« Fils de pute », gronda-t-il en s'écartant. Des gyrophares lançaient des éclairs bleus à l'horizon. Il tourna rapidement la clef de contact, lança le moteur et démarra en trombe. Le véhicule de police disparut de son rétroviseur. Il l'avait semé.

Mary Mallory se dit qu'elle était de nouveau toute seule avec ce fou. Elle s'était redressée et serrait son corsage sur ses seins, tirait sa jupe sur ses genoux, sans oser lever les yeux vers lui. Elle posa la main sur la poignée de la portière et regarda dehors dans l'intention de sauter, mais la BMW roulait trop vite et elle risquait de se tuer. Elle hésitait, bien que désormais tout lui parût égal.

Ils venaient de rentrer en ville et elle reconnut son quartier, le coin de la rue où elle habitait. Une faible lueur d'espoir brilla dans son cœur lourd.

Il arrêta brusquement la voiture et se pencha sur elle, empoignant ses cheveux aussi violemment que tout à l'heure. Ses yeux diaboliques luisaient dans la pénombre. *« Si tu souffles un mot de tout ça, je te tuerai ! »* dit-il d'une voix aussi froide que l'acier. Il ouvrit la portière et la poussa dehors en répétant : *« N'oublie pas, je te tuerai ! »* Avant qu'elle ait eu le temps de reprendre son équilibre, il avait fait demi-tour et disparaissait comme un bolide dans la nuit.

Hébétée, elle regarda ses jambes qui tremblaient. Elles étaient couvertes de sang. Elle serra son corsage sur sa poitrine et marcha en vacillant sur le trottoir. Mary Mallory priait le ciel que personne ne la croise. Heureusement, c'était un vendredi soir et la maison n'était pas éclairée. Tout le monde avait dû sortir s'amuser.

Mary Mallory rentra furtivement comme un chien battu à la recherche d'un trou où se cacher. Elle se regarda dans le miroir. Elle avait un œil au beurre noir et des zébrures rouges sur le visage. Lorsqu'elle enleva son corsage, elle vit avec horreur ses seins couverts d'hématomes violacés, de traces de morsures. Sa jupe indienne était en lambeaux et son slip déchiré. Sur la face intérieure de ses cuisses pleines de bleus, le sang se mélangeait au sperme poisseux… Elle leva la tête et gémit comme une bête, de douleur, de honte et de détresse. Elle regrettait qu'il ne l'ait pas tuée.

Pendant plusieurs heures, elle resta étendue de tout son long par terre, à pleurer. Ses jambes ne voulaient plus bouger. Le choc nerveux et la souffrance la paralysaient. L'aube se levait lorsqu'elle réussit enfin à se remettre debout. Elle se rendit à la salle de bains, ouvrit en grand les robinets et emplit la baignoire presque à ras bord. Elle prit un rasoir et s'immergea dans l'eau, peu à peu, jusqu'au menton. Le contact de l'eau chaude raviva la douleur de ses blessures, mais elle serrait les dents, grimaçait à peine.

Ce serait facile, pensa-t-elle avec découragement. Il avait presque failli lui rendre ce service. Quelques minutes de plus, et elle aurait été morte de toute façon. On disait que ce n'était pas douloureux. D'ailleurs, y avait-il des souffrances plus atroces que celles qu'elle venait d'endurer ? Elle ne souhaitait qu'une chose : se laisser dériver doucement dans le sommeil de l'oubli, telle une phalène hypnotisée par une flamme.

Elle se redressa subitement, elle avait entendu une voiture s'arrêter. Serait-il revenu pour l'achever ? Rires et voix lui firent comprendre que les autres étudiantes rentraient de leur soirée. Elle ôta la bonde, enjamba précipitamment la baignoire, et, emmitouflée dans son vieux peignoir, repartit telle une ombre se terrer dans sa petite chambre tout au bout du couloir.

Elle n'en bougea pas pendant deux jours. Finalement, affaiblie par le choc nerveux et la faim, elle se décida à sortir dans un chandail à manches longues et un jean. La visière d'une casquette de base-ball cachait ses yeux tuméfiés, et malgré la pluie elle portait des lunettes noires. Elle partit à bicyclette et s'arrêta dans une cabine téléphonique pour prévenir le café où elle travaillait qu'elle ne reviendrait pas, prétextant de mauvaises nouvelles de sa famille qui l'obligeraient à rester auprès des siens. Ensuite, elle passa à l'épicerie voisine, y acheta du lait, des flocons d'avoine, des barres Snickers, de quoi soutenir un siège dans sa chambre où elle comptait se retrancher.

Devant son bol de céréales, elle réfléchit à ce qu'elle allait faire. Elle n'avait aucune amie à qui se confier, et ne pouvait rien raconter aux conseillers de l'université. N'allaient-ils pas penser que c'était sa faute ? Peut-être même prévenir la police ? Non, le courage lui manquait. Jamais elle ne pourrait raconter ce qu'il avait fait... En outre, l'image du couteau et les représailles dont il l'avait menacée la terrorisaient. Son corps se convulsait, ses mains tremblèrent si fort qu'elle dut reposer la cuillère. Sa gorge se bloquait, l'empêchant d'avaler la nourriture. Si elle n'avait pas le courage de mourir d'inanition, si elle voulait réussir comme elle se l'était promis, la seule solution était d'oublier ce qui était arrivé, d'enfermer tout ça au fond de son esprit avec les autres horreurs qu'elle avait vécues, avec ce sentiment d'avoir toujours été rejetée. Il n'y avait rien d'autre à faire.

Deux semaines plus tard, les bleus s'étant suffisamment estompés, elle se sentit de nouveau capable d'affronter la vie et de reprendre ses études. Une des serveuses du café, qu'elle croisa par hasard dans la rue, lui dit sur un ton joyeux : « Salut, Mary. J'espère que tout s'est arrangé chez toi. »

Mary répondit que oui en hochant la tête et en remerciant.

« Au fait, reprit la serveuse, le jeune type avec qui tu bavardais, il est parti lui aussi. Il a dit qu'il était muté dans un hôpital d'un autre État. »

Mary Mallory reprit espoir. « Pas de chance », dit-elle. Elle voulait dire : *Merci, mon Dieu.*

43

Harry porta la main de Mal à ses lèvres et y déposa un baiser. Il embrassa chacun de ses doigts. Il l'admirait de lui avoir tout raconté, de lui avoir parlé avec une telle maîtrise de soi et sur un ton neutre. Il mesurait la profondeur de sa blessure et de sa terreur. « Je suis désolé, Mal, dit-il doucement. Je ferais n'importe quoi pour effacer cet horrible souvenir de ton esprit. »

D'une voix pathétique, elle ajouta : « Il y a autre chose. »

Leurs regards se croisèrent. Celui de Mal était empli de honte. Celui de Harry bouleversé. Il alla se verser un bourbon et en avala une gorgée. « Tu n'es pas obligée d'aller jusqu'au bout, dit-il. Tu ne peux pas être sûre que c'était le même homme. Je ne veux plus te voir souffrir. Oublions tout ça, c'est du passé. »

Mais elle secoua la tête avec obstination. « C'est mon devoir. Il faut que je te raconte. »

Il se rassit à côté d'elle et garda sa main serrée très fort dans la sienne.

Mary Malone avait attendu dans la caravane que les gardes-côtes viennent lui annoncer ce qu'elle savait déjà dans son cœur : tout espoir était perdu de retrouver le corps de sa mère. Paradoxalement, la présence de celle-ci avait pris une acuité nouvelle, à cause de l'âcreté pénétrante de ses cigarettes et de l'arôme amer du café réchauffé qui persistaient dans la pièce. Il y avait aussi ses vêtements vieux et usés, ses baskets éculées, ses sandales qui avaient conservé la forme de son pied, son petit sac de vernis rouge dont la fermeture en métal doré s'était piquetée et ternie avec le temps. Elle serrait contre sa poitrine le lainage en mohair bleu, et chaque fois qu'elle aspirait l'air entre deux sanglots une bouffée d'odeurs familières venait lui rappeler sa… « maman ».

Son corps se révulsait à l'idée de l'embryon qui croissait dans son ventre. C'était l'enfant du violeur, de ce fou qui avait tenté de la tuer, et certainement elle allait donner naissance à un monstre. Comment pourrait-il en être autrement, avec un dangereux détraqué pour père et une mère qui le haïssait de toutes les fibres de son corps ? Elle priait Dieu de la délivrer du fœtus. Si seulement elle avait pu faire une fausse couche. Si seulement elle avait su où aller, à qui s'adresser, pour se faire avorter, mais elle ne connaissait personne.

Pendant qu'elle vidait la caravane, elle réfléchissait. Il n'y avait pas d'autre solution que de suspendre ses études, le temps de donner naissance au bébé qu'elle abandonnerait aussitôt afin qu'il soit adopté.

Tout tenait dans six sacs-poubelle, les affaires de sa mère, y compris leur batterie de cuisine, leur vaisselle ébréchée et les couverts dépareillés. Elle les chargea dans la malle arrière de la vieille Chevy turquoise aux ailerons chromés, et elle les emporta à la décharge publique. Au pied de la falaise, l'océan s'enflait sous un ciel bas couleur d'acier. La dernière demeure de sa mère était encore plus triste et morne que celle où elle avait vécu. Elle se jura de ne plus jamais revenir à Golden.

Comme attirée par un aimant, Mary Mallory avait roulé pendant plusieurs jours en direction du nord-est, dormant dans la voiture, car elle n'avait pas de quoi payer une chambre de motel, se nourrissant de hamburgers sur le bord de la route, ou encore de pain de mie et de fromage fondu pour calmer ses nausées.

Un panneau indiquait : TACOMA 15 KM, et son réservoir était aux trois quarts vide. Aussi, comme autrefois, lorsqu'elle et sa mère s'étaient trouvées à court de carburant, elle s'arrêta là, dans cette banlieue déshéritée où elle ne se sentait pas dépaysée. Il y avait des tas de chambres à louer, et à force de parcourir le quartier elle tomba sur une maison qui avait l'air plus propre que les autres. Elle frappa à la porte.

Un homme assez jeune lui ouvrit. Il avait un visage allongé et de grandes dents de cheval, mais une expression agréable.

Il lui sourit : « Je suppose que vous venez pour la chambre ? »

Mary Mallory acquiesça. « Pouvez-vous m'en dire le prix ? Parce que si c'est trop cher je ne veux pas vous faire perdre votre temps. »

Il l'examina de la tête aux pieds, et jeta un coup d'œil à la vieille carcasse garée au bord du trottoir. « Vous avez un travail ? » demanda-t-il avec douceur.

Elle leva le menton et le regarda au fond des yeux. « Pas encore, dit-elle d'une voix tranchante, mais je compte bien en trouver un. »

Leurs regards se croisèrent, et il éclata de rire. « C'est ce qui s'appelle avoir de l'énergie à revendre ! D'accord, j'ai deux chambres à vous proposer. L'une est assez petite, en haut dans le grenier, mais je la loue pour une bouchée de pain. L'autre est au premier. C'est celle avec la grande baie vitrée que vous voyez au-dessus de vous, plus spacieuse, mais le loyer est plus élevé aussi. » Il annonça les prix et proposa : « Vous voulez jeter un coup d'œil ?

— Je prends la moins chère. » Elle retournait déjà chercher ses affaires dans la voiture.

« Mais vous ne l'avez même pas vue, protesta-t-il.

— Pas besoin. La maison est propre et le prix me convient. Pourvu que j'aie un toit, je ne demande rien d'autre », ajouta-t-elle en tirant son sac en toile du coffre de la voiture.

Le propriétaire descendit en courant les marches derrière elle. « Voyons, laissez-moi vous aider. » Il souleva le sac sans effort et se présenta : « Au fait, je m'appelle Jim Fiddler.

— Mary Malone, dit-elle, et ils échangèrent une poignée de main.

— C'est tout ce que vous avez ? » Il glissa un regard au fond de la malle arrière vide.

« C'est tout. » Elle referma le coffre d'un coup sec et le suivit sur le perron. « À propos de travail, reprit-elle pleine d'espoir, vous n'auriez pas par hasard entendu parler de quelque chose dans les environs ?

— Essayez le supermarché, dit-il par-dessus son épaule, la précédant dans l'escalier. Ils ont toujours besoin de quelqu'un. Vous ne pouvez pas vous tromper, c'est à deux rues d'ici. Et si vous vous cassez le nez là-bas, essayez le drugstore, ou le Burger King. »

À bout de souffle, elle arriva au dernier étage et entra dans la petite pièce mansardée qui allait devenir son nouveau logis. C'est alors que sa décision de se sortir de là, de grimper les échelons, de devenir quelqu'un de bien prit dans sa tête la solidité de la pierre.

La chambre était vraiment petite. Elle offrait à peine assez d'espace pour passer entre le lit d'une personne à la tête de bois éraflé, la commode qui servait aussi de table de nuit et qu'éclairait une lampe bancale à abat-jour, et le fauteuil défoncé coincé entre un lampadaire en bois et une petite table. Tout était rose : le dessus-de-lit, le tapis, les abat-jour et le rideau qui dissimulait des patères métalliques. La lucarne ne laissait pas entrer beaucoup de lumière.

« C'est sommaire, mais du moins les couleurs ne jurent pas, dit Jim avec un sourire joyeux. Cela vous convient-il, mademoiselle Malone ?

— C'est parfait », répondit-elle, et elle le pensait vraiment. Elle voulait se débarrasser de ses chaussures, s'asseoir dans ce vieux fauteuil, et ne plus avoir à conduire, ni même à penser.

« Le loyer hebdomadaire est payable d'avance. » Comme elle cherchait autour d'elle son sac à main, il ajouta : « Rien ne presse. Ça sera quand vous voudrez. » Il avait remarqué les cernes sous ses yeux, sa nervosité. Son extrême jeunesse l'attendrissait.

« Accepteriez-vous de prendre une tasse de café avec moi ? demanda-t-il d'un air naturel. Il était en train de passer quand vous êtes arrivée. »

Derrière ses grosses lunettes elle lui lança un regard méfiant car elle n'était pas habituée à tant de gentillesse. Mais Jim lui inspirait confiance et elle le récompensa d'un sourire radieux qui la rendit aussi lumineuse qu'un jour de fête nationale.

Les mois à venir l'inquiétaient, mais elle avait résolu de vivre au jour le jour, heure par heure, voire minute après chaque foutue minute s'il le fallait.

L'appartement de Jim occupait tout le rez-de-chaussée. Un autre jeune homme se tenait dans la cuisine, où il découpait un gâteau. Il leva les yeux à leur arrivée et Jim le lui présenta.

« Voici Alfie Burns, mon associé. Mary Malone, la nouvelle locataire de la mansarde.

— Bienvenue, Mary », dit Alfie en sortant du placard une tasse supplémentaire et en y versant du café.

Il était très grand, très mince et très séduisant, songea Mary qui l'étudiait subrepticement par-dessus sa tasse. Le café chaud embrumait ses lunettes, et elle les enleva pour se frotter les yeux.

« Hé, quelqu'un vous a-t-il déjà dit que vous avez des yeux magnifiques ? Je n'ai jamais vu un bleu aussi profond. On aurait envie de mourir pour ces yeux-là, Jim, non ? Vous devriez mettre des lentilles de contact. Quelle honte de cacher tant de beauté derrière des tessons de bouteille. » Alfie éclata de rire, un rire franc et spontané. Mary comprit qu'il ne se moquait pas d'elle.

Comme ils l'interrogeaient, elle leur apprit qu'elle arrivait de l'Oregon, que sa mère venait de mourir, qu'elle laissait tomber l'université pendant une année faute d'argent et n'arrivait pas à joindre les deux bouts.

« Pauvre gosse, dit Jim avec sympathie. Écoutez, pour ce travail au supermarché, le directeur est un de mes amis. Vous lui direz que vous me connaissez et que vous habitez ici, d'accord ? Il fera tout son possible pour vous, j'en suis certain. »

Jim n'avait pas menti. Son nom agit comme un sésame sur le directeur, et le lendemain Mary prenait son poste de caissière. Tout paraissait devoir se passer en douceur. Les nausées matinales s'étaient même estompées, mais elle s'efforçait encore de manger le moins possible dans l'espoir que le bébé ne grossirait pas et que son ventre n'enflerait pas trop. Elle travaillait tantôt le matin, tantôt le soir, mais dans l'un et l'autre cas, à la fin de la journée, ses jambes avaient doublé de volume et ses pieds la faisaient souffrir.

La démarche lourde, elle se hissait tant bien que mal en haut des interminables escaliers jusqu'à sa chambre, et s'asseyait pour prendre un bain de pieds dans une cuvette d'eau froide. Un peu soulagée, elle descendait à la cuisine, réchauffait un bol de soupe ou se confectionnait un sandwich. De retour dans sa chambre, elle lisait un des livres que lui prêtait Jim. De temps à autre, ce dernier sortait la tête lorsqu'elle passait devant sa porte : « Hé, ça vous dirait de boire un café et de bavarder un peu, Mary ? »

Mais c'était Alfie qui alimentait la conversation, jamais à court de potins sur leurs amis, sur les soirées auxquelles ils allaient. Bien qu'elle n'ait jamais vu les personnes dont il parlait, cela lui donnait l'impression de faire partie de leur vie.

Quelques mois plus tard, Alfie lui demanda à brûle-pourpoint : « Avez-vous un amoureux, Mary ? » Il était en train de boire une bière, tandis que Jim et elle-même prenaient un café. Elle avala une gorgée et dit : « Oh, non. Absolument pas.

— Mais vous n'êtes pas "homo" ? poursuivit-il.

— Bien sûr que non, répondit-elle d'un air choqué.

— Mary Malone, vous êtes la créature la plus innocente que j'aie jamais connue en ce bas monde. »

Elle prit tout à coup conscience de ce qu'il voulait dire. « Je... ça ne fait rien... ânonna-t-elle. Je... c'est seulement que je n'en avais jamais rencontré avant... »

Ils rirent de bon cœur, et Jim déclara d'un air moqueur :

« Naturellement, *moi*, je n'ai pas de préjugés. Certains de mes meilleurs amis sont "gay".

— La question que je me pose, Mary, c'est comment une innocente telle que vous s'y est prise pour se retrouver enceinte ? » demanda gentiment Alfie.

Couverte de honte et prise de nausées, elle baissa la tête et refoula ses larmes, sans rien dire.

« Avez-vous consulté un médecin ? interrogea-t-il d'une voix aimable, sans la moindre trace de réprobation.

— Non », dit-elle avec un signe de tête.

Les deux hommes échangèrent des regards entendus. « Mon cœur, ça ne va pas s'en aller comme un rhume de cerveau, reprit Alfie. Il faut que vous fassiez attention à vous, que vous preniez des dispositions, que vous décidiez de ce que vous allez faire. »

Mary leva la tête. Ils étaient assis autour de la table de la cuisine, et les deux amis la regardaient avec inquiétude. « Des dispositions ? » demanda-t-elle nerveusement.

Jim laissa échapper un soupir. Venait-elle donc d'une autre planète ? « Pour la naissance, Mary. Vous ne pouvez pas accoucher ici. »

C'était une question à laquelle elle n'avait pas réfléchi, refusant d'affronter le fait qu'un jour l'enfant naîtrait et qu'elle serait sa mère.

« Peut-être souhaitez-vous nous en parler, suggéra Alfie, mais devant son regard horrifié il ajouta aussitôt : D'accord, vous n'y êtes pas obligée. Nous nous faisons du souci pour vous, Mary, et nous voulons vous aider avant de partir.

— Avant de partir ? répéta-t-elle, bouche bée.

— Jim et moi avons décidé de mettre la maison en vente. Nous avons découvert un petit coin de paradis, une île tropicale dans le sud de l'océan Pacifique où nous comptons vivre. Mais il nous est impossible de vous laisser ici comme ça, sans savoir que tout ira bien pour vous. Étendus sur la plage, on se demanderait sans cesse ce qui a bien pu vous arriver. Laissez-nous vous aider. Néanmoins, il faut que vous nous donniez quelques détails.

— Et notamment la date de la naissance, insista Jim en tendant la main pour prendre la sienne. Allons Mary, un petit effort. Regardez les choses en face. »

Il garda la main de Mal dans la sienne pendant qu'elle se confiait. Le bébé devait naître dans trois mois, et elle ne savait pas ce qu'elle allait faire parce qu'il lui était insupportable d'y penser. Elle souhaitait l'abandonner pour qu'il soit adopté. « Je ne veux jamais le voir », s'écria-t-elle impétueusement. Elle leur jeta un regard craintif, mais ils ne paraissaient pas offusqués.

« J'ai fait une petite enquête, reprit Jim. Il y a un endroit en banlieue où l'on s'occupe des jeunes femmes dans votre cas. On m'a dit que c'est très agréable, une grande et vieille maison au milieu d'un jardin, rien de luxueux mais le confort et la tranquillité. Et c'est gratuit.

— Un foyer pour mères célibataires, dit Mary tristement.

— On ne les appelle plus comme ça, dit-il sèchement sans lui laisser le temps d'exprimer son désespoir. Soyez réaliste, Mary. Ils vous logeront et veilleront sur vous. Votre bébé naîtra là-bas, et ils s'occuperont des formalités d'adoption. En d'autres termes, mon cœur, vous ne devrez plus porter toute seule ce poids sur vos épaules. Essayez de voir la question sous cet angle. Dans trois ou quatre mois vous pourrez retourner à l'université. Les responsables du foyer ne seront même pas obligés de pourvoir à votre réinsertion, ni de vous trouver du travail.

— J'ai encore ma bourse, annonça-t-elle, entrevoyant une lueur d'espoir à l'horizon.

— Bien sûr que oui. Voici le numéro de téléphone, et notre appareil est à votre disposition. Appelez donc. Alfie et moi allons faire un tour. Peut-être qu'on reviendra avec une bouteille de vin. Nous la boirons en l'honneur de notre île tropicale et de vos futurs succès universitaires. D'accord ? »

Mary aurait voulu l'embrasser mais la timidité la retint. Elle attendit qu'ils soient partis et rassembla tout son courage avant de téléphoner.

Une femme à la voix agréable lui répondit, elle expliqua anxieusement qui elle était et dans quelle situation elle se trouvait.

« Venez nous voir dès demain si vous pouvez, dit aussitôt Mme Rhodes. Les places sont rares ici. »

Le foyer Ranier se trouvait dans une banlieue boisée, au bout du monde, à quinze cents mètres de la vraie campagne. Il tombait une pluie fine, comme de la bruine irlandaise, qui trempa ses cheveux pendant qu'elle franchissait à pied la courte distance entre le parking et la porte d'entrée vitrée. Le jardin sentait les feuilles mortes et le terreau.

La maison avait été construite pour servir de résidence secondaire à un riche propriétaire foncier au début du siècle. L'architecte y avait hardiment marié les pignons anglais de style Tudor et la brique rouge de l'État de Washington. C'était une vaste demeure carrée, d'aspect sévère, avec des parquets nus et des murs blancs comme ceux d'une école. Il y avait des stores tout simples aux fenêtres et des meubles usés. L'odeur de cuisine, caractéristique des collectivités, imprégnait les couloirs.

Deux jeunes femmes au ventre rebondi arrivèrent bras dessus, bras dessous, tandis qu'elle attendait dans le hall. Elles la dévisagèrent en passant. L'idée qu'elle allait être aussi difforme qu'elles dans deux mois l'horrifiait.

Mme Rhodes entra dans le vestibule d'un pas pressé. C'était une femme de petite taille, mince et vive. Mary lui fournit les renseignements d'usage sur sa date de naissance, son domicile, et son travail. Elle parla de ses études et de la bourse dont elle bénéficiait. Et elle évoqua sa mère. Mme Rhodes prit des notes et demanda qui était le père du bébé.

Mary se contenta de hocher la tête et de serrer les lèvres. « Il n'y a pas de père, dit-elle d'une voix lugubre.

— Mais ma chère enfant, pour l'adoption du bébé, le père naturel doit en être informé. » Mme Rhodes la regardait d'un air agacé. Elles étaient toutes pareilles ; elles ne voulaient jamais le dire.

« Je préférerais me débarrasser du bébé », déclara Mary d'une voix calme et triste comme la mort.

À son expression butée et au ton de sa voix, Mme Rhodes comprit qu'elle avait affaire à une personne profondément traumatisée. La mère venait de mourir… la fille avait à peine dix-huit ans… Mieux valait faire quelque chose pour l'aider.

« Très bien, mon enfant, dit-elle en s'interdisant de prendre une attitude trop protectrice. Je pense que le mieux serait pour vous de venir vous installer ici à la fin du mois. Vous pourrez exécuter votre préavis au supermarché et apporter votre contribution, si modeste soit-elle, à vos frais d'entretien. Si vous n'avez rien, tant pis. Le foyer Ranier est une œuvre caritative. Nous allons vous aider à traverser cette mauvaise passe, c'est ce qui importe. »

44

Au cours de ces derniers mois, Mary avait vécu au jour le jour, sans se préoccuper du lendemain, et cette routine lui convenait : l'abri de sa petite chambre mansardée, la compagnie de Jim et d'Alfie avec qui elle buvait une tasse de café de temps en temps, son salaire qui tombait tous les vendredis. À présent, elle devait renoncer à tout cela. Jim et Alfie s'étaient décidés, la maison avait été vendue sans difficulté, et ils mouraient d'impatience de s'en aller. Le plus dur était de leur dire au revoir.

Pendant le dîner qu'ils prirent ensemble, la veille de leur départ, un sourire éclairait son visage, mais au fond d'elle-même elle était à l'agonie. Ils s'étaient montrés si bons avec elle, l'avaient traitée en égale. C'étaient ses seuls amis.

Quand le taxi qui devait les emmener à l'aéroport vint les chercher le lendemain matin, Jim la serra dans ses bras. Il lui ébouriffa les cheveux et dit : « Haut les cœurs, Mary Malone. Tu t'en sortiras. Je penserai à toi. » Et Alfie lui baisa la main : « Courage, Mary On t'enverra une carte postale. »

Elle resta sur le perron et agita la main jusqu'au moment où le taxi tourna le coin de la rue. Puis elle remonta l'escalier à pas pesants afin de préparer son propre bagage. Elle prenait pension le lendemain dans le foyer pour mères célibataires.

Une aile de la maison Ranier abritait la nursery d'où lui parvenaient souvent les pleurs des nouveau-nés, mais elle ne voulut jamais aller les voir. La sage-femme avait cependant insisté pour qu'elle visite les installations, la salle de travail, et la salle d'accouchement dans laquelle elle donnerait naissance à son bébé, avec des lits entourés de rideaux où deux jeunes femmes dormaient. « Être maman peut se révéler exténuant au début, l'avertit la sage-femme.

— Pas pour moi, répondit-elle aussitôt. Le mien sera adopté tout de suite. »

La sage-femme fronça les sourcils. « Je crains que ça ne prenne quelques jours. Il faut qu'on sache si le bébé est en bonne santé et s'alimente convenablement. Il va falloir lui donner le sein et s'assurer qu'il profite bien avant de pouvoir le sevrer et le laisser partir. »

Pétrifiée de terreur, Mary lui répondit : « Non. Je n'aurai pas la force de faire ça. Je ne pourrai pas le nourrir au sein, je ne pourrai pas… »

La sage-femme avait déjà entendu ça auparavant. « On verra », dit-elle calmement.

Comme d'habitude, Mary se retrancha dans sa solitude, autant qu'elle le pouvait, au cours des dernières semaines d'attente. Elle n'avait pas envie de parler aux autres filles parce qu'elle voulait pouvoir tout laisser derrière elle le jour où elle partirait, comme si rien n'était arrivé. C'était la seule solution.

Les jours traînaient en longueur, mais on s'arrangeait pour occuper continuellement les futures mères. Même celles qui avaient l'intention d'abandonner leur enfant devaient apprendre à s'occuper d'un nourrisson, lui donner un bain et le changer, stériliser les biberons, toutes choses dont Mary ne voulait pas entendre parler.

On lui expliqua le déroulement de l'accouchement, qui pourrait se prolonger pendant de très longues heures, comme c'était souvent le cas pour une première naissance. Mais elle n'avait pas peur ; elle voulait seulement en finir une bonne fois.

Le matin où elle entra en travail, elle reçut une carte postale de Jim et d'Alfie. C'était l'image un peu floue d'une île très colorée, bordée de palmiers, qu'ils qualifiaient de « paradis ».

« Bonne chance, Mary, avaient-ils écrit. Et n'oublie pas que le paradis est là où le cœur se trouve. »

Elle perdit les eaux tout de suite après, et les contractions ne se firent pas beaucoup attendre. Leur intensité la surprit, mais c'était supportable. Elle avait du courage à revendre. La sage-femme, après l'avoir examinée, déclara que le médecin arriverait sous peu et que tout semblait normal, mais qu'elle avait encore un long chemin à parcourir. Mary jeta un coup d'œil à l'horloge murale : il était onze heures du matin.

À onze heures du soir, elle était toujours allongée dans la salle de travail, sur un lit d'hôpital en fer dont les côtés avaient été relevés pour l'empêcher de tomber quand elle battait des bras et des jambes, folle de douleur. Elle serrait les dents, prête à tout endurer – demain, l'épreuve serait finie et elle serait libre. La souffrance lui déchirait le corps mais elle se forçait à tenir.

« Criez, pour l'amour de Dieu, pourquoi ne pas crier ? disait la sage-femme. Si une femme a le droit de hurler tant qu'elle veut, c'est bien dans ces moments-là. »

Mary crispait les mâchoires encore plus fort. Le visage de l'homme qui l'avait violée dansait devant ses paupières closes. Les yeux noirs menaçants la transperçaient pendant qu'elle dérivait entre deux contractions déchirantes. Elle aurait préféré mourir plutôt que de lui donner la satisfaction de crier.

Finalement, lorsqu'on comprit qu'elle ne pourrait plus en supporter davantage, à cinq heures du matin, on lui fit une piqûre péridurale, et brusquement la douleur disparut. Elle se mit à flotter dans un agréable brouillard quelque part au-dessus du lit, mais des voix impérieuses la ramenèrent à la réalité. « Poussez, Mary, allez-y, ma fille, mettez-y un coup. Poussez davantage, plus fort, plus fort... »

Elle ne sentit pas le bébé glisser entre ses jambes, mais elle l'entendit pleurer. Impossible de se boucher les oreilles, car des infirmières lui tenaient les mains. Avec ses pieds passés dans les étriers, elle ne pouvait pas bouger, elle était prise au piège et pensait avec horreur : *« C'est son bébé. Le monstre est né. »*

« C'est une fille, annonça le médecin en tendant le nouveau-né à l'infirmière pour qu'elle le nettoie.

— Je ne veux pas le savoir », grommela-t-elle du fond de son cauchemar. Une infirmière essuyait ses larmes en disant gentiment : « Tout va bien. Vous avez été courageuse, Mary. Vous pouvez pleurer maintenant. »

Peu de temps après, elle s'éveilla dans un lit autour duquel les rideaux avaient été tirés. La fenêtre était grande ouverte, le soleil venait de se lever et une sensation de chaleur envahissait son visage. Elle se sentait paisible et très calme ; tout était fini à présent.

« Mary, dit la sage-femme. Voici votre bébé. C'est l'heure de le nourrir. » Et elle déposa l'enfant au creux du bras de Mary.

Tout son corps se raidit d'angoisse. La gorge aussi sèche que de la cendre, elle était incapable de parler. Un petit paquet reposait contre son bras, mais elle n'arrivait pas à le regarder.

« Déboutonnez votre chemise de nuit, ma petite, dit la sage-femme.

— Je ne peux pas, maugréa-t-elle d'une voix rauque, refusant toujours de regarder son enfant. Je ne peux pas.

— C'est un splendide bébé. Elle a besoin que vous la nourrissiez. Allez-y, Mary. Acceptez vos responsabilités. »

Involontairement, ses yeux de myope se posèrent sur la créature qui allait se nourrir d'elle. Elle fixa sa fille, puis se renversa sur l'oreiller et ferma les yeux.

L'arbre planté sous sa fenêtre répandait un doux parfum de lilas qui l'emplissait soudain d'un bonheur divin. Elle regarda encore une fois le nourrisson qui avait exactement les mêmes yeux que les siens, grands et bleus avec un léger strabisme, une frimousse rose et ronde, une délicieuse bouche en bouton de rose et un duvet blond. Le bébé n'était pas du tout un monstre. C'était une petite fille merveilleuse, parfaite. Et elle lui appartenait.

Mary se laissa aller sur les oreillers, son bébé au creux du coude. Émerveillée, elle passa un doigt sur le crâne duveteux. L'odeur des lilas l'enveloppait et le soleil la réchauffait. Ce qu'elle ressentait pour le nouveau-né, si petit et sans défense, était un pur amour.

Le lendemain, elle annonça qu'elle avait changé d'avis et renonçait à abandonner son enfant. La sage-femme essaya de la raisonner, de lui énumérer toutes les difficultés qui l'attendaient. Elle risquait de rater ses études universitaires. Et comme les hommes n'épousent pas les mères célibataires, elle devrait travailler dur pour élever l'enfant et lui tenir lieu de père et de mère. En outre, un couple aisé se proposait d'adopter le bébé sans délai et avait même déjà préparé la chambre pour l'accueillir. En devenant leur fille, l'enfant aurait une vie de rêve. Un foyer et une vraie famille. Elle irait dans de bonnes écoles et à l'université.

Mais aucun argument ni personne n'aurait pu la faire changer d'avis. Pour finir, on l'aida à trouver un petit studio ainsi qu'un travail dans un drugstore.

Le jour où Mary emmena sa petite fille « à la maison » fut le second moment le plus heureux de sa vie. Avant de prendre son travail, elle disposait d'une semaine entière qu'elle mit à profit afin de trouver une nourrice. Le minuscule appartement était étouffant en ce mois de juin ensoleillé et sentait le moisi, mais elle s'empressa d'y faire son nid, d'y entasser couvertures et biberons, de mettre à sécher les vêtements du nourrisson en les suspendant au rail de la douche.

Elle avait appelé son bébé Angela parce que la fillette était aussi parfaite qu'un angelot. Elle la promenait dans les rues jusqu'au parc dans un vieux landau que lui avait procuré le foyer Ranier ; elle la nourrissait, la baignait, et l'habillait avec les vêtements qu'on lui avait donnés. Le bébé la regardait de ses immenses yeux bleus, et Mary la couvrait de paroles aimantes : « Tré-sor », disait-elle, et « bé-bé », et « ché-rie », et « je t'aime ». Ce langage jusqu'alors étranger lui venait naturellement aux lèvres maintenant qu'elle savait ce qu'était l'amour.

Le jour où elle commença à travailler, elle poussa le landau jusqu'à la maison de la nourrice, à quelques centaines de mètres, avec le sac de couches, toutes les affaires de bébé, et des biberons. Déchirée de devoir laisser son enfant entre les mains d'une étrangère, elle fondit en larmes une fois arrivée au drugstore.

Elle s'inquiéta toute la journée et, à l'heure du déjeuner, ne put s'empêcher de téléphoner. « Elle va bien, lui répondit la nourrice. À cet âge, ils dorment beaucoup, de toute façon. »

Le bébé dormait peut-être toute la journée, mais il n'en était certainement pas de même la nuit, et Mary ne connaissait pas de répit. Dès qu'elle se mettait au lit et fermait les yeux, à bout de forces, Angela recommençait à hurler. Rien ne pouvait la calmer, ni le biberon, ni les berceuses, ni les promenades de long en large dans la petite pièce. Angela était un oiseau de nuit. Si la nourrice gardait un nourrisson endormi toute la journée, Mary, exténuée, avait du mal à tenir debout sur son lieu de travail.

Deux mois s'écoulèrent ainsi, les erreurs de caisse que le manque de repos lui faisait commettre lui valurent un sérieux avertissement de la part de son patron. Il sortit de ses gonds le jour où il y eut un trou dans sa caisse : elle avait rendu la monnaie sur cinquante dollars au lieu de cinq dollars à une cliente.

« Ça ne peut plus durer, mademoiselle Malone, déclara-t-il. Manifestement, vous n'êtes pas en mesure de faire votre travail dans l'état où vous êtes.

— Ça veut dire que vous me renvoyez ? » demanda-t-elle au bord des larmes.

Il se laissa fléchir et lui donna une dernière chance. « Réfléchissez un peu à ce que vous avez l'intention de faire pour y remédier, lui dit-il. Vous ne pouvez pas élever votre enfant et travailler à plein temps. »

Comment aurait-elle pu subvenir aux besoins de sa fille sans un salaire convenable ?

C'était en décembre, et Noël approchait lorsqu'elle comprit que ça ne pouvait pas continuer. Les pleurs continuels d'Angela la mettaient au supplice. Rongée par la culpabilité, elle se reprochait de ne pas pouvoir lui offrir un vrai foyer, une mère disponible, des soins et toute l'attention qu'elle méritait. Cet amour que Mary lui portait, quelqu'un d'autre pourrait le lui donner. Oui, n'importe qui.

Son salaire suffisait à peine à payer le loyer, la nourrice et la nourriture. Il ne lui restait rien, pas un centime, pas même de quoi acheter au bébé un cadeau de Noël. Profondément découragée, assise à côté du berceau, elle regardait la fillette agiter la tête de droite à gauche en hurlant. Elle n'avait plus la force de la prendre dans ses bras. Un désespoir total s'était emparé d'elle. Elle était au bout du rouleau. Le bébé dormit cette nuit-là, pendant que Mary arpentait le studio, s'interrogeant sur ce qu'elle devait faire. Le lendemain matin, elle déposa l'enfant chez la nourrice et se rendit sans enthousiasme au drugstore. Tant bien que mal, elle accomplit sa journée de travail et reçut son salaire déjà presque entièrement dépensé avant même d'avoir été perçu. Elle acheta un journal et s'offrit une barre Snickers pour changer. D'un pas las, elle retourna chercher Angela qui lui sourit dès qu'elle la prit dans ses bras.

Le cœur de Mary fondit et elle lui sourit en retour, osant à peine y croire. C'était comme un rayon de soleil en ce jour sinistre et froid de décembre.

Un peu plus tard, alors que le bébé nourri et rassasié reposait sur une couverture à même le sol, Mary ouvrit l'enveloppe qui contenait son salaire et compta l'argent. Le patron lui avait payé deux semaines au lieu d'une. Elle aperçut alors le coupon rose dans l'enveloppe : il n'avait même pas eu le courage de lui dire qu'elle était licenciée.

Le bébé, couché sur la couverture moelleuse, était paisible et si mignon dans ses vêtements roses déjà trop petits. Le cœur déchiré, elle dut finalement affronter la vérité.

À onze heures, Angela se remit à pleurer. Mary eut beau la prendre dans ses bras, la bercer, lui tapoter le dos, lui susurrer qu'elle l'aimait, la petite fille ne consentit à somnoler qu'au petit matin, épuisée par ses propres sanglots. Elle la déposa dans le berceau et se prépara une tasse de thé dans le placard qu'elle appelait pompeusement la cuisine. Puis elle s'assit et commença d'étudier les petites annonces.

Deux semaines avant Noël, la colonne des offres d'emploi était maigre. Personne n'embauchait. Son salaire et le montant de ses indemnités attendaient encore sur la table, là où elle les avait jetés. Elle calcula que, après avoir payé son loyer et la nourrice, acheté le strict nécessaire, il ne lui resterait que vingt-trois malheureux dollars. C'était insuffisant pour faire face aux dépenses de nourriture, et son bébé avait besoin de vêtements.

La pensée de l'aide sociale lui répugnait, au souvenir brûlant des humiliations qu'elle avait subies. Sa mère lui avait infligé cette épreuve, et aujourd'hui elle s'apprêtait aussi à l'infliger à sa propre fille. Elle se sentait entraînée dans la même spirale de l'échec, et sa fille avec elle. Elles ne pourraient jamais s'en sortir, jamais survivre. Leur avenir était pareil à un puits sans fond.

Ses yeux tombèrent sur la photo d'un enfant. Mary parcourut rapidement l'article, puis le relut avec plus d'attention.

C'était l'histoire d'un couple très riche de Seattle, qui avait donné naissance à une petite fille affligée d'une malformation cardiaque. Les parents s'étaient battus comme des lions pour la sauver, ils avaient fait appel en vain à des spécialistes du Texas et de Londres. Seul un miracle aurait pu la sauver et, quelques jours plus tôt, l'enfant était morte. La mère déclarait qu'elle ne surmonterait jamais cette épreuve, et qu'en entrant dans la nursery vide elle sentait chaque fois son cœur se briser.

Mary ne prit pas le temps de réfléchir. Elle prépara l'enveloppe du loyer et écrivit au propriétaire qu'à son grand regret elle ne pouvait se permettre de rester. Elle emballa ses quelques affaires et celles du bébé, les chargea dans l'antique Chevy, et roula dans la nuit froide jusqu'à Seattle.

D'après les indications assez précises du journal, ces gens habitaient une splendide demeure au bord du lac Washington ; elle la trouva sans difficulté grâce à la photographie qui illustrait l'article. Elle resta assise dans l'obscurité de la voiture, son bébé dans les bras, et attendit.

Dès que le ciel commença de grisailler, elle donna un biberon à sa petite fille, la changea, l'enveloppa dans des couvertures duveteuses sur lesquelles elle épingla un mot. Le ciel virait au rose quand une lumière s'alluma à l'étage. Elle remonta alors silencieusement l'allée et déposa l'enfant sur les marches de pierre, après l'avoir regardée avec amour, embrassée et tendrement serrée contre elle pour la dernière fois.

Sur le mot, elle avait écrit : « Je sais que vous avez besoin d'elle et que vous en prendrez bien soin. Je vous en prie, aimez-la. » Pour le bien de l'enfant, il n'y avait rien d'autre à faire. Pourtant, elle hésitait encore, prise de vertige. Elle l'aimait tellement, mais, si elle la gardait près d'elle, l'une et l'autre seraient entraînées vers le fond, dans un autre Golden. Sa merveilleuse petite fille méritait un sort meilleur.

Mary retourna en courant dans la voiture et partit.

Ils ne retrouvèrent jamais sa trace, bien qu'elle eût la certitude qu'ils avaient essayé ; elle avait aussitôt quitté l'État et décrocha un nouveau travail à des centaines de kilomètres de là. Au bout d'un an, elle osa retourner à Seattle et reprit ses études à l'université. Elle n'avait pas versé une larme ni fait le deuil de son enfant. Son souvenir était enfoui tout au fond de son cœur, avec les autres malheurs qui l'avaient accablée.

45

« J'ai tenu la promesse que je m'étais faite, dit tristement Mal à Harry. Je ne suis jamais retournée dans cette maison. Je n'ai jamais revu ma fille. Les premières années ont été les pires. Il m'est impossible d'exprimer ce qu'on ressent en perdant une enfant de cette manière-là, en sachant qu'elle est vivante, toute proche. J'aurais presque pu la toucher.

« Mais c'était leur fille. Ils avaient besoin d'elle autant qu'elle d'eux. Ils lui ont donné leur cœur et leur amour, ils ont partagé tous les instants de sa vie. Et personne ne saura jamais la vérité sur son père. » Elle leva des yeux implorants vers Harry, comme pour quêter son approbation. « Je n'avais pas le choix. C'était la seule façon pour elle d'être libre. »

En voyant son regard plein d'angoisse, Harry comprit quelle bataille elle avait livrée, partagée entre la culpabilité et le désespoir, s'interrogeant sans cesse pour savoir si elle avait choisi la meilleure solution. Mal avait traversé ces longues années seule et sans amour, avec la douleur pour prix de son sacrifice.

Il l'attira dans ses bras et l'étreignit, la berça. Elle s'accrochait à lui, tremblante, sans pleurer. Elle sentit les lèvres de Harry sur ses paupières fermées, sur ses cils. Du doigt il dessina le contour de son visage, de ses pommettes, de sa bouche. Elle n'osait pas affronter son regard de crainte d'y lire de la pitié.

Il déboutonna le chemisier qu'il fit glisser de ses épaules, détacha la jupe. Par petites touches subtiles, aussi légères qu'un souffle de vent, les doigts de Harry suivaient la courbe de son cou, la rondeur de ses seins sous la combinaison de satin clair qu'il passa doucement par-dessus sa tête.

« Magnifique, chuchota-t-il à son oreille. Tu es une femme magnifique, Mal. » Il chercha sa bouche, aspira sa lèvre inférieure, la savoura, puis couvrit son corps de petits baisers infiniment tendres.

Dans la chambre, il se déshabilla avant de s'asseoir à côté d'elle sur le lit. Lui prenant les mains, il l'attira vers lui. « Ouvre les yeux, Mal chérie, dit-il d'une voix pressante. Je veux que tu me regardes. S'il te plaît. »

Alors, lentement, elle souleva ses paupières. Son beau visage mince flottait trop près de ses yeux pour qu'elle le distingue avec netteté.

« Regarde-moi dans les yeux, Mal », dit-il, serrant ses mains de plus en plus fort parce qu'il ne voulait pas la perdre.

La tête relevée, le port altier, elle pinçait les lèvres avec une expression de mauvais augure, prête à lui dire qu'elle n'avait pas besoin de pitié. Elle demandait seulement justice. Mais lorsque son regard plongea enfin dans les merveilleux yeux gris de son amant, elle se sentit hypnotisée. L'énergie qu'il lui transmettait du bout des doigts envahissait ses sens. Pourtant, il n'avait pas bougé, il ne l'avait pas embrassée, il n'avait pas tenté de lui faire l'amour. Sous l'emprise de son regard, elle avait l'impression que ses membres se détendaient ; elle se retrouva en état d'apesanteur, flottant dans un espace opaque et argenté. Elle ne voyait plus que ses yeux et leur tendresse.

Il se pencha encore plus près et chuchota : « C'est l'amour, Mal. Nos esprits se fondent l'un dans l'autre, tout comme nos corps. Je te prends tout entière, et je veux qu'il en soit de même pour toi. »

Un souffle d'air s'échappa de ses lèvres, les battements de son cœur s'accélérèrent lorsqu'il baissa la tête pour l'embrasser encore une fois, avec une douceur infinie. « Tu le sens, Mal ? Est-ce que tu le sens ? »

Il embrassa son cou, la courbe de son épaule, sa poitrine gonflée, et le doux renflement de son ventre. Il embrassa l'intérieur velouté de ses cuisses, la fente délicate de sa féminité, puis remonta centimètre par centimètre le long de son corps jusqu'à la faire gémir de plaisir.

Malgré le désir qu'il avait d'elle, il prenait son temps ; il voulait lui faire comprendre qu'il l'aimait, que l'acte d'amour était l'union d'un homme et d'une femme en complète harmonie, par l'esprit et par le corps.

Au moment où il la pénétra enfin, elle laissa échapper un cri et enroula les jambes et les bras autour de lui, se coulant dans son rythme, s'embrasant au feu qui le consumait, jusqu'au moment où ils atteignirent ensemble le comble de l'extase.

Il resta en elle, continua de l'étreindre. Il passait les mains sur son corps luisant de sueur, criblait de baisers son visage et son cou, aspirait les petites bouffées d'air qui s'échappaient de sa bouche. « À présent tu le sens ? Tu comprends ce qu'est l'amour ? murmura-t-il.

— Oh, Harry, haleta-t-elle, éblouie par les sensations délicieuses qui la parcouraient. Je t'aime, Harry. »

Ils restèrent enlacés, enfermés dans leur bulle argentée. Elle n'avait plus de secrets. Au bout d'un moment, il se dégagea, et alla dans la cuisine préparer la tisane qu'elle aimait.

Il la lui apporta avec précaution, la déposa sur la table de nuit, et elle le remercia d'un sourire.

« C'est à moi de te remercier, dit-il. Personne ne devrait être obligé de vivre ce que tu as vécu. Personne ne devrait jamais subir ce genre d'épreuves, ni être contraint de les revivre en les racontant. Mais il reste une question importante que je dois te poser. Es-tu absolument certaine qu'il s'agit bien de l'homme que nous recherchons ?

— Oui. Il s'appelle Wil Ethan. » Elle avait réussi à le dire. La paix était revenue en elle.

« Nous allons avoir besoin de ton aide, Mal, si nous voulons l'attraper avant qu'il tue encore. »

Cette fois, elle n'hésita pas. Elle savait qu'elle pouvait lui faire confiance. « Je vais vous aider. » Elle avait prononcé ces mots dans un souffle, et Harry savait à quel point il lui en avait coûté.

46

La machine publicitaire s'était emballée. Mallory Malone divulguerait des nouvelles sensationnelles au cours de sa prochaine émission. Nul n'en connaissait la teneur, tout juste savait-on que ces révélations avaient un caractère très personnel. Exceptionnellement, le programme ne serait pas enregistré comme d'habitude, mais diffusé en direct, sans la présence du public dans le studio.

Le personnel et les techniciens de Malmar Productions n'avaient pas été mis au courant. Beth n'était pas non plus dans la confidence.

« Tu es certaine de vouloir aller jusqu'au bout ? » demanda-t-elle à Mal d'un air soucieux lorsque jeudi approcha. Elle la trouvait mal en point : les yeux cernés, les nerfs à vif, prête à craquer comme un ressort trop tendu.

Mal arpentait le plateau, tel un fauve en cage à la recherche d'une ouverture par où s'échapper. Elle regarda Beth et lut de l'inquiétude dans ses yeux. « Il le faut. Tout ira bien. »

Alarmée, Beth l'attrapa par le bras. « Ne fais pas ça, Mal. Annule tout. Il est encore temps. On a suffisamment d'émissions enregistrées, on peut en diffuser une autre.

— Il faut que je le fasse. »

Mal déambulait sans rien voir, obsédée par les images qui hantaient son esprit.

Harry entra à grands pas sur le plateau une demi-heure avant le début de l'émission. Elle était assise seule dans la pénombre tandis que tout se mettait en place pour le dernier acte. Elle avait les yeux fermés et la tête en arrière. On aurait dit qu'elle se reposait. Les phalanges blanchies de ses doigts indiquaient qu'il n'en était rien.

Il la rejoignit, plaça les mains sur ses épaules, se pencha et déposa un baiser sur sa joue. Elle ouvrit les yeux et sourit. « Oh Harry, tu es là. »

Il s'assit près d'elle. « Tout est prêt. Tous les appels téléphoniques seront enregistrés, y compris ceux qui te seront adressés sur ta ligne, chez toi, et on a posté un policier dans ton appartement. » Le meurtrier allait apprendre qu'elle savait. On comptait qu'il passerait à l'action, mais Harry ne lui en dit rien.

Il la regarda avec appréhension, souhaitant qu'elle ait le courage d'aller jusqu'au bout. Il l'embrassa légèrement sur les lèvres. « Croisons les doigts, Mal. C'est peut-être le bout du chemin.

— Espérons-le », répondit-elle.

C'était l'heure. Les projecteurs illuminèrent le décor dépouillé, le petit canapé à dos droit et la table basse où Mal avait fait poser un vase de lilas et de pivoines. Sobrement vêtue d'un chandail et d'une jupe bleus, ses cheveux blonds brossés en arrière, le front dégagé, elle ne portait pas le moindre bijou. Son image ne correspondait plus à celle de la célèbre présentatrice de la télévision, de l'inquisitrice autoritaire, de la détective sans états d'âme. Elle semblait fatiguée, presque ordinaire, comme si une lumière avait cessé de briller en elle.

Elle s'assit, ramassa ses notes et, après les avoir nerveusement feuilletées, les reposa devant elle. Derrière les projecteurs, dans les ténèbres, Harry veillait sur elle près de Beth. Il leva une main et lui montra ses doigts croisés. Le réalisateur commença le compte à rebours des secondes et les caméras se mirent à tourner.

Mal dit bonsoir d'une voix calme, les yeux fixés droit sur la caméra. « Vous vous rappelez qu'il y a quelques semaines les familles des jeunes femmes victimes du tueur en série de Boston ont eu la générosité de venir partager avec nous leur chagrin et leurs sentiments les plus intimes. Leur désir de voir le meurtrier passer en jugement a suscité beaucoup d'émotion chez nombre d'entre vous, et en moi-même.

« Je n'avais jamais révélé ce qui m'est arrivé jusqu'à ce que, la semaine dernière, il me devienne impossible de continuer à vivre avec ce souvenir. Je me suis mise à me mépriser de garder pour moi mon horrible petit secret, alors que ces jeunes femmes n'ont même pas eu la chance de se faire entendre. Aujourd'hui, je me dois d'en parler, et je le fais pour elles.

« Un ami m'a dit : “Tu es en vie et elles sont mortes. Qu'as-tu donc de si important à cacher ?” »

Elle prit une profonde inspiration et poursuivit d'une voix un peu tremblante : « Je cherchais à cacher que j'ai été victime d'un viol et que j'ai failli être assassinée.

« Je veux vous en parler pour vous faire comprendre ce que l'on ressent. Ce qu'éprouve la personne qui a été brutalement violée et qui a failli mourir. Je veux vous décrire la douleur, l'humiliation et la honte qui m'ont murée dans le silence jusqu'à ce jour. Et la peur. Parce que cet homme m'a menacée. Il m'a prévenue que, si j'en parlais un jour à quelqu'un, il me retrouverait et me tuerait. »

Elle leva le menton. « Alors, William Ethan – car c'est le nom que vous m'avez dit être le vôtre, même si nous savons aujourd'hui que vous mentiez. Je suis là, et je parle de vous à l'Amérique. »

La caméra se rapprocha pour filmer son regard en gros plan. « Je suis en train de parler du violeur et de l'assassin que vous êtes toujours. De celui qui a tué Mary Ann Latimer. Et Rachel Kleinfeld. Et Summer Young. Et Suzie Walker. »

Beth se tourna vers Harry, horrifiée : « C'est vrai ? » murmura-t-elle. Il acquiesça d'un signe de tête. « Oh, mon Dieu, souffla-t-elle. Oh, ma pauvre Mal, ma pauvre, pauvre Mal. »

« Je vais vous dire ce qu'il a fait et comment c'est arrivé, poursuivait Mal, afin que vous compreniez ce que l'on ressent quand on est à sa merci. »

Beth attrapa la main de Harry et la serra de toutes ses forces. Des larmes glissaient sur ses joues tandis que son amie racontait la terrible histoire de cette nuit lointaine.

À la fin de son témoignage, Mal se tut pendant un moment. Les épaules affaissées sous le poids de la fatigue et de la tension, elle était presque au bout de ses forces. Elle croisa ses mains crispées par la détresse, se redressa et s'obligea à poursuivre.

On aurait dit que la lumière se rallumait en elle et qu'elle redevenait Mallory Malone, l'investigatrice sagace de la télévision, la vedette. Elle n'était plus la victime, mais une femme déterminée à traquer l'assassin.

« J'ai été en mesure de fournir les renseignements qui ont permis d'établir un nouveau portrait-robot, dit-elle, parfaitement maîtresse d'elle-même. Voici à quoi ressemblait l'assassin quand il était plus jeune, quand je l'ai connu. »

Le portrait d'un barbu, les cheveux en brosse et le regard noir perçant, emplit l'écran.

« Et voici ce à quoi il doit ressembler aujourd'hui. » Un portrait du même homme plus âgé prit sa place. « Je vous demande, si vous le connaissez ou si vous connaissez une personne qui pourrait lui ressembler, de nous appeler.

« Et maintenant j'adresse un message à William Ethan, bien que je sois sûre qu'il n'utilise plus ce faux nom. Je sais que vous êtes là, que vous m'écoutez et me regardez. Et je veux vous faire savoir qu'à partir de maintenant l'Amérique et le peuple américain dans son entier vont être sur le qui-vive et vous rechercher.

« Il n'y a plus pour vous aucune issue. Et le jour où vous serez arrêté, ce qui ne saurait tarder, vous pourrez dire adieu à l'existence. Jamais plus vous ne profiterez d'une belle journée d'été ou du froid vif du petit matin en hiver. Vous ne ferez plus partie de notre société. On va vous traiter comme la bête que vous êtes et vous enfermer dans une prison. Vous ne respirerez plus jamais l'air frais et pur de la liberté qui est le droit inaliénable des Américains honnêtes. »

Elle regarda la caméra et annonça à son public : « J'ai sacrifié ma pudeur, surmonté mes craintes. Je suis venue vous parler en toute franchise, parce que nous avons le devoir de mettre un terme à ces meurtres. Exhumer mes horribles souvenirs n'est rien. Nous voulons cesser de creuser d'autres tombes.

« Merci d'avoir écouté mon histoire. J'espère que vous m'avez entendue et que vous saurez vous rendre utiles. Souvenez-vous de ces parents, souvenez-vous de ces jeunes femmes. Je vous en prie, ne les oublions pas.

« Bonne nuit. Et merci encore. »

Un silence de plomb tomba sur le studio.

Mal baissa les yeux sur les notes qu'elle n'avait pas utilisées. Elle avait seulement laissé parler son cœur.

Elle se leva et, après être sortie du cercle lumineux, ouvrit les bras en grand comme pour les étreindre, le personnel, les techniciens, les cameramen : « Merci à tous d'avoir supporté l'atmosphère de secret et tout ce que je vous ai fait endurer cette semaine. »

Ils restèrent un moment ahuris, puis des applaudissements spontanés s'élevèrent. Comme si elle émergeait de sa léthargie, Beth courut se jeter dans ses bras. « Oh, Mal, je suis tellement, tellement désolée, dit-elle dans un sanglot.

— Il n'y a pas de quoi, Beth. C'est fini maintenant. » Et c'était Harry qu'elle regardait en disant ces mots. Il prit sa main et déclara : « Merci, Mallory.

— Merci, inspecteur », répondit-elle avec sincérité.

Toutes les lignes téléphoniques étaient saturées avant même qu'elle et Harry aient franchi la porte. Ils rentrèrent directement chez elle. Sa main n'avait pas quitté la sienne, et elle se sentait rassurée, comme s'il lui communiquait sa force. Il glissa un bras protecteur autour d'elle lorsqu'ils entrèrent dans son immeuble et montèrent dans l'ascenseur.

Chez elle, tout était paisible ; le feu brûlait dans la cheminée, les lampes étaient allumées, et des fleurs embaumaient l'appartement.

Il y avait des roses partout, comme si Harry avait pillé tous les fleuristes de Manhattan. De somptueux boutons joufflus, rose pâle, sur le point d'éclore.

« Ce sont des Vivaldi, dit Harry. Je n'ai pas pu en trouver qui s'appellent Enigma, mais j'ai pensé que dans le fond ce nom appartenait désormais au passé. »

Le sourire de Mal valait toutes les roses de la ville. « Vous avez fait du bon travail, Mary Mallory Malone. Vous êtes la meilleure, vous êtes merveilleuse. »

Elle vint se nicher dans ses bras, et ils s'étreignirent comme s'ils ne voulaient plus jamais se séparer. « Merci, merci, merci, lui chuchota-t-il à l'oreille. Je sais combien ça a dû être difficile. Non, en réalité, je ne sais pas vraiment. Je ne pourrai jamais savoir. Mais je tiens à te remercier, comme doivent le faire un grand nombre d'Américaines. Je ne comprends pas comment tu as eu la force d'aller jusqu'au bout.

— Comment ne l'aurais-je pas eue ? demanda-t-elle simplement.

— Comme tu t'es nourrie exclusivement de café et de barres Snickers ces derniers jours, j'ai pris la liberté de commander un vrai repas. Au cas où..., ajouta-t-il.

Ils venaient d'entrer, main dans la main, dans la cuisine, et il lui montrait un ravissant plateau tout préparé. « Miffy vient de rentrer. Elle a téléphoné au Cirque, dit-il. C'est là qu'elle se fournit depuis des années, et Sergio ferait n'importe quoi pour elle. »

Il ouvrit une bouteille de merlot, emplit un verre et le lui tendit. « Pour faire revenir le rose sur tes joues...

— Comme si je n'avais pas suffisamment de roses !

— Je retrouve ma petite amie, dit-il d'un air heureux.

— Ta femme », le corrigea-t-elle. Il leva un sourcil et ils éclatèrent de rire.

Pour Mal la vie reprenait son cours normal. Il n'y avait plus qu'elle et Harry, seuls dans un petit univers bien à eux. Elle aurait voulu que rien ne change. Mais pendant qu'ils grignotaient leur délicieux souper arrosé de vin rouge, elle savait que Harry songeait déjà à la suite de l'enquête.

Nerveux, il regardait partout autour de lui, évitant le téléphone. Il ne faisait pas de doute qu'il attendait un appel du meurtrier.

D'abord, l'homme avait été intrigué par cette émission, excité par l'idée que tout le monde parlait de lui. Il s'était amusé en voyant l'image à laquelle il était censé ressembler aujourd'hui. Il avait bien mieux vieilli qu'ils ne l'avaient imaginé et semblait avoir dix ans de moins que le portrait-robot. Les cheveux du dessin n'étaient pas du tout comme les siens, et, à cause de la barbe qu'il portait dans sa jeunesse, le dessinateur n'était pas parvenu à restituer convenablement la mâchoire. Heureusement pour lui. Pourtant le premier portrait continuait de le préoccuper. Certes, il remontait à de nombreuses années, mais quelqu'un pourrait se souvenir de lui.

Il se rendit à la cuisine et se versa un peu de vodka. De retour au salon, il se posta devant la fenêtre et regarda dehors d'un air furieux. Les pucerons dévoraient la vie des rosiers qu'il entretenait avec amour. Sa colère impuissante contre ces insectes se transformait en une rage violente contre Mary Mallory. Il ferma les yeux, et un tourbillon rouge flotta en face de ses paupières closes. Il aurait voulu que ce soit le sang de cette garce. De combien de temps disposait-il ? Il y réfléchit.

Il attrapa les clefs de la Volvo et courut au garage dont il sortit en trombe une seconde plus tard. L'étau se resserrait autour de lui, mais il réussirait tout de même à lui régler son compte, à cette putain si sûre d'elle-même. Il souhaitait sa mort et connaissait le moyen d'y parvenir.

En roulant, il se félicita encore d'avoir eu la prévoyance de garder l'œil sur Mary Mallory. Sa première victime. Celle qu'il avait bêtement ratée, et qu'il n'avait pas cessé de craindre depuis.

Non, contrairement à ce qu'il avait raconté à la serveuse du café, il n'avait pas quitté l'État. Tout le temps où Mary Mallory était restée à Tacoma, il s'était tenu à faible distance d'elle, à Seattle. Il avait loué une voiture minable pour pouvoir la suivre sans se faire remarquer. Il avait vu qu'elle était enceinte et savait que ce ne pouvait être que de lui. Il l'avait suivie à la trace, jusqu'au jour où elle avait disparu. Mais quand le bébé avait été trouvé à Seattle, il avait compris à qui était l'enfant. Et il en savait long sur l'adolescente dont elle était la mère.

Il cherchait une cabine téléphonique dans une rue tranquille. La ligne de Mal devait être placée sur table d'écoute, mais il savait comment la police procédait. À condition d'être rapide, il ne courait aucun risque.

Plusieurs heures s'écoulèrent. Le téléphone de Mal était resté silencieux jusqu'à une heure du matin.

« Tu devrais aller au lit, dit Harry, mais elle refusa en hochant la tête et s'effondra contre lui.

— Pas sans toi », murmura-t-elle d'une voix endormie.

C'est alors que le téléphone sonna.

47

Ils s'écartèrent d'un même mouvement. Elle regarda Harry avec des yeux agrandis par la peur.

La sonnerie persistait, ponctuant le silence de petits éclats stridents.

« C'est le moment, Mal », dit Harry en la poussant un peu.

Elle fixait l'appareil avec appréhension, et passa la langue sur ses lèvres sèches.

« Allô, murmura-t-elle.

— Eh bien, Mary Mallory, dit l'homme, bravo pour ta prestation de ce soir. »

Le son de cette voix la fit frissonner des pieds à la tête. Comme si un tremblement de terre l'ébranlait. Elle n'arrivait pas à respirer, à parler, elle ne voulait pas écouter. Mais il fallait qu'elle le garde au bout du fil...

« J'ai pensé à une chose. Ne serait-il pas temps que je fasse la connaissance de ma fille ? »

Mal en eut le souffle coupé. Harry écoutait sur l'autre poste. La voix de l'homme paraissait étouffée, comme s'il tenait quelque chose devant sa bouche.

« Elle doit avoir l'âge que tu avais quand je t'ai connue, poursuivit-il. Alors, qu'en dis-tu ? Je crois que je vais aller lui rendre visite. Mais ne t'inquiète pas, elle ne saura pas qui je suis. Je suis trop malin pour toi, Mal. Trop malin pour vous tous. Vous ne m'attraperez jamais. »

Il chronométrait l'appel sur sa montre et raccrocha quelques secondes avant qu'on puisse le repérer. Il avait le champ libre. Encore une fois.

Quelle idée géniale, songea-t-il, faire d'une pierre deux coups. Il allait fournir du sensationnel aux journaux.

Sur son téléphone portable Harry appela les services de police qui surveillaient la ligne. Le responsable dit d'une voix défaite : « Il a été trop rapide. Tout ce qu'on sait c'est que l'appel provenait de Boston. »

Mal s'était rencognée au fond du canapé, lessivée.

« La jeune fille est en danger, Mal. Il faut que tu nous donnes le nom de sa famille, pour qu'on puisse la retrouver et la protéger.

— Je ne veux pas qu'elle sache qui il est, hurla-t-elle d'une voix terrifiée.

— Je te promets qu'elle ne saura rien, jamais. Je t'en prie, Mal, avant qu'il soit trop tard. »

Elle lui apprit le nom qu'il exigeait, puis resta assise sur le canapé, à l'agonie, pendant que Harry appelait la police de Seattle. Ce fut facile. La famille occupait une position importante et jouissait d'une haute réputation en raison de ses contributions à des œuvres caritatives. Ils avaient une fille et deux fils. La jeune fille était en deuxième année à l'université de Boston.

Harry et Mal échangèrent des regards terrifiés. « Oh mon Dieu, gémit-elle. Oh mon Dieu, Harry… » Mais celui-ci parlait déjà au chef de la police de Boston.

Deux minutes plus tard, il raccrocha violemment le téléphone. « Prends ton manteau », dit-il.

Elle se ressaisit et courut dans la chambre chercher une veste et son sac à main. Il tenait la porte de l'ascenseur. « Où allons-nous ?

— Boston. On peut attraper la prochaine navette si on se dépêche. »

Une voiture avec chauffeur mise à leur disposition par la police de New York attendait dehors. Harry poussa Mal sur la banquette arrière et s'installa à côté d'elle. Sirènes hurlantes, ils se frayèrent un passage parmi la circulation dense jusqu'à La Guardia.

Harry avait raison, ils arrivèrent à temps pour l'avion. Il lui tint la main jusqu'à Boston. C'est à peine s'ils échangèrent une parole. Mais qu'auraient-ils pu se dire ? Elle ne pouvait que prier pour l'adolescente qui était sa fille.

Rossetti les attendait à Logan. « Tu vas pas le croire, Prof, dit-il, mais la gosse n'était pas chez elle. Elle était censée aller à un concert ce soir avec des amis, mais elle ne se sentait pas bien. Elle est allée chez le médecin, et l'on l'a admise à l'hôpital du Massachusetts pour une infection rénale. J'ai fait poster des agents en tenue à la porte de sa chambre et dans les couloirs. »

Ils traversèrent presque au pas de course le terminal. La voiture de son coéquipier était garée devant la porte et ils s'y engouffrèrent.

« Comme tu l'as recommandé, on est restés discrets, reprit Rossetti. La jeune fille ne se doute pas que l'assassin l'a prise pour cible. Elle ne sait rien, sauf qu'elle est malade. »

Harry se félicitait de la savoir en sécurité. Mais il se remémorait avec un certain malaise l'empreinte des chaussures Gucci sur le front de Suzie ; plusieurs médecins de l'hôpital du Massachusetts portaient cette marque de souliers.

Il annonça à Mal : « Je vais te déposer chez moi. Tu y seras bien avec Squeeze pour veiller sur toi. Il faut que je retourne au commissariat. »

Ils arrivèrent à Louisburg Square en quelques minutes. Il la fit entrer, et le chien courut les accueillir. Harry jeta un coup d'œil partout, vérifia la fermeture des fenêtres et des portes. « Courage, Malone, dit-il avec un sourire. Tout ira bien. » Et avant qu'elle ait eu le temps de répondre, il avait disparu.

De retour au commissariat, il parcourut encore une fois sur l'écran de l'ordinateur la liste des médecins de Boston et de la région. Le FBI avait fouillé leur passé et leur existence actuelle ; le curriculum vitae de chacun lui avait été communiqué avec lieux et dates de naissance, détails sur leurs études, du lycée à l'université, et tout ce qui concernait les mariages, naissances et décès des membres de leur famille. Il avait la description de leur carrière, le nom des villes où ils avaient vécu avant de s'installer à Boston. Harry détenait leurs adresses et celles des écoles où allaient leurs enfants, et toutes sortes de renseignements sur les épouses.

L'image de Suzie Walker s'imposait à lui. Il l'entendait dire et redire : « Qu'est-ce que vous faites ici ? »

Suzie avait été une proche collaboratrice du Dr Waxman. Il afficha le curriculum vitae de Waxman et relut sa biographie.

C'était relativement simple. Aaron Waxman avait cinquante-six ans. Il avait épousé la fille avec qui il sortait pendant ses études. Il habitait en banlieue et avait trois enfants, dont l'un inscrit à la faculté de médecine. Il venait d'une famille ouvrière de Chicago, n'avait jamais eu d'ennuis professionnels et passait pour un bon médecin. Il conduisait une Mercedes noire, et sa femme une Suburban blanche.

Harry fronça les sourcils. Rien dans l'existence de Waxman ne laissait supposer une faille. Le médecin, soumis à des horaires astreignants, avait peu de temps à lui ; il menait une vie de père de famille actif, très impliqué dans la communauté juive locale.

Déçu, il appela sur l'écran les noms des autres médecins avec qui, selon Waxman, Suzie avait travaillé. Il étudia patiemment toute la liste. Tous étaient mariés de longue date et se conduisaient en bons pères de famille. Excepté le Dr Bill Blake.

Il avait quarante-huit ans et avait occupé un tas de postes différents, un peu partout dans le pays, à San Francisco, Los Angeles, Chicago, St. Louis et Boston. Ses références étaient irréprochables. La ville de Boston l'employait en qualité de médecin légiste depuis trois ans. Il était veuf depuis sept ans, vivait seul dans un appartement à Cambridge et conduisait une Volvo grise.

Au souvenir de la Volvo garée sur le parking de l'hôpital, un déclic se fit dans son esprit. Il revoyait Squeeze, aboyant frénétiquement devant le véhicule. Il se souvenait même du numéro d'immatriculation. Appartenait-elle à Blake ? Mais ce ne pouvait pas être lui ; il travaillait avec les flics, tous le connaissaient.

Mal à l'aise, il demanda à Rossetti : « Que sais-tu sur le Dr Blake ?

— Bill Blake ? s'étonna Rossetti. Il est correct, je pense. Un peu bizarre, peut-être, mais c'est normal, compte tenu du métier qu'il fait. »

En pensée, Harry évoqua la salle d'autopsie glaciale, carrelée de blanc, où soufflait la climatisation, et Blake qui chantonnait, le scalpel pointé sur le corps nu de Suzie Walker.

Quelque chose ne tournait pas rond. Il le sentait.

Sur une impulsion, il appela l'hôpital de Seattle où, selon Mal, Will Ethan avait fait son internat. Il demanda que l'on vérifie si un certain William ou Bill Blake y avait jamais travaillé. Une heure plus tard, il avait la réponse. Le Dr William E. Blake avait été interne, il y avait maintenant longtemps.

« William *Ethan* Blake, s'exclama Harry triomphalement. *On le tient.* »

Le Dr Blake gara la Volvo gris métallisé à l'endroit habituel. Il pénétra à grandes enjambées dans l'hôpital et se heurta à un agent en uniforme.

« Pardon, monsieur. » L'agent fit un pas en arrière, respectueusement, et Blake reprit sa respiration.

« Qu'est-ce qui se passe ? » demanda-t-il en jetant un regard nerveux derrière lui.

Le flic savait que le Dr Blake était le médecin légiste de la ville. Il l'avait vu dans bien des circonstances et n'avait aucune raison de se méfier de lui. « Le chef a posté des gardes à toutes les entrées, docteur Blake, répondit-il. Il y a une jeune malade qu'il faut faire protéger.

— Une étudiante ? s'enquit Blake qui connaissait d'avance la réponse.

— Exact, docteur.

— Je suppose que l'inspecteur Jordan est sur l'affaire, dit Blake sèchement. On a beaucoup travaillé ensemble. J'espère qu'il ne va pas encore faire un fiasco.

— Nous aussi, monsieur.

— Jordan n'est pas là ?

— Non, monsieur, il est reparti au commissariat. On l'attend.

— Je me demande si Mlle Malone est avec lui ?

— Elle est arrivée de New York en avion, monsieur, il y a deux heures. »

Il descendit le couloir d'un pas aussi calme que possible et emprunta la sortie de secours pour retourner en courant au parking. Dans la Volvo, il réfléchit à la suite des événements. Manifestement, c'était la fin pour lui. Combien de temps avait-il encore avant d'être appréhendé ? Il ne se souciait plus de rien, sauf de la putain qui causait sa perte.

48

Le Dr Blake roulait lentement dans Charles Street, cherchant à repérer les voitures de police. Il tourna à droite dans Pinkney, se gara sur un emplacement interdit au coin de Louisburg Square, et posa une pancarte « Urgence médicale » sur son tableau de bord.

De là où il était, il pouvait surveiller la maison. Une seule lumière était visible, dans l'appartement en rez-de-jardin de Harry. Si celui-ci était en route pour l'hôpital, Mary Mallory devait être seule.

Il retira son élégante veste de tweed et la jeta sur le siège du passager.

La rage bouillonnait en lui quand il songeait à ce que Mary Mallory avait fait. Elle l'avait dénoncé publiquement, elle avait ruiné son projet magistral, détruit sa vie si bien organisée. Ses mains tremblaient. Il les fourra dans ses poches, et ses doigts se refermèrent sur le couteau enveloppé dans sa gaine de plastique.

Il attendit quelques minutes afin de s'assurer qu'aucun flic ne se dissimulait dans l'ombre. Personne n'entrait ni ne sortait ; personne aux alentours. Il traversa rapidement la rue. La lumière éclairait la vaste fenêtre en saillie sur la gauche ; les rideaux étaient fermés, et la voix de Sade s'échappait dans la nuit.

En haut des marches, sur le perron, il agita la clochette, lançant un regard inquiet derrière lui dans la rue éclairée par un lampadaire. À l'intérieur, un chien aboya.

« Du calme, Squeeze », dit Mal. Elle l'attrapa par le collier et jeta un coup d'œil angoissé vers la porte. Qui cela pouvait-il être ? On sonna une seconde fois. Squeeze, assis sur son arrière-train, aboyait à tue-tête. « Qui est-ce ? questionna-t-elle en tremblant.

— Police, ma'am. Agent Ford. Le Prof a demandé au chef de mettre un garde à votre porte. Si vous n'y voyez pas d'inconvénient, madame Malone, j'aimerais entrer un moment pour vérifier la porte de derrière, voir si vous êtes en sécurité. »

Mal soupira de soulagement. Tout était en ordre puisqu'il avait désigné Harry sous le nom de « Prof ».

Elle enferma Squeeze dans la chambre et l'entendit pleurnicher pendant qu'elle retraversait le vestibule et ouvrait la porte d'entrée.

Il glissa un pied à l'intérieur et envoya le battant voler contre la poitrine de Mal. Il lui tordit le bras et la maintint le dos pressé contre lui en la bâillonnant d'une main. Du pied il fit claquer la porte. Dans la chambre, le chien aboyait de plus belle.

Elle se débattait vigoureusement, et il sourit, amusé par son impuissance. C'était l'un des moments qu'il avait toujours préférés.

« T'as pas pu t'empêcher d'ouvrir ta gueule, Mary Mallory, lui chuchota-t-il à l'oreille. Je t'avais prévenue de ce qui t'arriverait si tu parlais. Tout allait bien. Je te laissais tranquille, tu me laissais tranquille. Maintenant tu t'en es mêlée et tu as tout gâché. » Il faisait des grimaces, comme un écolier mal luné à qui on aurait confisqué son ballon. « Ne va pas dire que je ne t'avais pas prévenue », murmura-t-il.

Pendant qu'il tirait le couteau de sa poche, sa poigne se desserra légèrement et elle en profita pour lancer les coudes en arrière de toutes ses forces. Ils s'enfoncèrent dans la chair molle de l'homme, lui coupant le souffle.

Elle l'avait touché au plexus solaire, juste en dessous du sternum, en plein réseau nerveux. Il se plia sous l'effet de la douleur et la lâcha pour reprendre sa respiration.

Avec des hurlements, elle se rua sur la porte. Le chien aboyait comme un fou. Il prit peur. Quelqu'un allait sûrement entendre ce raffut et accourir.

Il la plaqua au sol en l'attrapant par les chevilles comme un joueur de rugby. Elle s'écrasa par terre, tenta de pivoter pour lui échapper, mais il avait eu le temps de l'empoigner par les cheveux. Il lui retourna la tête en arrière et poussa son genou au bas de sa colonne vertébrale. « Reste tranquille », rugit-il.

Elle avait le couteau sur la gorge mais continuait de crier. Il transpirait sous l'effort. Les autres ne s'étaient pas démenées comme ça. Elle était plus robuste qu'il ne l'avait prévu. Il passa la lame sur la chair douce de son cou.

Mal sentit le contact froid de l'acier et le sang qui coulait de sa gorge. Elle se retrouva catapultée dans le temps, en cette nuit lointaine, sur la route déserte, le brouillard s'enroulant autour des branches dénudées des arbres. L'horrible image qu'elle avait conservée de lui, à demi nu après qu'il l'eut violée, lui traversa l'esprit. Elle se rappela la lame d'acier appuyée sur sa peau, et le détachement avec lequel il l'avait essayée sur sa gorge à elle…

Son regard lui brûlait les yeux. Il voulait l'obliger à voir, à le regarder, avant qu'il la tue… Ces yeux l'attiraient comme un aimant. *Il fallait qu'elle le regarde.* Il plongea son regard dans le sien.

Il la tenait enfin. Il avait de nouveau le dessus. Il se détendit.

« Alors, Mary Mallory, dit-il tout content de lui. Je vois que tu as appris une ou deux choses depuis notre dernière rencontre. »

Un petit rire sarcastique le secouait. « Quelle petite dinde tu étais. Le plus étonnant, c'est que tu as cru pouvoir vraiment intéresser un homme comme moi. » Son rire démoniaque le reprit. « C'est cette vanité féminine qui a causé ta perte, Mary Mallory. »

Mal ne pouvait pas détacher son regard de ces yeux qui avaient hanté ses nuits pendant près de vingt ans. Ils la transperçaient pendant qu'il lui disait quelle médiocre parodie de femme elle était quand il l'avait connue, comment il avait compris qu'elle serait une proie facile et à quel point il l'avait méprisée.

La haine explosa en elle comme une bombe. Malgré le couteau sur sa gorge, elle n'avait plus peur. Elle était insensible à ses sarcasmes, insensible à sa méchanceté.

Elle ferma les paupières et pria, puisant sa force dans le souvenir de ce que cet homme lui avait fait subir. Il avait failli détruire sa vie. Elle n'avait jamais surmonté les angoisses qu'il lui avait causées. Elle pensa à Rachel et à Mary Ann, à Summer Young et à Suzie. Puis à la jeune inconnue qu'elle avait mise au monde, qui risquait d'être la prochaine victime. Elle acquit alors la conviction qu'elle devait le tuer.

Il prenait son temps, lui décrivant avec délectation les tortures qu'il allait lui faire subir, les tourments qu'elle s'apprêtait à endurer.

« Rappelle-toi, je suis médecin légiste, chuchotait-il. Un expert en la matière. Sauf que d'ordinaire je dissèque les gens après leur mort. » Un rictus déformait son visage tandis qu'il lui expliquait en détail quelles parties d'elle-même il se proposait de découper.

Mal aurait voulu se boucher les oreilles pour ne pas entendre ses obscénités. Elle tenta de rassembler ses forces. Squeeze aboyait et grattait toujours à la porte de la chambre. Quelle idiote elle avait été de l'enfermer ! *Elle allait mourir... oh, Harry, Harry*, songea-t-elle. *Je désire tellement te revoir...*

Il leva la tête, le front soucieux. Le chien risquait de lui attirer des ennuis. Les voisins allaient finir par l'entendre et se plaindre ou appeler la police. Il fallait qu'il la sorte d'ici. Il était à genoux, penché sur elle. « Debout, putain », dit-il, et il l'attrapa par le bras pour la contraindre à se lever.

C'était sa seule chance. Rassemblant ses forces elle lui planta les doigts dans les yeux. Il hurla de douleur et lâcha prise. Elle lui lança un violent coup de pied mais il lui saisit la jambe, lui faisant perdre l'équilibre. Elle criait comme une damnée, se défendait à coups de coude, de genou, de poing. Le tapis glissa, et il s'effondra près d'elle. Il agitait le couteau à l'aveuglette et l'atteignit à la joue ; elle ne le sentit même pas, la rage la submergeait.

Elle ne luttait plus seulement pour sa vie. Elle luttait pour le tuer.

Dans la chambre, Squeeze bondit une dernière fois sur la porte, la patte en avant, comme s'il appuyait sur le bouton du réveille-matin, et la poignée céda. Il s'élança dans le vestibule, les crocs découverts en un grognement féroce.

Blake le vit trop tard. Squeeze fondit sur lui et planta la mâchoire dans l'épaule du médecin.

Mal se releva tant bien que mal. Elle n'avait plus qu'une idée en tête : le tuer... Mue par une rage folle, elle courut chercher un couteau à la cuisine.

Squeeze n'avait pas lâché Blake qui hurlait. Ses doigts tâtonnaient sur le tapis ; ils trouvèrent le couteau. Il se dit qu'il était plus malin que le chien, qu'il était plus malin que tout le monde. Et il enfonça la lame dans la poitrine de l'animal.

Mal revint en courant de la cuisine, un couteau de boucher à la main. Elle entendit Squeeze gémir et le vit reculer en chancelant. Sa tête s'affaissa et il s'écroula avec un jappement plaintif, le corps agité de spasmes.

« Oh, mon Dieu », cria-t-elle horrifiée.

Déjà Blake se remettait sur ses pieds. Il était couvert de sang, et elle aperçut une plaie béante à l'endroit où le chien l'avait mordu en pleine gorge.

Ils restèrent plantés là, face à face pendant un moment qui parut interminable.

Mal brandissait le couteau, prête à frapper. C'était le moment de le tuer, de mettre à profit son affaiblissement. Il se retourna et tituba jusqu'à la porte. Ses yeux luisaient de haine lorsqu'il la regarda une dernière fois. Puis il disparut.

Le couteau tomba sur le sol avec un cliquetis. Elle se prit la tête à deux mains et commença de geindre. Elle n'avait pas pu frapper. *Elle n'avait pas pu. Si elle l'avait fait, elle aurait été aussi démoniaque que lui.* Elle alla fermer la porte et poussa le verrou.

Les larmes lui vinrent en voyant Squeeze. Son sang se répandait sur le tapis autour de lui. Elle se laissa tomber à genoux et caressa sa douce fourrure. Ses yeux bleu pâle avaient une expression émouvante, résignée. Il haletait, la langue pendante.

Elle courut au téléphone, composa le numéro de la police et raconta ce qui s'était passé : le Dr Blake avait tenté de l'assassiner ; le chien était à l'agonie. Il fallait prévenir l'inspecteur Harry Jordan et envoyer d'urgence un vétérinaire.

Le Dr Bill Blake savait qu'il n'avait plus beaucoup de temps devant lui, mais il avait fait une promesse à sa mère, et il tenait toujours ses engagements.

Il monta dans la Volvo, noua une écharpe de soie autour de son cou blessé, enfila sa veste et lissa ses cheveux en arrière. Il devait impérativement avoir l'air normal et calme d'un citoyen ordinaire qui rentre chez lui. Ils connaissaient déjà sûrement le numéro de la voiture, mais ce renseignement les aiguillerait vers son pied-à-terre de Cambridge au lieu de les conduire à la villa. C'était la seule adresse qui figurait dans son dossier. Pourtant le concierge là-bas ne manquerait pas de leur dire où il habitait, aussi devait-il arriver avant eux.

La circulation était fluide, les feux verts jouèrent en sa faveur et il ne croisa pas une seule voiture de police. On aurait dit que sa mère cherchait à l'aider, songea-t-il avec un petit sourire. Le sang perçait son sweater, et il serra plus étroitement sa veste contre lui. Il essayait de ne pas penser à la douleur, de se concentrer sur la conduite.

Il lui fallut peu de temps, lui sembla-t-il, pour arriver à destination et tourner dans la rue pimpante de sa banlieue. Aucune voiture de patrouille, pas de gyrophares ni de sirènes. Une fois encore il se sentait invincible en franchissant la porte de son garage. Il était chez lui. Il les avait tous battus.

Il ferma le garage à clef, se glissa dans la maison et verrouilla la porte derrière lui. En titubant, il entra dans la cuisine, ouvrit le réfrigérateur et se remplit un grand verre de vodka. Il en but une bonne gorgée. Il se sentait somnolent, affaibli, sa main tremblait. Il avait perdu beaucoup de sang. En tant que médecin, il savait ce qui était en train de lui arriver. Il n'avait pas une minute à perdre. Il avala d'un seul trait le reste de la vodka et s'engagea dans l'escalier.

À la porte de la chambre, il tomba sur les genoux. Il respirait avec difficulté. Le sang coulait de la blessure, éclaboussant la moquette, mais il n'y prêtait plus attention. Il fouilla dans sa chemise pour trouver la clé, et à tâtons peina pour l'introduire dans la serrure. Il eut à peine la force de la faire tourner.

La pièce était plongée dans l'obscurité, à part la faible lueur verdâtre du grand aquarium installé le long d'un mur. Il se traîna à quatre pattes jusqu'au réservoir d'un vert marin. Le liquide gargouillait doucement, apaisant, et l'éclairage donnait un étrange éclat sous-marin au fond de la citerne aux parois transparentes.

Enfin ! Il se redressa sur les genoux et leva les mains en un geste suppliant. « Je suis là, maman. Je suis rentré à la maison, comme je te l'avais promis. »

La femme qui baignait dans le liquide limpide d'un vert océanique ne pouvait pas lui répondre parce que sa bouche était cousue. Elle ne pouvait pas le voir parce que ses paupières étaient cousues. Elle ne pouvait plus lui donner le sein parce que ses tétons avaient été tranchés. Elle était morte depuis de nombreuses années.

Son corps charnu se trouvait dans un état de conservation parfait, inaltéré depuis qu'il l'avait embaumé, et sa bouche fermée par des points de suture paraissait lui sourire comme elle ne l'avait jamais fait de son vivant.

Il avait toujours su qu'un jour il parviendrait à faire taire son caquetage malfaisant, une fois pour toutes. C'était une des raisons qui l'avaient poussé à étudier la médecine. Les praticiens disposent de moyens interdits aux autres. Ils ont accès à des poisons et à des drogues. Ils peuvent dire de quoi est mort quelqu'un et signer un certificat de décès sans qu'on leur pose de questions embarrassantes. Le jour où il avait suivi une formation de médecin légiste, il s'était senti gratifié d'un cadeau tombé du ciel. On lui avait appris très exactement ce qu'il fallait faire d'un cadavre.

Il l'avait tuée par un bel après-midi ensoleillé, au bord d'un triste petit lac, dans l'État de Washington. Elle ne se sentait pas bien et il lui avait proposé de l'emmener faire une promenade en voiture. Depuis quelque temps, il lui administrait de faibles quantités d'arsenic dans son jus d'orange, pas assez pour la tuer mais suffisamment pour qu'elle se plaigne d'être malade auprès des voisins.

Il avait arrêté la voiture sur la berge, au-dessus du lac, et l'écoutait se plaindre comme d'habitude. « Le ciel m'est témoin, c'est toi le médecin ! Et tu n'es même pas capable de guérir ta propre mère. Tu n'as jamais été bon à rien quand tu étais jeune, et maintenant c'est pire. Tu n'es même pas un homme. »

Il ne prit pas le temps de réfléchir. Son regard était aussi glacé que son cœur quand en se retournant il lui assena un coup sec sur la gorge. Elle écarquilla les yeux et le regarda, ébahie, avant de perdre connaissance. Il la traîna hors de la voiture, déchira sa robe et se mit à la marteler de coups de poing, la tête baissée comme un boxeur. Des coups de plus en plus forts et rageurs. Il dut se redresser pour reprendre haleine, puis il s'acharna de nouveau sur elle avec les dents et les ongles. Enfin il la viola. Il s'agita en elle encore et encore sans parvenir à l'orgasme. Elle avait raison. Il n'était pas un homme.

Fou de colère et d'humiliation, il prit le scalpel et lui sectionna un poignet. Le sang rouge vif gicla et il sentit l'excitation monter en lui. Il lui saisit l'autre poignet pour y enfoncer la lame, et tandis qu'elle expirait sa semence jaillit en même temps que son sang à elle.

Il en tremblait d'exultation, de pure jubilation. C'était lui qui commandait à présent. Depuis lors, chaque soir, il la remerciait de lui avoir finalement indiqué la voie.

Il avait apporté un sac sanitaire destiné au transport des cadavres. Après y avoir enveloppé le corps martyrisé de sa mère, il le rangea dans la malle arrière de la Lincoln Continental blanche. Il alluma la radio et chantonna gaiement sur la mélodie d'un concerto pour violon de Brahms en rentrant à petite allure à la maison.

Une fois barricadé dans le garage, il ouvrit la malle arrière et porta le lourd paquet dans la cuisine. Il n'y avait pas une goutte de sang, pas une tache, tout était resté dans le sac conçu exprès. Son matériel était rangé dans le garage : instruments, produits d'embaumement, et récipients. Il couvrit le sol d'une nappe en plastique, enfila ses gants de caoutchouc et s'attela à l'ouvrage.

Au bout de deux jours, il informa les rares amis de sa mère qu'elle avait eu une crise cardiaque et qu'elle était morte pendant son sommeil. Il ajouta qu'elle avait toujours souhaité être incinérée sans cérémonie religieuse. Ceux qui le voulaient pouvaient faire une donation à quelque œuvre caritative en son souvenir.

Quelques semaines plus tard, il annonça qu'on lui avait proposé un poste dans un autre État. Il mit la maison en vente et fit ses adieux. Avec le corps embaumé dans le coffre de la voiture près de ses autres bagages, il s'en fut à Chicago.

La vente de la maison maternelle lui permit d'acheter une ravissante demeure à Bloomington Hills. Lorsqu'il s'y installa, il lui aménagea une chambre, exactement comme avant, et construisit un aquarium pour elle. Il avait ainsi la possibilité de lui rendre visite chaque fois qu'il en ressentait le besoin.

Il éprouvait un immense plaisir à la voir évoluer en douceur dans le liquide tourbillonnant, à la voir sourire sans mot dire alors qu'il lui parlait de « ses petites amies »

Par la suite, il déménagea pour aller vivre à San Francisco, puis à Los Angeles pendant un temps, et dans diverses autres grandes villes universitaires où il y avait des tas de filles. Au bout du compte, il s'était établi à Boston.

Il s'agenouilla devant elle, les mains jointes. Le sang continuait à couler de sa blessure à la gorge.

« J'ai fini, maintenant, maman. »

Il resta ainsi devant l'aquarium, prit le couteau maculé de sang dans sa poche et l'essuya avec soin. Il tourna les mains, paumes en l'air, et les contempla pendant un long moment. Il passa le scalpel sur le premier poignet, puis sur l'autre, en médecin légiste accompli. Il leva ses membres ensanglantés pour les lui montrer. « Je l'ai fait, maman, cria-t-il. Je l'ai fait. »

Ses genoux se dérobèrent et il tomba. Il s'étendit sur le dos, pour voir son sang et sa vie le quitter, comme il l'avait fait tant de fois avec d'autres. Il tourna la tête lentement pour regarder sa mère. La haine sortait de lui à gros bouillons comme le sang.

« Putain », dit-il.

Harry regrettait de ne pas être au volant de la Jaguar. Les sirènes de la Ford hurlaient tandis qu'il louvoyait dans les embouteillages et brûlait les feux rouges, mais ce n'était toujours pas assez rapide à son goût. Il s'efforçait de reléguer Mal à l'arrière-plan de son cerveau, de rassembler toute son énergie sur Blake. Malone allait bien. Il préférait ne pas penser à ce qu'il aurait fait à Blake si celui-ci l'avait tuée, mais ça n'aurait pas été joli à voir.

Les pneus de la Ford crissèrent dans le virage serré qu'il prit sur la gauche pour entrer dans la charmante rue de banlieue où habitait le médecin. Plusieurs voitures de police le suivaient. Des lampes s'allumèrent derrière les fenêtres des alentours au fur et à mesure que les voisins affolés bondissaient de leur lit pour voir ce qui se passait. La maison du Dr Bill Blake était sombre et silencieuse.

« On y est, Rossetti. » Harry ouvrit la portière à la volée et posa la main sur l'étui de son arme qu'il portait à l'épaule. La crosse du Glock épousait sa paume comme un gant. Longeant le trottoir le moins éclairé, il marcha jusqu'à la maison, Rossetti sur ses talons. Les tireurs d'élite sortirent des cars de police et prirent position, un genou à terre, fusils pointés sur les portes et les fenêtres. On braqua des projecteurs sur la jolie maison que Blake entretenait avec tant de soin. En bas de la rue, des agents contenaient la foule qui ne cessait de grossir. Emmitouflés dans leurs peignoirs, les badauds ne voulaient rien perdre des événements qui troublaient la tranquillité de leur quartier respectable.

Des barrages routiers avaient été dressés à la hâte autour de Boston, et toutes les voitures de patrouille mises en alerte. Harry ne savait pas si Blake était chez lui, mais il ne voulait pas risquer de le laisser filer.

Il saisit le microphone et cria : « Docteur Blake, vous êtes cerné. Je vous demande d'ouvrir la porte d'entrée et de sortir, mains sur la tête. »

Le silence autour de la maison semblait presque palpable. Un avion bourdonna haut dans le ciel ; les étoiles brillaient au firmament sans nuages.

« Blake, c'est votre dernière chance », lança Harry dans le micro.

Les tireurs d'élite changèrent de position et s'approchèrent en rampant. Certains étaient postés sur le toit d'en face, d'autres avaient franchi le mur de derrière.

Le silence était oppressant. Harry jeta un coup d'œil à Rossetti. « Je parierais cent dollars qu'il est là.

— Allons-y », répondit Rossetti.

Harry donna le signal et la salve de balles fracassa les fenêtres de l'étage. Pourtant, rien ne se produisit. D'un coup de revolver, Harry fit sauter la serrure de la porte sans réussir à l'ouvrir.

« C'est barricadé comme une forteresse », marmonna Rossetti qui s'acharnait sur le battant.

Rasant les murs de la maison, ils en firent le tour au pas de course. Rossetti brisa une fenêtre et se rabattit contre le mur, l'oreille tendue. Le silence était si profond que Harry entendait son propre sang battre dans ses oreilles. Il fit tomber les débris de la vitre, et ils escaladèrent le rebord de la fenêtre.

Les faisceaux des projecteurs inondaient la cuisine d'une lumière surréelle. La porte du réfrigérateur était ouverte, et une bouteille de vodka presque vide était posée sur le plan de travail. Même à cette distance, Harry voyait une traînée de sang sur le carrelage blanc. Du regard, il suivit les traces jusqu'à la porte ouverte sur le vestibule. Il leva les yeux vers Rossetti et hocha la tête.

Silencieusement, les tireurs d'élite entrèrent l'un après l'autre derrière eux et s'aplatirent contre le mur. Trois d'entre eux mirent un genou à terre et visèrent la zone sombre en haut des escaliers.

Harry pinçait les lèvres au souvenir des dernières paroles prononcées par Summer Young. Il évoqua, pris de nausée, l'aspect qu'avait la ravissante Suzie Walker quand ils l'avaient découverte, et la manière dont le Dr Blake l'avait encore une fois charcutée, sur la table d'autopsie, sans arrêter de chantonner un petit air joyeux au moment où il piquait le scalpel dans son corps. Il évoqua les horreurs que Blake avait infligées à Mal et qu'elle n'avait jamais pu oublier. Il désirait tellement mettre la main sur ce salaud qu'il en tremblait.

Il escalada les marches quatre à quatre, Rossetti sur ses talons. Une fois en haut, ils pivotèrent, par précaution. Le palier était vide, les portes fermées, tout baignait dans l'obscurité. Rossetti poussa Harry du coude pour lui signaler du regard une faible lueur verdâtre sous une porte.

Harry entendit quelque chose. Il se pencha en avant, à l'écoute d'un faible gargouillement. Comme dans une piscine, pensa-t-il avec étonnement.

Il leva les pouces en l'air à l'intention des tireurs et ils montèrent l'escalier au pas de course. D'une seule poussée, il ouvrit la porte et fonça en avant avec Rossetti, revolver au poing, prêt à tirer.

Il leva le bras pour faire cesser l'assaut. Blake était étendu dans une mare de sang. Il avait les yeux ouverts ; il était mort.

« Quelle saloperie... », s'exclama Rossetti, stupéfait.

Harry leva les yeux, il vit la femme mutilée tournoyer lentement sur elle-même dans l'aquarium. Il comprit qu'il se trouvait face au mal qui rongeait l'âme de William Ethan Blake.

« Seigneur Jésus, s'exclama Rossetti en transe, on se croirait dans un immonde film d'horreur. »

Les policiers agglutinés sur le seuil contemplaient d'un air hébété la scène macabre. « O.K., les gars, dit Harry. Le spectacle est terminé. »

Il se sentait brusquement vidé de toute émotion. Il n'arrivait pas à imaginer comment un homme pouvait faire une chose pareille, comment il avait pu vivre avec ça pendant tant d'années, avec une telle souffrance et une telle cruauté.

« Laissez passer le docteur », ordonna-t-il alors qu'un médecin légiste se frayait un chemin parmi les policiers. « La procédure habituelle », dit-il lugubrement à Rossetti, alors que tout le monde se mettait à la tâche une fois de plus : le photographe de la police, le médecin légiste, les types du laboratoire. C'était ça la vie de flic.

« Tu voudras bien m'excuser, annonça Harry à Rossetti. Il faut que j'aille voir Mal. Si le chef me réclame, réponds-lui que je suis en congé pour convenances personnelles. » Il se moquait éperdument de ce qu'en penserait le chef. Après avoir vu ce que Blake avait été capable de faire, il éprouvait l'impérieux besoin de vérifier que Mal allait bien.

Rossetti se dit que Harry avait l'air aussi écœuré que lui. « Summer Young avait raison, cria-t-il derrière lui. C'était le pire des salauds. Elle peut reposer en paix maintenant, Prof. Tout comme Suzie et les autres. » Il se signa en prononçant les noms des victimes et pria le ciel pour que ce qu'il venait de dire fût vrai.

49

Mal était assise sur le canapé de brocart jaune dans le ravissant boudoir de Miffy, sous les portraits de famille. Les petits chiens au museau noir se serraient contre elle comme une paire de coussins. Miffy servait le thé en robe chinoise de satin doré ornée de nuages.

« Concombre sur le pain blanc, saumon fumé sur le pain de seigle », expliqua Miffy en lui passant une assiette de petits sandwichs fins comme le doigt.

Mal choisit le concombre et remercia d'un sourire. « Êtes-vous certaine de ne pas vouloir vous allonger ? demanda Miffy d'un air soucieux. Après tout ce que vous venez de vivre… » Elle ne finit pas sa phrase pour ne pas avoir à décrire avec des mots ce que Mal venait précisément de traverser. C'était trop affreux, trop terrifiant. Trop récent pour souffrir le moindre réconfort.

« J'attends Harry, expliqua Mal. Je dois lui raconter pour le chien. »

Miffy comprenait. « En tout cas, nous savons qu'ils ont trouvé cet horrible Blake, dit-elle. Il ne pourra plus faire de mal à personne maintenant. » Harry leur avait annoncé au téléphone que Blake s'était donné la mort.

Mal mordit dans le sandwich au concombre. Il avait un goût frais, simple et délicieux. Elle prit une autre bouchée, brusquement affamée. Elle sourit : « Je pourrais manger toute l'assiette. »

Lorsque Harry arriva, elle en avait dévoré la moitié. Il franchit la porte d'un pas pressé, s'arrêta et la dévisagea. Tout ce qu'il éprouvait pour elle se lisait dans ses yeux. Le souci, la peur, le soulagement. Et l'amour.

Elle portait une des chemises de nuit en coton blanc de Miffy sous un peignoir jaune. Un pansement masquait la coupure qui descendait de son œil gauche à sa mâchoire.

Il avança vers elle et lui posa une main sur l'épaule. « Comment te sens-tu ? » demanda-t-il.

Elle leva les yeux vers lui. Ses cheveux étaient ébouriffés comme s'il y avait passé les mains un million de fois, et elle aimait ce qu'elle lisait dans ses yeux.

« Maintenant, je vais bien, dit-elle.

— Tout est fini, Mal. Il est mort. Il s'est suicidé de la même manière qu'il a tué ses victimes. C'est la meilleure chose qu'il ait faite. »

Elle soupira : « Le salaud…

— Nous savons comment il s'est procuré nos numéros de téléphone. Il est venu au commissariat déposer un rapport, et Rossetti a dû le laisser seul dans le bureau pendant quelques minutes. À son retour, il l'a trouvé en train de tripoter l'ordinateur. L'autre s'est excusé en prétendant être fasciné par ces engins-là. Rossetti n'a pas cherché plus loin. »

Elle hocha la tête. C'était un homme rusé, presque assez rusé pour s'en tirer sans dommage. Elle hésita, mais il lui fallait poser une question. « Et ma… la jeune fille ?

— Elle va bien. Elle n'est au courant de rien, elle ignore même qu'elle était visée. » Comme s'il lisait dans ses pensées, il ajouta : « Elle ne saura jamais, Mal. Personne ne saura. »

Mal comprit que la jeune fille n'était plus du tout sa fille mais celle de la famille qui lui avait offert une place dans sa vie et dans son cœur, qui l'avait protégée, guidée et aimée. Elle ne saurait jamais qu'elle était liée au Dr William Blake et n'aurait pas à porter ce fardeau terrifiant. C'était une jeune fille intelligente et ravissante. Elle était heureuse. Et tout continuerait comme par le passé.

« Elle est libre. Enfin », murmura-t-elle dans un soupir.

Harry lui prit une main qu'il porta à ses lèvres. « Tout comme toi. Dire que j'ai failli causer ta perte. Je croyais que tu serais en sécurité chez moi. Je ne pensais pas que Blake savait où j'habitais. J'aurais dû le comprendre en voyant la Volvo, je l'avais déjà remarquée dans ma rue.

— Squeeze a été extraordinaire. Il a réussi à sortir de ta chambre juste à temps. Blake l'a poignardé. La lame est passée tout près du cœur. Il a perdu beaucoup de sang, mais ils l'ont opéré et il va s'en remettre. »

Harry se laissa tomber sur le canapé près d'elle et posa une main sur la sienne. « Mon Dieu », dit-il à l'idée qu'il avait failli tout perdre ce soir-là.

Elle prit sa main, et ils se regardèrent intensément, osant à peine croire que tout était fini.

Miffy se dit qu'ils formaient un beau couple. Elle espérait de tout son cœur qu'il n'allait pas laisser Mal lui filer entre les doigts.

« Un autre sandwich ? » demanda-t-elle en souriant.

50

Deux semaines avaient passé. Une légère pluie d'été tombait sur le visage de Harry alors qu'il tournait à l'angle de la rue où se trouvait le Ruby. Squeeze tirait sur sa laisse, s'arrêtait ici et là pour laper une flaque d'eau. Le vétérinaire avait dû lui raser le poitrail, et sa cicatrice brillait d'un rouge vif. « Te presse pas, mon vieux », dit Harry avec indulgence. Squeeze avait tous les droits. Ils devaient faire un drôle d'effet, lui avec son crâne balafré et le chien avec sa poitrine recousue, un couple de vieux bagarreurs. « Personne ne va oser nous embêter », ajouta-t-il avec un sourire.

La clochette fixée en haut de la porte tinta lorsqu'ils entrèrent chez Ruby. Il secoua la pluie de son blouson en cuir noir et regarda autour de lui, embrassant la scène du regard. Tout était comme d'habitude. Les fenêtres embuées masquaient l'obscurité humide du soir, la fumée s'élevait en volutes bleues jusqu'au plafond jauni par la nicotine, et les odeurs de cuisine, de hamburger grillé et de poulet frit, de bière à la pression, de café et de cigarettes, accumulées depuis plusieurs dizaines d'années, rendaient l'ambiance brumeuse et rassurante.

Comme toujours, le restaurant faisait salle comble. Toutes les tables étaient occupées. Il réussit à attirer l'attention de Doris, qui derrière le comptoir posait des boules de glace à la vanille sur d'énormes tranches de gâteau au chocolat dans d'épaisses assiettes blanches. « J'arrive dans une seconde », lut-il sur ses lèvres.

Après avoir servi ses clients, elle le rejoignit, s'essuyant les mains sur son tablier. « Ouais ? dit-elle.

— Ouais, quoi, Doris ?

— Que voulez-vous ?

— Je veux une table, pour l'amour du ciel.

— Vous débarquez toujours à l'heure de pointe, marmonna-t-elle. Si votre héros de chien n'avait pas besoin d'un bon repas et d'un peu de repos, je vous dirais d'attendre votre tour, inspecteur. » Elle caressa la tête de Squeeze, qui la suppliait du regard et frétillait de la queue. Elle soupira : « En voilà un qui sait reconnaître une âme sensible quand il en voit une. Tout comme son maître.

— Mal Malone va arriver, dit Harry en jetant un coup d'œil à sa montre, dans environ quinze minutes.

— Fallait le dire plus tôt ! » Elle parcourut la salle du regard, et d'un pas décidé alla se poster devant un box d'angle où elle mitrailla du regard les clients qui faisaient durer leurs tasses de café. « Vous autres, vous avez fini ? explosa-t-elle, les mains sur les hanches. Vous voyez pas que la file d'attente s'allonge ? »

Harry sourit. Dieu merci, Ruby ne changerait jamais, ni Doris. Elle parvint à les mettre dehors en moins de cinq minutes. Elle débarrassa aussitôt la table, l'essuya avec un torchon humide, la couvrit d'une nappe en papier à carreaux blancs et rouges. Les couverts et serviettes, ainsi qu'un verre d'eau où trempait une marguerite, surgirent comme par miracle. « C'est tout ce que j'ai pu trouver, et estimez-vous heureux de l'avoir, grommela-t-elle en martelant la table du plat de la main.

— Merci, Doris. Vous êtes fantastique. »

Squeeze gémit, le regard suppliant. « Va pas croire que je t'ai oublié. » Elle passa derrière le comptoir et revint quelques minutes plus tard avec une gamelle de steak. « Toi, le héros, tu mérites ce qu'il y a de mieux ! C'est le chien le plus célèbre de Boston, affirma-t-elle fièrement à Harry.

— Je sais. Et moi, le flic le plus célèbre.

— Et ça vous monte à la tête, rétorqua-t-elle avec mépris. Vous voulez une bière ou vous allez faire les frais d'une bouteille de champagne pour Mlle Malone ?

— La bière ira très bien.

Il fixa la porte et se souvint du jour où il avait attendu Mal, à cette même table, par une nuit pluvieuse pareille à celle-ci, à peine quelques semaines plus tôt. C'était miraculeux que la vie d'un type puisse changer à ce point, comme par enchantement, à la suite d'une rencontre fortuite. Il passa les mains dans sa tignasse ébouriffée. Peut-être aurait-il dû s'habiller pour elle, mettre une vraie veste et une chemise. Mais pas de cravate ; il n'irait pas jusque-là.

La clochette de la porte tinta, et Mal apparut, l'œil en alerte, les sourcils légèrement levés comme si elle se demandait ce qu'elle faisait là. Il bondit à sa rencontre, le sourire aux lèvres.

« Salut, dit-il en lui prenant les mains.

— Salut. »

Elle portait une chemise bleue, un jean et une veste en cuir noir.

« Tiens, on est pareils aujourd'hui, remarqua-t-il d'un air narquois.

— Si tu ne peux pas le changer, mets-toi au diapason, voilà ce que j'ai pensé. »

Les yeux dans les yeux, ils oubliaient le petit café enfumé et les autres clients. « Tu vas bien ? » demanda-t-il. Elle acquiesça de la tête. Dans ses cheveux blonds en boule de chrysanthème, les gouttes de pluie étincelaient comme des paillettes d'or sous les lumières.

« Suivez-moi. » Sans lui lâcher la main, il la conduisit dans le box d'angle tout au fond de la salle.

« *Notre* table, s'exclama-t-elle en la reconnaissant.

— Doris t'a mis une fleur. » Il lui montra la marguerite jaune et elle sourit.

« Doris est une fille bien.

— Le sel de la terre, admit-il.

— Je sais que tu as un faible pour les serveuses, railla-t-elle en se souvenant de Jilly.

— Et les réalisatrices de la télévision. » Elle se glissa sur la banquette avec ce délicieux roulement de hanches qui lui rappela son allure dans cette robe légère comme un souffle qu'elle avait mise pour l'anniversaire de sa mère.

Squeeze émergea de sous la table. Il s'assit sur son arrière-train et dévora Mal des yeux avec un air adorateur. « Salut, Squeeze, dit-elle en prenant sa patte. Comment ça va, mon vieux ?

— Qui m'aime aime mon chien, soupira Harry.

— Tu rêves, rétorqua-t-elle d'un ton moqueur, et il poussa un nouveau soupir.

— Tu sais quoi ? Tu ne changes pas, Malone. »

Doris s'empressa d'accourir. Elle s'essuya la main sur son tablier avant de la tendre. « Bonsoir, Mal, comment allez-vous ? demanda-t-elle, rayonnante de plaisir. Ce pingre va-t-il vous payer du champagne ce soir, ou ce sera comme d'habitude ?

— Comme d'habitude, je pense, répondit Mal. Et vous Doris, comment allez-vous ?

— Peux pas me plaindre. » Doris redressa sa coiffe et la regarda au fond des yeux. « Je veux vous dire, vous êtes une femme vraiment courageuse d'avoir fait tout ça. D'avoir dit à tout le monde ce que vous avez dit. C'est grâce à vous que le tueur de Boston a été pris. Nous autres, les femmes, on doit se serrer les coudes, comme je le disais l'autre jour.

— Merci, Doris. » Mal avait rougi sous le compliment et Harry s'étonna encore une fois de sa timidité. « Il fallait que je le fasse, avoua Mal, et Doris lui tapota l'épaule d'un air approbateur.

— Les bières sont sur mon compte », lança-t-elle en s'en allant.

Ils se regardèrent au fond des yeux par-dessus la table. « Tu vas à la fête de Vanessa ce soir ? s'enquit-il.

— Naturellement. Je ne voudrais pas manquer ça. L'occasion de danser encore une fois avec toi. »

Il sourit et se passa une main dans les cheveux. « Un peu de salsa sensuelle, hein ? dit-il avec un mouvement sexy des épaules qui la fit éclater de rire.

— Je meurs d'impatience.

— Vous avez vu la médaille de Squeeze ? demanda Doris qui revenait avec leurs bières, aussi fière du chien que s'il était à elle.

— Une médaille ? s'étonna Mal.

— Le chef lui a décerné la médaille d'honneur des chiens. Il n'y avait pas vraiment droit parce qu'il n'appartient pas à la police, mais tout le monde a jugé qu'il l'avait bien méritée. »

Squeeze, une fois de plus, émergea de sous la table. Il leva sa patte et fixa Doris avec adoration.

« Va falloir lui enseigner un nouveau tour, soupira-t-il. Ça commence à devenir un peu monotone. »

La serveuse retourna d'un pas pressé derrière son comptoir. Harry chuchota à Mal : « Tu vas voir. »

Elle revint aussitôt avec une autre portion de steak. Harry poussa un gros soupir et Doris tenta de se justifier : « Qu'est-ce que ça fait s'il prend un peu de poids ?

— Il l'a bien mérité, renchérit Mal. Et d'ailleurs c'est plus amusant qu'une médaille. Merci, Doris.

— Tu veux que je commande pour toi ? proposa Harry.

— Pourquoi pas ? J'aime les surprises. » Elle croisa les bras, prête à relever le défi.

« Deux hamburgers, des frites, avec beaucoup de sauce, Doris, s'il vous plaît. » Il lança un sourire à Mal. « Comme la dame l'a dit tout à l'heure, *si tu ne peux pas le changer, mets-toi au diapason.* »

Doris s'en alla passer la commande, et Mal prit une gorgée de bière sans quitter Harry des yeux. Ses cheveux noirs ébouriffés repoussaient sur la cicatrice, et un début de barbe bleutée couvrait ses joues. Il était si proche qu'elle pouvait voir de minuscules taches sombres dans ses yeux gris clair. L'homme idéal.

« Alors ? Maintenant que tout est fini, que va-t-il advenir de nous deux ?

— Serait-ce un nouvel inspecteur Jordan que j'ai devant moi ?

— Non, toujours le même, mais il a repris pied sur terre. Tu penses qu'on va encore se disputer, Mallory ? ajouta-t-il devant son air hésitant.

— Je préférerais que tu m'appelles seulement Mal.

— D'accord, Mal, fit-il, faussement exaspéré. Serions-nous encore en train de nous bagarrer ?

— C'est toi qui as commencé !

— Je pensais que c'était toi.

— Ah oui, tu voudrais bien ! »

Ils se toisèrent, puis Harry esquissa un sourire : « Réfléchissons un peu à la situation.

— Qu'est-ce que tu voulais savoir à propos de nous ? » Elle se sentit sourire aussi.

« C'est dur. Comment faire concorder les horaires d'un flic et ceux d'une star de la télé ? Toi à New York et moi à Boston, par-dessus le marché ! »

Mal prit une profonde inspiration. Elle savait que c'était tout de suite ou jamais. « Peut-être qu'ils auraient besoin de quelqu'un pour présenter la météo, sur la chaîne WNET de Boston ? » hasarda-t-elle avec un sourire éclatant.

Squeeze s'affala par terre, le museau posé sur les pieds de Mal, et poussa un gros soupir.

Harry et Mal se dévoraient des yeux. « On dirait que nous avons tous les deux perdu la tête en même temps que le cœur », dit-il. Et il se pencha par-dessus la table pour l'embrasser.

Achevé d'imprimer en novembre 1999
sur presse Cameron
par ***Bussière Camedan Imprimeries***
à Saint-Amand-Montrond (Cher)

Édition exclusivement réservée
aux adhérents du Club
Le Grand Livre du Mois
15, rue des Sablons
75116 Paris
réalisée avec l'aimable autorisation des éditions Belfond

N° d'impression : 995136/1.
Dépôt légal : février 1999.

ISBN 2-7028-2009-3

Imprimé en France